NARRATORI MODERNI

Della stessa autrice in edizione Garzanti:
La ragazza e l'inquisitore
Il vento che sa di miele e di cannella
All'ombra della cattedrale

NEREA RIESCO

IL SILENZIO DELL'ALCHIMISTA

Traduzione di
CLAUDIA MARSEGUERRA

Garzanti

Prima edizione: luglio 2017

Per essere informato sulle novità del Gruppo editoriale Mauri Spagnol visita:
www.illibraio.it

Traduzione dallo spagnolo di
Claudia Marseguerra

Titolo originale dell'opera:
Tempus

ISBN 978-88-11-67016-2

Printed in Italy

www.garzanti.it

IL SILENZIO DELL'ALCHIMISTA

A Gabriel

Ma quanto vive l'uomo?
Vive mille anni o uno solo?
Una settimana o più secoli?
Per quanto tempo muore l'uomo?
Che vuol dire per sempre?

Pablo Neruda

1.

Leonard Green si rese conto in quel preciso istante che stava per morire.

L'espressione solitamente serena del successore di Stephen Hawking alla cattedra di professore lucasiano all'Università di Cambridge si era dileguata all'improvviso. Adesso il suo viso somigliava a quello di un bambino spaventato. Si aggrappava alla speranza che qualcuno fosse rimasto a lavorare fino a tardi e chiamasse aiuto prima che quella donna gli togliesse la vita.

Era da tanto che si dedicava alla ricerca a tempo pieno, ma l'onore di dirigere la cattedra che in passato era stata occupata da Isaac Newton in persona lo costringeva a rendersi disponibile due ore alla settimana per risolvere i dubbi degli studenti. Adesso si pentiva di aver scelto per il tutorato i solitari pomeriggi del venerdì, quando i corridoi di Cambridge erano deserti. In più, il suo ufficio era isolato da tutto il resto, ed era stato lui stesso a chiederlo. Il suo carattere riservato gli si ritorceva contro.

Nel profondo del suo cuore si pentì di non aver sospettato di lei: una donna così non poteva interessarsi a un noioso professore come lui. La sua strana bellezza aveva il potere di stravolgere i sensi. Non sembrava appartenere alla razza umana, come se il materiale di cui era costituita non avesse niente a che fare con la volgare sostanza organica che formava il resto dei comuni mortali. Aveva la pelle bianchissima, come l'alabastro, ma il suo corpo era tutt'altro che freddo al tatto, anzi, emetteva un calore vibrante a cui era difficile sfuggire. Si riusciva persino a distinguere, negli angoli più reconditi della sua anatomia, il percorso verdastro delle vene e il colorito roseo delle parti più intime. Sembrava che le tappe ingrate dello sviluppo umano fossero state benevole con lei, che la sua pelle non avesse sofferto la tirannia dell'acne adolescenziale, dei peli ribelli da estirpare a colpi di ceretta o di laser, degli effluvi corporei da nascondere con oli e profumi. Ma il dettaglio più sorprendente del suo corpo non era la pelle perfettamente liscia da neonato, bensì quella chioma rosso sangue che le scendeva come una colata di lava ipnotica sulle spalle d'avorio. Quella donna era comparsa nella sua vita all'improvviso, come per magia. Il professor Green aveva sofferto così tanto per la drammatica morte della moglie che l'arrivo di Liz era stato la prova che l'esistenza andava avanti, che il mondo era ancora capace di riservargli gradite sorprese.

A sua figlia Daniela, invece, non era mai piaciuta. La ragazza non era neppure riuscita a guardarla in faccia il giorno che il padre l'aveva invitata a cena per fargliela conoscere. Lui aveva dato la colpa alla gelosia. In fin dei conti, era sempre stata molto unita alla madre e doveva essere faticoso per lei accettare che suo padre si rifacesse una vita con un'altra donna.

Invece no... No. In quel preciso momento Green si rendeva conto che non avrebbe dovuto lasciar entrare Liz nella sua casa, nella sua vita, nel suo ufficio. In realtà non sapeva nulla di lei, neppure il cognome, l'origine, il passato. I loro incontri erano sempre stati furtivi e disperati, come avventarsi su un bicchiere d'acqua dopo una traversata nel deserto. Lui continuava a ripetersi che era tutto normale, in fondo i primi momenti di una relazione sono sempre dominati dalla passione e dal desiderio.

«Devo vederti stasera», gli aveva detto con la sua voce da pantera quando l'aveva chiamato quel mattino. «È urgente.»

«Devo ricevere uno studente in ufficio. Meglio rimandare a domani.»

«È molto urgente», aveva insistito lei.

Per una volta, il professore decise di cancellare l'appuntamento con lo studente.

Lei arrivò alle sette in punto ed entrò nel suo ufficio senza bussare. Non lo salutò neppure, gli andò incontro, aggirò la scrivania, fece ruotare leggermente la sua sedia, si sedette a cavalcioni su di lui e lo baciò con passione sulla bocca. Il professore si sentì a disagio. Negli ultimi tempi si era lasciato trascinare dall'impeto di quella donna, è vero, ma quello restava pur sempre il suo posto di lavoro e non gli sembrava corretto comportarsi in quel modo. Non era da lui. Non era nel suo stile. Per lui esisteva un posto per ogni cosa, e quello di sicuro non era il posto giusto.

Con il maggiore garbo possibile, la allontanò e si alzò.

«Ti preparo un tè?» le chiese, cercando di alleggerire l'imbarazzo.

«Sì, grazie.»

Leonard Green le voltò le spalle. Nella credenza teneva un bollitore e una scatola in legno di cedro con diversi tipi di infusi. Gli piaceva offrire il tè con i pasticcini agli studenti durante il tutorato. Raddrizzò due tazze che erano su un vassoio e vi mise dentro due bustine di Earl Grey. Nel preciso istante in cui stava per chiederle se voleva lo zucchero, sentì una puntura nel collo. Un'intensa sensazione di bruciore gli percorse le vene. E dopo, le tenebre.

Quando si svegliò era seduto sulla sua sedia, le mani e i piedi legati. Aveva gli occhi impastati e fu costretto a sbattere le palpebre quattro volte prima di riuscire a mettere a fuoco. La prima cosa che vide fu una siringa sulla scrivania, e accanto una boccetta mezza vuota in cui si intravedevano ancora i resti di un liquido lattiginoso. Sull'etichetta c'era scritto PROPOFOL. Il professor Green non se ne intendeva di farmaci, ma negli ultimi tempi i giornali e la televisione avevano ripetuto alla nausea il nome di quella sostanza. Si trattava dell'anestetico per via endovenosa che aveva fatto fuori il re del pop.

Sollevò la testa. Liz era in piedi di fronte a lui, con il ritratto di Daniela in mano e un sorriso beffardo sulle labbra.

«La vita è stata molto crudele con voi, giusto?» disse con un filo di voce avvicinandosi lentamente.

«Non ci capisco niente, ma che ti prende? Non... non mi piacciono questi giochi...»

Leonard osservò l'andatura felina della donna. Indossava

un giubbotto e dei pantaloni di pelle nera che facevano risaltare le sue curve. Gli occhi verdi di Liz si inchiodarono su quelli di Green, poi lo prese per il mento e lo guardò con aria di sfida.

«È del tutto inutile che provi a opporti. Ti illudi di poter mantenere il segreto ancora per molto? Prima o poi lo scopriremo. Non essere ridicolo. Non vale la pena morire per una cosa simile. Dov'è?» Il timbro di voce di Liz era quasi erotico. Era così vicina che il suo fiato lo accarezzava.

«Sono solo un professore. Non so di che segreto parli... Io...»

Liz strinse le labbra infuriata, si ritrasse e diede un pugno sulla scrivania. I suoi denti bianchissimi morsero con rabbia il labbro inferiore.

«Basta!» gridò. «Se continui a essere così ostinato, lei soffrirà!»

Stringeva ancora forte tra le dita la foto di Daniela.

«Non farle del male! Ti prego, ha solo diciassette anni. Sta cominciando a vivere ora, lei è innocente. Non c'entra niente con questa storia!»

«"Questa storia"?» ripeté sarcastica Liz. «Ti sta tornando la memoria? Pensi che mi lasci commuovere dall'età di tua figlia? Quanto poco mi conosci, Leonard.»

Aveva ragione, lui non la conosceva per niente. Non le aveva mai fatto domande, e non si era neppure chiesto il perché. Si ripeteva che tutto si sarebbe chiarito al momento giusto, che si trattava di una situazione momentanea, finché Daniela non si fosse decisa ad accettare Liz come la persona che lo rendeva felice. Allora si sarebbe preso la briga di conoscere i gusti di quella donna magnetica: le sue passioni, i suoi sogni, quello che la faceva ridere o piangere. Ma, a essere del tutto sincero, forse non le aveva mai chiesto niente perché non era capace di immaginare uno scenario in cui Liz facesse parte della famiglia.

«Tua figlia è la cosa più preziosa che hai, giusto?»

«Sì», sussurrò lui a capo chino.

Liz addolcì la voce, assumendo un tono quasi materno mentre gli accarezzava il viso con tenerezza.

«Se accetti di darci quello che ti chiedo, a Daniela non

succederà niente di brutto, te lo prometto. Scompariremo per sempre dalla tua vita... e dalla sua», proseguì. «Sarà come se non fosse mai successo niente. Possiamo farlo.»

«Se accetto di darvi quello che mi chiedi, potrete fare anche tante altre cose», mormorò lui con aria rassegnata.

Poi tacque. Perché salvare Daniela, se comunque avrebbe messo in pericolo l'umanità? Cosa sarebbe potuto succedere se quel segreto fosse finito nelle mani sbagliate? Una condanna a morte per lui, per la figlia e per tutti gli esseri umani.

Quasi leggendogli nel pensiero, la donna si portò la mano su un fianco ed estrasse dalla tasca posteriore dei pantaloni un coltello con il manico di madreperla. Lo scintillio del metallo distolse dai suoi pensieri il professore, che rimase inebetito a fissare la lama, come un cerbiatto accecato dai fari di un'auto in mezzo alla strada. Per un istante ebbe la sensazione che non stesse accadendo davvero a lui, chissà, forse era un sogno, o forse una realtà parallela che poteva abbandonare al momento giusto. Lo desiderò con tutte le sue forze, ma quel terribile scenario non cambiò. Liz si avventò su di lui, afferrandolo per il colletto della camicia. Sentì la pressione del metallo sull'addome mentre lei lo attirava a sé.

«Dammelo adesso!»

Non aveva senso continuare a opporsi. Era uno studioso, uno scienziato, un professore, un uomo che aveva dedicato tutta la sua vita alla ricerca. Per lui era troppo, non aveva la stoffa dell'eroe.

«È nella cassaforte», disse con la voce spezzata, indicando con il mento la parete su cui era appesa una litografia della *Notte stellata* di Van Gogh.

Liz si girò e staccò il quadro, dietro cui si nascondeva uno sportello di ferro color grigio perla. Sotto un piccolo schermo digitale, c'erano dei tasti dall'uno al nove e una maniglia.

«La combinazione», intimò con i suoi occhi di ghiaccio.

Leonard non riusciva a credere che quegli stessi occhi l'avessero guardato accesi di passione solo pochi giorni prima.

«Uno, sei, otto, cinque. L'anno in cui è stata formulata la legge di gravitazione universale.»

Lei scoppiò a ridere.

«Avrei dovuto immaginarlo», sussurrò.

Digitò i numeri lentamente, assicurandosi che comparissero uno dopo l'altro sullo schermo, quindi premette il tasto di apertura, girò la maniglia e lo sportello si aprì. Un sorriso di soddisfazione le illuminò il viso. All'interno c'era solo una busta con dentro un foglietto. Liz lo aprì ansiosa. Conteneva una formula.

«È questo?» chiese perplessa, quasi sorpresa che quella successione di cifre e lettere greche elevate al quadrato, moltiplicate e divise, potessero sollevare un simile scompiglio.

«Sì, è quello», garantì lui con aria sprezzante. «Una formula, certo. Cosa ti aspettavi?»

Per la prima volta il professor Leonard Green sembrava aver preso le redini della situazione. Liz non ci capiva niente, si limitava a eseguire gli ordini, era solo il braccio. Non sapeva cos'avrebbe trovato nella cassaforte, non si era fermata a chiederselo. Poteva essere una busta, oppure una chiave, o anche una mappa del tesoro con una X al centro. Doveva necessariamente fidarsi della parola di quell'uomo, e ormai era tanto che non si fidava più della parola degli uomini.

«Qualcun altro conosce questa formula?»

Il professore cercò di assumere un tono convincente.

«Nessuno. Solo io.»

Liz si infilò il foglietto in tasca e sospirò. Doveva continuare a fidarsi che le stesse dicendo la verità, e questo la rendeva vulnerabile. Stringeva ancora il coltello in mano. All'improvviso i suoi occhi si posarono sulla fotografia di Daniela. L'afferrò, guardandola con occhi pieni di desiderio.

«È davvero bella», disse lentamente, assaporando le parole.

«Ti prego», la supplicò Leonard, «hai promesso di lasciarla in pace.»

Lei gettò la testa all'indietro, i capelli come le onde di quel mare che i pescatori di Taiji macchiavano del sangue di centinaia di delfini. Il professore l'aveva visto in televisione e aveva dovuto trattenere un conato di vomito. Lo stesso gli capitava ora, ma magari era l'effetto del Propofol, o forse era vero che dall'amore all'odio c'era solo un passo e quella donna, in quel momento, gli dava la nausea. Liz fece una risata roca che stonava con il suo aspetto giovanile. Sembrava la risata di un'anziana. Quasi avesse sentito il pensiero sgarbato di Leonard, cambiò espressione. I suoi lineamenti si indurirono all'istante.

«Sul serio l'ho promesso?» chiese furibonda.

«Sì», sussurrò lui, certo che la fine fosse ormai vicina.

«Ho mentito.»

Un bagliore animale lampeggiò negli occhi di Liz. Con una forza disumana si scagliò verso il professor Green tenendo stretto il coltello. Si mise dietro di lui, lo prese per la fronte e gli piegò la testa all'indietro. Poi, con un colpo netto, gli tagliò la gola.

2.

Le note dell'*Incostanza delusa* riecheggiavano tra le pareti dell'elegante attico su due piani di Richard Chanfray. Le sue dita sottili sfioravano i tasti dell'antico pianoforte con la leggerezza di una libellula che si posa sulla superficie di un lago. Dolci, lente, appena una carezza. Teneva gli occhi chiusi, così da poter sentire la melodia come se fosse nuova, come nell'istante in cui l'aveva composta. La musica era una delle poche cose che ancora lo commuovevano, mentre tutto il resto gli era indifferente. Ormai da tempo la vita aveva perduto colore, sapore, odore. Non gli serviva a niente circondarsi di opere d'arte: sculture raffiguranti donne floride scolpite da artisti alla moda, dipinti in cui si distinguevano chiaramente solo un cerchio arancione e un triangolo nero e intitolati, chissà perché, *Bambino con uccello*, sedie di design che si reggevano su gambe deformi in un equilibrio talmente impossibile che nessuno avrebbe mai osato sedersi, lampade tempestate di cristalli Swarovski simili ad alberi che allungavano i loro rami metallici sul soffitto. No. Niente lo emozionava più sul serio. Niente.

L'attico era stato progettato fin nei minimi dettagli dal più grande architetto di Londra, un giovane di talento che sottoponeva i clienti a un test della personalità valutato dal suo staff di psicologi, prima di degnarsi di lavorare alla loro casa. Dopo aver letto il rapporto, l'architetto aveva dedotto che Richard era un uomo colto, raffinato e solitario, che voleva un ambiente intimo ma al contempo dinamico, diafano e confortevole, in cui non potevano mancare significativi tocchi dell'innegabile essenza mascolina che sprigionava da ogni suo poro. E così aveva ideato un loft moderno, con grandi spazi aperti, in cui si respirava una certa aria bucolica con vaghe reminiscenze delle eleganti dimore europee ottocentesche. Lo stesso pianoforte a coda era un pezzo unico, uno strumento di fine Ottocento in legno di quercia con tasti d'avorio e gambe tornite, fabbricato da Collard & Collard, di cui Richard si era rifiutato di liberarsi nonostante le proteste dell'architetto, convinto che stonasse con l'immagine moderna dell'appartamento. Anzi, Richard aveva insistito perché il piano fosse sistemato proprio al centro della stanza. Il cliente non era disposto ad accettare compromessi su quel punto.

Richard avrebbe voluto fermare il tempo nel preciso istante in cui la luce fioca dell'alba cominciava a filtrare dalla finestra. Ogni minuto che passava gli restituiva il ricordo della serie di errori che aveva commesso nel corso della sua vita e che continuavano ad avvelenare ogni suo giorno e i giorni delle persone che lo circondavano, quasi con un effetto domino. Una tessera spingeva la successiva facendola cadere e così via di seguito, in un labirinto di sventure senza fine. Una maledizione in piena regola, pensava Richard. Ma quel gioco crudele aveva vita breve, aggiungeva tra sé e sé. Si sarebbe incaricato personalmente di eliminare la tessera successiva per porre fine a quel ciclo di disgrazie. La decisione era presa ormai da tempo, e questo lo confortava. Non gli era mai piaciuto affidare al destino le scelte più importanti. Le redini della sua vita voleva impugnarle lui. Trasse un respiro profondo, lasciando fluttuare lo sguardo su una Londra al primo risveglio. Fu allora che il suo assistente, il signor Montgomery, bussò alla porta, dapprima timidamente, poi sempre più forte.

«Mi scusi, signore», si schiarì la voce. «Signor Chanfray?»

Rapito dal suono delle ultime note che ancora fluttuavano nell'aria, Richard tornò con i piedi per terra e guardò l'ora. Le 6.14 del mattino.

«Che succede?» chiese sorpreso.

«Mi dispiace disturbarla, signore, ma chiedono di vederla con urgenza.»

Richard era perplesso. Chi poteva avere la sfacciataggine di presentarsi a quell'ora?

«Adesso non voglio vedere nessuno. Che prendano appuntamento», rispose cercando di tenere a bada il disagio che gli procurava quell'intromissione fuori orario.

«Non credo possano aspettare, signore.»

Richard fece schioccare la lingua e scrollò la testa con aria infastidita. Non era ancora vestito. Appoggiò le mani alle ginocchia e si alzò per indossare la vestaglia. Quando aprì la porta della stanza, aveva uno sguardo truce.

«Che significa "non possono aspettare"? Chi non può aspettare?»

«Sono due agenti di Scotland Yard. Dicono che è urgente, devono assolutamente parlare con lei.»

A Richard si strinse il cuore. Il suo assistente, uno degli uomini più eleganti che conoscesse, che avrebbe potuto benissimo passare per un marchese dinnanzi al professor Higgins in persona, gli stava di fronte con indosso una vestaglia in broccato di seta dorata. Aveva le palpebre gonfie. Il signor Montgomery diceva di discendere in linea diretta da una delle famiglie più esclusive di Londra e assicurava che il suo destino di maggiordomo non era dovuto a un rovescio di fortuna, ma alla sua innata vocazione a rendere la vita più facile agli uomini illustri. Ecco perché si permetteva di guardare con compassione, e non senza un certo disprezzo, tutte le creature sventurate che lavoravano al servizio di una famiglia per ragioni economiche. Del signor Montgomery non si conoscevano legami amorosi, figli, genitori o fratelli, e sosteneva, senza che un solo muscolo del viso confermasse tale affermazione, di sentirsi orgoglioso di assistere un uomo colto e raffinato come Richard Chanfray. Solitamente il signor Montgomery indossava abiti neri fatti arrivare da Milano, abbinati a camicie bianche e cravatte scure. Era la prima volta che Richard lo vedeva con una semplice vestaglia. Non si era mai mostrato a lui in quello stato. Di sicuro l'avevano tirato giù dal letto.

«Li faccia accomodare in sala e offra loro qualcosa. Un tè, un caffè o quello che preferiscono», gli disse scuotendo la mano con aria svogliata. «E dica loro che sto scendendo. Prima devo vestirmi.»

Entrò nell'enorme bagno di ardesia nera e si guardò nello specchio lasciandosi sfuggire un sospiro estenuato. I capelli castano scuro gli arrivavano quasi alle spalle e gli sfioravano gli zigomi. I suoi occhi neri, insondabili, vuoti, gli restituirono quell'immagine che ben conosceva. Lineamenti delicati, barba incipiente, pelle bianca, liscia, soda, pulita... da ventenne. Eppure lui sentiva che dietro quell'aspetto ingannevole si nascondeva l'amarezza di un vecchio sdentato, la noia di chi ha già vissuto tutto e non si fa più sorprendere da nulla, di chi si è ormai lasciato sfuggire l'esistenza come acqua tra le dita. Quel corpo che lo conteneva non era altro che una facciata, un edificio senza mobilia, senza tende, senza inquilini, senz'anima. Il disincanto gli aveva roso le viscere trasformandolo in una creatura solitaria e circospetta, un semplice guscio vuoto. Un guscio, questo sì, bello e raggiante come pochi. Non c'era da stupirsi che la gente si sorprendesse del suo tenore di vita, soprattutto quando non riusciva a ricondurre una simile fortuna a genitori milionari o a un cognome illustre. Il mese prima avevano organizzato una cena nelle sale dell'università. Una delle docenti gli si era avvicinata con aria disinvolta per chiedergli come facesse uno della sua età ad avere un curriculum di quel livello, a vivere in uno dei quartieri più lussuosi di Londra, a disporre di un maggiordomo, a vestire abiti firmati, a suonare il piano e il violino, a parlare quattro lingue e a guidare quella BMW da urlo. Richard non era capace di abituarsi a quel genere di impertinenza che, camuffata dietro un bel sorriso e un battito di ciglia, cercava di farsi passare per spontaneità. Mentre gli parlava, la donna si ravviava i capelli, le brillavano gli occhi e accarezzava con l'indice il bordo della coppa di champagne che teneva in mano. Riconosceva benissimo quei gesti. Il rituale della seduzione non variava di molto con il passare degli anni. Di sicuro la professoressa stava flirtando con lui.

«Non hai avuto il tempo materiale per procurarti tutte queste cose in maniera legittima», aveva riso lussuriosa buttando indietro la testa e mostrandogli il collo sottile. «O sei il figlio unico di un trafficante d'armi, cosa che sarebbe anche possibile, visto che si sa così poco di te, oppure hai venduto l'anima al diavolo», aveva aggiunto in tono scherzoso.

Richard non aveva risposto. Aveva fatto un sorrisetto di cortesia ed era passato a parlare del tempo orribile delle ultime settimane. Vivere a Londra facilitava quel genere di conversazioni. Una volta deciso che aveva osservato l'etichetta quel tanto che avrebbe impedito alla signora di sentirsi offesa, si era congedato con un lieve cenno del capo e aveva abbandonato la festa. Eppure non era riuscito a evitare che quella donna ci rimanesse male e lo giudicasse terribilmente affascinante, ma almeno altrettanto scortese.

Richard sospirò di nuovo prima di lavarsi la faccia con l'acqua fredda. Indossò un paio di jeans neri e una camicia a maniche lunghe di cotone grigio e fece per scendere le scale rivolgendo come sempre uno sguardo al maestoso ritratto che le sovrastava. Incorniciato in uno sfarzoso legno policromo lavorato a sbalzo, vi appariva un giovane distinto, vestito in camicia bianca, cravattino e gilet di velluto azzurro, alla cui tasca era appesa la catena di un orologio. Alle sue spalle, un pesante tendone stampato a fiori e un soffuso sfondo marrone ricordavano la moda di fine Ottocento. In effetti, se qualcuno si fosse preso il disturbo di controllare la firma dell'artista, si sarebbe accorto che era un'opera del celeberrimo Richard Westall, il pittore che immortalò lord Byron. Ma la cosa più stupefacente era che il portamento e il viso del giovane che dall'alto di quella tela rivolgeva la sua occhiata altezzosa verso il mondo, era identico a quello di Richard Chanfray, forse un antenato illustre degno di tale omaggio.

Nella sala lo attendevano i due agenti. Sfoggiavano l'aria sciatta tipica dei film polizieschi, con i loro impermeabili stropicciati che non si erano voluti togliere nonostante l'insistenza del signor Montgomery. Lo aspettavano seduti sul bordo del divano, con una tazza di caffè in mano. Quando sentirono i suoi passi, si alzarono in contemporanea, quasi azionati all'unisono da una molla. L'idea gli parve divertente, e Richard non poté fare a meno di ripensare all'automa turco con il turbante, i baffi e l'aria severa che aveva giocato a scacchi con personaggi del calibro di Benjamin Franklin e

Napoleone Bonaparte alla fine del Settecento. Li aveva sconfitti tutti con una facilità così incredibile che Federico II il Grande in persona aveva promesso di tagliare la lingua a chiunque avesse sparso la voce che neanche lui era riuscito a vincere. In seguito si venne a sapere che sotto l'esotico congegno metallico si nascondeva un uomo molto basso, esperto nella nobile arte degli scacchi.

Chissà, magari anche le due persone che in quel momento si trovavano nella sua sala non avevano volontà propria ed erano azionate da qualcun altro. Erano in tanti al mondo a non avere volontà propria, e questa ipotesi lo fece sorridere.

«Signor Chanfray, ci dispiace averla dovuta disturbare a quest'ora», si scusò uno dei due porgendogli la mano per presentarsi. «Sono l'agente Robert Lewin, e il mio collega è l'agente Vincent Davis, di Scotland Yard.»

Doveva trattarsi di una cosa seria, questo era certo. Richard ebbe un *déjà-vu*, quella dannata sensazione di malessere, sicura premonizione di disgrazia. L'aveva provata così tante volte che ormai riusciva a identificarla alla perfezione.

«È successo qualcosa?» chiese fingendo indifferenza, mentre ricambiava la stretta di mano.

«Direi di sì... sì. Un incidente. Lei conosce il professor Leonard Green?»

«Ma certo, è il relatore della mia tesi di laurea», rispose. «Sta bene?»

«Non molto», disse l'agente Davis. «In realtà è morto.»

Richard ebbe un tuffo al cuore. Era più di un anno che lavoravano insieme. Fu costretto a sedersi per incassare la notizia.

«Leonard... morto», gli fece eco.

«Esatto.»

«Cosa... cosa...» non aveva il coraggio di formulare la domanda. «Cosa gli è successo?»

«Assassinato», sentenziò l'agente. «Nel suo ufficio all'università.»

«Morto...» ripeté ancora Richard con voce da sonnambulo, la testa fra le mani e lo sguardo rivolto a terra.

«Forse lei può aiutarci a trovare l'uomo che l'ha ucciso.»

Richard sembrò tornare d'un tratto alla realtà. Alzò gli occhi e fissò serissimo i poliziotti per qualche secondo prima di chiedere: «Come fate a sapere che si tratta di un uomo?».

«Scusi?»

«Come fate a essere certi che non l'ha ucciso una donna?»

I due agenti si guardarono sorpresi.

«Be'... a essere sinceri non lo sappiamo ancora. Ecco perché ci serve il suo aiuto. Lei era uno dei suoi allievi prediletti, vero? Di sicuro conosce le persone che avevano rapporti con lui. Forse sa se era antipatico a qualcuno, se suscitava invidie, gelosie professionali...»

Richard Chanfray stava ancora cercando di assorbire il colpo, ma all'improvviso sembrò riaversi e si alzò di scatto.

«Come l'hanno ucciso?»

«Le domande le facciamo noi.»

L'agente Lewin si mise d'istinto sulla difensiva, infastidito dalla reazione insolente di quel giovane.

Ma Richard fece finta di nulla e chiese ancora: «Gli hanno tagliato la gola?».

Gli agenti si guardarono di nuovo. Adesso erano certi che Chanfray sapesse qualcosa.

«Sarà meglio che venga con noi a Scotland Yard, signore.»

«Sono in arresto?»

«No, no, certo che no», rispose Davis, cercando di assumere un tono tranquillo.

In realtà non avevano prove a sufficienza per poterlo arrestare e speravano di convincerlo che si trattava di una procedura abituale, così che lui li seguisse spontaneamente in commissariato.

«L'ispettore incaricato del caso vorrebbe parlare con lei. Potrebbe esserci di grande aiuto nelle indagini», proseguì. «La riportiamo a casa subito», aggiunse, dopo un istante di esitazione.

Richard rivolse uno sguardo alla finestra. Una nebbiolina grigia avvolgeva la città. Una nuova tessera di quel tetro domino era appena caduta. Se avesse agito più in fretta, forse tutto questo non sarebbe successo, ma ormai era troppo tardi e qualcuno stava soffrendo le conseguenze della sua inettitudine. Da troppo tempo accumulava rancore, un dolore che gli rodeva le viscere come la muffa purulenta che invade ogni millimetro della buccia di un'arancia marcita. Nonostante i suoi tentativi di distrarsi, di emozionarsi, di passare il tempo al meglio fino a trovare la soluzione, il dolore per il passato continuava a mordergli l'anima. Sospirò ancora.

«Va bene, vengo con voi. Permettetemi di prendere un cappotto.»

Da un armadio dell'ingresso afferrò un giaccone di pelle consumata, lo indossò e aprì la porta di casa. Con un leggero cenno del mento, li invitò a precederlo.

3.

Liz sollevò la visiera del casco per digitare il codice di sicurezza che apriva il cancello. Adesso vivevano al 42 di Bishops Avenue, in una lussuosa villa bianca con il tetto verde in stile neoclassico valutata più di tre milioni di euro. Nel giardino si affollavano centinaia di piante aromatiche diverse che disperdevano nell'aria un aroma denso che seccava la gola. Il perimetro della proprietà era percorso da una cancellata su cui cresceva un'edera così folta che impediva anche solo di intuire la sagoma dell'edificio principale. Ancora più nascosto era il glorioso Zeus che, con il fulmine in mano, coronava lo stagno ricco di ninfee e pesci rossi con aria da pescatore di balene. La casa era composta da otto stanze da letto e cinque bagni, uno dei quali nella palestra, dotata di sauna e vasca idromassaggio. In cantina si conservavano vini più antichi persino del parlamento di Londra. Ma l'orgoglio della proprietà era una biblioteca che comprendeva più di quindicimila libri scritti in centosettanta lingue, seimila manoscritti, piante di città che non esistevano più, un milione di giornali risalenti a epoche antichissime e provenienti dai paesi più diversi, oltre a un *Missale speciale constantiense* di cui esistevano in tutto tre esemplari al mondo. La gente non lo sapeva, ma quel messale era il primo libro stampato a caratteri mobili da Gutenberg.

Il cancello si apriva lento mentre Liz girava l'acceleratore della sua potente Yamaha V-MAX hypermodified nera e dorata, facendo vibrare il terreno. Un gran fumo usciva dal tubo di scappamento, mescolandosi alla nebbiolina che pervadeva l'aria. Appena si creò lo spazio minimo perché riuscisse a passare, zigzagò rapida e si infilò dentro, senza aspettare che il cancello si aprisse del tutto. Era sempre stata una donna molto impaziente, e quando voleva una cosa, la voleva prima di subito.

Parcheggiò la moto in garage, tolse il casco e sciolse la coda di cavallo con cui teneva legati i suoi indiavolati capelli rossi. Guardò l'orologio e sorrise soddisfatta. Aveva percorso i cento chilometri che separavano Cambridge da Londra in meno di un'ora. Adorava la velocità. Era incredibile quanto si fosse evoluta l'ingegneria meccanica da quando si era cominciato a sostituire i cavalli con degli artefatti che non avevano bisogno di riposare, dietro cui non bisognava abbassarsi a raccogliere gli escrementi e che circolavano, come per magia, alla vertiginosa andatura di trenta chilometri l'ora. C'era stato un tempo in cui le signore si annodavano lunghi foulard ai cappelli e i signori indossavano occhiali di protezione per viaggiare sicuri su quei marchingegni. Nonostante tutto, alcuni eruditi avevano pubblicato rapporti in cui dimostravano che le viscere umane non erano pronte a sopportare la diabolica velocità raggiunta dalle automobili, e che non c'era da stupirsi se prima o poi qualcuno fosse esploso all'interno dell'abitacolo.

Liz sorrise al pensiero mentre saliva lentamente la scala di servizio che portava alla sua stanza. Non voleva svegliare il resto della casa. Aprì la porta e cominciò subito a svestirsi. Si tolse gli stivali e aprì la cerniera del giubbotto di cuoio. Lo avvicinò alla luce per verificare che non fosse sporco di sangue. Niente, neanche una macchia. Si era messa in posizione strategica per non correre rischi.

Tolse dalla tasca dei pantaloni l'agognato foglietto e lo posò sul comodino prima di finire di spogliarsi e struccarsi. Un attimo prima di entrare nel letto, senza niente addosso, si rese conto di avere fame. Non aveva toccato cibo dal pranzo del giorno prima. Infilò un paio di jeans e una camicia bianca e si raccolse i capelli. Senza il mascara, senza il rossetto, senza il trucco che nascondeva le lentiggini sul naso, senza l'esuberanza dei suoi capelli sciolti, senza i pantaloni di pelle e i tacchi a spillo, perdeva gran parte della sua bellezza sfacciata. Così somigliava più a una prosperosa contadina tirolese.

Prima di uscire dalla stanza, riprese il foglietto che aveva sottratto dalla cassaforte del professor Leonard Green e lo mise nella tasca dei jeans. Non riusciva ancora a credere che un oggetto dall'aria così insignificante avesse il potere di distruggere le loro vite. Allora ripensò all'unico vero responsabile di quel pericolo incombente. Lui, solo e soltanto lui. Uno di loro. Sentì una fitta al cuore. Lottava un giorno dopo l'altro per schivare quel fantasma che si ostinava a tornarle continuamente in testa, minacciando di non volersene più andare. Era chiaro che i suoi sforzi per dimenticarlo glielo ricordavano ogni giorno. Lui l'aveva fatta sentire fragile, vulnerabile. La fierezza che Liz esibiva in ogni occasione, che aveva dovuto apprendere per potersi difendere dagli attacchi, si diluiva come una zolletta di zucchero nel tè quando lui le era vicino. Aveva capito già da tempo che era l'unica persona al mondo capace di farle male; non nel corpo, ma nell'anima. E il male dell'anima era il peggiore di tutti. Sì, di sicuro lui le aveva fatto male. Molto male.

Strinse i pugni con rabbia. Le unghie le si conficcarono nel palmo delle mani, disegnando tante piccole lunette viola.

«Hai fatto arrabbiare la persona sbagliata, Saint-Germain», sibilò mentre scendeva le scale, diretta in cucina.

4.

Richard osservò dal finestrino dell'auto il minaccioso cielo grigio che incombeva su di lui: una turbolenza di schiuma sudicia si estendeva lenta ma inesorabile sopra la città. La Toscana era luminosa; Costantinopoli esotica; Praga misteriosa; Calcutta speziata; Londra sempre in lacrime, pensò. Una media di centosettanta giorni di pioggia all'anno permetteva di trarre questa conclusione. Lasciò cadere le palpebre, indolente. Nonostante il riscaldamento acceso e il giaccone di pelle, sentì un brivido percorrergli la schiena.

«Si sente bene?» gli chiese l'agente Davis, fissandolo nello specchietto retrovisore.

«Perfettamente», mentì.

La città sembrava un acquerello, come quella scena di Mary Poppins in cui i protagonisti passano tutti allegri da un posto di sogno all'altro, semplicemente saltando nei quadri disegnati sul marciapiede. Avrebbero potuto rimanere intrappolati per sempre in quella realtà raffigurata col gessetto, se non fosse stato per la pioggia, la pioggia battente di Londra che infuriava all'improvviso, sciogliendo gli spazi. Erano anni che viveva così, scegliendo scene in cui immergersi, cercando di continuo l'uscita, sperando che l'acqua lo trascinasse dentro un tombino, fino a diluirsi del tutto. Ma il quadro non si scioglieva mai fino in fondo, imprigionandolo in quello scenario, anche se il panorama non gli piaceva più.

Il carattere malinconico col tempo aveva fatto guadagnare a Richard fama di scontroso. Non accettava mai gli inviti dei colleghi di università, indipendentemente dal fatto che uscissero a bere, andassero a cena fuori oppure a un concerto, o semplicemente a prendere un tè. Nonostante l'innegabile avvenenza fisica, non si conoscevano sue amicizie femminili... e neppure maschili.

«Richard è come un angelo», scherzavano le ragazze dell'università con un pizzico di acredine. «Non ha sesso.»

Era così assorto nelle sue riflessioni che solo all'altezza di Durward Street si accorse di essere arrivato nel quartiere di Whitechapel. Quello che aveva davanti era stata un tempo la Old Board School, quando ancora quella strada si chiamava Buck's Row. Era lì che avevano trovato la prima vittima di Jack lo Squartatore, una certa Mary Ann Nichols, che tutti chiamavano Polly. Forse quello era il luogo al mondo in cui la frontiera tra passato e presente si faceva più sfumata. Londra era una città ambivalente, e questo turbava e commuoveva Richard allo stesso modo. Erano anni che gli architetti la utilizzavano come banco di prova per dimostrare che potevano prendere in giro con disinvoltura le leggi della gravità, innalzando edifici a forma di cetriolo, di sfera o di scodella per poi rivestirli di finestre a specchio, costruendo il London Eye, una ruota panoramica da cui si poteva ammirare l'immensità della campagna inglese nei pochi giorni all'anno in cui il cielo era limpido. Eppure, nonostante la moderna Londra fatta di gallerie d'arte cosmopolite, pub con le tendenze musicali del momento, esclusivi spettacoli teatrali al limite dello splatter, nel profondo del suo cuore lui rimpiangeva il sapore dell'altra Londra, quella vittoriana, in cui eleganti damigelle sollevavano il mignolo per sorseggiare il tè delle cinque commentando i cappellini più bizzarri sfoggiati all'ultima corsa di Ascot.

Mentre si dirigevano verso la sede di New Scotland Yard, la città piano piano si svegliava. Il fumo dei tubi di scappamento offuscava la luce dei fari e al volante sembravano tutti zombi riemersi dalla nebbia. Molti sbadigliavano ancora insonnoliti, alcuni bevevano il caffè nel bicchiere di carta, altri insultavano l'auto che li precedeva perché non era partita prima ancora che scattasse il verde. Non era un bel modo per cominciare la giornata. Essere felici ogni secondo richiedeva troppa fatica, si disse Richard.

«Lei è francese, *n'est-ce pas*?» cercò di attaccare discorso l'agente Davis.

«Lo dice per via del mio cognome?»

«No... be', in realtà sì... o meglio, anche. Abbiamo controllato i documenti della sua iscrizione all'università. Nato a Parigi», spiegò.

Avrebbe dovuto immaginarlo. Quando aveva fatto domanda di ammissione al dipartimento del prestigioso professor Leonard Green, gli avevano richiesto ogni genere di documento: certificato di nascita, studi, lingue parlate, passaporto... Sì, nel suo certificato di nascita risultava nato a Parigi, ma lui si considerava cittadino del mondo. Aveva vissuto in un'infinità di posti diversi, aveva così tanti ricordi, belli e brutti, legati a così tanti paesi, che non riusciva a riconoscersi in una città precisa. L'unica cosa certa era che, prima di andare a cercarlo, gli agenti avevano preso informazioni su di lui. Ma del resto era ovvio, visto che era l'unico laureando che il professor Green avesse accettato negli ultimi anni. Non c'era da stupirsi che si fossero presi il disturbo di fare qualche indagine, soprattutto considerando le drammatiche circostanze che avevano circondato la morte del professore.

«Sì, sono di Parigi», annuì continuando a guardare fuori dal finestrino.

In quel preciso istante attraversarono Hanbury Street. Nel cortile sul retro del numero 29, l'8 settembre 1888 era stato trovato il cadavere di Annie Chapman. Tra i cittadini dell'epoca, Jack lo Squartatore suscitò molto più interesse del prassinoscopio, del grammofono, della spazzatrice motorizzata e persino della straordinaria invenzione dell'apriscatole, cinquant'anni dopo l'invenzione delle scatolette. I suoi delitti turbarono profondamente i membri dell'alta società londinese, che storcevano il naso per il disgusto se le loro eleganti carrozze si vedevano costrette ad attraversare le immonde strade dell'East End. Già, come se la miseria potesse contagiare anche da lontano, sorpresi che, a neanche mezz'ora di trotto dalle loro case lussuose, Dio non si prendesse più cura delle sue creature. A quei tempi si arrivò persino a dire che gli abitanti di quella zona non appartenevano alla specie umana ed erano gli unici a discendere davvero dalle scimmie, come affermava quel matto di Darwin nella sua ostinazione a voler stravolgere le dottrine di santa madre chiesa, che su quel particolare metteva le cose bene in chiaro. Era insopportabile accettare l'idea che quegli ubriaconi puzzolenti e attaccabrighe, quelle prostitute sdentate che offrivano a gran voce le proprie miserie mostrando i seni flaccidi, quei bambinetti svelti di mano e pidocchiosi che abitavano le sudicie strade di Whitechapel fossero in realtà esattamente identici a loro, così raffinati, belli e istruiti. Loro sì che discendevano da Adamo ed Eva. I più caritatevoli si lasciavano commuovere da quella raccapricciante disgrazia e reclutavano nelle parrocchie le oziose damigelle dell'alta società, incitandole a donare cibo e abiti ai bisognosi. E loro erano ben contente di lasciarsi coinvolgere, così da alleggerire le coscienze e introdurre un nuovo argomento di conversazione nelle loro noiose riunioni. Nel frattempo i politici e gli intellettuali, con la curiosità e l'indifferenza degli scienziati che osservano gli insetti al microscopio, stavano a guardare come interagivano i bisognosi, soprattutto da quando quel crudele assassino aveva deciso di accanirsi contro di loro.

«Whitechapel», annunciò l'agente. «Conosce i delitti di Jack lo Squartatore?»

«Chi non li conosce?»

«Per un investigatore, la cosa peggiore sono le chiacchiere della gente. Guardi là», continuò Davis, indicando l'Old Spitalfields Market. «Quello era uno dei posti in cui a quei tempi si radunavano ladri, prostitute e persone di malaffare. La stragrande maggioranza delle bufale sono uscite da laggiù. Sulla porta si incontravano le pattuglie di civili che George Lusk organizzava per rastrellare il quartiere in cerca dello Squartatore.»

Richard rimase in silenzio.

«Lo sa che c'è anche un turismo che ruota attorno ai luoghi dei delitti? Lo chiamano "Tour Jack lo Squartatore". Due ore da brivido per sette sterline.»

«Sì, ne ho sentito parlare.»

«Che giro d'affari macabro, dico io. Guardi, lì hanno trovato la quinta», esclamò in tono entusiasta indicando in direzione di un supermercato, dove un tempo sorgeva Miller's

Court. «Pare che fosse la più bella di tutte. L'ha uccisa in tutta tranquillità, dentro la sua stanza: il vetro era rotto e ha infilato la mano per aprire la finestra. Non molto diverso da quello che è capitato al professore: il suo assassino ha approfittato dell'intimità del suo ufficio per accanirsi contro di lui.»

A Richard venne la pelle d'oca. Accanirsi era un termine orribile. Indicava che il killer si era divertito a provocare dolore a uno che non era in condizione di difendersi. Questo gli ricordò che Leonard Green, il suo professore, il suo mentore, il suo amico... era morto. Morto. E adesso cos'avrebbe fatto? Si sentì di nuovo addosso lo sguardo dell'agente nello specchietto retrovisore. Sembrava che si aspettasse un commento. Ma lui non disse niente.

La vista della Torre di Londra lo rilassò. L'auto cercava di procedere, ma l'ora di punta rendeva il tragitto molto più lungo di quanto avesse desiderato. Alla fine imboccarono il ponte di Westminster, con il fiero Big Ben a dare il benvenuto. Erano in pochi a sapere che in realtà Big Ben era il nome della campana e che, per estensione, era passato a designare anche l'orologio. La torre che lo racchiudeva era stato l'ultimo lavoro eseguito dal suo creatore prima di cadere nella depressione più profonda, un disturbo mentale che gli aveva messo sotto gli occhi la dimensione tragica dell'esistenza, la relazione diretta tra il tempo effimero e la morte: terribile e repentina notte dell'anima che ispirava da secoli gli artisti. Secondo Richard, non era difficile lasciarsi prendere dalla nostalgia quando si cominciava a chiedersi quale fosse il senso della vita. Chiuse gli occhi un istante. Quando li riaprì, vide che stavano già costeggiando Hyde Park, il parco che da sempre accoglieva migliaia di manifestanti che dallo Speakers' Corner potevano gridare al mondo le più disparate ideologie, a patto che mantenessero un linguaggio e un comportamento decoroso. Era lì che si erano poste le basi del movimento operaio, del voto alle donne e della lotta per la libertà. Un giardino con l'ambizione di essere la foresta di Sherwood, con il Crystal Palace e l'albero rovesciato, frequentato da scoiattoli dispettosi capaci di rubare un cartoccio di arachidi dalle mani di Robin Hood in persona senza farsi notare. Eppure, fra gli alberi di Hyde Park il tempo si fermava. Lungo i suoi viali transitavano ancora carrozze a cavallo, con tanto di cocchieri in livrea con basettoni, cappello a cilindro e stivali di cuoio lucido. Di nuovo la Londra ambivalente che sorvolava il proprio passato.

«Ci siamo quasi», annunciò Davis.

Imboccarono la Broadway e videro subito l'enorme edificio rivestito di specchi con il cartello rotante e la scritta NEW SCOTLAND YARD.

In passato si chiamava solo Scotland Yard, un nome derivato dalla sua precedente ubicazione al numero 4 di Whitehall Place, dove una porta sul retro dava su Great Scotland Yard Street. Quell'antico edificio non aveva niente in comune con questo, ultramoderno e funzionale. Entrarono da una delle viuzze laterali con accesso al garage sotterraneo. Parcheggiarono l'auto e presero l'ascensore.

«L'ispettore Abberline ci sta aspettando», lo avvisarono durante la salita.

«Abberline?» Per un istante a Richard si fermò il cuore. «L'ispettore capo Frederick George Abberline?» chiese.

I due agenti si guardarono e sorrisero. Erano abituati alla sorpresa che suscitava su un certo tipo di persone il nome dell'ispettore capo di New Scotland Yard.

«In realtà il suo nome di battesimo è Edward», precisò Lewin. «Edward Abberline. Impressionante, vero?» proseguì. «Si tratta del trisnipote del famoso ispettore che diede la caccia senza successo allo Squartatore. Una saga di investigatori, come vede.»

Richard non rispose. Sembrava proprio che il destino gli volesse giocare uno scherzo macabro. Il giorno prima aveva cominciato a intravedere una speranza, e adesso si ritrovava di nuovo nello sconforto più assoluto.

«Prego.»

Aprirono la porta, invitandolo ad accomodarsi in una stanza grigia e impersonale. Una parete era rivestita interamente da uno specchio. Richard non si era mai trovato in passato nella spiacevole situazione di essere interrogato dalla polizia, ma aveva visto abbastanza film per sapere che dietro quello specchio ci doveva essere qualcuno a osservarlo. E di sicuro avrebbero provveduto anche a registrare la conversazione.

«Aspetti un attimo qui. L'ispettore Abberline viene subito», lo informò Davis dalla soglia, facendo per andar via.

Gli spazi angusti non erano mai piaciuti a Richard. Un'ondata di angoscia gli invase la gola.

«Sono in arresto?» si affrettò a chiedere ancora, un attimo prima che la porta si richiudesse.

«No, no... certo che no», rispose l'agente con un sorriso vago. «Si sieda, l'ispettore arriva subito», ripeté.

Richard ubbidì. All'improvviso si sentiva sfinito. Si sforzò di non badare allo specchio polarizzato che aveva davanti, si posò le mani sulle ginocchia e chiuse gli occhi. Cominciò a fare respiri lenti e profondi, cercando di allontanare dalla mente la certezza della morte del professore, il timore del futuro, i ricordi del passato. Si concentrò semplicemente sull'aria che entrava nei polmoni, sulla sensazione che suscitava nelle fosse nasali. Dopo qualche minuto riuscì a rilassare ogni singolo muscolo del corpo e a recuperare la calma interiore. Rimaneva sempre sorpreso dal potere rasserenante della respirazione.

Rimase in quello stato per un tempo imprecisato, finché all'improvviso non sentì aprirsi la porta della sala e si alzò di scatto. Un uomo sui cinquant'anni dall'aspetto rubizzo gli si avvicinò porgendogli la mano.

«Signor Chanfray? Sono l'ispettore Edward Abberline», si presentò, dandogli una forte stretta.

«Piacere di conoscerla.»

«Si sieda, la prego.»

Richard ebbe un attimo di esitazione.

«Mi scusi, posso farle una domanda?» gli chiese mentre spostava la sedia per accomodarsi.

«Ma certo.»

«Ha in programma di interrogare tutti gli studenti del professor Green?»

L'ispettore attese qualche istante.

«No, per il momento lei è l'unico», rispose laconico.

5.

Edward Abberline somigliava al suo lontano parente non solo nell'atteggiamento da segugio circospetto, fondamentale per svolgere al meglio la professione, ma anche e soprattutto nel fisico. Era di corporatura robusta, con i capelli rossicci, piccoli occhi azzurri e palpebre cadenti sui lati che gli conferivano un'aria perennemente triste. Sarebbe bastato che le basette gli crescessero abbastanza da unirsi alla barba per sembrare la reincarnazione del suo sfortunato trisnonno, passato alla storia per non essere riuscito a smascherare l'assassino seriale più famoso del pianeta.

Quando l'ispettore capo Frederick Abberline si era reso conto che i mesi passavano e non riusciva a chiudere il caso dello Squartatore, aveva deciso che da quel momento in poi avrebbe fatto il possibile per cancellare dalla mente dei suoi contemporanei quel devastante fallimento professionale. Doveva farsi sentire, risolvere un caso abbastanza eclatante da far dimenticare la vicenda dell'assassino di Whitechapel. L'opportunità si era presentata quando si era scoperto che in Cleveland Street esisteva un bordello per omosessuali. Erano tutti scandalizzati: c'era un tugurio in pieno centro di Londra in cui gli uomini potevano avere rapporti indecenti tra loro. E, come se non bastasse, il locale aveva persino acquisito un certo prestigio turistico. Onesti padri di famiglia si mettevano in viaggio per Londra dai posti più disparati con la scusa di concludere affari improbabili all'unico scopo di rotolarsi con delicati fanciulli su cuscini di velluto e coperte di raso alla modica cifra di venti scellini. Dopo l'atto peccaminoso, evidentemente proibito dalla legge di Dio, si lasciavano inebriare dal piacere di inalare il fumo di oppio da una pipa che un omone nero con il turbante, i calzoni di seta, il petto nudo e i muscoli unti d'olio si incaricava di riempire con una certa frequenza. L'ispettore capo Frederick Abberline aveva scoperto ben presto che illustri membri della società londinese facevano parte della clientela abituale del bordello per omosessuali, e non aveva accettato ingerenze da parte del governo nel corso delle sue indagini. I giornali avevano dato in pasto all'opinione pubblica i nomi dei clienti più famosi: lord Arthur Somerset, il conte di Euston, lo scrittore Oscar Wilde e, di nuovo, il principe Albert Victor, a cui evidentemente non bastavano le donne che frequentava nelle sue frequenti visite a Whitechapel. Stando così le cose, si era giunti alla conclusione che l'omosessualità fosse un vizio aristocratico facilmente contagioso, che finiva per infangare i giovani delle classi operaie.

L'ispettore capo Frederick Abberline era riuscito a far chiudere il bordello e si era imposto come eroe del popolo, difensore della famiglia cristiana e dell'integrità morale. Si era ritirato a vita privata poco dopo con più di ottanta decorazioni, ma nonostante tutto continuava a essere ricordato come l'uomo che non era riuscito ad arrestare Jack lo Squartatore. E, quasi che il destino volesse rimediare a una sorta di imperdonabile ingiustizia, il discendente di quell'ispettore sembrava aver preso il testimone nella missione di dare lustro al nome della famiglia dedicandosi anima e corpo a smascherare delinquenti.

Richard deglutì nervoso mentre osservava Edward Abberline spostare la sedia per accomodarsi al tavolo, gli occhi fissi sui documenti che teneva in mano. Li leggeva e rileggeva, sfogliava le pagine come se le vedesse per la prima volta. Passarono diversi minuti. Richard pensò che doveva trattarsi di una tecnica per farlo innervosire. Alla fine l'ispettore sollevò la testa e lo guardò come se fosse appena entrato e la sua presenza l'avesse colto di sorpresa. Abbozzò un sorriso forzato.

«Lei è francese», affermò.

«Esatto.»

«E da quanto abbiamo il piacere di ospitarla nella nostra

città?» Il suo tono eccessivamente gentile non era affatto convincente.

Richard trasse un sospiro. Era tornato a Londra parecchie volte nel corso della sua vita. Non l'aveva mai abbandonata del tutto, ma immaginò che l'ispettore fosse interessato al periodo di permanenza in relazione al professor Green.

«Il mese scorso è stato un anno.»

«Sì.» L'ispettore verificò soddisfatto l'informazione sui suoi documenti. La indicò con il dito e sorrise svogliato. «È il periodo di tempo che compare nel suo contratto d'affitto.»

Come supponeva, avevano già fatto indagini su tutto ciò che lo riguardava. Con quelle domande, volevano solo assicurarsi che non cadesse in contraddizione.

«Vediamo un po'...» La voce del poliziotto assunse il tono di un medico che chiede al paziente di descrivergli i noiosi sintomi di una rinite allergica. «Allora... era un anno che conosceva il professor Green, giusto?»

«In realtà lo conosco da molto prima. Mi sono messo in contatto con lui più o meno cinque anni fa, quando ho iniziato ad appassionarmi alle sue ricerche.»

L'ispettore fece una faccia stupita.

«Cinque anni fa? Ma lei... è molto giovane. Cinque anni fa era solo un ragazzino.»

«La mia passione per la scienza è molto precoce, in effetti.»

Abberline annotò un appunto sui documenti che continuava a sfogliare.

«Ha conosciuto la vittima cinque anni fa...» scrisse leggendo ad alta voce.

«Sì», confermò Richard, «anche se non di persona. Ci siamo scambiati solo delle mail. Io ero molto interessato al suo lavoro.»

«Me ne parli, la prego.»

«Il professor Green lavora su più fronti: la teoria delle stringhe, le dimensioni addizionali, il ponte di Einstein-Rosen...»

«Perdoni la mia ignoranza.» L'ispettore si appoggiò allo schienale accarezzandosi il mento. «Cos'è questo ponte di Einstein-Rosen?»

Richard non era mai stato bravo a spiegare questioni che

non si potessero pesare o misurare. Sembrava che quel termine fosse stato coniato nel 1935. Albert Einstein e il suo amico Nathan Rosen avevano lavorato sulle equazioni di campo della relatività generale ed erano giunti a una conclusione teorica che era passata inosservata tra gli scienziati dell'epoca. Si trattava di una soluzione che permetteva di collegare due regioni differenti dello spaziotempo attraverso una scorciatoia.

«Non deve scusarsi», ribatté Richard. «L'espressione "ponte di Einstein-Rosen" non è molto nota. Magari le risulta più familiare il termine che si usa comunemente.»

L'ispettore lo osservò impassibile, in attesa di altri particolari. Vedendo che Richard non apriva bocca, lo incoraggiò a proseguire.

«Me lo illustri, allora. Sono tutto orecchie.»

«*Wormhole*, letteralmente "buco di verme"», spiegò Richard.

«Wormhole...» ripeté l'ispettore.

«Esatto.»

«Si riferisce a quella teoria per cui esisterebbero delle specie di tunnel invisibili che unirebbero due zone separate da milioni di chilometri?» azzardò Abberline agitando una mano quasi a scacciare delle mosche. «Attraverso cui potremmo viaggiare da un punto all'altro della galassia in pochi minuti?»

«In teoria, sì», confermò Richard.

«Certo, in teoria... Molto interessante, sì.» L'ispettore continuava ad accarezzarsi il mento. «Ma se non sbaglio, nonostante l'impegno delle menti più brillanti, finora nessuno è mai riuscito a dimostrare che sia possibile anche nella pratica, giusto? Non è dimostrato che lo spazio contenga strutture di questo tipo, perciò al momento sono solo ipotesi teoriche, semplici congetture», aggiunse calcando l'ultima parola.

«Proprio così.»

«Santo cielo!» L'ispettore tornò ad appoggiarsi allo schienale mentre si portava una mano sulla fronte emettendo una sonora risata. «S'immagina se fosse vero? Le imprese di trasporti andrebbero in rovina!»

Richard ebbe l'impressione che Abberline lo stesse prendendo in giro, quasi fosse una teoria fantascientifica, ma preferì non aggiungere altro.

«Ed erano cinque anni che lavoravate insieme per dimostrare questa possibilità?» chiese Abberline tornando improvvisamente serio.

Sembrava sinceramente stupito che un simile vaneggiamento venisse studiato nelle università e che persone del calibro del professor Green perdessero il loro tempo, per non parlare dei soldi dei contribuenti, in studi di questo genere.

«Non proprio. Abbiamo cominciato a lavorare insieme un anno fa, quando gli ho chiesto la tesi. Ho fatto una gran fatica a convincerlo, ma alla fine ha accettato.»

«Capisco...» L'ispettore riprese a sfogliare i suoi documenti. «Evidentemente la considerava una mente molto brillante, se si era deciso ad accettarla come allievo. O forse lei era stato molto persuasivo. Lo sapeva che erano dieci anni che il professor Green non accettava più laureandi?»

«Ne sono a conoscenza, sì. Mi sento molto onorato di essere un'eccezione e che il professore conti su di me.»

L'ispettore lo guardò fisso negli occhi.

«Parla del professore al presente.»

«Non mi sono ancora abituato a parlare di lui come se non fosse più tra noi.»

Abberline sospirò e ricominciò a controllare le sue carte.

«Nell'agenda di Leonard Green è annotato un appuntamento con lei, all'ora esatta in cui pare sia stato commesso l'omicidio.»

I termini della conversazione stavano cambiando: adesso l'ispettore era passato all'attacco diretto.

«Dovevamo lavorare insieme nel pomeriggio, ma Leonard...» esitò un istante, poi si corresse, «...il professor Green mi ha chiamato qualche ora prima per rimandare l'appuntamento. Eravamo d'accordo per il giorno dopo.»

«Cioè, avrebbe dovuto vederlo oggi?»

«Sì.»

«E che motivazione le ha dato per annullare l'incontro?»

«Non mi ha detto nulla... e io non ho fatto domande. Il nostro rapporto era cordiale, ma non eravamo amici intimi. Ognuno rispettava lo spazio dell'altro.»

«Capisco.»

Abberline tornò a sprofondare nel silenzio. In effetti, l'appuntamento con Richard Chanfray era cancellato sull'agenda e rimandato al giorno dopo. Lui stesso si era incaricato di inviare una copia scansionata di quell'appunto, scritto a mano da Leonard Green, ai grafologi di Scotland Yard. A una prima occhiata, gli esperti avevano certificato che si trattava della calligrafia del docente, ma avevano aggiunto che serviva il documento originale per averne la certezza assoluta. Nell'agenda non comparivano altre annotazioni per quel giorno. Nessun altro nome o impegno, a parte quell'appuntamento annullato per l'ora dell'omicidio.

«Chi aveva accesso all'ufficio del professore?»

«Chiunque. La porta ha la serratura e lui chiude...» Si interruppe, poi riprese: «Chiudeva a chiave la sera, prima di andare via. Mentre era lì, la porta rimaneva socchiusa, bastava bussare e chiedere permesso».

«Capisco.» L'ispettore annotò un altro appunto sui fogli. «Perciò Leonard Green non adottava particolari misure di sicurezza, giusto?»

«Fare il professore a Cambridge non è una professione particolarmente rischiosa», fece notare Richard. «Almeno, che io sappia.»

«Sì, lo pensavo anch'io, ma guardi un po', la vita si incarica sempre di mostrarci altre possibilità!»

Di nuovo un silenzio imbarazzante.

«Secondo lei le ricerche del professor Green potevano dare fastidio a qualcuno?»

«No», rispose Richard senza guardarlo negli occhi.

«Sa per caso se qualcuno voleva vederlo morto?»

«No», ripeté.

«Tra voi c'era un buon rapporto personale?»

Richard sollevò la testa e incrociò gli occhi minuscoli dell'ispettore. In quel momento lo guardavano con così tanto sospetto che erano diventati addirittura più piccoli. Sembravano quasi due tagli sulla buccia di un pomodoro.

«Devo chiamare un avvocato?»

L'ispettore aveva sulle spalle abbastanza anni di servizio da capire quando un interrogato stava per mettersi sulla difensiva. Trasse un respiro profondo, cercando di allentare la tensione.

«Stiamo solo facendo una chiacchierata», rispose abbozzando il suo sorriso migliore, che una volta ancora non riuscì affatto convincente.

6.

Nicolas aveva l'impressione che quel grande edificio con arie da Partenone fosse eccessivo, persino per loro. Vivere in una strada all'ombra dei salici piangenti, abitata da assidui protagonisti delle riviste di gossip, calciatori che facevano i modelli di biancheria intima e milionari di dubbia provenienza, li metteva inevitabilmente sotto i riflettori, ma era stato costretto a cedere al volere delle donne con cui viveva. Gliel'aveva spiegato mille volte, ma non riuscivano a mettersi in testa che la discrezione era fondamentale per il loro benessere.

Il fatto è che Nicolas preferiva di gran lunga passare inosservato. Con gli anni aveva perduto interesse nelle persone: le trovava terribilmente noiose e prevedibili. Adesso riusciva a commuoversi fino alle lacrime solo guardando documentari in cui gli animali selvaggi dimostravano più umanità dell'umanità a cui apparteneva lui. Per essere felice gli bastava il silenzio, l'intimità, la compagnia della moglie Perenelle, i libri e gli esperimenti. Rimpiangeva il suo giardinetto di Parigi in cui coltivava la lavanda per alleviare il mal di testa, il rosmarino per il meteorismo, il prezzemolo contro le piattole dei fornicatori impenitenti. Aveva voluto recuperare quella deliziosa sensazione di comunione con la natura e ritagliare uno spazio per seminare le sue piante nel gigantesco giardino di quella sontuosa villa. Era convinto che innestando l'ortica sul rabarbaro sarebbe nata una pianta utile per il diabete e i blocchi intestinali, oppure che impollinando il coriandolo con l'erba cipollina avrebbe prodotto una spezia con cui curare la diarrea e la depressione. Non aveva fatto una piega quando l'architetto incaricato di disegnare il progetto del giardino lo aveva avvertito che quelle piante non profumavano, non davano fiori né ombra, non decoravano e, in una parola, erano solo delle inutili erbacce disordinate. A Nicolas non interessava l'estetica, e aveva voluto a tutti i costi riempire il giardino con i suoi incroci vegetali. Annotava il ritmo di crescita, i colori, i sapori. Li portava in laboratorio per spremerli, mescolarli, cuocerli, colarli e distillarli in un alambicco di rame. Quindi depositava i liquidi risultanti in flaconi su cui dimenticava regolarmente di attaccare le etichette. E così finivano in un angolo, impilati negli scaffali, e acquisivano il colore del brandy invecchiato, finché la moglie non li svuotava nel water di nascosto. Nicolas si considerava un uomo semplice, di gusti semplici e di piaceri semplici, e si sarebbe accontentato di poco, di passare il resto della vita in maniera umile insieme alla moglie. Però non erano soli. Ecco uno dei maggiori svantaggi di aver accettato di far parte di quella particolare famiglia.

Quel mattino si era svegliato senza tanta voglia di parlare. Era salito sulla scaletta della biblioteca e aveva accarezzato i dorsi in pelle dei suoi volumi preferiti: *La chiave di Salomone*, il manoscritto Voynich, *Il Libro della Legge*. Alcuni avevano più di quattrocento anni e si erano salvati dalle fiamme per puro miracolo. La chiesa li aveva inclusi nell'*Index librorum prohibitorum* in cui comparivano i testi considerati nocivi per l'igiene spirituale dei bravi cristiani. Nicolas li aveva letti decine di volte, eppure riuscivano ancora a dargli le risposte che cercava ogni volta che li apriva a caso.

Gli parve di sentire dei rumori in cucina e pensò che doveva essere tornata Liz. Pur sapendo cosa significava, si sentiva speranzoso. Negli ultimi tempi aveva avuto una gran paura che tutto ciò a cui aveva consacrato la sua esistenza andasse perduto. O peggio ancora, che non arrivasse mai alla conclusione. L'avevano sempre considerato il capo di quella pittoresca famiglia, forse per il suo aspetto anziano, per la barba candida e i capelli lunghi, quasi tutti bianchi. O forse era solo una questione di rispetto: in fondo, era su questa terra da più tempo di chiunque altro nel gruppo, e all'unanimità era considerato il più saggio. O, almeno, così era stato per molto tempo.

Faceva sempre più fatica a imporre la pace tra di loro. Cagliostro, per esempio, era molto difficile da controllare. Piano piano, si era trasformato in una specie di *viveur* spensierato. I suoi sforzi per convincerlo che solo uniti sarebbero stati al sicuro erano falliti miseramente. Cagliostro pensava che la vita non meritasse di essere vissuta in stato di perenne inquietudine: lui preferiva sprecare il suo tempo in festini sfrenati, in tutti i casinò conosciuti e ancora da conoscere, nella conquista di donne complicate, a cui giurava eterno amore per lo spazio di una notte. Una vita vuota e senza senso, per Nicolas; l'unica vita degna di essere vissuta, per Cagliostro. Siccome non riuscivano a mettersi d'accordo, un bel giorno quest'ultimo aveva fatto i bagagli, giurando che non era un addio e promettendo che avrebbero potuto contare su di lui in ogni momento. Adesso viveva nel Sud del paese, vicino al mare, dove poteva sperperare i suoi soldi e godersi le sue conquiste e i piaceri mondani senza essere sempre criticato da tutti.

La sua partenza aveva intristito Nicolas, ma non era niente in confronto al dolore immenso che aveva provato quando il suo adorato conte di Saint-Germain li aveva lasciati, pieno di risentimento. Nel periodo in cui avevano vissuto insieme, Nicolas l'aveva trattato come un figlio. Condividevano la passione per le scienze e per l'arte, potevano trascorrere ore e ore a parlare di alchimia, musica, filosofia, letteratura. Adorava il suono del suo violino o del suo piano che riecheggiava tra le pareti di casa, gli piaceva sapere di aver trovato una persona che gli somigliava persino più di sé stesso. Ma Saint-Germain non era riuscito a smettere di fare domande. Secondo Nicolas, il modo migliore per tormentare l'anima era continuare a porsi domande che non hanno risposta. Lui voleva a tutti i costi trovare il senso della vita ma, come gli diceva Nicolas, la vita non aveva senso. La vita andava semplicemente vissuta attimo per attimo, senza pensare all'attimo prima o all'attimo dopo, perché in realtà non esistevano più o non esistevano ancora.

«Ieri è solo un ricordo. Domani non è mai come pensiamo che sarà», insisteva Nicolas.

Eppure Saint-Germain non ne voleva sapere e si aggirava per casa come un'anima in pena, con l'aria delusa, aspettando un segno che non arrivava mai. Il suo umore malinconico sembrava alleviato dalla compagnia di Liz ma, come Nicolas aveva previsto, anche questa magia durò poco. E non solo perché era inutile credere che un altro essere umano potesse fornire ciò che da soli non siamo in grado di ottenere, cioè alleviare il dolore dell'anima per un tempo indefinito. No, andò tutto all'aria nel momento in cui Saint-Germain scoprì la vera particolarità di quella donna.

«Siamo una famiglia che si protegge dal mondo esterno, ecco cosa siamo. Una famiglia in cui ci prendiamo tutti cura gli uni degli altri», lo aveva ammonito Nicolas quel giorno tremendo in cui i dubbi minacciavano di distruggerli.

«E questo giustifica tutto?» gli aveva chiesto Saint-Germain disperato.

«Cos'è la vita? Cos'è la morte?»

Saint-Germain l'aveva guardato senza capire.

«Tu dovresti saperlo meglio di chiunque altro, amico mio.» Nicolas gli aveva posato una mano sulla spalla con affetto paterno. «La vita e la morte non hanno senso. Sono solo due facce della stessa medaglia. Il mondo non è nient'altro. Credi forse che l'universo si commuova quando una rana si mangia una mosca? Credi forse che per l'universo siamo molto diversi da una mosca? O da una rana? Facciamo tutti parte del ciclo della vita.»

«Lo sai benissimo che non è vero», aveva risposto Saint-Germain in tono mesto.

Gli sforzi per fargli comprendere che certi sacrifici andavano comunque sopportati erano stati del tutto inutili. Aveva trascorso i giorni successivi rinchiuso nella sua stanza, suonando melodie tristi al pianoforte, sprofondando nel suo mare di lacrime fino a farsi raggrinzire i polpastrelli.

«Devo parlare con lui!» urlava Liz.

«Dagli tempo. Gli abbiamo spezzato il cuore», la frenava Perenelle.

Una mattina avevano smesso di sentire la *Lacrimosa* di Mozart e si resero conto che se n'era andato. Aveva lasciato un biglietto di addio sul pianoforte per tranquillizzarli: non avrebbe mai tradito la promessa di lealtà che aveva fatto. Tra i suoi tanti difetti non era contemplata la vigliaccheria, a suo dire.

E Nicolas ci aveva creduto.

Nonostante gli sforzi che aveva fatto per tenerli uniti, con la partenza di Saint-Germain, Nicolas era stato costretto ad accettare che la vera minaccia verso il loro stile di vita non proveniva dall'esterno. Il nemico non erano gli altri, i differenti, i diversi... il vero nemico risiedeva dentro i loro cuori.

Le dita di Nicolas si posarono sulla *Santissima Trinosofia*, il libro che Saint-Germain aveva scritto come monito al suo amico Filocasto. L'aveva scritto a singhiozzo, al buio, rinchiuso in una prigione di Roma. Si mise a sfogliarlo. Novantacinque fogli illustrati con eleganza, scritti con una calligrafia perfetta. Si parlava di una triplice saggezza che andava raggiunta mediante prove che ogni aspirante alla perfezione doveva compiere per acquisire forza e capacità nei campi più elevati. Nicolas accarezzò le pagine e pensò che l'autore non aveva saputo mettere in pratica le teorie che difendeva in quel libro.

Sentì altri rumori in cucina e tornò alla realtà. Decise di scendere. Come aveva immaginato, Liz era tornata. La sua bella e appassionata Liz, la dimostrazione palpabile che le creature più belle potevano essere anche le più pericolose. Liz, forse il più grande errore di tutta la sua vita. Ma ormai lamentarsi non serviva più a niente. Stava mangiando una mela a morsi, divorandola con indifferenza. Nicolas avrebbe voluto rimanere contagiato dalla sua spensieratezza, convincersi che si trattava di un giorno come un altro, che non era successo nulla. Ma negli ultimi tempi sembravano spuntare nemici da tutte le parti e bisognava estirpare il pericolo alla radice, a costo di prendere decisioni difficili.

«Non volevo svegliarti», lo salutò lei.

«Lo sai che dormo pochissimo.»

«Già, come Leonardo.»

Nicolas raccontava sempre la storia che Leonardo da Vinci era un insonne convinto, perché le ore di sonno per lui erano tempo buttato. Aveva calcolato che un essere umano passava un terzo della sua vita dormendo e questa cosa l'aveva fatto inorridire. Vivendo settant'anni, ne avrebbe passati venti in questo stupido stato di letargo, di morte in vita. Rifiutandosi di accettare una simile abiezione, aveva ideato una routine che consisteva nel fare sei pisolini al giorno di trenta minuti ogni tre ore e mezzo. In questo modo, riusciva a riposare, ma a anche a rimanere sveglio ventuno ore al giorno.

«Fatto?»

«Sì», rispose Liz prima di mordere il sandwich al burro di arachidi e marmellata di fragole che si era appena preparata.

Nicolas chiuse gli occhi, giunse le mani e sussurrò una preghiera. Liz non poteva fare a meno di stupirsi che quell'uomo conservasse ancora una sua religiosità, dopo tutto quello che era stato costretto a vivere, ma non si sarebbe mai permessa di esprimere un'opinione al riguardo. Nicolas era la persona che rispettava di più al mondo. Quando ebbe finito di pregare, si fece il segno della croce.

«Allora, sei riuscita a trovarlo?» chiese ansioso.

«Ho mai fallito?»

«Devo proprio rispondere a questa domanda, mia cara Erzsébet?»

Nicolas era l'unico che la chiamasse ancora così.

«L'ho trovato», disse, ostentando indifferenza. «È questo che conta.»

Calò il silenzio.

«Gli hai chiesto di lui? Gli hai chiesto cosa sapeva di lui?»

Lui.

Un lampo di dolore offuscò gli occhi ardenti di Liz. Smise di masticare. Il boccone le si piantò in gola.

«No, non gli ho chiesto niente di lui», rispose mordendosi le labbra.

«Allora non sappiamo se lui dispone dei mezzi per...»

«Prima di morire mi ha giurato di essere l'unico a conoscere la formula.»

Infilò la mano nella tasca dei pantaloni e gli porse il foglietto. Nicolas notò subito che un angolo era sporco di sangue. Avrebbe preferito non vederlo. Liz riprese a mangiare, senza badarci. Sì, aveva fatto bene a scegliere lei per quella missione.

«Tutto qui? Una formula?» chiese tenendo il pezzettino di carta con due dita e guardandolo contrariato.

«Nella cassaforte non c'era altro», si giustificò lei.

«Solo una formula e il giuramento di un morto? Dev'esserci dell'altro, non basta trovare una formula. Santo cielo... Santo cielo...» Nicolas andava su e giù per la cucina.

«Mi dispiace... io... Non c'era nient'altro», ripeté Liz come una scolaretta che ha preso un brutto voto.

«Se non abbiamo altro, siamo perduti, Erzsébet, siamo perduti.»

7.

Guardò con la coda dell'occhio le fotografie della scena del crimine che Abberline aveva lasciato sparpagliate sul tavolo, facendo finta di niente, prima di uscire con la scusa di prendere un caffè. Ormai erano passati quaranta minuti, e aveva fatto in tempo a raccogliere i chicchi a uno a uno, tostarli, macinarli, bollirli e filtrarli.

Forse stavano osservando le sue reazioni al di là dello specchio polarizzato. Secondo le più avanzate teorie di psicologia criminale, un innocente avrebbe avuto un conato di vomito di fronte alle immagini di un delitto sanguinoso; un colpevole, invece, avrebbe dovuto godere a sbirciare la scena che lui stesso ha creato. Evidentemente agli assassini piaceva guardare la propria opera filtrata dall'obiettivo di una macchina fotografica, scoprire il punto di vista del fotografo, sapere quali dettagli avevano attirato la sua attenzione. Un po' come il pittore che si allontana dal quadro di qualche passo e spezza il legame emotivo per osservare come agiscono le sue pennellate su un pubblico di estranei.

Quello che gli studiosi di psicologia umana non tenevano presente quando traevano le conclusioni da inserire nei manuali era che le emozioni tendono a mitigarsi con il passare degli anni. Nel corso della sua vita, Richard era stato testimone di crudeltà capaci di indurire l'anima e farle venire il callo. Lui sapeva benissimo come incassare il dolore, la rabbia o l'allegria, propria o altrui, esattamente come un pugile esperto avrebbe incassato un gancio al mento. Ormai erano ben poche le situazioni in grado di emozionarlo, e meno che mai se riguardavano un delitto, per sanguinoso che fosse. Eppure non voleva che lo vedessero sbirciare le foto, anche se in realtà era curioso di sapere cos'era capitato al povero professore.

Un asettico orologio da parete bianco con i numeri neri segnalava, con il suo incessante ticchettio, che erano trascorsi settanta minuti da quando l'ispettore era uscito per il caffè. Quel ritardo poteva avere solo due spiegazioni: o era andato di persona in Colombia, oppure stava mettendo in pratica la tecnica di lasciare soli i sospettati per ore, nella luce smorta di una sala interrogatori, facendoli cuocere nel proprio brodo. Richard non poteva far altro che aspettare cercando di non disperare. Sospirò e si appoggiò allo schienale a braccia conserte. Tornò a posare gli occhi sulle fotografie. La prima poteva vederla molto bene. Mostrava il corpo scomposto del professore, seduto sulla sua sedia nell'ufficio di Cambridge, con il petto riverso sullo scrittoio, le mani legate alla schiena e la testa rivolta in direzione del fotografo. Gli occhi erano aperti e senza espressione. Di certo non era riuscito a difendersi. Il sangue era uscito copioso da un taglio netto che gli aveva aperto la gola da orecchio a orecchio, impregnando le carte sparse sul tavolo. L'assassino era sicuramente una persona mancina e molto esperta. Le altre foto erano ammucchiate l'una sull'altra, perciò non poteva vederle interamente. Della seconda si intuiva solo la serratura della porta dell'ufficio, perfettamente integra. Di un'altra si vedeva un angolo della cassaforte che il professore nascondeva dietro il quadro di Van Gogh, anche questa aperta e senza alcun segno di scasso.

L'acceso color rubino del sangue, che dava prova dell'enorme progresso tecnico delle arti fotografiche rispetto ai tempi del dagherrotipo, gli fece tornare in mente quando aveva preso in considerazione la possibilità di provocare la morte di altre persone come una responsabilità penosa ma inevitabile. Adesso capiva che neppure per un istante ci aveva creduto sul serio, ma aveva cercato di convincersi in nome dell'amore. Era lecito uccidere per amore? E, cosa ancora più sconvolgente, forse ciò che aveva provato era amore? Di sicuro il semplice fatto di porsi quella domanda indicava con chiarezza che non era così. Cos'era esattamente l'amore? Desiderare un corpo fremente che andava in fiamme sotto le sue dita, un corpo di una creatura selvatica che prima di lui nessuno era mai riuscito a domare. Forse amare significava questo? Sentirsi la gola secca al semplice pensiero di percorrere con la lingua gli intricati segreti di quella pelle soda fino a rimanere avvolto nella bruma sconvolgente dei suoi sospiri di piacere? Era questo l'amore? Di sicuro strappare a quel corpo fino all'ultimo gemito aveva dato come risultato la miglior melodia che avesse mai composto. Quella musica unica si era ripetuta ogni sera, ogni mattina, per tanti mesi. E non era mai riuscito a trascriverla sui suoi spartiti. Ma era davvero questo l'amore? Quella necessità di seppellire l'insopportabile vuoto dell'anima nella carne di un'altra persona? O aveva dovuto convincersi che fosse amore per sentire che era amore? L'amore giustificava tutto, così dicevano i romanzi, le poesie, l'opera, il *Nessun dorma* grazie al quale la crudele principessa Turandot finisce per concedersi. Per amore si facevano sacrifici. Oppure no? No. No! L'amore non era amore se la sua presenza turbava il cuore, la mente e l'anima. L'amore poteva portare solo felicità e rendere migliori le persone, e mai farle sprofondare nella disperazione. Era così che la pensava. Adesso gli sembrava un'altra vita che non aveva mai vissuto. Forse tutti vivevano tante vite dentro la propria esistenza.

Era immerso in queste riflessioni quando la porta della sala interrogatori si aprì all'improvviso e l'ispettore Abberline entrò con il caffè in mano.

«Scusi, mi hanno incastrato in corridoio con delle questioni urgenti», mentì.

«Non si preoccupi.»

«Ha per caso avuto tempo di dare un'occhiata alle foto?»

«Di tempo ne ho avuto in abbondanza, evidentemente, ma lei non mi aveva detto di guardarle, perciò non le ho toccate.»

«Che dimenticanza!» esclamò l'ispettore, apparentemente infastidito. «In realtà volevo che le guardasse con attenzione per dirci se c'è qualcosa fuori posto, qualcosa di strano, di sospetto...»

Richard si alzò appena e spostò le foto, separandole le une

dalle altre con l'aria più impassibile che riuscì ad assumere. Analizzò gli angoli, gli scaffali, i fogli sparpagliati in quell'ufficio dove aveva trascorso così tante ore. Ogni volta che il suo sguardo si posava sul corpo esangue e senza vita di Leonard Green, un brivido gli percorreva la schiena. Non aveva più nulla dell'uomo che gli aveva restituito la speranza.

Si soffermò su una delle immagini. La mano del cadavere era posata sul ritratto della figlia Daniela. Richard l'aveva vista solo una volta di persona. Il professore era molto preoccupato per lei. Da quando sua moglie era morta in circostanze mai del tutto chiarite, la ragazza aveva completamente cambiato carattere, sprofondando in uno stato di terribile depressione. Aveva cominciato a prendere brutti voti a scuola e gli manifestava senza mezze misure tutto il suo rancore. Lo incolpava di non essersi preso cura di lei e della madre per tanti anni e di aver sempre preferito le sue ricerche. La fotografia commosse Richard. Sembrava che il professore, sentendo la vita sfuggirgli, stesse dedicando un'ultima carezza alla figlia. O forse si trattava di un messaggio, di una comunicazione, di un segnale?

«Signor Chanfray?» La voce dell'ispettore era distante chilometri. Solo in quel momento si accorse che gli stava parlando già da un po'. «Signor Chanfray? Si sente bene?»

«Mi scusi, queste foto sono terribili. Potrei avere dell'acqua?»

«Ma certo.»

L'ispettore si diresse all'erogatore dell'acqua in un angolo della stanza e riempì un bicchierino di plastica. Richard posò le dita su un'altra fotografia. In primo piano c'era una siringa accanto a una boccetta mezza vuota in cui si intravedeva ancora un residuo di liquido biancastro.

«Propofol», spiegò l'ispettore Abberline porgendogli l'acqua, anche se il nome sull'etichetta si leggeva benissimo. «Un anestetico per via endovenosa a breve durata d'azione.»

«Glielo hanno iniettato?»

«Dovremo aspettare i risultati dell'autopsia, ma sembra l'ipotesi più probabile», sospirò. «La cosa strana è che, se gli avessero inoculato l'intero contenuto della boccetta, sarebbe morto rapidamente e senza alcun dolore. Pare che la sensazione prodotta dal Propofol sia abbastanza gradevole. Una morte dolce. Invece, l'assassino ha preferito tagliargli la gola. Non le sembra strano?»

No. A Richard non sembrava affatto strano. Ma si guardò bene dal dirlo.

«In quanti conoscono la combinazione della cassaforte del professore?» L'ispettore decise di cambiare argomento.

«Che io sappia, siamo in tre: il professore, la figlia Daniela e io.»

«Perciò lei sa cosa conteneva la cassaforte, giusto?»

«Esatto.»

«Cosa può nascondere di valore un docente universitario nella cassaforte del suo ufficio? Un oggetto talmente prezioso da spingere qualcuno a ucciderlo per impossessarsene?»

«Una formula.»

«Santo cielo!» L'esclamazione dell'ispettore suonò quasi teatrale. «E di che formula si tratta? Quella per trasformare il piombo in oro?»

Richard sorrise tristemente prima di cominciare a spiegargli che per secoli gli uomini avevano investito tempo, soldi e fatica nella ricerca di quella che gli alchimisti chiamavano la pietra filosofale, una sostanza dotata di molteplici proprietà straordinarie, tra cui la capacità di trasformare i metalli vili in oro, far crescere le piante, depurare il sangue e fornire l'onniscienza al suo proprietario. Ma non era solo per questo che la pietra filosofale era più ambita degli unicorni o dello yeti: a quanto pareva, era anche un potente elisir di lunga vita, capace di guarire da qualsiasi malattia e conferire perciò l'immortalità.

«Accidenti, sono davvero impressionato!» Si sentiva che il tono dell'ispettore non era serio.

Secondo un'antica leggenda, il potere aurifero della pietra filosofale si diffondeva a poco a poco, corrompendo tutto ciò che aveva attorno. Il suo proprietario viveva nell'inganno, pensando di essere lui ad approfittarsi dei poteri della pietra, mentre era quest'ultima a intrappolarlo subdolamente fra i suoi tentacoli, come un polipo avido, impossessandosi del suo padrone fino a trasformarlo in schiavo. Ecco com'era nata la storia del re Mida, ma Richard sapeva bene che si trattava solo di una metafora. La pietra filosofale metteva a disposizione quei doni, ma bisognava essere oltremodo saggi e onesti per non farsi corrompere da tanto potere. E forse una persona così non poteva esistere.

«Non è un po' come l'anello di Tolkien, che corrompeva lentamente chiunque volesse possederlo?» chiese Abberline con un mezzo sorriso.

«Molti dei miti, leggende o favole che compongono il nostro immaginario attuale sono basate su fatti reali, lo sa? La pietra filosofale non è un racconto di alchimisti pazzi o di stregoni», spiegò Richard. «Ci sono diversi studiosi che fanno ricerche in materia. All'Università del Michigan, per esempio, hanno scoperto un batterio in grado di metabolizzare un composto altamente tossico, il cloruro aurico, e in questo modo hanno creato pepite d'oro a 24 carati, imitando il processo che avviene in natura», aggiunse.

«Un batterio?» L'ispettore fece una faccia schifata. «Ma non mi ha appena detto che dentro la cassaforte c'era solo una formula?»

«Sì. Dentro la cassaforte c'era solo una formula, ma non ho mai detto che si trattava della formula della pietra filosofale. È stato lei a insinuarlo.»

I lineamenti di Abberline si contrassero. Gli sarebbe piaciuto rifilare un bello schiaffo a Chanfray. Di sicuro ai tempi del suo trisnonno gli avrebbero dato ragione, ma adesso i sospettati avevano persino più diritti delle vittime. Trasse un paio di respiri profondi e riuscì a recuperare la studiata compostezza che gli consentiva di muoversi tra l'ingenuità, la distrazione e la superiorità, come aveva visto fare tante volte al tenente Colombo in TV.

«E allora», insistette, «che formula sarà mai per spingere qualcuno a uccidere il professore?»

«Come le ho già detto, i nostri studi erano concentrati sul ponte di Einstein-Rosen.»

«Sì, i wormhole», ripeté Abberline infastidito, grattandosi la testa. «E cos'hanno di speciale?»

Richard si fermò a pensare come poteva spiegarglielo senza dare l'impressione di atteggiarsi a maestrino, quindi si accomodò sulla sedia e cominciò a gesticolare.

«Provi a immaginare che l'universo abbia la forma di una mela. Immagini un verme che striscia sulla buccia della mela, cercando di arrivare sul lato opposto. Immagini che il verme decida di arrivarci facendo un buco nella polpa e passando dall'interno. La distanza che dovrebbe percorrere sarebbe notevolmente minore. Lei saprà che la distanza minore tra due punti è una linea retta che li unisce entrambi, no? Ecco com'è nata l'espressione *wormhole*. È molto incisiva, non crede?»

«Sì, d'accordo... però non riesco ancora a capire che legame c'è con la morte del professor Green.»

«Innanzitutto bisogna tenere presente la teoria della relatività, secondo cui lo spazio e il tempo formano un *unicum*. Non possono essere considerati entità indipendenti o assolute.»

«Lo spaziotempo, sì. Vada avanti, la prego.»

«Il professor Green ha passato gli ultimi anni studiando un'ipotetica caratteristica topologica descritta nelle equazioni della relatività generale di Einstein, per cui potrebbero esistere "scorciatoie" attraverso lo spaziotempo. Si ritiene che i wormhole siano una parte della schiuma quantica o spaziotemporale.»

L'ispettore aveva un'aria sempre più infastidita. Il tono di voce di Richard gli pareva condiscendente e si sentiva addosso gli occhi dei suoi sottoposti, al di là dello specchio polarizzato. Normalmente seguivano i suoi interrogatori quasi fossero lezioni magistrali, ma in quel momento rimpianse di non aver studiato fisica con la dovuta attenzione al liceo.

«In definitiva», intervenne cercando di riprendere le redini dell'interrogatorio, «quello di cui parlavamo prima, il wormhole, se esistesse, potrebbe collegare due punti molto lontani nello spazio, giusto?»

«E nel tempo», precisò Richard.

Abberline lo guardò serissimo, mentre il giovane riprese a parlare.

«Dovrebbe poter collegare posizioni distanti nell'universo attraverso le pieghe spaziotemporali, consentendo di viaggiare più velocemente di quanto si impiegherebbe attraverso lo spazio normale. Però, allo stesso modo, i wormhole potrebbero collegare una posizione dell'universo con un'altra posizione dello stesso universo, ma in un periodo di tempo diverso.»

«Aspetti, aspetti... non so se ho capito. Stiamo parlando di viaggiare nel tempo? Come nel romanzo di H.G. Wells?»

«Ancora meglio.» Negli occhi di Richard si accese, per la prima volta da quando aveva messo piede a Scotland Yard, una luce di entusiasmo. «Il protagonista del libro di Wells viaggia nel tempo usando una macchina, invece i wormhole permettono di viaggiare nel tempo senza bisogno di un veicolo.»

Abberline scoppiò in una risata che rimbombò nella sala interrogatori, ma ammutolì appena si accorse che il suo interlocutore lo guardava senza aprire bocca.

«Intende dire sul serio che attraverso questo buco potremmo andare nel passato o nel futuro con la disinvoltura con cui adesso superiamo le montagne usando i tunnel?»

«Ipoteticamente», tornò a precisare Richard.

«Ipoteticamente, certo», ripeté Abberline, masticando ogni sillaba con un certo fastidio.

«Finora si era potuto dimostrare solo che la loro esistenza era microscopica», riprese Richard. «Questi passaggi sono troppo piccoli perché un essere umano possa attraversarli, misurano solo mille milioni di miliardi di un miliardesimo di centimetro. Anche se esistesse una connessione tra due punti spaziotemporali, nessuno potrebbe percorrerla.»

«Finora?»

«È difficile da spiegare, ma la formula che hanno rubato, quella che era conservata dentro la cassaforte del professore, smonta questa supposizione.»

Abberline lo guardò fisso negli occhi. Voleva riconoscere lo spiraglio di un dubbio, di una debolezza, di una paura. Ma non riuscì a trovare nulla di tutto ciò. Inespressivo, indifferente, incurante. Gli venivano in mente un mucchio di parole che cominciavano con «in» per descrivere l'atteggiamento di quel ragazzino insolente. Fu allora che ci fece caso: il suo sospettato non aveva bevuto neanche un sorso dell'acqua che gli aveva chiesto.

8.

La stanza di Daniela Green conservava ancora un aspetto infantile, sebbene la sua proprietaria avesse compiuto diciassette anni cinque mesi prima. Ma evidentemente lei non se ne curava. Era decisissima a evitare le mode dittatoriali che di solito si impossessavano dei suoi coetanei, trasformandoli in cloni privi di personalità. Si rifiutava di tirar fuori la lingua nella foto come Miley Cyrus e di proclamare via Twitter quanto fosse innamorata, o di pubblicare video su YouTube descrivendo nel dettaglio di che colore, come e perché si dipingeva le unghie dei piedi.

Daniela avrebbe voluto nascere in un'epoca precedente, in cui leggere romanzi d'amore, suonare il piano per ore e sognare di volare a cavallo di un drago non fossero considerate sdolcinatezze da ragazzine. Si sentiva al sicuro depositando i sogni nel suo letto a baldacchino e cullandoli sotto la trapunta che la nonna le aveva cucito a mano usando scampoli colorati suppergiù nel pleistocene. Le piaceva l'odore della sua toeletta in legno di quercia, lo specchio antico con i cassettini in cui nascondeva i suoi beni più preziosi, tra cui un braccialetto di pelle comprato in un negozietto hippie a Camden Town, un paio di orecchini fatti da lei con delle piume d'anatra e un buffo elefantino di peluche con le ali e la proboscide colorata che le avevano regalato da piccola e che riusciva a mettere in dubbio qualsiasi teoria dell'evoluzione delle specie.

Se qualcuno si fosse preso la briga di conoscerla sul serio, avrebbe scoperto che dietro quella maschera di orgoglio, dietro l'espressione severa e i silenzi ostinati, si nascondeva una persona timida che sognava di trasformarsi nella Bella

Addormentata, non per la promessa del bacio d'amore di un ipotetico principe azzurro, ma per poter passare cent'anni nel sonno, lontana da tutto quel fracasso, in attesa di risvegliarsi in un mondo in cui gli eventi irreversibili non fossero più tali. In questo modo sua madre sarebbe potuta tornare. Sì, per quanto giovanissima, Daniela soffriva già di male di vivere. Rendersi conto che le ragazze della sua età vivevano in preda a una continua eccitazione scatenata da film di vampiri light o da feste in discoteche alla moda, la faceva sentire molto lontana emotivamente dai suoi contemporanei. L'entusiasmo dei suoi compagni la irritava profondamente, perché lei non riusciva in nessun modo a commuoversi per cose così futili. A volte il padre la rimproverava di non fare nulla per essere felice, quasi lei provasse una sorta di piacere malato nel suo sconforto vischioso che la costringeva a muoversi al rallentatore. Non le piaceva ammetterlo, ma in fondo lui non aveva tutti i torti. Daniela era arrabbiata con il mondo, e in più adorava confezionare i suoi look frugando nei bauli in soffitta e combinando vestiti anni Settanta della madre con anfibi e giacche di pelle nera. Tutto ciò le aveva fatto guadagnare la fama di persona «strana» e aveva complicato ulteriormente la già difficile impresa di farsi degli amici. Il cellulare, oggetto imprescindibile per il resto dei comuni mortali, per lei era un apparecchio assurdo che dimenticava ovunque, perché tanto non la chiamava mai nessuno. Ma fu quando manifestò il desiderio di farsi un tatuaggio a forma di zampe di gatto all'interno del labbro inferiore che il padre si impensierì sul serio. E così, come regalo di compleanno, le propose di cambiare scenario, svecchiare l'ambiente, dare in beneficenza tutti gli abiti del suo armadio e rinnovare il guardaroba.

«Quest'anno ti regalo la camera nuova!» le annunciò con entusiasmo. «Potrai dipingerla del colore che preferisci, cambiare i mobili, la biancheria del letto... tutto quello che vuoi.»

«Quello che voglio è che resti esattamente com'è», rispose lei con aria serissima.

Senza aggiungere altro, finì la cena, mescolando accuratamente la zuppa come se la sua vita dipendesse dal numero esatto di fedelini che galleggiavano nel piatto. Salì al piano di sopra, si chiuse in camera e pianse amaramente con la testa fra i cuscini, convinta che il padre cercasse di fare tabula rasa eliminando da casa ogni traccia della madre morta otto mesi prima, adesso che aveva conosciuto un'altra. Quella donna con i capelli rossi... Daniela la detestava, e in più sentiva che il sentimento era reciproco. Le sembrava incredibile che il padre potesse mettere da parte così in fretta la compagna con cui aveva condiviso vent'anni di vita. In tal caso, l'amore di coppia era una vera delusione, perché lei non riusciva in alcun modo a dimenticare la persona che l'aveva messa al mondo. Le mancava così tanto...

Dalla madre aveva ereditato i capelli color miele, gli occhi marroni, la voglia di volare, la convinzione che volere è potere. Era stata lei l'unica a crederle quando da bambina parlava del fantasma dagli occhi dolci che andava a trovarla di notte e le accarezzava i capelli ripetendole che l'avrebbe accudita. Quando suo padre era venuto a saperlo, aveva fatto una scenata.

«Non mettiamole in testa cose strane!» si era messo a urlare. «È incredibile, tu sei una scienziata!»

Green ne aveva dedotto che quelle stramberie dovevano provenire dal DNA materno, visto che nella sua famiglia si erano sempre vantati di non aver mai visto in faccia uno psicologo, neanche quando lo zio Walter aveva deciso di emulare Neil Armstrong per settimane, camminando a passi lenti per casa con una boccia per i pesci infilata sulla testa. Per evitare che Daniela esagerasse con le stranezze, aveva fatto il possibile per inculcarle la sua passione per la razionalità, la scienza, il cosmo, la matematica e la fisica quantistica. Ma lei, nonostante i risultati brillanti, si era sempre sentita più portata per il mondo delle arti, delle lettere e delle emozioni, e si commuoveva fino alle lacrime ogni volta che sentiva *Too Much Love Will Kill You* dei Queen. Eppure, con grande stupore del padre, fino a quel momento non le era mai piaciuto nessun ragazzo. No, quei due non riuscivano proprio a capirsi.

Daniela chiuse il programma, e il salvaschermo del computer le rimase riflesso negli occhi: il padre, la madre e lei in posa per l'obiettivo, abbracciati, felici e sorridenti. Sì, una giornata davvero meravigliosa. Adesso lui a casa non si vedeva quasi più. Lavorava tutti i giorni fino a tardi. Anzi, certe notti non tornava neanche a dormire, soprattutto da quando aveva conosciuto Liz. Dio, quanto la odiava!

Spostò il cursore nell'angolo inferiore sinistro dello schermo.

Arrestare il sistema.

L'immagine idilliaca si dissolse in uno sfondo nero, come succedeva nei film.

Dei colpi leggeri alla porta la strapparono di botto ai ricordi. Era Jane, la signora che da anni si occupava del buon andamento della casa. Entrò senza aspettare risposta, e Daniela si accorse subito che nei suoi occhi era dipinto un grande spavento.

«Che succede?»

«Tesoro», cominciò a spiegare, «sotto ci sono degli agenti di Scotland Yard. Vogliono parlare con te. È successo qualcosa», le disse accarezzandole la testa con la tenerezza che avrebbe impiegato per coccolare un cucciolo malato.

«Qualcosa?»

«Tranquilla», le sussurrò senza smettere di accarezzarla.

Chissà perché, quel gesto non la tranquillizzò affatto, anzi, sortì l'effetto esattamente opposto. Daniela Green ebbe lo stesso presentimento di disgrazia che l'aveva invasa pochi secondi prima di aprire la porta di casa il giorno che aveva trovato la madre morta.

«No...» sussurrò quasi impercettibilmente.

«Non ti preoccupare, non ti lascio sola con loro.»

«Dov'è papà?»

«Adesso te lo spiegano. Dai, scendiamo.»

Si lasciò guidare come una sonnambula. Erano proprio gli istanti come quelli a generare l'idea che la percezione del tempo fosse relativa. Come un giorno passa in un secondo quando ci si diverte, così un minuto può sembrare un anno se il dolore toglie il respiro.

La discesa fino alla sala in cui l'attendevano i due agenti si dilatò nel tempo e ogni gradino sembrava fatto di sabbie mobili. Nella mente di Daniela prese corpo l'idea che non sarebbe successo niente se lei non voleva che succedesse, come se la vita e i suoi eventi fossero in realtà decisioni personali. Ma quando li vide lì, in piedi, che l'attendevano con aria di circostanza, perse ogni speranza. Ebbe la certezza di averlo già vissuto, quel preciso istante, di sapere già cosa le avrebbero detto. Per un attimo pensò di perdere il controllo, come le era capitato dopo il funerale della madre, quando nei giorni successivi non faceva altro che cercare in internet qualsiasi informazione su crimini misteriosi, estrazione di viscere e killer seriali che si accanivano sulle loro vittime. Alla fine, si era convinta che l'omicidio della madre somigliava terribilmente a tanti altri che formavano una lunga lista di delitti commessi contro le donne da tempo immemore. L'aveva confidato a una compagna di classe che le sembrava affidabile, ma si era sbagliata. Nel giro di poco, a scuola si era sparsa la voce che Daniela Green era pazza. Le compagne lo scrivevano sulle porte dei bagni e nei Post-it che le attaccavano sull'armadietto. I professori, preoccupati, avevano mandato a chiamare il padre, che, superata una prima resistenza, aveva deciso di farla seguire da uno psichiatra. Daniela era diventata la prima Green ad aver bisogno di quel genere di assistenza medica.

Disturbo post-traumatico da stress, aveva sentenziato il dottore.

Stando alle spiegazioni del luminare, uno dei sintomi manifestati dai pazienti era la netta sensazione che l'evento traumatico continuasse a ripetersi.

Forse stava accadendo lo stesso anche in quel momento, perché sentiva il medesimo malessere intenso alla bocca dello stomaco, una sorta di rievocazione dell'esperienza più terribile di tutta la sua vita. Inspirò profondamente. Lo psichiatra le aveva insegnato che non era né logico né pratico immaginare una catastrofe senza avere la certezza che fosse realmente accaduta.

"Non bisogna anticipare gli eventi. No. No." Tornò a respirare.

«Buongiorno», salutò con la gola secca, porgendo la mano gelida a uno degli agenti.

9.

«Viaggiare nel tempo?» esclamò Abberline, come se Richard gli avesse appena proposto di rapinare la Banca nazionale con una fionda. «Intende dire che la formula per cui hanno assassinato il professor Leonard Green, quella che è scomparsa dalla cassaforte del suo ufficio, permette di viaggiare nel tempo? Tutto qui? Una semplice formula?»

Parlare di simili argomenti in determinati contesti era ancora considerato un sacrilegio contro la scienza, ma a Richard sembrava incredibile che nel XXI secolo non si fosse ancora deciso di investire nei viaggi nel tempo le stesse somme che si impiegavano per i viaggi nello spazio. Forse gli uomini non sentivano il bisogno di opporsi alla tirannica condanna che li costringeva a rimanere ancorati all'epoca in cui erano venuti al mondo? Era assurdo non avere il potere di districarsi nella matassa di ore e minuti, non cercare in tutti i modi di uscire a cercare altre ore e altri minuti lontani, esattamente come si poteva uscire dal proprio spazio viaggiando in aereo, in treno o in auto. Osservò la perplessità di Abberline con tenerezza, quasi con dispiacere, sapendo che gli uomini non se ne rendevano conto e si lasciavano trasportare dalla corrente del tempo senza farsi domande, senza opporre resistenza, come cespugli trascinati dalle acque di un fiume.

«Siamo tutti viaggiatori del tempo», ribatté Richard di getto.

«Sono sbalordito.»

Richard ignorò il tono beffardo e proseguì.

«Dal momento in cui nasciamo, diventiamo tutti viaggiatori del tempo verso il futuro. Il problema è che non sempre andiamo alla velocità che ci piacerebbe. Viaggiare nel tempo non è poi così straordinario, in realtà. Bisognerebbe solo cercare di prendere il controllo.»

«Lo crede davvero?»

«Esistono molti dipartimenti universitari che fanno esperimenti con il tempo e stanno apportando dati sinceramente sorprendenti.» Notò che l'ispettore continuava ad avere un'aria perplessa. «L'ideale sarebbe sottrarre al tema dei viaggi nel tempo la componente magica che inevitabilmente gli viene attribuita. Cercare di percepire il tempo come fanno i fisici.»

«E come lo vedono i fisici?»

«Come la quarta dimensione.»

«La quarta dimensione», ripeté Abberline.

«Esatto. Consideri questo tavolo.» Lo colpì con forza con entrambe le mani, facendo sobbalzare l'ispettore. «Sarà d'accordo con me che ha tre dimensioni: altezza, larghezza e lunghezza.»

«Sì.»

«Siamo capaci di percepirlo proprio come la realtà in cui ci muoviamo abitualmente. Tutte le entità fisiche hanno tre dimensioni... ma c'è anche un'altra dimensione che raramente teniamo in conto.»

Smise di parlare. Il silenzio si fece pesante come una lapide e l'ispettore ebbe la sensazione che Chanfray attendesse una qualche reazione da parte sua. Quasi fosse il suo professore e gli chiedesse di intervenire nella spiegazione per apprendere meglio.

«La quarta dimensione?» azzardò.

«Esatto!» proclamò entusiasta Richard. «Tutto, assolutamente tutto ciò che si estende nello spazio deve estendersi anche nel tempo. Tutto ha una durata. Proviamo a immaginare di dover raccontare i delitti di Jack lo Squartatore a qualcuno che, per qualche strano motivo, non fosse a conoscenza della storia recente.»

L'ispettore Abberline si irrigidì all'istante. Scegliere come esempio proprio quell'argomento gli parve di cattivo gusto, considerato chi era lui. In ogni caso, preferì lasciarlo continuare per capire dove voleva arrivare.

«Vada avanti, la prego.»

«Dovremmo definire il luogo fisico in cui sono accaduti gli eventi, giusto? Potremmo circoscrivere la zona sempre più da vicino: è successo in Europa, Gran Bretagna, Londra, East End, quartiere di Whitechapel...» elencò, «ma questi dati non basterebbero, vero?»

Attese un istante, aspettando di nuovo che Abberline dicesse la sua.

«Bisognerebbe aggiungere che Jack lo Squartatore ha commesso il suo primo delitto il 31 agosto 1888 e che ha smesso di uccidere l'8 novembre dello stesso anno.»

«Almeno così si dice.»

«Cosa vorrebbe insinuare?»

«Niente. Mi scusi. Non voglio andare fuori tema. In realtà, quello che ci tengo a farle notare è che bisogna descrivere l'evento anche nella sua dimensione temporale, il 1888», ribadì Richard.

«Sì, sono perfettamente d'accordo», concesse Abberline, «ma il tempo si muove in avanti ora dopo ora, e gli esseri umani, che io sappia, non hanno il potere di modificare questo andamento.»

«Per il momento.»

«Per il momento?»

«Se ci pensa bene, neanche gli uomini delle caverne avevano il controllo dello spazio. Il massimo a cui potessero aspirare era spostarsi fin dove glielo consentivano le gambe, la geografia o la forma fisica. Non potevano neanche immaginare che, molto tempo dopo, sarebbero stati inventati dei marchingegni con cui percorrere lo spazio non solo in lungo e in largo, ma anche in alto. Adesso abbiamo automobili, aerei, dirigibili, biciclette, bombole di ossigeno per immergerci nelle profondità marine, razzi che ci hanno portato sulla luna... sulla luna, ma ci pensa?» continuò tutto eccitato. «Provi a immaginare cos'avrebbe detto il suo trisavolo. A quei tempi una simile possibilità non era altro che una folle idea di un romanziere fuori di testa di nome Jules Verne.»

L'ispettore Abberline non replicò, e Richard ne approfittò per proseguire la sua esposizione.

«Se siamo stati in grado di elaborare la tecnologia che ci ha permesso di viaggiare nello spazio, cosa ci potrebbe impedire di trovare prima o poi il modo di viaggiare nel tempo? Einstein ha dimostrato che il tempo non scorre alla stessa velocità dappertutto. Ci sono casi in cui rallenta e altri in cui accelera. Dipende da dove ci troviamo, come accade nei fiumi: vicino alla riva l'acqua scorre più lenta che al centro.»

«Non la seguo.»

Richard si mise più comodo sulla sedia e ripensò alle parole del professor Green, quando spiegava questo concetto agli studenti del primo anno. Faceva sempre l'esempio del GPS, il sistema di posizionamento globale basato sui segnali satellitari. Ventiquattro satelliti distribuiti su sei diversi piani orbitali in modo da coprire l'intera superficie terrestre, e milioni di ricevitori GPS che ormai erano alla portata di tutti e si tenevano in tasca, si istallavano sulle macchine, sulle navi e sugli aerei. E permettevano di determinare una posizione tridimensionale sulla superficie della Terra. Il mondo in un palmo di mano.

«Quello che non tutti sanno è che gli orologi dei GPS che usiamo sono volutamente fabbricati per essere un po' più lenti e perciò mantenere una corretta sincronizzazione con quelli nello spazio.»

«Mi sto perdendo di nuovo.»

«Come spiega la teoria generale della relatività di Einstein, la massa della Terra, la sua gravità», chiarì, «provoca una dilatazione temporale. La differenza tra la forza del campo gravitazionale sulla superficie della Terra e nel punto in cui si trovano i satelliti, a ventimila chilometri di altezza, è di un secondo. Se i nostri orologi non correggessero questo anticipo, il GPS modificherebbe la sua informazione di nove chilometri al giorno. Provi a pensare al caos che si creerebbe. Il nostro tempo procederebbe in maniera diversa, a seconda del posto in cui ci troveremmo.»

«Ma questo non significa che possiamo viaggiare nel tempo. Un secondo? Che assurdità!»

«Ha ragione. Tuttavia, esistono posti nell'universo che presentano una massa più densa della Terra. Se potessimo raggiungerli, potremmo rallentare ancora di più il tempo. Al centro della galassia, per esempio, esiste una macchina del tempo naturale: un buco nero che equivale a quattro milioni di soli concentrati in un unico punto. Se riuscissimo a spedirci una nave spaziale in grado di spostarsi attorno al buco nero, evitando di soccombere alla sua forza di attrazione, potremmo viaggiare nel tempo. Se orbitassimo attorno al buco nero per cinque anni, sulla Terra ne sarebbero passati dieci. E al ritorno, saremmo cinque anni più giovani degli altri.»

L'ispettore Abberline camminava su e giù grattandosi la testa.

«E che razza di combustibile servirebbe per un viaggio simile? Non mi pare molto pratico.»

«No davvero», sospirò Richard.

«Perciò continuiamo a parlare di ipotesi.»

«Sì.»

«E allora che differenza c'è tra un'ipotesi scientifica e una teoria elaborata da uno scrittore in un romanzo di fantascienza?»

Richard non gli diede retta e proseguì il suo ragionamento.

«Un altro modo di viaggiare nel tempo sarebbe muoverci molto in fretta. Quasi alla velocità della luce: trecentomila chilometri al secondo.»

«Quasi alla velocità della luce?»

«Secondo le leggi della fisica, quella velocità non può essere superata: al massimo potremmo arrivare al 99 per cento. Insomma, se costruissimo un treno capace di viaggiare attorno alla Terra a quella velocità per cent'anni, dentro il treno sarebbe passata solo una settimana.»

«Ma torniamo sempre al punto di partenza: continua a essere pura fantascienza. Non c'è modo di realizzare un simile progetto. E in più, tutte queste teorie al massimo potrebbero farci viaggiare nel futuro. E con il passato come la mettiamo? Non si può viaggiare nel passato?»

Richard abbassò lo sguardo, quasi cercando la risposta nella punta delle scarpe. Erano anni che si poneva quel problema. Secondo l'arcinoto Stephen Hawking, a sua volta professore del professor Green, era impossibile. Lo chiamavano «il paradosso del nonno» e si basava sull'idea che viaggiare nel passato implicherebbe la possibilità di alterare un dettaglio che potrebbe cambiare il futuro, al punto che la vita del viaggiatore stesso e del resto dell'umanità sarebbe in pericolo. Secondo tale paradosso, un viaggiatore del tempo tornava all'epoca in cui poteva incontrare il proprio nonno e lo uccideva prima che questi avesse modo di conoscere la sua futura moglie. Seguendo la logica, il viaggiatore del tempo non sarebbe mai nato, perciò non avrebbe neppure potuto viaggiare nel tempo per uccidere il nonno.

«Ma guarda un po'...» rise Abberline. «Se si potesse viaggiare nel passato, io potrei andare a trovare il mio trisnonno e lo aiuterei a scoprire la vera identità di Jack lo Squartatore, magari utilizzando le tecniche attuali. Che ne dice?»

Richard sollevò la testa e lo guardò con una tale intensità che persino l'ispettore rimase sorpreso.

«È ovvio che potrebbe farlo. Certo che potrebbe.»

10.

Anche se l'ispettore Abberline continuava a ripetere che si trattava di una semplice chiacchierata, l'interrogatorio proseguiva.

«Perciò, a quanto mi dice, avrebbero potuto assassinare il professor Leonard Green per rubargli la formula che permette di viaggiare nel tempo, giusto?»

«Non lo so... Potrebbe essere.»

«Allora in questo preciso istante qualcuno potrebbe stare viaggiando nel tempo?»

Richard rimase sorpreso dall'ingenuità di quel commento.

«Ma certo che no! Nella cassaforte c'era solo una serie di numeri, lettere e operazioni scarabocchiati su un foglietto. Una formula basata su un'ipotesi ancora da confermare. Non basta per viaggiare nel tempo.»

«Ma se un attimo fa mi ha assicurato che non serve nessuna macchina...»

«Infatti non serve. Come dire?» Esitò scrollando la testa. «La formula sarebbe solo la "chiave".»

Abberline rimase pensieroso per qualche secondo.

«E dov'è la porta?» chiese di punto in bianco.

Richard si sentiva sfinito.

«Ci sono molte porte», rispose con un sospiro. «Il professore ricerca da tempo il modo non solo per trovare "la" porta, ma per "creare" porte. Capisce? Nella cassaforte di Cambridge non c'era chissà cosa, solo un appunto incomprensibile per un profano. Quasi tutte le ricerche le aveva svolte con la sua defunta moglie. Il grosso degli appunti è custodito nel suo studio di casa.»

Fu in quell'istante che Richard ricordò la prima volta che

il professor Leonard Green l'aveva invitato a pranzo a casa sua, un'elegante palazzina di tre piani affacciata su Hyde Park. Era un sabato d'inverno e le strade erano quasi deserte per colpa della nebbia fitta che non ne voleva sapere di alzarsi. Dentro la sua coltre era facile svincolarsi dal XXI secolo e viaggiare con la mente all'indietro, all'epoca in cui i fratelli Montgolfier avevano deciso di organizzare, nel cuore del famoso parco londinese, lo stesso spettacolo che alla corte di Versailles aveva lasciato a bocca aperta più di centomila persone, compresi il re Luigi XVI e la sua consorte Maria Antonietta. I due fratelli si erano portati da Parigi tre bauli enormi carichi di pezzi di legno e metallo, corde e stoffe colorate. I cittadini morivano dalla curiosità quando li avevano visti sparpagliare tutti quegli arnesi sul prato. Poi si era scoperto che servivano a costruire un oggetto che aveva impiegato tre giorni a essere pronto e che a prima vista aveva l'aspetto di un tendone da circo legato a un cesto gigante da picnic. I Montgolfier lo chiamavano globo aerostatico e assicuravano che sarebbe servito a toccare le nuvole. Un giornale dell'epoca aveva ipotizzato che cercare di addentrarsi nel regno dei cieli era un atto d'audacia che metteva ben in chiaro l'arroganza dell'uomo. A suo dire, una simile insolenza rischiava di risvegliare l'ira divina che a suo tempo aveva provocato la costruzione della Torre di Babele. L'allarme sociale era talmente cresciuto che un'assemblea di saggi aveva chiesto ai Montgolfier la loro opinione circa la possibile offesa al creatore. Ma i due fratelli non avevano dato importanza alla questione, anzi, avevano garantito che la loro impresa contava sull'approvazione del papa, oltre che sulla benedizione di una loro zia monaca. I saggi erano dunque giunti alla conclusione che non c'era alcun pericolo e avevano deciso di dare il via libera alla salita del globo aerostatico, anche se, per maggior sicurezza, avevano pregato il vescovo di Londra in persona di aspergere una bella quantità di acqua benedetta su quel marchingegno un attimo prima che si alzasse in volo.

La cesta di vimini in cui avrebbe viaggiato il coraggioso che per qualche secondo sarebbe stato più vicino a Dio rimaneva solidamente incollata al terreno di Hyde Park, mentre la stoffa che formava il globo giaceva flaccida sull'erba. I fratelli Montgolfier avevano sistemato al suo interno un forno a legna. A quanto avevano spiegato, l'aria calda pesava meno di quella fredda e questo era l'unico espediente che permetteva al pallone di levarsi in cielo: l'aria calda. Un gruppo di uomini che osservavano le manovre dei due giovani con aria infastidita ne avevano concluso che tutta quella faccenda non aveva alcun senso. All'improvviso, come se avesse deciso di dar loro torto, quell'arnese aveva cominciato a sollevarsi dinnanzi alla folla esterrefatta, che era accorsa all'evento vestita in pompa magna. Anche gli scoiattoli del parco si erano paralizzati, chiedendosi forse che razza di uccellaccio panciuto fosse quello e come facesse ad alzarsi con tutto quel peso addosso. Il globo si era sollevato piano piano, senza sosta, finché non aveva raggiunto i mille metri, e allora aveva cominciato a oscillare pericolosamente. L'unico membro dell'equipaggio non aveva perso tempo e si era buttato di sotto con il paracadute. Arrivato a terra, aveva spiegato che le leggi dell'aria non erano come quelle del mare e che il comandante di un aerostato poteva abbandonare la cesta quando lo riteneva più opportuno, senza mettere a repentaglio la sua reputazione. Il dispositivo aerostatico era rimasto in panne, alla deriva, scendendo con la stessa lentezza con cui si era innalzato, fino a depositarsi su uno dei tetti delle abitazioni di fronte al parco. E lì era rimasto per diversi giorni, fin quando non erano riusciti a districarlo.

Un attimo prima di bussare alla porta, Richard si era chiesto se il globo aerostatico non si fosse incagliato proprio sul tetto della casa del professor Green.

Venne ad aprirgli Jane, una signora schiva sui cinquant'anni con i capelli raccolti in un elegante chignon, che lo fece accomodare in sala da pranzo, dove era apparecchiata una tavola per tre persone. Evidentemente, questo significava che avrebbe pranzato con il professore e la sua giovane figlia Daniela. Leonard lo ricevette con un sorriso e gli offrì un martini mentre aspettavano che la ragazza scendesse dalla sua stanza. Passata mezz'ora, Jane si presentò portando le sue scuse.

«Daniela non si sente bene, signor Green», annunciò. «Desidera mangiare un sandwich nella sua stanza e vi prega di scusarla.»

Richard notò all'istante la smorfia di fastidio del professore, che si limitò a un «sì» laconico. Non chiese neppure cos'avesse la figlia, quasi fosse abituato a scene del genere. Senza aggiungere altro, invitò Richard a prendere posto e cominciarono a pranzare. Al termine si diressero nello studio del professore, una stanza enorme rivestita interamente di legno, con un camino e file di scaffali stracolmi di libri. Verso metà pomeriggio, Jane annunciò che il tè era servito in sala e i due uscirono dal rifugio.

Fu allora che la vide per la prima volta. Daniela scendeva le scale a passo lento con la mano posata con leggerezza sulla ringhiera. Sembrava un fantasmino pallido con i capelli lunghi. L'atmosfera divenne all'improvviso densa e pesante, come se la sua tristezza fosse fatta di resina e cominciasse a rovesciarsi lenta ma inesorabile, intrappolando anche loro, come doveva essere capitato agli insetti rimasti imprigionati nell'ambra cento milioni di anni prima. La osservò confuso. Indossava un paio di pantaloni neri attillati e una camicetta rossa troppo grande, con un logo che Richard non riconobbe. Emanava un alone di fascino astratto e intangibile, legato al contrasto fra l'espressione seria e l'ingenuità quasi tenera. Eppure Richard fu costretto a riconoscere che non corrispondeva ai canoni di bellezza rinascimentali, né tantomeno a quelli delle attuali riviste di moda. Aveva i capelli ondulati, di un indefinito colore castano chiaro, e i suoi occhi grandi non si intonavano al viso troppo arrotondato, quasi infantile. Un viso che non aveva ancora acquisito l'ovale definitivo da donna adulta e che si girò verso l'ospite. Ma i suoi occhi non sembravano accorgersi di lui, lo attraversarono quasi fosse trasparente, come se si fosse appena svegliata da un sonno profondo. E forse era proprio così. Leonard gli aveva spiegato che, dalla morte della madre, la giovane aveva problemi di insonnia e il medico le aveva prescritto delle pastiglie per dormire.

L'apparizione improvvisa di quella ragazza aveva commosso Richard nel profondo. Forse per ciò che aveva saputo, per il fatto che quella giovane, che avrebbe dovuto pensare solo a divertirsi, si era vista costretta ad affrontare il lato più sinistro, l'aspetto più orribile della vita. Probabilmente loro due si somigliavano molto: entrambi timidi, feriti, sfiduciati, riservati... Sì, gli sembrava di riconoscere in lei la stessa ombra di malinconia che gravava sul suo cuore. Ecco perché ebbe l'impressione di conoscerla da sempre, anche se evidentemente non era possibile. Forse aver visto tante volte il suo ritratto sul tavolo dell'ufficio di Leonard gli faceva sentire un'inesistente familiarità nei suoi confronti.

«Ti senti meglio?» le chiese il padre.

«Sì, grazie.»

Sembrava una risposta forzata, tanto per dire qulcosa, ma Leonard Green non parve farci caso. Ignorando l'aria spenta della figlia, fece un gran sorriso.

«Benissimo, allora! Voglio presentarti uno dei miei studenti più brillanti: Richard Chanfray.» Fece una breve pausa. «Richard... questa è mia figlia Daniela. La mia creazione migliore», sentenziò in tono altisonante.

Lei non fece una piega. Assolutamente inespressiva, tese la mano per salutarlo e i loro sguardi tornarono a incrociarsi. Silenzio.

«Piacere», disse lei asciutta, stringendogli la mano con forza, anche se in realtà non sembrava che provasse molto piacere.

Lui si irrigidì. Si sentiva responsabile di quella sofferenza. Si vergognava a sostenere lo sguardo della ragazza, e così girò la testa.

«Piacere mio», rispose impassibile, senza far trapelare i suoi pensieri.

«Porta avanti con me gli studi che facevo con la mamma», le spiegò il padre.

Come percorsa da una scarica elettrica improvvisa, Daniela lasciò la mano di Richard e cambiò espressione.

«Ho molto da studiare», si scusò facendo per andarsene.

«Non prendi un tè con noi?»
«L'ho già preso, grazie», rispose salendo le scale.
«Non esci? Oggi è sabato.»
La domanda del professore rimase sospesa nell'aria, in attesa di una risposta che non arrivò. Daniela non lo sentì. O fece finta di non averlo sentito.
«Vorrei che uscisse di più», si lamentò il professore. «Da quando sua madre è morta, è molto depressa.»
Fu la prima e unica volta che Richard vide Daniela. Leonard gli aveva parlato tante volte di lei, mia figlia, la bambina... forse per questo nella mente del giovane studente si era forgiata l'immagine di una creatura infantile, di una ragazzina, ma in quel momento prese coscienza che una donna come lei correva un serio pericolo. E gli si strinse il cuore.

Richard guardò l'orologio, un Rolex del 1926 che era l'invidia di qualsiasi collezionista degno di questo nome. Gli avevano dato il pomposo nome di Oyster ed era formato da una cassa sigillata ermeticamente, resistente alla polvere e all'acqua, che garantiva la protezione ottimale del movimento delle sue precisissime lancette. Un gioiello della tecnica che in quell'istante aveva appena segnato le dodici. "Chiuso in una sala interrogatori di Scotland Yard da ore", pensò.
«Mi scusi, ispettore Abberline», disse di getto. «Prima le ho chiesto se ero in arresto e mi ha risposto di no. Le cose stanno ancora così?»
«Ma certo, stiamo facendo una semplice chiacchierata», ribadì il poliziotto con il suo solito sorriso di finta cortesia sulle labbra.
«Deve sapere che anche per me è un vero piacere parlare con lei dei progressi della scienza», ribatté Richard imitando il tono gentile dell'ispettore, «ma purtroppo adesso ho altre faccende da sbrigare e temo di doverla lasciare.»
Abberline lo guardò perplesso. In effetti, non aveva alcun motivo per trattenerlo. Richard Chanfray era libero di andarsene quando voleva. Il giovane si alzò dalla sedia e gli tese la mano per salutarlo.
«Non esiti a chiamarmi per qualsiasi cosa», disse.

«Senz'altro», rispose l'ispettore senza smettere di sorridere. Ma la sua espressione si trasformò appena Richard richiuse alle sue spalle la porta della sala interrogatori e lui si rese conto di essere rimasto lì dentro da solo, mentre forse dall'altro lato dello specchio i suoi agenti stavano commentando gli scarsi risultati che aveva ottenuto.

Richard Chanfray uscì di corsa dall'edificio di Scotland Yard. Camminò di buon passo per un paio di strade, si fermò e verificò che nessuno lo stesse seguendo. Solo allora si decise a prendere il cellulare dalla tasca e digitò il numero 3. Attese con impazienza gli squilli... tre... quattro...

«Jane?» chiese ansioso sentendo la voce della domestica di casa Green. «Sono Richard Chanfray.»

«Oh, signor Richard», rispose lei afflitta, «è successa una cosa orribile.»

«Lo so, lo so, Jane... mi ascolti, è davvero importante. Daniela è lì con lei?»

«Da... Daniela?» Sentì dei rumori. La donna si stava soffiando il naso. «Sì... sì... Daniela è qui. Sono venuti degli agenti. Adesso le stanno parlando.»

Non ci aveva pensato. In effetti era logico che fossero andati a casa sua. Fu costretto a pensare in fretta.

«Per favore, Jane, me la passi, ma non faccia il mio nome davanti agli agenti, intesi?»

La donna parve esitare.

«Va tutto bene?» chiese.

«Tranquilla. È importante che faccia come le ho detto, Jane, gliel'assicuro. La prego.»

«Sì, certo...»

Il rumore dei passi di Jane viaggiò attraverso il cordless che teneva in mano.

«È per te, tesoro», le disse porgendole l'apparecchio.

«Sì, pronto?»

«Daniela?»

«Sono io.»

La voce della ragazza suonava ferma e serena, tenuto conto della circostanza.

«Non so se si ricorda di me, sono Richard Chanfray, lo studente di suo padre. Ci ha presentati quando...»

«Sì, mi ricordo.»

Ma certo che se lo ricordava. Si era sentita terribilmente a disagio quel giorno. In realtà, non ricordava che in vita sua qualcuno fosse riuscito a metterla più a disagio di così. Quello strano ragazzo dagli occhi scuri sembrava essere stato colto da un attacco di crampi quando l'aveva vista. All'inizio si era detta che forse anche lui era arrabbiato con il mondo, ma poi aveva avuto la sgradevole sensazione che fosse lei a infastidirlo, quasi avesse interrotto la riunione con suo padre. L'aveva guardato di nascosto mentre scendeva le scale, e nei suoi occhi aveva notato uno sguardo corrucciato. Quando il padre li aveva presentati e lei gli aveva teso la mano per salutarlo, lui si era irrigidito e la sua mano era gelida, mentre la fissava con aria seccata. Sembrava quasi trattenere il respiro. Non le aveva tolto gli occhi di dosso, come se fosse ben deciso a vincere un'inesistente battaglia di sguardi, a dimostrare chi era il più forte. Daniela si era sentita avvampare e alla fine aveva vinto lui. Era stupita dall'incomprensibile ostilità che le dimostrava quel giovane, che non la conosceva neppure. La ragazza aveva ritratto la mano e con la coda dell'occhio l'aveva visto girare la testa, sospirando quasi con avversione, come se la presenza di lei gli fosse sommamente sgradita. Il padre le aveva proposto di prendere il tè con loro, ma lei aveva inventato una scusa per andarsene. Non aveva intenzione di sopportare una simile ostilità in casa sua. Quando si era chiusa in camera, le era venuta una voglia terribile di piangere.

«Non deve dire agli agenti che sono io», gli sentì dire. «Lei corre un grave pericolo, e solo io posso aiutarla.» All'altro capo del telefono calò il silenzio, così Richard riprese a parlare. «Solo io posso aiutarla», ripeté. «Faccia molta attenzione. Vengo subito da lei.»

E riagganciò.

Daniela rimase impavida con il telefono all'orecchio, senza aprire bocca, ancora perplessa per le parole appena sentite.

«No, no, Jessi», disse all'improvviso, «non posso cercarli

adesso. Poi ti racconto, poi ti racconto... Sì, Jessi, sì... Poi ti chiamo.»

E riagganciò anche lei. Guardò gli agenti che la fissavano incuriositi.

«Era una mia amica, mi chiedeva degli appunti», mentì, senza sapere di preciso la ragione.

11.

Richard tornò a casa e prese la sua fiammante Bugatti Veyron per andare da Daniela. Era passato da poco mezzogiorno, ma il cielo era così scuro che sembravano le sette di sera. Le luci smorte della città si riflettevano nell'umidità dell'asfalto disegnando un quadro drammatico, alla maniera di Walter Richard Sickert.

Mentre metteva in moto gli venne in mente uno dei suoi tanti ritorni a Londra, dopo aver girato mezzo mondo. Aveva vissuto in Austria, Italia, Turchia, Cina, Russia, Giappone, India, e ogni volta aveva cercato di riempire il vuoto sordo che sentiva nel petto e minacciava di avvelenargli l'eternità. Ma non c'era mai riuscito. Un bel giorno si era stancato, aveva deciso di porre fine a quella ricerca di sé che lo faceva sentire sempre più sperduto. Aveva preso la prima nave in partenza per l'Inghilterra e si era presentato a casa del suo migliore amico senza neppure avvisare. Alessandro aveva un carattere petulante e istrionico, amava le donne, l'alcol, il fumo e la bella vita. Faceva scherzi pesanti che in pochi apprezzavano e aveva la tendenza a cacciarsi nei guai, ma per qualche incomprensibile ragione Richard si fidava di lui. Parlavano per ore e ore della vita, della morte, del dolore e del piacere. Sì, poteva dire con orgoglio che Alessandro era suo amico. Il suo unico amico.

«Quanto tempo! Quanto tempo!» avevano sussurrato abbracciandosi.

Alessandro all'epoca stava attraversando uno dei suoi soliti periodi bohémien. Diceva di essersi innamorato di una modella che si guadagnava da vivere posando nuda per artisti di dubbio talento che spremevano il suo corpo in tutti i sensi per due scellini l'ora. Lui, generoso e pazzo come sempre, era riuscito a toglierla dai guai trasformandosi nel pittore che avrebbe assoldato la perfezione delle sue curve a tempo pieno. Ovviamente gli era sfuggito il piccolo dettaglio che non aveva mai preso in mano un pennello, che era daltonico e non riusciva a distinguere il rosso dal verde, e anche che la dama in questione aveva la cattiva abitudine di fare colazione a base di whisky scozzese. Aveva affittato un appartamento in piena Soho, il quartiere in cui si riunivano tutti gli artisti, certo che il loro talento avrebbe contagiato anche lui per semplice contatto, come accadeva con le malattie veneree, e l'aveva riempito di tele, cavalletti, tendine di velluto e frutta con cui adornare la voluttuosità della sua musa. L'odore e l'unto dell'olio si spargevano ovunque e i suoi quadri sembravano il vomito di un arcobaleno, ma lui viveva felice. Alessandro era sempre felice, ecco perché l'avevano ammesso senza problemi in quel mondo di sognatori che non facevano mai domande e passavano le loro giornate storditi o addormentati, riprendendosi dalle nottate eterne in cui bevevano assenzio, guardavano gli spettacoli di ombre cinesi e discutevano per ore del modo migliore per aggiustare questo sporco mondo mentre si godevano una pipa d'oppio.

«È un vero miracolo che tu sia qui, amico mio!» gli aveva detto Alessandro, superato lo stupore. «Sembra quasi che tu abbia ricevuto la chiamata che ti ho fatto con il pensiero. Magari è stato proprio così, chissà! Sì... sicuramente è stato così, non c'è altra spiegazione», concluse. «Volevo che tu venissi, ho desiderato con tutte le mie forze che venissi... ed eccoti qua!»

«Che ti succede?» aveva riso Richard, che non si abituava mai del tutto all'entusiasmo del suo amico.

«Stanotte capirai di cosa parlo.»

All'imbrunire erano usciti a fare una passeggiata, accarezzati dal bagliore azzurrato che la luna riversava sulle strade bagnate. Sembrava di camminare sulla vernice. Non si sentiva altro che il rumore dei loro passi nei dintorni di Piccadilly Circus. Alessandro non voleva a nessun costo rivelare all'amico dove lo stava portando, deciso ad accrescere il mistero. Ben presto scorsero l'ingresso di una casa illuminato da una luce che scendeva in diagonale su un gruppo di persone dagli abiti eleganti. I signori sfoggiavano cappelli a cilindro e le signore lunghi guanti di seta fin sopra il gomito.

«Potevi dirmelo che andavamo a una festa in società», protestò Richard. «Non ho il vestito adatto!»

«Sei troppo schizzinoso per fare la vita del giramondo. Questa non è una festa. Siamo venuti a trovare la nostra famiglia», gli aveva detto Alessandro inarcando le sopracciglia e abbassando la voce in tono misterioso.

Un tizio con la riga in mezzo e due baffi da domatore di circo sorvegliava l'ingresso. Cercava il nome delle persone su un'interminabile lista che controllava con occhi sospettosi. Quando era arrivato il loro turno, l'omaccione con l'aria da gorilla si era fatto da parte e i due amici avevano imboccato un corridoio stretto. Seguivano le altre persone, avanzando più per intuito che per convinzione. Il corridoio era immerso in una penombra azzurrata in cui si intravedeva una carta da parati a fiori dorati. In fondo si intuiva una luce, ma la fila si era bloccata e l'ultimo tratto parve eterno e soffocante. Richard detestava la folla. Alla fine del corridoio si erano ritrovati in una sala circolare al cui centro si apriva una specie di palcoscenico. Una cupola di cristallo al posto del soffitto permetteva di osservare l'incerta luce della luna, che lottava per vincere la sua battaglia con le nubi. Bisognava fare il giro della sala per raggiungere la scaletta di metallo che portava alle sedie.

«Che te ne pare? Non è impressionante?» aveva esclamato Alessandro assestandogli una pacca sulla schiena che per poco non l'aveva fatto rotolare dalla scala. «Stanotte ti farò cambiare idea sulla vita, Richard, e la smetterai di essere così pessimista! Ci troviamo nel luogo più magico di Londra: il gabinetto del professor Nicolas», aveva proclamato alzando le braccia, come se lo stesse gridando ai quattro venti. «È appena arrivato in città. Nessuno sa da dove venga né quali siano le sue origini; sembra non avere un passato, ma dicono che sia lo scienziato del nostro tempo, che le sue scoperte sconvolgeranno il mondo, che possieda segreti inimmaginabili», aveva spiegato con la voce da seduttore che normalmente usava per rubare il cuore alle dame più affascinanti.

Nicolas? Non poteva essere. No, non era possibile.

Un brivido aveva percorso la schiena di Richard, facendogli rizzare i peli della nuca. Proprio in quel momento erano arrivati in fondo alla scaletta. Quasi tutti i presenti avevano già preso posto, e loro due avevano scelto un punto da dove la prospettiva era perfetta. Di botto si erano spente le luci e un silenzio assordante aveva invaso la sala. Un faro aveva illuminato il palco e una donna di mezz'età, con i capelli color mogano raccolti in uno chignon alto, si era sistemata al centro per presentare lo spettacolo.

«Lei è la signora Perenelle», gli aveva sussurrato all'orecchio Alessandro, «la moglie del professor Nicolas.»

«Non può essere», aveva detto Richard con un filo di voce.

Un incantatore di serpenti, con il torso nudo e il turbante, aveva cominciato a suonare una melodia ipnotica sul suo *pungi*. Nel giro di qualche secondo, da dietro il sipario era comparso, come un'esalazione, l'annunciato professore, dai capelli di un candore incoerente con il viso senza rughe e dal corpo giovanile e atletico. Si era presentato con un mantello nero e un ridicolo cappello da prestigiatore. Se non fosse stato così sconvolto, Richard sarebbe sicuramente scoppiato a ridere. All'improvviso il professore si era tolto il cappello, l'aveva fatto volteggiare con un gioco di polso e aveva annunciato solennemente lo straordinario spettacolo che stava per cominciare.

«In un'epoca in cui l'anatomia femminile non ci riserva più misteri, con tante donne che mostrano le loro vergogne in pubblico senza alcun ritegno, vi invito ad assistere a uno dei passatempi più straordinari di cui potrete godere in questa città di prodigi. Oggi tutti voi, in esclusiva, sarete testimoni della nudità di una mummia.»

Un'esclamazione si era diffusa nella sala e Alessandro si era unito agli applausi dando di gomito a Richard. Erano anni che accarezzava l'idea di instaurare a Londra il rito egizio della massoneria, e di sicuro una simile iniziativa alimentava le sue speranze di attirare adepti. In Europa erano tutti in preda alla febbre degli egizi. L'ultima moda erano gli «sbendaggi» delle mummie come grandi avvenimenti sociali, a cui aveva accesso solo l'alta società. Sul «London News» era persino uscito un articolo sullo scandalo della fabbrica di mummie del dottor Ali Benam. A quanto si era scoperto, questo signore rubava i cadaveri da obitori e cimiteri, per poi trasformarli in mummie dell'Antico Egitto seguendo le indicazioni dei manuali dell'Istituto di anatomia dell'Università del Cairo, macerandoli nel sale finché non diventavano grinzosi come prugne secche. Poi li vendeva agli inglesi come souvenir a peso d'oro nel bazar di Khan el-Khalili.

Questo genere di svago non attirava affatto Richard, ma un evento inaspettato aveva calamitato il suo sguardo verso il palco. Una giovane dai capelli rossi, con gli occhi verdissimi e il corpo di gazzella, si era materializzata come un'apparizione miracolosa, spingendo il lettino su ruote con il sarcofago della mummia. La dama fascinosa era vestita di rosso e una piuma dello stesso colore fluttuava come una farfalla spaventata sulla sua testa. Senza dubbio era la creatura più bella che Richard avesse mai visto in vita sua. Aveva cercato somiglianze tra la ragazza, il professor Nicolas e la moglie, cercando di capire se fosse la loro figlia, ma non ne trovò.

«Impressionante, vero?» era tornato a dire Alessandro, dandogli un'altra gomitata mentre gli strizzava un occhio.

Un signore lì accanto aveva fatto segno di stare in silenzio.

«Nell'Antico Egitto, gli imbalsamatori estraevano la massa encefalica attraverso le fosse nasali, utilizzando un gancio di ferro», aveva spiegato il professor Nicolas, apparentemente immune al sussulto generale, mentre iniziava a denudare la mummia a partire dai piedi. «I resti di cervello che non uscivano con questo sistema venivano eliminati utilizzando infusioni di erbe e spezie. Una volta conclusa questa fase, si eseguiva sul cadavere un taglio dall'alto in basso sul lato sinistro dell'addome, e da qui si estraevano gli intestini.»

Una nuova esclamazione di disgusto aveva scosso la platea. Alcune signore distoglievano lo sguardo e nascondevano la testa dietro le spalle dei propri accompagnatori ogni volta che il professore srotolava un giro di benda.

«Quindi ripulivano la parte interna dell'addome con olio di palma e lo irroravano con profumi quali mirra, cannella e incenso. Dopo aver lasciato il cadavere per settanta giorni nel natron, lo estraevano, lo ripulivano, lo seccavano e lo avvolgevano con bende impregnate di resina e cera. Eseguito l'intero processo, riconsegnavano il corpo ai familiari, che avevano già predisposto un feretro di legno a forma di mummia in cui il defunto avrebbe trascorso il resto dell'eternità. Grazie all'imbalsamazione, gli antichi egizi riuscirono a farsi gioco del tempo e a giungere fino a noi ancora incorrotti. Si può pertanto affermare che queste mummie sono immortali», sentenziò.

Richard aveva sentito un nodo allo stomaco.

Mentre procedeva con lo sbendaggio, il professor Nicolas si era prodigato a illustrare invocazioni, libri dei morti e divinità dalle sembianze di gatto. Di tanto in tanto, fra uno strato e l'altro, comparivano uno scarabeo di turchese, un occhio di Horus di lapislazzuli, le chiavi della vita dorate... tutti amuleti destinati a garantire alla mummia un sereno viaggio nell'aldilà.

«Mi sa che in questo caso gli amuleti non sono serviti granché», aveva bisbigliato Alessandro prima che Richard gli rivolgesse una muta occhiata di rimprovero.

Il professor Nicolas, quasi si trattasse di una coreografia studiata, aveva finito di scoprire la mummia, chiudendo lo spettacolo con un'ultima e magniloquente frase resa ancora più solenne dalla ripresa dell'ipnotica melodia.

Il corpo millenario era rimasto nudo, con quattro ciuffi in testa e le braccia incrociate sul petto, quasi a coprirsi inutilmente. La bocca aperta, smisurata e un po' storta, mostrava qualche dente giallastro, mentre le due conche secche al posto degli occhi, profonde, quasi languide, donavano alla mummia un'espressione fragile. La luce dorata delle candele lambiva la sua anatomia accartocciata, disegnando sulla pelle ombre traballanti che si contorcevano in una danza ancestrale. Se ci fosse stato silenzio, se il nutrito gruppo di signore altezzose che lanciavano gridolini di disgusto fossero state zitte, se gli uomini che fumavano senza sosta avessero smesso di fare sfoggio delle loro conoscenze sul complesso rituale funebre degli egizi, si sarebbe sentito il gemito pudico e orripilato della mummia nel ritrovarsi indecorosamente nuda tremilacinquecento anni dopo la sua partenza per l'altro mondo. Richard aveva provato pena per lei. Quanto tempo doveva trascorrere dalla morte di una persona perché un rito come quello non fosse più considerato una profanazione?

Una signora era svenuta, e da quel momento in poi si erano scatenati gli applausi del pubblico. Gli uomini erano scattati in piedi, le donne gridavano «Bravo!», e il professor Nicolas aveva salutato timidamente il pubblico con un cenno del capo. Aveva fatto un inchino ed era scomparso dietro il sipario. Le luci si erano spente e l'unica zona rimasta illuminata era il corridoio che gli spettatori dovevano imboccare per uscire all'aperto.

«Che impressione ti ha fatto?» gli aveva chiesto Alessandro. «E non intendo la ragazza con i capelli rossi... ho visto che non le toglievi gli occhi di dosso.»

Richard non si era neanche disturbato a rispondergli.

«Quell'uomo», aveva invece detto timidamente, «il professor Nicolas...»

«Sì?» Alessandro aveva sorriso.

«È...?»

«Sì, è lui, Nicolas Flamel. L'ho trovato. Riesci a crederci?»

«Ma quando...? Come...?» aveva farfugliato Richard.

«È comparso all'improvviso, mi ha riconosciuto subito. Gli ho parlato di te. Ti conosce.»

«E...?»

«Sì. Anche la moglie... e pure la ragazza con i capelli rossi... Siamo già insieme. Andrà tutto bene, vedrai», l'aveva rassicurato Alessandro, tenendolo per le braccia.

Richard aveva sentito una stretta al cuore. Tanti anni... l'aveva cercato per così tanti anni... Era mai possibile?

La sala si era svuotata. Restavano solo loro. Nicolas era ricomparso da dietro il sipario e si era avvicinato con aria emozionata.

«Fratello mio!» Aveva abbracciato Richard come se avesse appena ritrovato il figliol prodigo. «Sei a casa tua.»

E in effetti era andata proprio così. Lui e Alessandro avevano lasciato l'appartamento di Soho e si erano trasferiti a casa del professor Nicolas e della moglie. Qui viveva anche lei, la donna con i capelli rossi.

Richard guidava la sua Bugatti Veyron per quella città enigmatica dagli occhi grigi e dalla pelle gelida, mentre la musica dei Depeche Mode gli metteva i brividi. Parcheggiò vicino alla casa del professor Green. Riconobbe l'auto con cui gli agenti Lewin e Davis erano andati a prenderlo quel mattino e decise di aspettare che se ne andassero. Poteva farlo. Di tempo ne aveva in abbondanza.

12.

Gli agenti Lewin e Davis erano perplessi di fronte alla forza d'animo ostentata da Daniela Green. L'avevano appena informata che il padre era morto in circostanze tragiche e lei rimaneva impassibile.

«Posso offrirvi qualcosa?» fu la sua prima domanda dopo aver appreso la notizia.

E non si trattava di una questione di pudore o di poca confidenza, come scoprirono ben presto. Una compagna di classe aveva chiamato per caso qualche secondo dopo e lei non solo non aveva versato una lacrima, ma si era anche guardata bene dall'informare l'amica della tragedia. Forse non aveva ancora assimilato l'accaduto, si dissero. La vita la colpiva per la seconda volta nel giro di appena otto mesi. Il destino si comportava in maniera davvero crudele con certe persone. Di sicuro le sarebbero serviti anni di terapia per superare il trauma.

L'unica che manifestava una reazione coerente con gli eventi era la donna di servizio seduta accanto a lei. Con aria afflitta, Jane accarezzava Daniela sulla schiena con una mano, e con l'altra si asciugava gli occhi.

«Che disgrazia... che disgrazia...» continuava a ripetere.

Nel frattempo, la ragazza sembrava più preoccupata di stringersi forte al cordless con cui aveva appena avuto la conversazione con la sua amica.

«Secondo le nostre indagini, potrebbe essere stato il lavoro di suo padre la causa dell'omicidio.»

«Il suo lavoro?» chiese attonita.

Il mondo le crollava addosso. In meno di un anno la sua vita perfetta si era come sgretolata. Si sentiva l'unica sopravvissuta a un olocausto nucleare. Fino a pochi mesi prima, non si era mai resa conto di quanto fosse fortunata, proprio come non si pensa alla fortuna di avere riserve d'aria illimitate quando si respira. È così e basta. Non serviva ringraziare, perché la felicità le pareva un diritto di tutti gli esseri viventi. Ma a lei lo stavano portando via a poco a poco. Perché? Si sforzò di mettere in pratica le tecniche di respirazione che lo psichiatra le aveva insegnato per tenere sotto controllo il dolore.

«Hanno aperto la cassaforte del suo ufficio e l'hanno svuotata», precisò Davis. «Sappiamo che suo padre portava avanti le sue ricerche anche a casa, insieme a sua madre.»

«Le sue ricerche...» ripeté Daniela in tono assente.

Forse avrebbe dovuto informarli che Richard Chanfray, il pupillo di suo padre, era la persona che aveva telefonato cinque minuti prima per avvertirla che si trovava in pericolo. Sì, forse avrebbe dovuto farlo. O forse no...

«Sospettate di qualcuno?» Sperava che la risposta le indicasse quale strada seguire.

«Per adesso sono solo congetture», rispose Lewin senza entrare nel dettaglio «Ci piacerebbe dare un'occhiata allo studio di suo padre, se non ha niente in contrario.»

Daniela sembrava delusa.

«Ma certo, vi faccio strada», disse alzandosi dal divano.

Uscì dalla sala seguita da Jane e dagli agenti. Reinserì il cordless nella base che si trovava su un tavolino nell'ingresso, accanto a uno stemma in bronzo della More House School.

Lo studio era ordinatissimo. Nulla faceva sospettare che vi fosse nascosto qualcosa di così compromettente da mettere a repentaglio la vita di Leonard Green. Gli agenti si mossero a passi lenti, aggirando i mobili in mogano, sfogliando i documenti sparsi sullo scrittoio. Lewin si soffermò davanti a un quadro che attirò la sua attenzione. Si trattava di una litografia della *Camera di Vincent ad Arles* e ricordò che c'era un'altra opera dello stesso artista nell'ufficio del professore a Cambridge, precisamente sopra la cassaforte.

«A suo padre piaceva l'impressionismo», commentò.

«In realtà Vincent Van Gogh è considerato postimpressionista», precisò Daniela, «ma la vera appassionata di Van Gogh era mia madre.»

A Lewin parve una precisazione piuttosto pedante, ma la gravità della situazione giustificava la ragazza. Si avvicinò e diede un'occhiata dietro il quadro. Come aveva previsto, c'era una cassaforte. Quando si girò, vide che Daniela stava aprendo le tende per affacciarsi alla finestra.

«Aspetta qualcuno?»

«No», esitò, «è che... ha ricominciato a piovere.»

La pioggia su Londra non era mai stata una notizia da prima pagina. Non c'erano dubbi, la figlia del professor Green era proprio strana.

«Lei per caso conosce la combinazione della cassaforte?» le chiese Davis.

Daniela non rispose subito.

«Sì», disse alla fine.

«Potrebbe dircela?» insistette l'agente, vedendo che Daniela rimaneva immobile.

Allora la ragazza reagì in maniera del tutto sorprendente.

«Non so se mio padre sarebbe d'accordo. In fin dei conti, si tratta di una cassaforte», sospirò, «e suppongo che prima dovrei consultare un avvocato.»

Davis e Lewin si guardarono sconcertati: di solito i familiari delle vittime erano più che disposti a collaborare alle indagini.

«Ma certo. Se lo desidera, può parlare con un avvocato. Comunque deve capire che si tratta di un delitto molto strano e che noi abbiamo l'obbligo di toglierci ogni dubbio. Bisogna prendere in considerazione tutte le ipotesi. Lei se ne rende conto, vero?»

La ragazza sospirò profondamente prima di rispondere.

«Certo, e ve ne sono grata.»

La imbarazzava che dei perfetti estranei mettessero mano nel *sancta sanctorum* del padre. Quando era piccola, la porta dello studio era chiusa a chiave e lei non aveva il permesso di entrarci da sola. Leonard Green aveva impiegato molto tempo prima di convincersi che Daniela era diventata una ragazza responsabile, che non avrebbe mai messo in disordine i suoi fogli. Eppure, anche in tempi recenti lei entrava assai di rado in quella stanza.

Gli agenti erano confusi. La loro conoscenza del linguaggio corporeo indicava senza ombra di dubbio che la ragazza ne aveva abbastanza della loro presenza.

«Vuole che avvisiamo qualcuno? Magari un parente?» chiese Lewin. «Non dovrebbe rimanere sola in un momento simile.»

«Non sono sola, Jane resta con me», rispose laconica.

Un silenzio imbarazzato confermò che Daniela dava definitivamente per conclusa quella conversazione.

«Posso andare un momento in bagno?» chiese all'improvviso Davis.

«Ma certo», rispose Jane facendogli strada.

«La prego, non si disturbi, non serve che mi accompagni. Basta che mi dica dov'è.»

A Daniela non piaceva l'idea che un estraneo si aggirasse indisturbato per casa sua, ma in fondo si trattava del male minore. Doveva solo aspettare che l'agente finisse di usare il bagno, e poi se ne sarebbero andati.

«Dobbiamo tornare alla sede di Scotland Yard», dissero mentre uscivano di casa. «Se per caso ha bisogno di qualcosa, non esiti a contattarci.»

Le porsero un biglietto da visita che lei prese senza troppo interesse.

«Lo farò, grazie mille.»

Gli agenti si diressero alla macchina senza aprire bocca.

«Bello, il trucco del bagno», disse Lewin. «Hai controllato il registro delle chiamate? A chi apparteneva l'ultimo numero?»

«Non ci crederai mai.»

«Prova!»

«Richard Chanfray.»

«Che strano.»

«Già.»

Davis prese il cellulare dalla tasca della giacca e digitò il numero di Abberline, che rimase piuttosto stupito da quella notizia.

«Chiama la Bugatti. Ho bisogno di sapere se il modello Veyron Super Sport ha incorporato un sistema di localizzazione», ordinò a uno dei suoi agenti.

Normalmente il GPS nei veicoli di alta gamma era un lusso che andava richiesto da parte del cliente al momento dell'acquisto, ma negli ultimi tempi le case più prestigiose avevano preso l'abitudine di inserirlo nella dotazione di serie.

All'altro capo del telefono, la responsabile commerciale della Bugatti informò il poliziotto che l'antifurto installato sulla Veyron Super Sport era totalmente integrato con il resto dei sistemi informativi del veicolo, cosa che lo rendeva del tutto invisibile sia dall'interno sia dall'esterno. Consisteva in un dispositivo GPS connesso stabilmente all'allarme originale del mezzo e ne indicava l'ubicazione precisa in ogni singolo istante, persino all'estero.

«E come posso tracciare un veicolo, in concreto?» chiese impaziente.

«I dati emessi dall'auto vengono inviati al nostro Centro assistenza e localizzazione, che è attivo ventiquattr'ore al giorno, trecentosessantacinque giorni all'anno», gli spiegò in tono gentile. «Se il cliente lo richiede, si possono persino arrestare le funzioni del veicolo bloccando l'erogazione di energia.»

«Fantastico. Ho bisogno che mi inviate i dati di localizzazione di un'auto con targa...»

«Ma lei è il proprietario del veicolo in questione?» lo interruppe la donna, con un tono che voleva essere cortese.

«No... no... Le ho già detto che sono l'ispettore Abberline, di Scotland Yard, e che...»

«In questo caso, lei conoscerà alla perfezione la procedura da seguire, giusto? Serve un mandato del giudice per avere accesso a questa informazione.»

«Lei non capisce, signora. Si tratta di un'urgenza. Stiamo parlando di un sospetto omicida che...»

«Allora sono certa che otterrà il mandato in tempi brevissimi. Appena ce lo farà avere, sarò ben lieta di consegnarle i dati che le servono. Desidera altro?»

Abberline era pronto a giurare che la donna all'altro capo del telefono si stava limando le unghie. Senza aggiungere una parola, riagganciò la cornetta infuriato. Odiava la burocrazia ogni giorno di più.

13.

Le note dei Depeche Mode rimbombavano ancora nell'abitacolo quando la porta di casa del professore si aprì e Richard Chanfray vide le anonime figure dei due agenti Lewin e Davis. Aveva parcheggiato abbastanza lontano da rimanere nascosto, ma si abbassò d'istinto mentre i due salutavano la ragazza e la donna di servizio. Non si mosse subito. Gli era rimasta incisa nella memoria una conversazione scambiata un paio di settimane prima con Leonard Green. Il professore gli aveva confessato che l'unica cosa che gli restava al mondo era Daniela e che sarebbe stato disposto a dare la vita per lei. E forse era proprio quello che era appena stato costretto a fare.

«Se mi capita qualcosa... se dovesse succedere qualcosa...»

Richard non l'aveva lasciato proseguire. «Mi prenderò cura di lei, non si preoccupi», gli aveva promesso.

Gli agenti si allontanavano, silenziosi e a testa bassa. Richard li osservò trattenendo il respiro. Adesso doveva aspettare un altro po', accertarsi che se ne andassero davvero. In quel momento gli sarebbe piaciuto fumarsi una di quelle sigarette che Alessandro aveva portato dal Cairo, riempirsi la bocca del sapore di suk e legno secco. La prima volta che se n'era acceso una, aveva tossito per cinque minuti di fila. Dopo un po' aveva finito per collegare il rito del tabacco all'ispirazione e aspirava a grandi boccate, riempiendo di fumo i polmoni. In questo modo catturava le muse, scriveva, componeva. Ma ormai non fumava più. Anche di questo si era stancato. Per quanto, in un momento del genere...

Lewin e Davis montarono in macchina, ma non partirono subito. Dalla sagoma dei loro corpi in controluce, aveva l'impressione che stessero discutendo. Poi fecero una telefonata. Chanfray sospirò, stufo di aspettare. Bisognava sempre aspettare. Misurò con lo sguardo la distanza che lo separava dalla casa, disturbato dalla luce fioca di quel giorno plumbeo che rubava il colore alle piante, agli edifici, alle fontane. Sì, in quel preciso istante avrebbe voluto sbuffare anelli di fumo, come il protagonista in impermeabile di un vecchio film in bianco e nero. I tempi in cui era normale che fumassero tutti, l'eroe, il cattivo, il duro, la fanciulla indifesa, il poliziotto, i ladri, la *femme fatale.* I tempi in cui tutto sembrava funzionare meglio se nell'aria fluttuava il fumo di una sigaretta. I tempi in cui era permesso fumare nei bar, sugli aerei e persino negli ospedali. La sigaretta sul bocchino di corno, tra le dita dell'elegante Audrey Hepburn. La prima sigaretta dopo il sesso, l'ultima sigaretta del condannato a morte. Essere come Humphrey Bogart in *Casablanca,* severo, sentimentale, coraggioso, disposto a sacrificare tutto per amore, per poi dileguarsi, lasciando il fumo della sigaretta a diluirsi nella nebbia di un aeroporto africano... o di qualsiasi altro posto, poco importa.

Sfortunatamente, la moda antitabacco aveva esiliato le sigarette dagli schermi. Adesso fumavano solo i cattivi molto cattivi, i tiranni o i reietti della società. Eppure in quel momento gli sarebbe proprio piaciuto accendersene una.

L'auto degli agenti finalmente si mosse, ma Richard attese di vederla scomparire in fondo alla strada. E in quel preciso istante, mentre la macchina della polizia svoltava a sinistra, vide un'ombra fugace sulla soglia di casa del professore. Aguzzò la vista e si rese conto che si trattava di Daniela.

La ragazza si affacciò, si guardò attorno e si richiuse la porta alle spalle senza fare rumore, quindi scese i gradini con la cautela di un gatto. Indossava un paio di jeans, un golf beige a collo alto e una giacca di pelle con la zip. Un berretto calato sugli occhi e una sciarpa di lana grigia le coprivano il viso, ma non c'erano dubbi sulla sua identità. E in quel momento il testo di *Precious* lo scosse quasi puntandogli contro un dito accusatore:

Precious and fragile things
Need special handling
*My God what have we done to you.**

Richard la vide infilarsi i guanti e scappare via, nascosta fra le ombre degli alberi lungo il marciapiede. Chissà dove voleva andare: le avevano appena brutalmente assassinato il padre... Cos'avrà avuto di così importante da fare, per decidere di uscire in un momento simile? Richard esitò un istante. Poteva avvicinarla e cercare di spiegarsi, ma ebbe il timore di spaventarla, e a pensarci bene al telefono aveva praticamente parlato solo lui. Non sapeva nulla di Daniela: magari aveva persino paura di lui. Forse gli agenti l'avevano informata che lo stavano interrogando.

Decise di seguirla.

Aspettò che si allontanasse, poi avanzò lentamente a fari spenti, tenendosi a distanza per non farsi scoprire.

La snella figura della giovane si stagliava nella strada cupa e solitaria. Quel luogo sarebbe stato lo scenario perfetto per commettere un omicidio efferato, come la sera in cui Nicolas e Alessandro l'avevano portato al Ten Bells, quando Londra sembrava intrappolata in una palla di vetro in mano a un gigante curioso. La taverna era piena da scoppiare. Chi non aveva racimolato i soldi necessari per dormire male nell'albergo, passava il tempo in quel luogo, dove il calore umano, le ceramiche vittoriane e un bicchiere di gin erano a disposizione al prezzo di un penny. Una donna con la voce impestata e la bocca sdentata si era avvicinata a Richard barcollando.

«*Two penny knee trembler?*» gli aveva sussurrato all'orecchio.

Il fiato maleodorante della donna si era insinuato nelle sue fosse nasali, facendogli rivoltare lo stomaco. Alessandro era scoppiato a ridere. Gli doveva sembrare terribilmente buffo vedere in una situazione simile il suo amico, sempre così serio e sicuro di sé. Richard, invece, sembrava turbato.

* Le cose preziose e fragili / Hanno bisogno di essere maneggiate in modo speciale / Dio mio, cosa ti abbiamo fatto. [*n.d.t.*]

«Amico mio», gli aveva detto Alessandro dandogli una pacca sulla schiena, «a quanto pare, questa gentildonna può farti tremare le ginocchia al prezzo di due penny.»

L'aveva guardata con un pizzico di compassione. Non aveva mai capito come facessero gli uomini a cercare il piacere nell'amore mercenario. Di solito, quelli che pagavano per stare con una donna di Whitechapel non avevano idea di cosa accadesse realmente. Si mettevano d'accordo nel bar e poi seguivano la prostituta di turno, lasciandosi condurre in un vicolo buio dove erano convinti di penetrare il suo corpo sfatto, mentre in realtà era tra le sue cosce che si infilava la loro virilità intorpidita. Erano così ubriachi, tutto era così rapido, fatto in piedi, con i vestiti addosso, che non si accorgevano neppure di immergere il pene in un involto di sottovesti sudicie e cosce umide. Come potevano provare piacere in quel modo? Che differenza c'era tra quello e il piacere che ci si procurava da soli? Dove tra l'altro non esisteva il rischio di contrarre una malattia venerea che magari ti spediva all'altro mondo? Per Richard, provare piacere significava anche dare piacere. A cosa serviva desiderare, se non eri desiderato? Al contrario di ciò che volevano credere in tanti, alle prostitute non piaceva per niente essere palpate da vecchi ubriaconi bavosi, ma erano costrette ad accettare la transazione per portare a casa qualche soldo.

Richard si era frugato nella tasca del gilet. Aveva trovato i quattro penny che avrebbero permesso a quella donna di passare la notte in albergo senza bisogno di avere rapporti con uno sconosciuto, almeno per una volta. Le aveva porto i soldi e lei aveva allungato la mano con le unghie nere, guardandolo con occhi vitrei, senza sapere come reagire. Di sicuro non era abituata alla generosità gratuita.

«Vada a dormire», le aveva detto voltandosi per raggiungere Nicolas e Alessandro al bancone.

L'oste, un uomo tarchiato con l'aria sgradevole e la camicia imbrattata di macchie di dubbia provenienza, li salutò con un cenno del capo, avvolto nella penombra bluastra del fumo di tabacco. Da quando, otto anni prima, James Albert Bonsack aveva inventato una macchina in grado di arrotolare centoventimila sigarette in dieci ore, la pipa era passata di moda. Gli uomini erano tutti fieri di portarsi alla bocca quei cilindri fumanti che erano diventati l'ultima moda in Europa. «Tabacco trinciato, arrotolato in finissima carta spagnola per sigarette, aromatizzato al liquore e stampato in colori vivaci», recitavano gli annunci.

«Tre pinte», aveva chiesto Nicolas.

Sul bancone di legno era adagiato il quotidiano del giorno: in prima pagina si leggeva che Scotland Yard aveva affidato il caso di Jack lo Squartatore al suo uomo migliore, l'ispettore Frederick George Abberline, che non si era mai lasciato sfuggire un delinquente. A quanto pareva, la polizia di quartiere non riusciva a cavarsela di fronte a un mostro simile. La notizia era accompagnata da un disegno molto scuro in cui un'inquietante sagoma maschile con il naso aquilino, il cappello a cilindro e un coltello in mano si parava minacciosa dinnanzi a una fanciulla terrorizzata, vestita in modo elegante, che non somigliava affatto alle potenziali vittime da cui era attratto il folle omicida.

«Adesso la gente non fa altro che pensare a questa storia», aveva commentato l'oste, vedendo che i suoi tre nuovi clienti stavano sfogliando il giornale, «ma di puttane morte ce ne sono sempre state, e a nessuno è mai importato un accidente. E sarebbe andata avanti così, se non fosse saltato fuori qualche nome d'alto bordo.»

Giorni prima, lo «Star» si era azzardato a ipotizzare che il colpevole fosse addirittura il nipote della regina Vittoria, che aveva la brutta fama di frequentare i bassifondi. Un altro indiziato sembrava essere Walter Richard Sickert, i cui quadri cupi ed enigmatici pare fossero ritratti dal vivo. Poi si investigava sullo scrittore Lewis Carroll che, nonostante il mondo fantastico creato dietro lo specchio per Alice, aveva una personalità travagliata per colpa della sua infanzia traumatica. Eppure, i tagli netti ritrovati sui corpi delle vittime facevano pensare piuttosto a un chirurgo, a un veterinario o a un macellaio. Il veggente della regina assicurava di averlo visto in sogno e di poterlo riconoscere se gli fosse capitato di incontrarlo.

«È pieno di indiziati», aveva aggiunto con aria sprezzante l'oste, fissandoli mentre asciugava i bicchieri con uno straccio sudicio. «Alti, bassi, grassi, magri, potenti, medici, ricchi, ebrei... Personalmente, sospetto dei meno sospetti. Quei tizi che sembrano brave persone, ci siamo capiti...»

«Avete per caso visto qualcosa?» gli aveva chiesto Richard facendo finta di non comprendere.

«Sì. Ho visto Annie seduta esattamente dove adesso siete seduto voi, la notte stessa in cui l'hanno sventrata. Era con un uomo che portava il cappello di Sherlock Holmes.»

«Ma Sherlock Holmes non esiste, è un personaggio inventato, il protagonista di un romanzo», gli aveva fatto notare Alessandro.

«Così si dice», aveva bisbigliato l'oste distogliendo lo sguardo, «ma il suo creatore esiste sul serio: sir Arthur Conan Doyle, che oltre a essere scrittore è anche spiritista, e assicura che l'assassino delle prostitute non è un uomo, ma una donna.»

L'oste continuava a parlare, ma Richard aveva smesso di prestargli attenzione e aveva cominciato a guardarsi attorno, in mezzo a tutto quel fumo in cui le sagome si aggiravano come fantasmi dal passo incerto. Sembravano conoscersi un po' tutti, certi ridevano forte, altri si salutavano svogliati, troppo ubriachi per mettersi a chiacchierare. Si era reso conto in quel preciso istante che viveva a un passo dall'inferno, ma era al riparo da quella sordida povertà. La voce di Nicolas era fluttuata in quel groviglio di sonnambuli, riportandolo alla realtà.

«Guardali, come buttano via la loro vita! Quant'è insignificante l'essere umano! Così fragile... Quanto tempo vivranno? Altri vent'anni? Trenta? Trascorreranno l'eternità nel nulla, ed è così che sciupano l'incredibile fortuna di poter passare un po' di tempo in questo mondo. Vite sprecate», aveva sospirato.

La donna che un attimo prima stava offrendo i suoi servigi professionali si era fatta largo a gomitate e aveva ordinato un gin. Aveva pagato con uno dei penny che Richard le aveva regalato, e lui si era chiesto se fossero gli uomini a gettare via la vita o se fosse la vita a far perdere gli uomini.

«Invece, la nostra natura ci permette di essere coscienti di ciò che possediamo», aveva proseguito Nicolas, «noi siamo diversi.»

Siamo diversi. Siamo diversi...

La musica lo riportò al presente. Daniela camminava su un marciapiede che rimaneva nascosto dietro gli alberi del parco e a Richard si strinse il cuore.

Angels with silver wings
Shouldn't know suffering
*I wish I could take the pain for you.**

La ragazza imboccò Pont Street con la disinvoltura di chi ha fatto quella strada mille volte. Quando arrivò all'altezza del numero 22 attraversò, suonò il campanello e attese che venissero ad aprirle.

MORE HOUSE SCHOOL

Di sicuro era la sua scuola. Richard doveva pensare in fretta.

If God has a master plan
That only He understands
*I hope it's your eyes He's seeing through.***

Fu l'ultima cosa che sentì prima di scendere dall'auto.

* Gli angeli con le ali d'argento / Non dovrebbero conoscere la sofferenza / Vorrei provare io il dolore per te. [*n.d.t.*]
** Se Dio ha un piano per noi / Che solo lui capisce / Spero che guardi attraverso i tuoi occhi. [*n.d.t.*]

14.

Dannata burocrazia! Privacy? Ecco come va il mondo!

Il vocione da orso infuriato dell'ispettore Abberline rimbombava tra le pareti di New Scotland Yard. Riteneva assurdo dover richiedere un mandato del giudice per tracciare il segnale GPS dell'auto di Richard Chanfray, e lo stesso gli era capitato quando aveva cercato di localizzare il suo cellulare. Di sicuro le indagini avrebbero subito ritardi, per non parlare della possibilità che nel frattempo il giovane avesse tutto l'agio di distruggere prove fondamentali, se il colpevole era davvero lui.

«Maledetti diritti dell'indagato», si lamentava l'ispettore, «servono solo ad aiutare i criminali a imbrogliare la giustizia. Non si rendono conto che quei disgraziati non hanno morale, empatia, rimorsi di coscienza? Sono bestie immonde che pensano solo al modo migliore per fare del male. Senza di me la città sarebbe perduta, e la prova è che, se mi distraggo un attimo, Londra va a puttane e i delitti si moltiplicano per due, come è successo l'ultima volta che sono andato in vacanza, quando hanno messo le bombe nel metrò. La vera essenza degli esseri umani è molto peggiore di quella delle bestie. È dimostrato che gli animali ammazzano solo per mangiare. Gli esseri umani sono gli unici che lo fanno per piacere. Esiste forse a questo mondo uno che vada sorvegliato più dell'essere umano? Ecco perché quando vengono a parlarmi di giustizia e di privacy, mi saltano i nervi... Qui l'unico che garantisce la correttezza sono io, e sfido tutti a provarmi il contrario! Sono il primo a timbrare e l'ultimo ad andare via tutti i giorni. La vocazione per il servizio pubblico mi scorre nelle vene. Il mio trisnonno vegliava su questa città quando gli avi dei giudici di questo paese non sapevano neppure contarsi le dita della mano. Maledizione! Fosse stato per me, me ne sarei andato a riposare sotto una palma su un'isola deserta, ma non riesco a infischiarmene... guarda un po'... Credono forse che decida di controllare i movimenti di una persona per un capriccio personale? Lo faccio perché è sospettato di aver commesso un delitto. Un delitto, santo cielo! E poi vengono a dirmi che siamo tutti uguali. Uguali un cazzo! I delinquenti ricevono molta più considerazione di me!»

Quando gli prendevano i cinque minuti, nell'intero edificio si respirava aria di tempesta. I suoi sottoposti non si azzardavano ad aprire bocca e abbassavano lo sguardo sfogliando inesistenti rapporti.

«Dov'è adesso?» urlò appena Lewin e Davis misero piede nel suo ufficio.

«Non lo sappiamo, signore. La sua auto non è nel garage di casa.»

«Allora cercatelo!» ordinò prima di sbatter loro in faccia la porta.

Richard Chanfray avrebbe potuto dileguarsi nel nulla, era un testimone ad alto rischio. Nonostante gli sforzi degli investigatori per seguire i suoi movimenti, non avevano trovato una sola informazione affidabile prima della sua iscrizione a Cambridge. Il suo passato era avvolto nel mistero. L'unica persona di nome Richard Chanfray di cui si avessero notizie era una specie di playboy degli anni Settanta sbucato dal nulla nella vita pubblica francese e diventato famoso perché trasformava il piombo in oro senza trucchi apparenti. Quel tizio aveva suscitato tanto interesse che i giornalisti dell'epoca si erano messi a frugare nella sua vita e ne avevano concluso che Richard Chanfray doveva essere l'alter ego del conte di Saint-Germain, uno straordinario personaggio nato alla fine del Seicento in un castello sperduto sui Carpazi. A quanto si era scoperto, il conte non solo era in grado di trasformare i metalli vili in metalli preziosi, il che gli procurava una fortuna inestimabile, ma parlava anche correntemente diverse lingue, suonava il piano e il violino e aveva trovato la formula della vita eterna. Vantando un simile curriculum,

Richard Chanfray aveva ben presto avuto ai suoi piedi l'intero jet set francese. Lo invitavano a tutte le feste, gli regalavano cavalli da corsa, giocavano con lui a golf, lo consultavano e lui emanava vaticini. Le donne più belle ed eleganti lo adoravano. Una sua ammiratrice era persino arrivata a introdursi nella sua camera dalla finestra e l'aveva aspettato sdraiata sul letto con indosso solo una cravatta che gli aveva rubato dall'armadio. Mentre la polizia la portava via, la ragazza non faceva che scalciare, giurando che l'avrebbe usata per impiccarsi se non avesse fatto un figlio con lei.

Sicuramente il percorso vitale di Richard Chanfray avrebbe fornito abbastanza materiale da riempire pagine e pagine di riviste patinate, se non l'avessero trovato morto dentro un'auto, imbottito di alcol e barbiturici. Una bella contraddizione, per uno che doveva essere immortale.

Per un istante, l'ispettore Abberline prese in considerazione l'ipotesi che il playboy avesse semplicemente inscenato la sua morte, annoiato da tanta sregolatezza, ma la scartò subito. Se fosse stato ancora vivo, avrebbe avuto più di settant'anni, e il Richard Chanfray che conosceva lui non ne aveva più di ventitré. Gli venne anche in mente che poteva trattarsi di un figlio sconosciuto, ma i conti non tornavano comunque, perciò non c'era modo di collegare i due personaggi. Doveva trattarsi di una coincidenza, oppure quel ragazzo voleva nascondere la sua vera identità e aveva deciso di prendere in prestito quel nome altisonante dopo averlo trovato per caso su una rivista dell'epoca o navigando su internet.

La cosa che di sicuro gli sembrava fondamentale per risolvere il caso era capire il motivo per cui Richard Chanfray aveva deciso di trasferirsi a Londra per stare vicino al professor Green. E anche sapere perché aveva telefonato alla figlia Daniela e perché mai lei aveva mentito a Lewin e Davis su quel particolare. Cosa nascondevano? Cosa tramavano quei due?

Doveva assolutamente scoprirlo.

La sede della More House School si trovava nel cuore di Londra. Era stata fondata nel 1953 da un gruppo di genitori rigorosamente cattolici, che tuttavia, con il passare degli anni, avevano capito che la loro forza consisteva nella mescolanza culturale, riflesso della società in cui vivevano, e si erano decisi a modificare la loro filosofia di base. Attualmente alla More House School venivano ammesse giovani che professavano qualsiasi religione, visto che si reggeva su un fondo fiduciario di beneficenza laica. Alla scuola studiavano ragazze di età compresa tra gli undici e i diciotto anni e il personale docente ci teneva che i genitori partecipassero attivamente all'istruzione delle allieve.

Quando Richard raggiunse l'ingresso aveva appena cominciato a piovere. Provò ad aprire il portone, che però era chiuso, così suonò il campanello e rimase ad aspettare. Una donna sui quarant'anni con l'aria da impiegata si avvicinò camminando a piccoli passi per via della gonna stretta che le arrivava sotto il ginocchio. In una mano teneva una tazza di tè fumante, mentre con l'altra si sistemava il golfino sulle spalle.

«Buongiorno», lo salutò con aria affabile. «Come posso aiutarla?»

Richard si schiarì la voce. Come poteva aiutarlo? Da dove incominciare? Pensò che doveva improvvisare una bugia credibile, visto che la verità era inaccettabile. Lei lo guardò spazientita, senza perdere la sua artefatta espressione di cordialità.

«Mi dica», insistette.

«Sì... dunque, sono Martin Green, lo zio di Daniela Green», mentì. «L'ho appena portata qui in macchina... sono andato a parcheggiare e...»

Il viso della donna cambiò all'improvviso.

«Abbiamo saputo della disgrazia, sentite condoglianze», gli disse costernata.

«Grazie... è stato un colpo durissimo. Il fatto è che...»

«Prego, si accomodi», lo invitò, facendosi da parte. «Daniela è nell'ufficio del preside. Adesso le faccio strada...»

«No, no, la prego», la interruppe Richard. «Non si disturbi. Mi dica solo da che parte è.»

Lei sembrò esitare, incerta se assecondarlo o seguire il protocollo, tenendo presente che era un uomo sconosciuto in una scuola interamente femminile.

«In fondo al corridoio, in cima alle scale, sulla destra», gli spiegò alla fine. «Sicuro che non vuole essere accompagnato?»

«Sicuro.»

Richard aveva avuto fortuna. Senza aggiungere altro, si girò e cominciò a camminare. La campanella suonò in quell'istante e una nuvola di ragazzine in gonna blu a pieghe si riversò nel corridoio. Si sentiva i loro occhi addosso, vedeva come si davano di gomito, commentavano e ridevano tutte eccitate. Per loro doveva essere una novità incrociare nel corridoio un uomo che non faceva parte del personale. Una biondina con due trecce legate con i pompon rosa e la gonna arrotolata in vita, gli sorrise strizzandogli un occhio mentre succhiava voluttuosamente un lecca-lecca. Richard non si era mai abituato all'evidenza che il suo aspetto fisico attirasse l'attenzione delle donne, ma quell'atteggiamento così sfacciato riusciva a turbarlo. Gli avevano insegnato che era l'uomo a dover corteggiare, mandare fiori, scrivere poesie e lodare la bellezza di una dama, perciò quando accadeva il contrario si sentiva come un pesce fuor d'acqua. Era un convinto assertore che bastasse sforzarsi per cambiare qualsiasi comportamento appreso, ma quello gli sembrava tempo perso. C'erano questioni più importanti che richiedevano la sua attenzione. Se restava ancora qualcosa da apprendere, di sicuro non era l'arte della conquista moderna, per quanto il suo amico Alessandro la considerasse una lezione fondamentale per vivere bene nel XXI secolo. In ogni caso, era da tanto che aveva smesso di usare tecniche di seduzione, perché nella sua vita non c'era spazio per l'amore.

Nonostante il suo aspetto ottocentesco, all'interno la More House School aveva lo stile e le comodità degli edifici più moderni. Al secondo piano si accedeva lungo una scala di design con gradini in legno che parevano librarsi nell'aria. Quando arrivò in cima, Richard girò a destra, come gli aveva indicato la donna all'ingresso, e vide un cartello con scritto PRESIDENZA. Allora si nascose ad aspettare dietro una colonna e un ficus imponente.

Dopo una ventina di minuti la porta dell'ufficio si aprì e vide un uomo di mezz'età con l'aria costernata che manifestava a Daniela tutto il suo rammarico. Si portava le mani al petto, teneva la ragazza per le braccia, le stringeva le mani. Dai gesti si intuiva che era sconvolto e voleva aiutarla in qualsiasi modo. Dopo qualche istante si salutarono. C'era troppa luce, perciò Richard si incollò alla colonna per paura di essere scoperto. Osservò Daniela e si accorse che teneva in mano una busta. Quando era entrata non ce l'aveva, questo era certo. Sembrava che andasse di fretta, ma non era diretta all'uscita, bensì dalla parte opposta. Incrociò un gruppetto di ragazze che si bisbigliarono qualcosa al suo passaggio. Una di loro la spinse e le altre scoppiarono a ridere, ma Daniela non ci fece caso. Sembrava che le importasse ben poco di quelle sciocche. Girò a destra ed entrò nei bagni. Richard si nascose sulla soglia di una porta lì accanto, stavolta leggermente più nervoso. Un attimo dopo Daniela uscì, la preoccupazione dipinta in volto, e proseguì lungo il corridoio. Si fermò davanti a una porta e prese una chiave dalla tasca. La inserì nella serratura e girò due volte. Entrò e si richiuse la porta alle spalle.

Richard si avvicinò perplesso. Quando lesse la scritta sulla targa di metallo sentì un crampo allo stomaco: LABORATORIO LEONARD GREEN.

15.

Liz parcheggiò la moto in un vicolo buio e solitario, perpendicolare alla strada in cui si trovava l'ingresso principale della casa del professor Green. Voleva a tutti i costi passare inosservata. Si tolse il casco e scrollò i lunghi capelli rossi. Rossi come il sangue e come le sue labbra. Un vento freddo le sferzò le guance e la sensazione le piacque, la faceva sentire viva. Il cuore le batteva forte. Quel genere di situazione riusciva a emozionarla sempre. In fondo alla strada quasi deserta si stagliava la sagoma di un uomo che portava a spasso un fox terrier dal pelo cortissimo con indosso un cappottino a quadretti. Il cagnolino si muoveva a piccoli passi, mentre il padrone aspettava pazientemente che si decidesse a fare i suoi bisogni per raccoglierli nel sacchettino di plastica. A Liz parve molto buffo. Nel posto da dove veniva lei, i cani erano addestrati a esseri duri, forti e aggressivi. Si tenevano al freddo e con poco cibo, venivano presi a secchiate di acqua gelida per renderli guardinghi nei confronti di qualsiasi essere umano salvo il padrone. In poche parole, erano loro a doversi mettere al servizio degli uomini, e non viceversa. In questo modo imparavano a stare sempre in guardia, a difendere la casa in cui vivevano, a uccidere o morire per la loro famiglia umana, se necessario. Questo era il patto, il *quid pro quo*, il contratto non firmato che univa sin dalle origini l'uomo agli animali da compagnia. Invece adesso quasi tutti i cani londinesi venivano curati, nutriti e lustrati più dei re del medioevo. Avevano smesso di servire gli uomini per trasformarsi nei loro padroni. Persino i rottweiler, nati per essere cani da guardia, si comportavano come dolci e svenevoli marchesini.

Da quella distanza, il proprietario del cagnolino le parve

di bell'aspetto. Di sicuro poteva attirarlo facilmente con un semplice sorriso e un lieve battito di ciglia. Sapeva bene come sedurre un uomo. Ma era da tanto che per lei l'atto della conquista aveva perduto il suo fascino, e ormai seduceva in maniera meccanica, senza godersi fino in fondo i piaceri del contatto con un altro corpo. Si portava ancora addosso il disprezzo dell'unica persona che avesse amato davvero in vita sua, e questo le pesava come un macigno. All'inizio aveva preso il rifiuto come una sfida. Era convinta che sarebbe stata solo questione di tempo e lui avrebbe cambiato idea. Nessuno le aveva mai resistito, perciò si disse che si trattava semplicemente di una preda difficile da conquistare. Non esisteva la vittima perfetta, ma il cacciatore perfetto, e lei era una cacciatrice meravigliosa. Per una preda come quella, valeva la pena di lottare fino all'ultimo respiro. Ma ormai era sempre più scoraggiata, sentiva di aver messo in pratica tutte le tecniche che conosceva. Si era mostrata appassionata, dolce, irascibile, fragile, sottomessa, romantica, minacciosa, innocente, violenta, patetica... ma con lui non aveva mai funzionato niente. Niente. Niente. E questo le spezzava il cuore e lo cuoceva a fuoco lento, trasformandolo in un brodo di risentimento e orgoglio ferito che le opprimeva il petto e non riusciva in nessun modo a digerire. Ogni tanto faceva persino fatica a respirare e si svegliava nel cuore della notte in un bagno di lacrime, con una voglia matta di uccidere. Il semplice pensiero le mise un brivido di odio, chiuse i pugni e si morse il labbro inferiore.

«Amare è dare a qualcuno la possibilità di distruggerti, nella certezza che non lo farà mai», le aveva detto una volta Nicolas.

Ed era così che aveva fatto. Si era mostrata a lui per quello che era, senza filtri, senza bugie, senza nascondergli niente... Tutta per lui. Gli aveva donato ciò che non aveva mai donato a nessuno: la sua anima, quell'anima che proteggeva sotto una pesante corazza, al sicuro dai colpi della vita, dai tradimenti, dalla compassione e dalle debolezze. Ma non le era servita a nulla quando l'aveva conosciuto. I baci di quell'uomo avevano rotto il suo guscio e lei si era sciolta tra le sue braccia, rovesciata sulla sua pelle, strusciata al suo fianco, rivelando che dietro quella facciata di donna sicura di sé si nascondeva una bimba spaventata, bisognosa di affetto e di carezze. Lui l'aveva rapita dalla sua torre d'avorio per innalzarla fino al paradiso e poi abbandonarla con disprezzo in mezzo all'oceano, senza cibo, senza acqua, e soprattutto senza il suo amore. Si era data anima e corpo a un uomo che adesso rischiava di distruggerla. E non solo lei, ma il suo stile di vita, tutto il suo mondo. Si sentiva beffata, affranta, piena di rancore.

«Io non tradirò mai i miei. Non sono come lui», mormorò.

Trasse un respiro profondo e cercò di focalizzare tutto quell'odio nella direzione giusta. Non era il momento di distrarsi. Raggiunse la porta di casa del professor Green e suonò il campanello. Qualche secondo dopo, sentì aprirsi le serrature. Deglutì, si ravviò i capelli, strinse le labbra e si dipinse in viso il sorriso ammaliante con cui riusciva sempre a manipolare la gente.

16.

Il laboratorio Leonard Green era uno spazio diafano con lunghi tavoloni su cui erano allineati in bell'ordine provette, flaconi e microscopi. Le pareti erano rivestite di teche in cui i prodotti chimici potenzialmente pericolosi venivano conservati sotto chiave. Anche se Daniela adorava quel posto, il semplice fatto che il padre l'avesse sovvenzionato e che, come ringraziamento, il preside avesse deciso di dargli il suo nome non aveva facilitato di certo i suoi rapporti con le compagne di scuola. Le altre ragazze la isolavano perché la consideravano strana. Era troppo taciturna. Non le piaceva parlare e ridere in maniera sguaiata e neppure dipingersi le unghie con il glitter. Non badava alla moda e non aveva idea di chi avesse vinto i Brit Awards di quell'anno. Il suo abbigliamento preferito erano jeans e maglietta, e al massimo si metteva un po' di lucidalabbra. A scuola aveva solo un'amica, Lisa, una ragazzina fissata con la scienza, con i capelli tinti di nero bluastro e tendenze vagamente nichiliste. Una volta era entrata di nascosto con lei nel laboratorio per fare un esperimento e alla fine la sala si era riempita di una schiuma rosata così appiccicosa che avevano dovuto usare la spatola per raschiarla via da pareti e pavimento. L'episodio era persino finito sul giornalino della scuola e Daniela era quasi diventata una celebrità. Eppure il professore aveva continuato a fidarsi di loro, perché erano le sue alunne più brillanti. Per esempio, erano le uniche ad avere una copia delle chiavi del laboratorio.

Daniela posò su un tavolo la busta che le aveva appena consegnato il preside e la accarezzò sconsolata. Ripensò al giorno in cui il padre le aveva parlato della sua esistenza.

Leonard Green non aveva mai rinunciato all'idea di riconquistare l'amore della figlia e ogni giorno cercava di farsi trovare a casa all'ora di pranzo, per poter mangiare insieme e chiederle com'era andata a scuola. A voler essere onesta, doveva riconoscere che suo padre aveva fatto tutto il possibile, ma lei non riusciva più a sentirsi a suo agio accanto a lui. Forse avrebbe dovuto sforzarsi di recuperare la sensazione dell'infanzia, quando lo considerava l'uomo più straordinario, magico e affascinante del mondo. Quando gli giurava, aggrappandosi al suo collo con la disperazione di una naufraga del Titanic, che non avrebbe mai sposato nessuno all'infuori di lui. Mai. Mai. Mai.

Ma ultimamente di quel sentimento non era rimasta traccia nel suo cuore, e perciò rimandava le manifestazioni di affetto a tempi migliori, che in realtà non arrivavano mai. E adesso era troppo tardi.

L'ultima volta che Leonard Green aveva cercato di avvicinarsi a lei era stato poco prima di morire, il giorno in cui l'aveva messa a conoscenza di quella busta.

«Dobbiamo parlare», le aveva detto durante il pranzo. «È da un bel po' di tempo che mi eviti. So che non ti piace parlarmi di cose troppo intime, ma devo assolutamente dirti una cosa molto importante. Importante sul serio.»

In quel momento, Daniela era impegnata a estrarre tutti i piselli che si nascondevano dentro il purè, ma dal tono di voce aveva avuto la certezza che doveva trattarsi di una cosa grave. Aveva sollevato lo sguardo e incrociato gli occhi del padre, che la guardavano con tenerezza infinita. Era stata travolta da un'ondata di ricordi, di quando le bastava sapere che lui era vicino per sentirsi sicura e tranquilla.

«Tesoro, ascoltami, ti prego», le aveva detto lui, «non puoi restare arrabbiata con il mondo e con me per tutta la vita. Sono tuo padre, e lo sarò per sempre, qualsiasi cosa accada. Purtroppo la mamma non c'è più, e anche se siamo tanto tristi, questo dolore non ci permetterà di riaverla con noi.»

Daniela l'aveva guardato senza capire. Certo che non potevano riaverla. Era morta.

«Dobbiamo rimanere vicini», aveva proseguito il padre,

«uniti. Al mondo non ti resto che io, e sono responsabile di te... del tuo benessere.»

Daniela si sentiva quasi straripare il petto di commozione. La tenerezza e le manifestazioni di affetto la sopraffacevano. Era come se le sue lacrime fossero arginate da secoli dietro una diga che stava per crollare.

«Siamo in pericolo e dobbiamo proteggerci a vicenda.»

Daniela aveva ascoltato l'ultima frase come se venisse da molto lontano. In pericolo? Di cosa parlava?

«Da quando è morta tua madre sono successe delle cose... Cose che non ti ho voluto raccontare per non spaventarti. Ero convinto che avrei risolto tutto da solo, ma non ne sono più tanto sicuro. La situazione mi sta sfuggendo di mano.»

«Non... non ti capisco», aveva balbettato Daniela.

«Secondo me quello che è successo alla mamma non è stato un caso, e non credo che si tratti del killer seriale di cui parlano i giornali. Secondo me volevano proprio colpire lei, anzi noi, a dire la verità.»

«Cosa intendi?»

«Devi sapere», aveva continuato lui dopo un attimo di esitazione, «che il mio unico desiderio è che tu sia sicura e protetta, anche se a me dovesse succedere qualcosa di brutto e non potessi starti accanto. Ed è qui che entra in scena Richard. Ti ricordi Richard Chanfray? Il ragazzo che è venuto da noi l'altro giorno. Quello che...»

«Sì, me ne ricordo», lo aveva interrotto Daniela, quasi in preda al panico.

«È una persona davvero straordinaria... Mi sarebbe piaciuto che andassi più d'accordo con Liz, perché in tal caso sarebbe lei a...» L'espressione di Daniela era cambiata di botto. Non poteva credere che stesse davvero pronunciando il nome di quella donna che era comparsa come un avvoltoio nelle loro vite poco dopo la morte della madre. La odiava con tutto il cuore. Come osava parlarle di lei? Come osava proporle di diventare sua amica?

«Che succede? La tua "amichetta" vuole che me ne vada di casa?» l'aveva interrotto. Si era alzata di colpo, piena di rabbia e di dolore. «Non ci hai messo molto a dimenticarti della mamma, e adesso ti vuoi liberare anche di me?»

«Daniela, ti prego, ascoltami», l'aveva supplicata il padre.

Ma quella supplica era stata del tutto inutile. La ragazza aveva spostato la sedia, il tovagliolo era caduto a terra e gli occhi le si erano gonfiati di lacrime nel giro di un secondo.

«Ti odio!» gli aveva gridato. «Ti odio! Appena compio diciott'anni me ne vado di casa e avrai tutto lo spazio che ti serve per spassartela con quella donna! Me ne andrei anche prima, se solo potessi...»

«Ascoltami, Daniela, per favore... Se mi dovesse succedere qualcosa... se mi succede qualcosa, vai a scuola. Ho lasciato al preside una busta per te. Ti prego. È importante che tu vada a prenderla, se mi accade qualcosa di brutto.»

Ma lei era infuriata e in quello stato non riusciva più a ragionare. Si era girata ed era corsa al piano di sopra piangendo.

Adesso Daniela si pentiva di non aver prestato attenzione a quello che voleva dirle il padre. Quando il preside la vide arrivare, quel giorno, la guardò con aria afflitta. La informò che aveva avuto la tentazione di consegnare la busta alla polizia quando aveva saputo della morte violenta di Leonard Green. Pensava che magari sarebbe servita alle indagini. Daniela ebbe un brivido al pensiero. Evidentemente, se il padre avesse voluto che le forze dell'ordine venissero a conoscenza della situazione, avrebbe fatto ricorso a loro quando era ancora vivo. Leonard era convinto di essere in pericolo da molto tempo, e sapeva che la polizia non poteva aiutarlo. Il genere di aiuto che gli serviva non poteva venire da loro.

Il preside prese la busta da un cassetto dello scrittoio e gliela porse. La prima cosa che Daniela notò fu il sigillo di ceralacca che la chiudeva, con lo scudo araldico della famiglia Green. Lo conosceva a memoria, con i suoi draghi alati, i gigli e le due spade incrociate. Suo padre lo usava sempre per le lettere importanti, o per quelle sentimentali. A Natale si mettevano seduti vicini a scrivere i biglietti di auguri per i parenti e gli amici più cari. Poi accendevano una candela, prendevano la barra di ceralacca e la riscaldavano, tenendola sopra il triangolino di carta che chiudeva le buste. Goccia a goccia, quella resina faceva colare una macchia d'un rosso intenso, come dense lacrime di sangue. Prima che si seccasse, suo padre prendeva il sigillo dei Green, che teneva nel primo cassetto dello scrittoio, e lo premeva contro quel liquido pastoso, lasciandolo raffreddare perché rimanesse l'impronta. Il suo segno di riconoscimento.

«Era così che un tempo si chiudevano le lettere, tesoro», le spiegava nel frattempo. «Se uno cercava di aprire la busta e di leggere all'interno, la ceralacca si staccava e non si poteva sostituire in nessun modo, perché il sigillo d'armi di ogni famiglia era ben custodito. Così, il destinatario poteva stare tranquillo che nessuno avesse aperto la busta prima di lui.»

Daniela adorava quel rituale. L'intenso odore della ceralacca bollente le ricordava i tempi felici del Natale e la complicità con il padre.

Il preside rimase a guardarla in trepidante attesa quando le consegnò la busta, e Daniela immaginò che doveva avere la sua stessa curiosità e avrebbe voluto aprirla in quel preciso istante. Ma si trattenne.

«Grazie per il disturbo», disse prima di alzarsi e andare alla porta.

Sul viso del preside Turner si dipinse un'aria delusa. L'accompagnò all'uscita, ricordandole di fare affidamento su di lui in caso di bisogno.

Subito dopo, Daniela si chiuse in bagno e sospirò forte. La ceralacca della busta era intatta. Passò l'indice sul sigillo e se l'avvicinò al naso per inalarne l'aroma. Poi finalmente si decise e aprì la busta.

Dentro c'era un foglio piegato in quattro. Con il cuore in gola cominciò a dispiegarlo, ma non c'era scritto niente. Lo guardò davanti e dietro, lo studiò in controluce. Niente. Il foglio era bianco. Sapeva cosa voleva dire, e per questo si recò al laboratorio.

E infatti trovò quello che cercava.

17.

Con il dolore nel cuore e gli occhi arrossati di pianto, Jane decise di scacciare i fantasmi nell'unico modo che conosceva: lucidando l'argenteria. Mentre aspettava che Daniela tornasse, pensò con stupore che a quel punto la ragazza era definitivamente affidata a lei. Aveva sempre desiderato diventare madre, ma il destino o, come devotamente spiegava lei, il volere di Dio, non l'aveva condotta lungo la strada della maternità. I suoi genitori erano morti tanti anni prima e l'unico parente di cui avesse notizia era una sorella maggiore che da ragazza aveva sposato un rubizzo americano ed era andata a vivere a Wichita. Non aveva mai ricevuto una sua lettera, né lei si era presa il disturbo di mettersi in contatto con la sorella. Era da tanto che si era rassegnata a non avere una sua famiglia di sangue, e forse per questo aveva adottato i Green come sostituti. Li amava con tutto il cuore, anche se non gliel'aveva mai confessato, convinta com'era che le parole le portasse via il vento e l'amore vero non andasse proclamato ma dimostrato, giorno dopo giorno, nei più piccoli dettagli.

Jane aveva cominciato a lavorare provvisoriamente a casa Green quando ancora non aveva perso la speranza di avere un figlio, ma il giorno in cui il fidanzato di sempre l'aveva rimpiazzata con una parrucchiera ossigenata di Camden Town aveva capito che insieme a lui la abbandonava anche qualsiasi possibilità di realizzare il suo più grande desiderio. Era una donna tradizionale, e la proposta dello psicologo di farsi fecondare in una clinica per opera e grazia di una siringa e di un giovane brufoloso che si guadagnava quattro soldi sfogandosi un paio di volte al mese dentro un contenitore sterile non le era parsa la soluzione più adatta. E così si era rassegnata a rimanere sola, finché Daniela non era venuta al mondo e i Green le avevano proposto di lasciare il suo appartamentino in affitto e trasferirsi in una delle stanze di casa, per essere a tutti gli effetti la loro governante o, come diceva la signora Green, l'anima della casa. Da quel momento in poi era diventata una specie di vecchia zia che vegliava sulla crescita di Daniela. Si preoccupava di nutrirla scegliendo la frutta e la verdura migliori del mercato affinché ricevesse il giusto apporto di vitamine; le faceva il bagnetto e le metteva il talco, la profumava, la portava fuori appena sbucava un raggio di sole perché la pelle si rinforzasse; ricamava le sue iniziali sui lenzuolini della culla, le confezionava maglioncini morbidissimi di lana d'angora, la curava quando era malata, le leggeva racconti e poesie. Era stata Jane a sentire le sue prime parole, a tenerle la mano per farle muovere i primi passi, a rimboccarle le coperte di notte, a svegliarla con i bacini sul collo ogni mattina, a insegnarle il padrenostro e a spiegarle che un giorno il suo destino di donna l'avrebbe fatta mestruare una volta al mese. Era stata attenta a tutte le fasi della crescita di Daniela, finché, come capitava con i fiori più belli, alla ragazza non si arrotondarono le forme. I vestiti e le camicette cominciarono a stringerle all'altezza dei seni. Allora Jane si rese conto che stava acquisendo il portamento di una donna bella. Di sicuro ben presto avrebbe richiamato l'attenzione dei ragazzi e lei sarebbe rimasta in secondo piano. Ebbe il timore di finire i suoi giorni relegata nel suo vero ruolo di domestica, ma la morte della madre di Daniela le aveva fatto mettere da parte questa preoccupazione. Leonard Green sembrava aver riposto in lei la responsabilità di badare alla figlia, e Jane si era dedicata all'impresa con ancora più zelo, se possibile. Che ne sarebbe stato della bambina, adesso che era rimasta ufficialmente orfana? Quale sarebbe stato il suo ruolo?

Non fece in tempo a continuare le sue riflessioni perché all'improvviso suonò il campanello. Sobbalzò per la sorpresa. Chi poteva essere? Daniela era appena uscita. Forse aveva dimenticato le chiavi. Il campanello suonò ancora. Jane posò sulla credenza il cucchiaino d'argento che stava lucidando e si diresse alla porta.

Conosceva benissimo Liz, perciò quando aprì e se la ritrovò davanti, che la guardava con aria afflitta, si fece da parte e la lasciò entrare senza aprire bocca. Eppure era sorpresa. Liz non era certo una sciocca e sapeva benissimo che la sua presenza non era gradita a Daniela. La ragazza gliel'aveva dimostrato sin dal primo giorno che l'aveva conosciuta. Ecco perché Leonard Green la invitava a casa solo quando la figlia non c'era.

«Lo so che adesso non riesci a capirlo, ma tuo padre è ancora giovane», le aveva detto Jane una volta, cercando di farli riavvicinare. Voleva troppo bene a entrambi per restare a guardare mentre la voragine tra loro si allargava sempre di più. «Non va bene che un uomo resti solo, Daniela. Se non è lei, sarà un'altra. Prima o poi conoscerà una donna con cui condividere la vita... e tu dovrai fartene una ragione.»

«Lo so, Jane, lo so... ma è stato troppo "prima"...»

«Tuo padre, adesso più che mai, ha bisogno di essere felice. In realtà, tutti abbiamo l'obbligo di essere felici. Non vuoi che lui sia felice?» le aveva chiesto accarezzandole i capelli.

«Ma come fa a stare con una donna come quella?» aveva protestato la ragazza in tono amaro.

Jane aveva sospirato rassegnata.

«Oscar Wilde diceva che un uomo può essere felice con qualunque donna a patto che non ne sia innamorato. Liz è la cosa migliore per lui in questo momento.»

«Cosa intendi dire?»

«Dubito fortemente che tuo padre voglia sposarla.»

«E allora che ci fa insieme a lei?»

«Ah... Daniela. Quella donna è un vulcano in eruzione. Pochi uomini sarebbero capaci di rifiutare una cosa del genere. Dagli tempo. Vedrai che non è una minaccia per te.»

A dirla proprio tutta, neanche Jane l'apprezzava più di tanto. Non le sembrava né la donna né la compagna adatta al professor Green, ma ormai non aveva più importanza. Leonard era morto e Liz si era presentata a casa loro con la scusa di fare le condoglianze a Daniela e offrire il proprio aiuto per qualsiasi cosa.

«È terribile, davvero terribile!» esclamò mentre entrava

come una folata di vento, dirigendosi con passo fermo verso la sala.

Jane non apprezzò che si prendesse una simile libertà. In fondo, erano appena cinque mesi che usciva con Leonard e si presentava a casa sua di punto in bianco, con l'aria da vedova dell'anno, vestita di nero da capo a piedi. Eppure, sul suo viso non c'era traccia di dolore e nelle sue mani, infilate nei guanti di pelle, non c'erano fazzoletti con cui asciugare le presunte lacrime di fidanzata inconsolabile.

«Come ha fatto a saperlo?» le chiese Jane, sconcertata. «A noi l'hanno appena detto, e non abbiamo ancora informato nessuno.»

Liz si girò e la squadrò dall'alto in basso, con un misto di incredulità e fastidio. Nel posto da dove veniva lei, non si educavano a bastonate solo i cani: i domestici insolenti si frustavano finché non imparavano le buone maniere o finché non perdevano la pelle a brandelli.

«Le notizie volano. Soprattutto quelle cattive», tagliò corto cercando di tenere a freno l'irritazione.

«Daniela non c'è», proseguì Jane seguendola in sala.

«Dov'è andata in un momento così tragico?»

La domanda mise a disagio la governante, perché si percepiva un'ombra di disapprovazione.

«A scuola. Mi ha detto che voleva parlare con il preside e prendere delle cose.»

Si guardarono senza scambiare una parola per cinque secondi che parvero cinque anni.

«Sì... bene», si tolse dall'imbarazzo Liz. «In realtà anch'io venivo a prendere delle cose che ho lasciato nello studio di Leo.»

Leo. Nessuno l'aveva mai chiamato Leo in vita sua. Neanche la sua defunta moglie.

«Delle cose? Che io sappia, nello studio non c'è niente che le appartenga. Lo studio del professor Green è...»

«Sono cose personali. Private», la interruppe Liz inarcando le sopracciglia e sorridendo con aria maliziosa. «Giochini... Non so se mi capisce. Sono nascosti. Non volevamo che lei o la bambina poteste vederli. Sarebbe stato molto imbarazzante per noi.»

Jane sentì una vampata di calore montarle al viso. Si conosceva abbastanza bene da sapere con certezza che doveva essere arrossita fino alle orecchie. Il rispetto che provava per il professore le impediva di chiedersi che genere di relazione intima potesse intrattenere con quella donna. In realtà, era tanto che non pensava più al sesso. Quando vedeva nei film due persone che si rotolavano dentro un letto, la prima cosa che le veniva in mente erano le lenzuola da lavare e il mal di schiena. Non faceva più per lei, adesso pensava solo allo spirito. Con l'arrivo della menopausa e l'assenza di uomini gentili che riaccendessero i suoi istinti primari, il sesso era diventato un lontano ricordo, uno svago faticoso che richiedeva troppo sforzo fisico in cambio di sette secondi di soddisfazione, sempre che ci si arrivasse. La semplice possibilità di immaginare che razza di oggetti intendesse quella donna le sembrava un attentato alla vita privata del professore.

«Jane, cara», le disse bruscamente Liz, quasi leggendole nel pensiero, «sarebbe così gentile da prepararmi un tè? Mi sento così depressa...»

«Ma certo», rispose Jane senza muovere un passo.

«Spero non si offenda per quanto sto per dirle, ma non serve che resti con me. Come sicuramente capirà, è una faccenda piuttosto imbarazzante. Non è mia abitudine mostrare al personale di casa la mia biancheria intima di pelle e le mie manette di visone.»

Jane esitò. Quella sfacciataggine la lasciava senza parole.

«Forse dovremmo aspettare che torni Daniela e...»

«La prego, è già abbastanza penoso quello che è capitato a suo padre senza bisogno di peggiorare ulteriormente la situazione. Daniela avrà delle immagini in testa che impiegherà anni a superare, sempre che le superi... tenendo conto di quello che è già capitato alla madre... poverina. Sarebbe orribile che entrasse nello studio e vedesse dei... be', mi ha capito... e si riempisse la mente di altre immagini poco edificanti. Non crede?»

Liz posò la mano destra sulla spalla della governante, mentre con la sinistra le carezzava il braccio fingendo tenerezza.

«Sì, ha ragione, sarebbe davvero orribile...» ripeté Jane come sotto ipnosi. «Vado a preparare il tè.»

«Brava, cara, in fondo è una fortuna che la bambina non sia in casa.»

«Sì, ha ragione», ripeté la donna

«Ma certo che ho ragione, cara. Ma certo.»

Jane chinò il capo, si girò e andò in cucina. Liz la seguì con lo sguardo finché non la perse di vista.

«Devo fare in fretta», sussurrò tra sé un attimo dopo.

18.

L'ispettore Abberline si sentiva agitato. Erano passate più di due ore da quando aveva richiesto il mandato del giudice che gli avrebbe permesso di rintracciare il telefono e l'auto di Richard Chanfray, e ancora non aveva ottenuto risposta. Non riusciva a capire cosa stessero aspettando. Volevano farsi sfuggire quell'uomo? La burocrazia era un fastidioso sassolino nella scarpa che gli impediva di dare la caccia ai delinquenti. Vivere in uno stato di diritto, con quella dannata presunzione di innocenza in virtù della quale l'accusato non era costretto a presentare alcuna prova di essere estraneo ai fatti, ma anzi pretendeva dalle autorità giudiziarie competenti la dimostrazione della sua colpevolezza, richiedeva il doppio del lavoro. E molto spesso era del tutto inutile. Poco importava che il suo talento di investigatore fosse più che dimostrato: giorno dopo giorno doveva evitare gli sgambetti tesi dalla burocrazia. E nel frattempo i delinquenti si facevano beffe di lui, serenamente accomodati nel loro stato di diritto.

A tutti quei progressisti che difendevano la libertà, che proclamavano le buone maniere e la gentilezza, che parlavano del dialogo con i violenti come soluzione di tutti i conflitti, che si riempivano la bocca con il reinserimento e la clemenza, avrebbe voluto chiedere di spiegargli dov'era la presunzione di innocenza di quei due che, con un machete insanguinato in mano, dichiaravano davanti a una videocamera di aver appena assassinato un soldato indifeso nel quartiere di Woolrich in nome di Allah. Quando un canale TV aveva trasmesso la notizia omettendo l'aggettivo «presunti» davanti alla parola «colpevoli», gli avevano inflitto una multa, sicuramente superiore alla cifra che quei criminali avrebbero dovuto pagare come indennizzo alla famiglia del defunto.

Tutti i personaggi politicamente corretti che tenevano banco nei vari talk show vantandosi della propria razionalità, l'ispettore Abberline li avrebbe spediti a calci in culo nella sala dell'obitorio, il giorno in cui il corpicino di appena due anni di James Patrick Bulger era ricomparso mutilato sui binari del treno dopo essere stato sequestrato da due giovanissimi teppisti.

L'inferno e i suoi abitanti erano una realtà tangibile che non si poteva liquidare con delle belle parole. Presupporre la bontà d'animo di tutti gli esseri umani era irresponsabile, oltre che un modo per legare le mani a lui, impedendogli di svolgere il proprio lavoro.

«Maledetto stato di diritto!» esclamò picchiando il pugno sul tavolo.

Un attimo prima che si alzasse per tornare a sollecitare il mandato, Davis bussò delicatamente alla porta del suo ufficio.

«Ispettore Abberline?»

Teneva un foglio in mano.

«Che succede?»

«È arrivato!»

Per la prima volta in quella giornata comparve un sorriso sincero sul suo viso.

«Ottimo! Invialo alla Bugatti e di' loro di rintracciare la macchina di Chanfray.»

«Secondo lei Richard Chanfray è il nuovo Squartatore?» gli chiese Davis mentre digitava il numero di telefono.

Negli ultimi tempi si erano verificati degli strani omicidi particolarmente efferati che i giornalisti, con grande originalità, avevano deciso di attribuire al cosiddetto «nuovo Squartatore». Da quando Abberline aveva l'uso della ragione, in tutto il mondo si erano susseguiti centinaia di «nuovi Squartatori», e ognuno di loro aveva suscitato il suo interesse. A volte aveva la sensazione di essere il depositario di un obbligo ancestrale, quasi fosse compito suo riscattare l'onore degli Abberline risolvendo un caso analogo. La sua casa era piena di dati al riguardo. Ritagli di giornale, rapporti di vecchia data, fotografie dei criminali, dei sospettati... Conosceva ogni dettaglio a memoria.

Ai tempi del suo trisnonno c'erano due città, la Londra in cui vivevano i potenti cittadini perbene, con la giacca di velluto, il gilet di seta, il foulard al collo, l'orologio da tasca e il cappello a cilindro, e l'altra Londra, il buio, sudicio e miserabile East End, in cui la gente era costretta a impegnare gli stivali bucati per comprare un tozzo di pane. E come se la fame, le malattie, la disoccupazione e il sudiciume non fossero bastati, un bel giorno si era presentato un assassino sanguinario che si aggirava per le strade di quel quartiere immondo dove i topi vivevano mille volte meglio degli uomini.

Ufficialmente, Jack lo Squartatore era entrato in azione il 31 agosto 1888, ed era uscito di scena l'8 novembre di quello stesso anno. Cinque omicidi erano bastati a consacrarlo come il killer seriale più conosciuto della storia e come l'uomo che aveva fatto a pezzi l'irreprensibile reputazione del trisavolo di Abberline. I delitti dello Squartatore avevano fatto scorrere fiumi di inchiostro. I giornalisti erano come impazziti, nessuna notizia aveva mai suscitato tanto interesse nella popolazione da quando uno dei giornali aveva avuto l'idea di pubblicare la lettera che il presunto assassino aveva spedito alla Central News Agency sfidando la polizia ad acciuffarlo. Per darle maggior credito, era scritta con un inchiostro rosso brillante simile al sangue e firmata con il pomposo nome a effetto di Jack lo Squartatore, giornalisticamente molto più suggestivo di un semplice «assassino di Whitechapel».

Quella prima missiva aveva dato il via a una serie di altre lettere simili che avevano finito per riempire gli uffici delle forze dell'ordine, di Scotland Yard, della Central News Agency e dei quotidiani più letti, al punto che non passava giorno senza che si pubblicasse una nuova lettera in cui l'assassino descriveva nel dettaglio le sue gesta, oltre a burlarsi apertamente degli stupidi investigatori che non riuscivano ad arrestarlo. Il racconto degli eventi secondo il punto di vista del presunto omicida si era trasformato in un romanzo a puntate. I cittadini divoravano ansiosi ogni nuovo capitolo, con un mix febbricitante di terrore ed eccitazione che avrebbe permesso a Freud di scrivere una tesi di laurea secondo cui tutti gli esseri umani celavano l'istinto di un animale selvaggio, di un assassino ansioso di instaurare rapporti abietti con i suoi simili. Un libertino che rimaneva schiacciato sotto il peso dell'educazione, ma che nonostante tutto non rinunciava al suo posto nella mente, là dove gli uomini commettevano i delitti più inconfessabili, senza differenza tra maschi e femmine, a parte il fatto che queste ultime avevano in più anche l'invidia del pene.

Si diceva in giro che molte delle lettere firmate dallo Squartatore fossero in realtà opera degli stessi giornalisti, ansiosi di mantenere vivo l'interesse dei lettori. Per dare un tocco ancora più macabro alla storia, avevano approfittato della moda di illustrare i giornali e avevano assunto squadre di disegnatori che, non avendo a disposizione un modello reale, avevano cercato ispirazione nei protagonisti dello spettacolo più esotico che si conoscesse, il *Buffalo Bill's Wild West Show*, portato in giro per il mondo dal famoso cacciatore di bisonti americano. La compagnia teatrale metteva in scena gli assalti degli indiani al Pony Express, le carovane di pionieri diretti nel West e le rapine alle diligenze, mentre il gran finale era immancabilmente la battaglia di Little Bighorn. I disegnatori potevano scegliere tra le migliaia di attori che facevano parte del cast, e alla fine avevano optato per uno degli indiani, che avevano rappresentato con il viso sfregiato da cicatrici, il naso aquilino, i capelli lunghi e lo sguardo malvagio. Ma quell'individuo, per tenebroso che fosse, non risultava molto convincente, perché in effetti era poco credibile che un tizio con un perizoma, una collana di ossi di pollo e quattro piume in testa passasse inosservato nella fredda notte di Whitechapel. Oltre al fatto che avrebbe avuto le mani così intirizzite da non riuscire a tenere stretto un coltello. Perciò, appena si era venuto a sapere che l'attore Richard Mansfield frequentava il quartiere quando usciva dal teatro in cui impersonava un Dottor Jekyll e Mr Hyde da brivido, i disegnatori avevano concepito un volto con il monociglio, la fronte sfuggente e la mascella pronunciata. Quell'assassino era molto più credibile, non c'era dubbio. Ma non erano mai riusciti a prenderlo. Era scomparso nel nulla, esattamente come era apparso.

La prima cosa che fece Edward Abberline quando raggiunse il grado di ispettore fu controllare gli archivi del caso. Di tutte quelle lettere, solo una sembrava appartenere al vero assassino, quella intitolata *Dall'inferno*. Era accompagnata da una scatola con una metà di rene umano, che poi si scoprì appartenere a Catherine Eddowes, quarta vittima dello Squartatore. Nel testo l'assassino diceva di essersi mangiato l'altra metà dopo averla fritta in padella. Abberline ricordava a memoria ogni virgola di quella lettera, la carta color vaniglia, l'inchiostro rosso sangue, la scrittura nervosa, i voluti errori di ortografia.

Di quando in quando si diceva che un nuovo Squartatore fosse tornato a seminare il terrore nelle strade di qualche città. H.H. Holmes, Ted Bundy, Peter Sutcliffe, Andrej Čikatilo, Ed Gein, John Wayne Gacy, Jeffrey Dahmer... tutti questi individui erano stati ben più crudeli di Jack, ma lui continuava a rimanere il numero uno. Abberline sapeva benissimo che i «nuovi Squartatori» non somigliavano affatto all'assassino che era sfuggito al suo trisnonno. I delitti di quei personaggi non avevano nulla a che fare con l'originale. Eppure, ogni tanto se ne verificava uno molto simile a quelli del 1888, uno in cui la vittima veniva ritrovata con la gola tagliata e l'utero asportato. Quella stessa procedura si era ripetuta varie volte nel corso degli ultimi centoventicinque anni, ma ovviamente era una follia pensare che il responsabile fosse sempre la stessa persona.

«Il nuovo Squartatore...» bofonchiò pensieroso Abberline. «No, non credo che Richard Chanfray lo sia. Lo Squartatore del 1888 colpiva solo donne. La morte della moglie di Leonard Green rientra in pieno nel profilo del killer seriale che stiamo cercando, ma il professore non è stato assassinato con lo stesso *modus operandi.*»

L'ispettore guardava fuori dalla finestra mentre Davis parlava al telefono con la casa automobilistica.

«Che ti hanno detto?» gli chiese appena riagganciò.

«Ci hanno appena mandato un link per il tracking online dell'auto.»

Si misero di fronte al computer e subito comparve un puntino rosso lampeggiante sulla pianta di Londra.

«Dov'è?»

«A Kensington.»

«Kensington? E che ci fa lì?» si domandò Abberline ad alta voce.

«Vediamo...» Davis cercava di individuare la posizione precisa della Bugatti. «Eccola!» esclamò all'improvviso. «A quanto pare la macchina è ferma, parcheggiata di fronte al 22 di Pont Street.»

«Ma quella non è casa sua. Da chi è andato?»

L'agente smanettava con il suo computer per scoprire quale edificio corrispondesse a quel numero civico.

«Signore», disse, «al 22 di Pont Street c'è la More House School.»

«Una scuola?»

«Devo controllare, ma... se non sbaglio è l'istituto in cui studia Daniela Green.»

19.

Riemergendo dal buio, Richard Chanfray si affacciò timidamente per accertarsi che tutte le allieve fossero rientrate in aula dopo il cambio dell'ora. Il lungo corridoio di piastrelle a scacchi era completamente deserto. L'unico essere vivente nel suo campo visivo era un ficus benjamin che si inerpicava sinuoso verso il lucernario, un po' come l'albero di fagiolo della favola. Quando fu assolutamente sicuro che non ci fosse nessuno, si avvicinò silenziosamente alla porta del laboratorio, con il cuore che gli batteva forte nel petto. Mentre girava la maniglia, capì che ormai non poteva più tornare indietro.

La prima cosa che vide fu la snella figura di Daniela Green girata di schiena, che armeggiava con una teca. Si fermò a guardarla. C'erano secondi nella vita che passavano senza infamia e senza lode, senza alcun significato particolare. Secondi che servivano solo da ponte verso altri secondi, che servivano davvero a determinare l'esistenza delle persone. Ecco, quel secondo era uno di quelli fondamentali. Era convinto che in quel momento stesse cominciando il resto della sua vita. Forse per questo volle rendergli omaggio. Fissare nella memoria il corpo quasi infantile stagliato contro la luce che gocciolava dalla finestra... la luce che le lambiva i capelli castani... i capelli castani che le accarezzavano gli occhi. Lei sembrava troppo concentrata persino per scostarseli. Le leggerissime curve di quello che a breve sarebbe stato il corpo di una bella donna cominciavano a delinearsi. Richard si lasciò commuovere dalla fragilità della sua figura, che tanto contrastava con il coraggio che sembrava animarla. Gli parve una creatura innocente, come mille altre del passato, che non meritava tante disgrazie. Una sorta di gorgoglio gli scosse le viscere inaridite, quelle che da tanto sentiva deserte e incapaci di ospitare un'emozione. Forse non era morto del tutto, forse il suo cuore era ancora capace di battere. Sì... in quel momento, in quel preciso momento cominciava il resto della sua vita.

Fu costretto a fare un grande sforzo per controllare l'emozione. Era abbastanza vicino da farle percepire i suoi movimenti e non voleva spaventarla, perciò decise di informarla della sua presenza prima che lo scoprisse in maniera diversa. Ma lo stato di tensione in cui si trovava Daniela le aveva aguzzato l'udito, avvertendola del pericolo. In una frazione di secondo, i muscoli della ragazza si contrassero. Non si girò neppure a vedere chi fosse. Una reazione istintiva la spinse a nascondersi sotto uno dei tavoloni del laboratorio. Da là sotto poteva vedere le scarpe della persona che era appena entrata e le si stava avvicinando.

«Signorina Green.»

Il suo cuore si fermò.

«Signorina Green», ripeté lui. «Sono Richard... Richard Chanfray, lo studente di suo padre.»

Richard si muoveva lentamente. Arrivato alla sua altezza, si chinò e fissò i suoi intensi occhi neri.

«Sono qui», le disse a mo' di saluto, esibendo un sorriso incerto che voleva dimostrare cordialità. Era come se con quella frase volesse dare risposta a tutto ciò che stava capitando.

La giornata uggiosa avvolgeva il laboratorio con la sua fioca luce bluastra da romanzo del mistero. Daniela, inginocchiata sotto il tavolo, sembrava un coniglietto in trappola dentro la tana, che si chiedeva se il cacciatore avrebbe rinunciato alla sua preda. Dovette ricordare a sé stessa che solo un'ora prima aveva preso la decisione di fidarsi di Richard e non tradirlo con gli agenti di Scotland Yard. Sperava tanto di non commettere l'errore più grande della sua vita. Deglutì. Osservò il bel ragazzo che, con aria paterna, le porgeva la mano per convincerla a uscire da sotto il tavolo.

«Come ha fatto a entrare nella scuola?» gli chiese, sentendosi ridicola per aver scelto quel nascondiglio così poco eroico.

«Questo adesso non è importante», rispose lui, aiutandola a rialzarsi. «L'unica cosa che conta è che ho promesso a suo padre di proteggerla nel caso gli fosse successo qualcosa di brutto.»

Lei ritrasse la mano con un misto di fermezza e sospetto che lasciavano intendere tutta la sua incertezza. Era sorpresa dall'apparente cordialità di Richard, così diversa dall'atteggiamento che aveva dimostrato quando si erano conosciuti.

«Suo padre non le ha parlato di me?»

«Mi ha detto che eravamo in pericolo... E adesso lui è morto.» Rimase in silenzio mentre si aggiustava i vestiti. «Come faccio a essere sicura che il pericolo non venga proprio da lei?» chiese poi, brusca.

Richard abbassò lo sguardo. La ragazza sembrava disorientata, e ne aveva tutti i motivi. In fondo, lui era un perfetto sconosciuto. Considerando quello che le era toccato vivere negli ultimi tempi, era logico che prendesse delle precauzioni.

«Suo padre non le ha detto di fidarsi di me?»

Daniela si sforzò nuovamente di ricordare parola per parola quella conversazione che il padre voleva scambiare con lei, ma in quel momento era così infuriata... Si pentiva profondamente di non averlo ascoltato con attenzione. Le sembrava quasi di cadere in un precipizio.

«Ci ha provato», rispose con gli occhi lucidi, «ma è tutto così confuso...»

Calò il silenzio. Il volto di Richard assunse un'aria afflitta: non poteva fare a meno di commuoversi di fronte alla sventura di quella ragazza. Si sentiva davvero come il re Mida, solo che lui trasformava tutto in spazzatura. Finiva sempre per rovinare la vita alla gente, ecco perché aveva deciso di non frequentare più nessuno. Se si era avvicinato a Leonard, era stato solo per cercare di risolvere tutto. Sperare che lui fosse in grado di rimediare a quel disastro era l'unica cosa che riusciva a dargli un po' di serenità.

Adesso ci avrebbe pensato lui a sistemare le cose. L'avrebbe frequentata solo per riparare al dolore, giurò a sé stesso.

«Mi ha lasciato questa lettera», gli mostrò Daniela. «Magari qui c'è spiegato qualcosa.»

«Posso?» Richard la prese e la osservò davanti e dietro.

Non c'era niente. Un foglio vuoto.

«Una lettera, per definizione, dovrebbe essere scritta. È un messaggio. Invece questo foglio è bianco», le fece notare.

«Lo so», rispose lei, «è bianco, ma sono sicura che è un messaggio.»

«Cosa intende dire? Una pagina bianca ha qualche significato speciale per lei?»

«Sì, ne sono sicura. Mio padre e io giocavamo spesso a lasciarci messaggi cifrati in lettere di questo tipo, quando ero piccola. A volte, per divertirci, appendevamo dei biglietti per casa, li infilavamo nelle fessure delle porte, li attaccavamo sul frigorifero, nell'ingresso... In realtà le scritte ci sono, ma l'inchiostro è invisibile. Bisogna provocare una reazione chimica per poterle leggere. Noi ci divertivamo un mondo, mentre Jane diventava matta perché non capiva cosa volevano dire tutti quei bigliettini vuoti... Era il nostro segreto.»

Richard sorrise. Sin da quando era piccola, Daniela aveva avuto un contatto diretto con le scienze, quasi fosse una specie di magia. Leonard Green era stato abbastanza intelligente da trasformare le reazioni chimiche in gioco. Richard conosceva alla perfezione il trucco dell'inchiostro invisibile come tecnica per scambiarsi messaggi cifrati. Da sempre si utilizzava nelle comunicazioni in tempo di guerra, per trasmettere i messaggi tra le linee nemiche e non far scoprire i piani se il messaggero veniva catturato prima di arrivare a destinazione. Anche gli amanti lo usavano per imbrogliare i mariti gelosi o i genitori possessivi. Lui stesso si era servito dell'inchiostro invisibile in più di un'occasione. Adesso che le nuove tecnologie consentivano di cifrare i messaggi semplicemente schiacciando un tasto, gli parve che ricorrere all'inchiostro invisibile fosse un trucco astuto e per certi versi commovente.

Sicuramente Leonard aveva temuto che lasciare una busta con la ceralacca nell'ufficio del preside non fosse abbastanza sicuro. C'era sempre il rischio che, in un momento di curiosità o di collaborazione con gli investigatori, il preside aprisse la busta e mandasse all'aria tutti i suoi piani, la sua unica e ultima speranza. E sarebbe stata una vera catastrofe.

«Esistono tanti tipi di inchiostri invisibili, e ognuno ha la sua reazione specifica», spiegò Richard. «Sa per caso quale usava di solito suo padre?»

«All'inizio, quando ero piccola, usavamo il succo di limone o l'aceto. Andava bene qualsiasi acido, in realtà, ma quelli in casa c'erano sempre», spiegò. «Una volta asciugata la scritta, bastava mettere il foglio vicino a una lampada o a un radiatore... insomma, a una fonte di calore. Le lettere diventano marroni e si leggono alla perfezione.»

«Con questa ci ha già provato?»

«Sì. Prima sono andata in bagno e ho passato la fiamma dell'accendino dietro il foglio, ma non ha funzionato. Forse mio padre voleva essere sicuro che il messaggio non comparisse all'improvviso se qualcuno avesse avvicinato il foglio a una lampadina.»

La faccenda della lettera li stava facendo rilassare, quasi entrare in confidenza. Di solito, la chimica era una delle materie più odiate dagli studenti, mentre quella ragazza l'aveva usata sin da piccola per divertirsi. E adesso la aiutava a mettersi in contatto con il padre morto.

«E se il calore non funziona, quali altri modi ci sono per poter rivelare il contenuto del messaggio?»

Era una domanda trabocchetto. Richard lo sapeva perfettamente, ma voleva capire il livello di conoscenza in materia di Daniela. Lei lo guardò come se lo osservasse da una grande distanza. Il padre avrebbe potuto usare un'infinità di altri prodotti per scrivere sul foglio: fenolftaleina, solfato di rame, solfato di ferro, ammoniaca, amido, cloruro di sodio... E di sicuro negli scaffali del laboratorio dovevano esserci i liquidi che servivano a rendere visibile il messaggio.

«Quello che mi serve è qui», disse Daniela in tono risoluto, indicando l'armadio alle sue spalle.

Si girò e riprese da dove aveva interrotto quando era entrato Richard. Tornò ad armeggiare con la chiave, ma lo sportello non ne voleva sapere di aprirsi. Possibile che avessero cambiato la serratura? In fondo, i prodotti conservati nella teca erano pericolosi ed era meglio tenerli al sicuro.

«Mi lasci provare», le chiese Richard. «Magari riesco a...»

Prese dalla tasca una specie di coltellino svizzero composto da una serie di piccoli grimaldelli di varie forme e dimensioni. Cominciò a provarli uno dopo l'altro, con grande cautela, finché la serratura non scattò. Sul viso di Daniela si dipinse un sorriso di soddisfazione.

«Cosa stiamo cercando?» le chiese Richard.

Le fece piacere che includesse sé stesso nella ricerca. Per la prima volta in tutto quel tempo, smise di sentirsi indifesa.

«Vediamo... potremmo usare come rivelatore il sugo del cavolo rosso, ma figurati se c'è un cavolo in laboratorio! Anzi, non credo di averlo neanche a casa. Quelli devono essere carbonato di sodio, soluzione di iodio, nitrato d'argento... ogni bottiglietta è etichettata con il nome del contenuto.»

Richard frugava nell'armadio mentre Daniela parlava.

«Nitrato d'argento!» esclamò di punto in bianco. «Eccolo!»

Nel corso della sua vita aveva usato spesso il nitrato d'argento. Un alchimista ebreo del VII secolo di nome Gever l'aveva scoperto mentre dava la caccia alla pietra filosofale. L'aveva chiamato «pietra infernale» per la sua forza corrosiva e il suo potere cicatrizzante.

Prese la bottiglietta dall'armadio e la posò sul tavolo, accanto al foglio bianco. Il nitrato d'argento era sotto forma di sale e per applicarlo bisognava diluirlo nell'acqua.

«Dobbiamo fare attenzione, rischiamo di bruciarci», si raccomandò Richard.

«Lo so.»

Daniela lo sciolse in un recipiente, e quando divenne liquido cercò nell'armadio un cotton fioc, lo immerse nella soluzione e sfregò la carta finché non cominciarono a intravedersi delle ombre. Poco dopo si riusciva a leggere il messaggio scritto dal professor Green:

SOS

RICHARD CHANFRAY

2 18 9 7 8 20 15 14

Tutto qui, nient'altro.

Daniela guardò Richard con gli occhi sgranati. Che diavolo significava quella scritta?

20.

Liz si guardò attorno, masticando lenta la rabbia che le nasceva dentro quando pensava che, se non fosse stato per quell'impicciona di Daniela, adesso quella casa sarebbe stata sua già da tempo. Avrebbe avuto le chiavi e sarebbe entrata liberamente, senza vedersi costretta a dare spiegazioni alla domestica. Avrebbe conosciuto ogni angolo, i più piccoli segreti, la stanza su cui dava ogni porta. Le cattive maniere e i capricci di quella bambina stupida l'avevano condannata a un destino di volgare amante. Per colpa sua, Leonard aveva sempre fatto fatica a portarla a casa, tanto che di solito i loro appuntamenti finivano in un hotel, come se lei fosse una qualsiasi. Ma non era una qualsiasi. No, no di certo. E non solo si sentiva umiliata come donna, ma l'impossibilità di muoversi comodamente nell'appartamento del professore ostacolava anche i suoi piani.

Liz si sarebbe avventata volentieri contro Daniela e l'avrebbe frustata senza pietà, ma il passare degli anni le aveva insegnato ad apprezzare i vantaggi dell'autocontrollo e della dissimulazione. La vendetta era un piatto che andava servito freddo. Ecco perché non aveva mai reagito alle aggressioni della giovane. Non aveva mai fatto commenti al padre al riguardo, perché sapeva che sarebbe stato controproducente. Aveva bisogno di consolidare la propria posizione, o Leonard si sarebbe messo dalla parte della figlia e l'avrebbe bandita dalla sua vita per sempre, rovinando tutto. Liz faceva il possibile per evitare che lui la vedesse come un passatempo e gli ricordava ogni giorno quanto fosse importante per lei.

«Non mi piace che ci vediamo in questo modo», gli sussurrava all'orecchio mentre facevano l'amore. «Siamo tutt'e due liberi, non dobbiamo vergognarci di nulla.»

«Dalle un po' di tempo. La morte della madre è ancora troppo recente», rispondeva lui.

Dalle tempo. Tempo. Altro tempo.

Ma in realtà loro non avevano il tempo di dare altro tempo a Daniela.

Vide una sua foto sulla mensola del camino e si avvicinò per prenderla. Accarezzò la guancia della ragazza e sorrise ironica. La rimise a posto e si guardò di nuovo attorno. C'erano diversi quadri alle pareti e li osservò con attenzione. Sarebbe stata una vera imprudenza nascondere la cassaforte in un posto così accessibile, si disse. Sicuramente quello che cercava era altrove. Eppure non seppe resistere alla tentazione di spostarli. Come aveva immaginato, dietro non c'era nulla.

Sospirò.

Andò in corridoio. Al piano terra c'erano la sala, un bagno, la cucina in cui Jane stava preparando il tè e l'ufficio di Leonard. In fondo, la scala. Liz guardò in su. Un corridoio di legno nobile le diceva che lì c'erano le camere da letto. Ascoltò il tintinnio dei cucchiaini sui piatti, il gorgoglio dell'acqua. Jane non aveva ancora finito, perciò Liz si incamminò verso lo studio. Per una questione di semplice logica, dedusse che la cassaforte doveva trovarsi lì, a proteggere i documenti più importanti del professore, quelli che lei non era riuscita a trovare all'università. In quel momento si rese conto di quanto fosse ambiguo ciò che stava cercando. Né lei né nessun altro sapevano con precisione di cosa si trattasse. L'unica certezza era che Leonard Green stava facendo degli esperimenti con il tempo. Liz non riusciva a capire cosa rappresentassero questi studi per l'umanità, ma sapeva cosa avrebbero significato per lei e per le persone a cui teneva.

L'essere umano era curioso per sua stessa natura. Non aveva smesso di porsi domande dal momento in cui aveva avuto la capacità di comprendere che con un semplice bastoncino poteva grattarsi la parte della schiena a cui non arrivava con la mano. Ma i fisici che si erano imbarcati nell'arduo compito di dissezionare i misteri del tempo erano sempre giunti alla conclusione che viaggiare nel passato fosse impossibile, assolutamente illogico, per non parlare dei pericoli che comporterebbe. Potrebbe provocare una confusione tale da annientare l'umanità intera.

Ecco perché Nicolas non si era mai impensierito troppo. Era disposto ad accettare che gli scienziati studiassero un modo per viaggiare nel tempo, purché fosse un tempo futuro. Ma un giorno era venuto a sapere che uno studente di Princeton proponeva una teoria degli universi paralleli che sarebbe sicuramente stata terreno fertile per gli scrittori di fantascienza. A quanto pareva, il giovane Hugh Everett, stufo che i fisici passassero ore e ore avviluppati in assurdi grovigli quantistici che finivano sempre in vicoli ciechi, aveva ipotizzato che, se la meccanica quantistica sosteneva che una particella non esisteva realmente finché non veniva osservata, le particelle occupavano una nebulosa di stati sovrapposti in cui si ammettevano diverse possibilità contemporaneamente. Attendevano tutte insieme di essere osservate per diventare reali, come capitava alle monete lanciate in aria: erano insieme testa e croce finché non toccavano terra. Secondo la sua teoria, ogni azione degli esseri viventi generava un universo che esplorava una nuova possibilità fisica. Perciò, in un universo, un ragazzo poteva innamorarsi della sua compagna di classe e decidere di conquistarla a furia di serenate alla luce della luna. La ragazza, rapita dalla voce del ragazzo e dal suono del suo mandolino, poteva accettare la sua proposta di matrimonio e fare sette figli insieme a lui. In seguito, il loro figlio più grande poteva essere eletto presidente e dare inizio a una guerra che avrebbe distrutto il pianeta Terra. Ma era altrettanto possibile che, in un altro universo, la compagna di classe trovasse tutte quelle serenate terribilmente noiose e tenesse lontano il povero trovatore e che il mondo si salvasse. Oppure che, in un terzo universo, il ragazzo si innamorasse del venditore di mandolini e abbandonasse il piano di conquistare la compagna di classe e che il pianeta si disintegrasse milioni di anni dopo per colpa di uno starnuto del sole o semplicemente per noia. Il numero di possibilità era infinito.

In un primo momento, il concetto dei mondi paralleli di Everett era stato considerato una farneticazione dai più eminenti scienziati mondiali. Tuttavia, nuovi studi realizzati a Oxford avevano dimostrato che era matematicamente possibile, dato che l'universo contiene infinite biforcazioni create dalla suddivisione in versioni parallele di sé stesso che possono spiegare la natura probabilistica dei risultati quantistici. Un po' come se la linea del tempo dell'universo fosse un albero incalcolabilmente grande, con rami che si allungavano in tutte le direzioni.

Allora la possibilità di viaggiare nel passato tornò a imporsi nelle discussioni scientifiche. Se esistevano molteplici mondi paralleli, non ci sarebbero stati problemi se si fosse tornati indietro per cercare di correggere gli errori commessi nel corso della storia.

Liz non riuscì a dormire il giorno che Nicolas glielo spiegò. Se era vero, forse c'era anche un universo in cui Liz stava soffrendo, o in cui Liz e lui non si erano mai amati, oppure, nella peggiore delle ipotesi, un universo in cui Liz era già morta. Questo le fece venire un brivido.

"No, no, no..." si ripeté mentalmente.

Soffermò lo sguardo sul tavolino dell'ingresso su cui era posato il telefono. Seguendo il filo, raggiunse la centralina che controllava il sistema di comunicazioni della casa. Non aveva nessuna intenzione di permettere che il suo universo, quello in cui viveva, scomparisse per colpa di uno stupido professore di fisica. Strappò il filo con un colpo secco e le luci del router si spensero. In quello stesso istante, Nicolas programmava una riunione. Era più di un anno che temeva per il futuro delle persone che considerava la sua famiglia, oltre che per il suo, ma era la prima volta negli ultimi mesi che cominciava a nutrire qualche speranza. Adesso finalmente la soluzione sembrava a portata di mano.

Se andava tutto come previsto, sarebbero tornati a essere i padroni del tempo.

21.

Richard osservò in silenzio l'espressione di Daniela. Non pretendeva certo di capire cosa le passasse per la testa, e neanche di vedere nei suoi occhi la delusione che cresceva nel suo cuore. Sapeva benissimo come doveva sentirsi. La ragazza aveva riposto tutte le sue speranze in quel foglietto che teneva in mano: delle istruzioni, una rivelazione, una spiegazione, le ultime volontà, una pista che le dicesse cosa fare da quel momento in poi. Lo stringeva impassibile, senza pronunciare una parola.

SOS

RICHARD CHANFRAY

2 18 9 7 8 20 15 14

Il messaggio era decisamente ambiguo; poteva significare che doveva mettersi in contatto con Richard Chanfray oppure tenersene alla larga. In più, compariva una fila di numeri che non le diceva un bel niente. Daniela si trovava di fronte a un bivio. Poteva scegliere la versione del messaggio in cui il padre la avvertiva del pericolo di stare vicina a Richard. In tal caso, avrebbe dovuto allontanarsi in quel preciso istante e affrontare da sola l'ignoto. Come faceva a saperlo? Cosa voleva dirle il padre con quel biglietto?

Leonard Green era sempre stato un idealista: per lui bastava applicare la formula matematica giusta e qualsiasi problema della vita poteva avere una soluzione. Passava ore e ore a scrivere numeri, a ripassare equazioni, algoritmi... come se Einstein in persona dovesse uscire dalla tomba a complimentarsi per la sua dedizione, convinto come lui che l'ingranaggio che muove l'universo si riducesse a tre lettere, una delle quali elevata al quadrato. Di quale altro sistema si sarebbe potuto servire il creatore per scatenare un simile putiferio? L'ordine del mondo seguiva un disordine ordinato. Il sogno più grande del professor Green era riuscire ad armonizzare il microcosmo e il macrocosmo, suscitando la critica generalizzata di tutti i colleghi, che lo accusavano di essere più filosofo che fisico. Invece loro erano scienziati, non sognatori.

Uno dei ricordi d'infanzia a cui Daniela teneva di più era il rumore delle chiavi nella serratura di casa, quando il padre tornava dal lavoro. Allora lei si precipitava giù dalle scale e gli si lanciava addosso, per schiacciare il nasino sulla sua pancia e inspirare l'aroma dolciastro della pipa che impregnava le sue camicie. Era contenta che avesse preso la saggia decisione di smettere di fumare, certo, ma preferiva mille volte l'odore del tabacco al profumo penetrante di patchouli, cioccolato, miele e vaniglia, segno che era stato troppo appiccicato a Liz. Adesso era cambiato tutto, e negli ultimi tempi la infastidivano persino i baci e gli abbracci prima di una partenza.

Suo padre l'aveva abbandonata. Il viso di Daniela si contrasse. Non sapeva cosa fare. Era perduta, non aveva la minima idea di chi fidarsi. Era sola al mondo. Sola.

«Che significa questa roba? Non è niente, niente!» urlò disperata mentre appallottolava la carta e la lanciava contro il muro, con tutta la rabbia del mondo chiusa nel petto.

Richard cercò di avvicinarsi per darle una dimostrazione d'affetto, un contatto umano che potesse confortarla, ma lei si ritrasse all'istante, riparandosi dietro un tavolo e guardandolo intimidita, come un gatto sospettoso. Prese una bottiglietta dalla vetrina, tolse il tappo di sughero, la strinse con tutt'e due le mani e la brandì davanti a sé con aria minacciosa. Richard non poteva conoscerne il contenuto, ma immaginò che fosse un liquido corrosivo con cui la ragazza voleva difendersi.

«Per favore, Daniela...» La sua voce era pacata, le mostrava le mani, facendo per avvicinarsi. «In questo momento ha solo me.»

«Indietro! Non si avvicini!»

«Deve fidarsi di me.»

Richard muoveva un passo dopo l'altro, lentamente.

«Come faccio a sapere che non è stato lei a uccidere mio padre?» strillò la ragazza tenendolo sotto tiro con la bottiglietta.

Aveva le lacrime agli occhi, le tremava la voce. Si sentiva perduta, sconvolta, terrorizzata, in trappola, ridicola per aver dato retta a uno sconosciuto. In quel momento sospettava di Richard Chanfray, ma il suo malessere e la sua incertezza erano palpabili.

«Deve fidarsi di me», le ripeteva con dolcezza, quasi in un sussurro, mentre le si avvicinava.

«Se ne vada! Mi lasci in pace!»

Le lacrime le rigavano le guance, lacrime piene di angoscia e di rabbia che lei si asciugava con il dorso della mano. Non aveva pianto quando l'avevano informata della morte del padre, e sentiva che il dolore straripava proprio in quel momento, incontrollabile. Quella sofferenza era pari solo alla pena che provava per sé stessa. Desiderava un'altra realtà, diversa da quella che il maledetto destino la costringeva a vivere. Si pentiva del tempo che aveva evitato di trascorrere con il padre, dei «ti voglio bene» che aveva smesso di pronunciare dopo i quattordici anni per colpa di un'assurda vergogna. Delle conversazioni lasciate a metà, come quell'ultima che di sicuro le avrebbe permesso di capirci qualcosa di più. Era convinta di avere un mucchio di tempo per recuperare tutti i «ti voglio bene», tutte le conversazioni... Tempo per recuperare il tempo. Ma la vita le stava insegnando, nel modo più crudele, la realtà dell'esistenza. Il tempo scivolava via come l'acqua tra le mani. Adesso era pentita. Avrebbe voluto tornare indietro.

«Se ne vada! Mi lasci in pace!» gemeva con un lamento triste che spezzava il cuore. «Se ne vada!... Se ne vada!»

Piano piano, il tono di voce si rilassò e rimase solo un lieve sussurro avvolto nei singhiozzi. Richard ne approfittò per andarle accanto.

«Tranquilla... Si sistemerà tutto. Tutto. Promesso.»

Si avvicinò senza paura di quello che poteva fargli con la bottiglietta che teneva ancora in mano. Le afferrò un polso e gliela tolse, sbirciando l'etichetta: ETERE.

Doveva immaginarlo, nei laboratori delle scuole lo usavano per addormentare le rane prima di sezionarle. Se glielo avesse lanciato in faccia gli si sarebbero irritati gli occhi, il naso, la bocca... Di sicuro avrebbe cominciato a girargli la testa. A seconda della quantità inalata, avrebbe potuto persino perdere conoscenza.

Senza fare movimenti bruschi, appoggiò il flacone sul tavolo, poi si mise di fronte alla ragazza. Era molto più alto di lei. Posò la mano sulla guancia umida di Daniela e delicatamente gliela fece scivolare sulla nuca, attirandola a sé per farle appoggiare la testa sul suo petto. All'inizio lei oppose resistenza, mentre i singulti le scuotevano le spalle. Allora cominciò a cullarla, come si fa con i bambini piccoli per scacciare i brutti sogni.

«Non è niente... Shhh... Non c'è niente di irreparabile... Ci penso io...» le sussurrava.

I muscoli di Daniela si rilassarono sempre più e il ritmo del respiro si adeguò al suo. Allora Richard si ritrasse piano e le sollevò il mento con la mano destra per guardarla negli occhi.

«Non abbiamo molto tempo a disposizione», le disse con voce serena. «Dovrà fidarsi del suo istinto. Come si sente quando le sono vicino? Sicura o in pericolo?»

Quel contatto aveva disarmato Daniela. Non si aspettava una vicinanza del genere con un uomo che conosceva appena. Aveva la gola secca e le mani gelide.

«Non... non lo so...» balbettò.

«Bisogna sempre fidarsi dell'istinto», le garantì lui.

L'istinto. Negli ultimi tempi si parlava di studi scientifici che lo definivano come molto più affidabile della scelta razionale. Un processo evolutivo basato su una serie di regole generali che l'essere umano aveva acquisito nel corso di migliaia di anni. Una specie di manuale di istruzioni inserito nel cervello a cui si poteva ricorrere quando si era in dubbio, e che offriva risposte rapide, precise e – cosa più importante – sempre azzeccate. Era la cosiddetta euristica.

Quando Daniela si trovava di fronte a una situazione complicata, si sedeva alla scrivania a redigere interminabili liste di pro e contro, che alla fine stracciava sempre in mille pezzi nella certezza che la decisione che l'attirava di più dovesse essere la più giusta.

L'istinto.

Adesso Richard le chiedeva di fidarsi di lui. Era chiaro che la situazione non era la più indicata per mettersi a compilare liste di pro e contro. Doveva saltare quel passaggio.

«Dobbiamo andarcene in fretta», la incalzò lui. «Ho avuto fortuna. Finora nessuno si è accorto della mia presenza, ma le cose possono cambiare da un momento all'altro.»

Daniela esitò ancora un istante. Forse doveva chiamare quei due agenti e avvisarli. Eppure non aveva senso. Se suo padre avesse voluto che Scotland Yard fosse al corrente del pericolo che correva, li avrebbe avvertiti quando era ancora vivo.

«Qualsiasi cosa mio padre cercasse di dirmi, voleva che fossi la sola a saperlo. Ha fatto tutto il possibile per far arrivare l'informazione direttamente a me. Ha scritto tutto in codice, ha reso tutto criptico e complicato. Voleva essere sicuro che nessuno decifrasse il messaggio, se fosse riuscito a impadronirsene prima di me», si disse a voce alta.

«Esatto, ecco perché dobbiamo andarcene subito via di qui», insistette Richard.

Daniela rimase a fissarlo con aria sospettosa.

«Dobbiamo?» biascicò. Dalla sua gola uscì un tono di rimprovero che non aveva previsto. «Non sono ancora sicura che il pericolo non venga proprio da lei.»

«Deve fidarsi di me», ripeté lui, vagamente infastidito, «cosa posso fare per convincerla?»

«Voglio sapere la verità. Sapere perché sono in pericolo. Perché mio padre mi ha detto di affidarmi a lei, anziché alle forze dell'ordine? Perché ho mentito a degli agenti di Scotland Yard per lei?»

«Non c'è tempo adesso, Daniela», sospirò Richard.

«Allora bisognerà trovarlo, perché adesso l'unica cosa che so è che i miei sono morti di morte violenta e che io devo badare a me stessa.»

Si divincolò bruscamente. Prese la bottiglietta sul tavolo e la tenne stretta, quasi fosse un'ancora di salvezza, tornando a brandirla contro di lui.

22.

Liz camminava in punta di piedi verso lo studio, cercando di non fare rumore. Ogni suo passo sul parquet di quercia poteva rimbombare quanto il rintocco di mezzogiorno della chiesa di Saint Paul. Una donna come Jane, che aveva passato metà della sua vita a lavorare tra quelle pareti, doveva conoscere il tintinnio dei vetri delle finestre, il ticchettio delle gocce di pioggia sul tetto, gli scricchiolii dei mobili che si dilatavano e comprimevano a seconda delle variazioni di temperatura. Avrebbe potuto allarmarsi al minimo suono insolito, comparire all'improvviso e metterla nell'increscíosa condizione di doverla uccidere. Ma Nicolas le aveva raccomandato di controllarsi, di non essere sé stessa e di dominare, per una volta, i suoi istinti.

Le parve di sentire un rumore in corridoio e rimase immobile. Molto lentamente girò la testa e guardò verso la cucina, ma non vide nulla. Sicura che nessuno la spiasse, varcò rapidamente la soglia dello studio di Leonard Green. Quella giornata lugubre inondava la stanza di ombre. Cominciò a riaffiorare la nostalgia che a volte affondava implacabile i denti nel più profondo del suo cuore, lasciando il segno come un tarlo. Le sembrò di percepire che il suo amore fosse stato lì, avesse calpestato quel pavimento, respirato quell'aria, accarezzato quei mobili. Ma quella stessa pena si trasformò all'istante in rabbia al pensiero che quell'essere meraviglioso che le aveva fatto sfiorare il paradiso avesse deciso di farla precipitare nel più profondo degli inferni. Chissà se anche lui aveva provato qualcosa di simile per lei, in vita sua?

Di nuovo, uno scricchiolio in corridoio la distolse dalle sue riflessioni. Con il respiro mozzato in petto, rimase in attesa.

Niente. Silenzio. L'agitazione le giocava brutti scherzi. Jane doveva essere ancora in cucina. Tornò a respirare mentre osservava lo studio: le pareti erano foderate di scaffali in mogano stracolmi di libri. All'inizio forse avevano seguito un ordine estetico, ma col tempo dovevano essere aumentati tanto da farsi spazio incastrandosi gli uni negli altri, in verticale, in orizzontale, in diagonale, come i pezzi del Tetris. Al centro si trovava la scrivania occupata da un computer, una lampada Tiffany con motivi a libellula, un completo da scrittoio in argento e una scatola di sigari munita di igrometro – «chissà a cosa serve», diceva sempre Jane – che gli studenti di Cambridge avevano regalato al professore proprio quando aveva deciso di smettere di fumare e in cui conservava penne e matite, contravvenendo al proposito originario dell'oggetto. Sul pavimento era adagiato un tappeto persiano con disegni serpeggianti rossi e neri che Leonard usava per meditare. Sprofondato nelle curve dei fiori e degli uccelli di lana, escogitava le sue ipotesi sull'ordine del tempo e dello spazio, oppure calmava la frustrazione e la tristezza che gli suscitavano i disaccordi con la figlia.

Ma di tutto questo la donna con i capelli rossi che adesso stava in piedi su quello stesso tappeto non sapeva nulla. Quello studio elegante, serio e ordinato corrispondeva esattamente all'idea che si era fatta dell'uomo che era stato il suo amante negli ultimi tempi. Rabbrividì al ricordo di come lo aveva sgozzato, con il sangue che sgorgava a fiotti dalla sua gola, esaurendosi pian piano come l'acqua di un rubinetto quando si chiude la valvola. Il sangue versato di Leonard si impose vivido sotto i suoi occhi, lo stesso sangue che lei aveva fatto pulsare con forza settimane prima per altri motivi molto meno criminali, ma altrettanto violenti.

Nello studio c'erano in tutto tre quadri. Accese la lampada con le libellule e una luce variopinta proiettò la sua ombra sinuosa sul tappeto. Come una pantera nera, Liz si avvicinò alla *Camera di Vincent ad Arles.*

«Che ossessione, questo Van Gogh!» mormorò. La gente avrebbe dovuto sapere che era un ubriacone puzzolente incapace di vendere un solo quadro in tutta la sua miserabile esistenza.

Staccò la litografia e sorrise vedendo la cassaforte, esattamente come immaginava.

«Quanto sei prevedibile, Leonard!»

Jane si incollò alla parete soffocando un gemito. Era da un po' che stava nascosta fra le ombre del corridoio a sorvegliare i movimenti di Liz, e nel frattempo aveva capito di essersi sbagliata su di lei. Non si sarebbe mai permessa di dire una cosa simile a voce alta, ma dentro di sé l'aveva sempre considerata un'arrivista, un'arrampicatrice che voleva approfittarsi del momento di debolezza emotiva che il professore stava vivendo dopo la morte della moglie per abbindolarlo con il sesso e assicurarsi un futuro comodo. Invece aveva sbagliato di grosso: Liz era molto peggio di una semplice opportunista.

L'ispettore Abberline si aggirava a grandi passi per i corridoi di New Scotland Yard urlando ai suoi sottoposti, neanche fosse posseduto dallo spirito degli Angry Birds.

«Chiamate a casa del professor Green e chiedete se la ragazza sta bene!»

«L'abbiamo fatto, signore, ma non riusciamo a parlare con nessuno, non c'è la linea.»

«Come?» esitò un istante. «Allora chiamate la scuola. Forza, sbrigatevi!»

Davis e Lewin sapevano di lavorare con l'ispettore più scrupoloso di tutto il paese. La sua specialità era la pressione che esercitava sui sospettati, grazie alla quale era riuscito a spedire in prigione i delinquenti peggiori del Regno Unito. Il suo *modus operandi* l'aveva reso famoso. Si diceva che possedesse l'arcinota flemma inglese, ma elevata all'ennesima potenza, e che facesse concorrenza a Giobbe per testardaggine. Anche se in realtà con l'omicidio del professor Green stava perdendo la sua abituale compostezza, quasi si trattasse di un caso personale. Nessuno degli agenti sapeva con certezza quali prove avesse per essere così sicuro che Richard Chanfray fosse il colpevole, ma non si azzardavano di certo a dissentire. C'era perfino chi era disposto a giurare, a metà tra lo scherzo e la critica, che lo spirito del suo trisnonno gli appariva in sogno per sussurrargli all'orecchio la soluzione dei suoi casi. Ovviamente, Davis e Lewin non ci credevano affatto.

Abberline aveva perduto il controllo della situazione solo in due casi, ed entrambi erano legati alla famiglia Green. La prima volta era stato quando si era scoperto il corpo della madre di Daniela, otto mesi prima, la settima vittima in meno di un anno di quello che i giornalisti avevano cominciato a chiamare «il nuovo Squartatore». Per l'ispettore era stato come se qualcuno volesse farsi beffe di lui. In un'intervista alla televisione aveva assicurato, con gli occhi iniettati di sangue, che il criminale che si divertiva a copiare un altro criminale meritava di essere impiccato due volte: una per aver commesso simili barbarie e un'altra per mancanza di personalità. Ovviamente le dichiarazioni erano state giudicate inappropriate da diverse organizzazioni dei diritti umani, e i suoi superiori l'avevano costretto a ritrattare in un comunicato che aveva scritto tenendo le dita incrociate e vomitando improperi dalla bocca.

Alla fine Davis riuscì a mettersi in contatto con la More House School.

«Ispettore Abberline, il preside mi informa che la signorina Green è stata da loro. Il padre gli aveva affidato una busta che doveva consegnare alla ragazza nel caso gli fosse capitato qualcosa di brutto... e lei è andata a prenderla.»

«E adesso dov'è?»

«Ha chiesto in portineria. A quanto pare, lei e lo zio sono ancora dentro la scuola.»

«Lo zio?»

«La portinaia dice che è passato a cercarla il fratello di Leonard Green e...»

Il viso di Abberline si contrasse.

«Leonard Green era figlio unico», sentenziò disgustato l'ispettore. «Avvisi il preside. Devono chiudere le porte della scuola. Dobbiamo sbrigarci, Richard Chanfray è lì dentro. La ragazza è in pericolo.»

23.

A Daniela luccicavano gli occhi. Teneva la bottiglietta etere stretta al petto, con le dita contratte. Il suo corpo, tes e vibrante, rivelava un dissidio interiore. A prima vista la ragazza aveva tutta l'aria di volersi avventare contro Richard per riempirgli il viso di graffi, ma in realtà era solo una finta. Si stava costringendo a ingoiare le lacrime per non fare la figura della bambina. Ansimò più volte, con l'affanno di un pesce appena pescato, cercando di mantenere un'espressione decisa, ma i suoi occhi tradivano l'acquosa fragilità di un vitellino appena nato.

«Se ne vada...» sussurrò.

L'ordine suonò poco persuasivo e lei se ne vergognò all'istante, recriminando per non riuscire a essere credibile. Guardò di sbieco l'espressione impenetrabile di Richard Chanfray, fermo di fronte a lei, per nulla intimorito, e sentì l'avvilimento sciogliersi nelle sue vene come sale nell'acqua. Gli occhi scuri di Richard erano calmissimi, e trasmettevano quella calma anche all'esterno. Sembrava così sicuro... E l'unica cosa che Daniela desiderava era rannicchiarsi in un posto sicuro e lasciar passare il tempo. Si sforzò di tornare a respirare regolarmente. E se Richard avesse avuto ragione? Se non fosse stata una cattiva idea fidarsi del suo istinto?

Come se potesse leggerle nei pensieri tormentati, lui la prese per le spalle e la guardò dritto negli occhi.

«Devi fidarti di me», le disse ancora in tono fermo. Era la prima volta che le dava del tu.

«Io...»

Daniela faceva fatica a tenere a freno le lacrime ed ebbe il timore che prima o poi le sarebbero sfuggite.

«Ascoltami.» Richard scrollò la testa ed emise un sospiro ssegnato prima di parlare. «Ci sono cose di tuo padre che u non conosci.»

«A che ti riferisci?» chiese, dandogli anche lei del tu.

«Segreti, pensieri, decisioni... circostanze vitali che piano piano hanno fatto sì che le cose andassero in questo modo.»

«In questo modo, come? Con la sua morte? Si può sapere in cos'era coinvolto mio padre? Perché l'hanno ucciso? E tu chi sei?» gridò. «Chi sei?»

Richard Chanfray non parlava mai del suo passato, forse perché era troppo lungo e non avrebbe saputo da dove cominciare. O forse perché era tutta la vita che inventava menzogne credibili, dato che la verità era del tutto incredibile. Chi era lui? Una domanda piuttosto complicata. Capì che era uno di quei momenti della vita in cui non bisogna usare tanti giri di parole. Daniela aveva bisogno di una risposta chiara. Ma come spiegarle che, dopo tanti anni di angosciante e continua ricerca, forse la vita aveva deciso di dargli una tregua mettendolo sulla strada del professor Leonard Green? Le sue veglie, la sua solitudine e i suoi studi ininterrotti avevano prodotto il loro incontro. O almeno così sembrava. Fra tutto ciò che la sua esistenza gli permetteva di essere, nell'immenso inventario di possibilità ancora da esplorare o già esplorate, l'unica cosa che avrebbe voluto scegliere era... smettere di scegliere. Da dove iniziare? Uno scrittore di poco talento gli avrebbe consigliato di cominciare dall'inizio.

«Lo sai chi sono i massoni?» le chiese di punto in bianco.

«No.»

Ma in realtà gli inizi erano tanti. Chi era lui? Chi era lui rispetto a cosa? Come determinare in quale preciso momento era cominciato o finito tutto? Se voleva essere sincero, doveva riconoscere che non c'erano un inizio e una fine, perché ognuno era libero di scegliere da dove partire per raccontare la propria vita.

Forse avrebbe dovuto cominciare spiegando a Daniela che il professor Leonard Green era la sua ultima speranza di tornare a essere un uomo normale. Normale, un titolo che non aveva mai esibito ma a cui anelava come le onde anelano alla spiaggia. Era stato aristocratico, violinista, pianista, viaggiatore incallito, padrone delle cose più belle e care a cui un uomo potesse aspirare, playboy da rivista, cronista di fatti storici che gli altri uomini potevano solo immaginare leggendo i manuali di scuola. Adesso si guardava indietro e gli sembrava tutta un'immensa allucinazione. Certe esperienze passate gli tornavano confuse alla memoria, come ricordi di ricordi avuti in sogno.

Richard si guardò attorno, osservando la stanza in cui si trovava: l'innocente laboratorio di una scuola inglese. Non poté fare a meno di confrontarlo con il castello Rákóczi in cui aveva visto la luce, in cui aveva mosso i suoi primi passi infantili, immerso nell'odore di legna bruciata degli enormi camini con cui la sua famiglia regale cercava di mitigare il freddo intenso dell'inverno sui monti Carpazi. Forse avrebbe dovuto confessare a Daniela che era stato tenuto nascosto sin dalla nascita, quando il padre aveva deciso di annunciare che il figlio non era sopravvissuto alla sua prima notte nel mondo per risparmiargli l'esilio e le umiliazioni che gli infliggeva Carlo VI. Ricordò con orrore la reclusione in quella stanza con le pareti di pietra che i suoi genitori avevano arredato con un bel letto a baldacchino, lenzuola di lino, cuscini di velluto, giocattoli, libri e tanta solitudine. Persino sua madre, Carlotta Amalia di Assia Rheinfels, lo andava a trovare molto raramente e sempre di nascosto, perché aveva il sospetto che i domestici la spiassero e non voleva rischiare che qualcuno tagliasse la gola al bambino per mettere fine alla dinastia. Richard ripensò alla picea che cresceva accanto alla sua finestra e in cui una volta aveva fatto il nido un pettirosso. Il bambino e l'animaletto avevano cominciato a guardarsi con la stessa curiosità, perché per entrambi l'altro era un essere strano e potenzialmente pericoloso. Nel giro di poco, il *cip cip* metallico e ritmato del pettirosso si era trasformato nella prima musica che il piccolo Richard avesse mai sentito. Anche l'uccellino aveva tratto benefici dal contatto con quel ragazzino. Aveva cominciato a mangiare dalla sua mano le briciole di pane che questi gli offriva, finché non si era instaurata una complicità che tra l'uomo e l'animale si chiama addomesticazione, mentre tra due esseri umani si chiama amicizia. Il pettirosso era stato l'unico vero amico che Richard aveva avuto durante la sua prigionia, anche se quel rapporto era durato poco. Quando era giunto l'inverno, l'uccellino si era dileguato nello stesso magico modo in cui era comparso.

Poche cose segnano tanto la vita di un uomo, o di un bambino, come la prima volta che il cuore si spezza. Non importa che il responsabile del dolore sia un fidanzato, un padre, un amico... o un pettirosso. Il momento esatto in cui si scopre che la creatura di cui ci fidavamo, che si era presentata travestita da angelo benefico e sembrava il principio e la ragione stessa della nostra vita, è semplicemente una costruzione mentale, un'immagine creata per riempire l'enorme vuoto dell'esistenza, è sempre devastante. Una fitta acuta aveva perforato le viscere del piccolo Richard, si era mitigata lentamente e alla fine si era tramutata in un dolore sordo che gli aveva gelato il cuore e anestetizzato l'anima.

Dal giorno in cui il pettirosso era volato via, a Richard era rimasto solo il conforto di affacciarsi alla finestra per gettare lo sguardo oltre la picea. Voleva capire cosa poteva esserci per il suo amico alato di più importante che rimanere accanto a lui. Tra i merli del muro si intravedeva il cimitero, in cui si affollavano le croci di pietra coperte di muschio dal lato dove soffiava il vento del Nord, ed era stato allora che aveva preso coscienza dell'esistenza della morte e del suo significato. Ma la vita e la morte avevano un significato? Forse la storia che i suoi genitori raccontavano al resto dell'umanità era vera e lui era già morto, come i corpi che riposavano sotto quelle lapidi. Sì, sì, magari era un morto che sembrava vivo, che camminava, parlava e mangiava come tanti altri vivi che non sapevano di essere già morti.

Di sicuro il piccolo Richard sarebbe diventato pazzo e avrebbe cominciato a dare testate al muro, se un giorno la madre non lo avesse trovato buttato sul letto, con la fronte bollente, la pelle bluastra e coperta di eruzioni, in preda alle convulsioni e madido di sudore. Questo l'aveva scossa e le aveva fatto comprendere l'inferno che veniva imposto al loro povero figlio. I suoi genitori avevano impiegato esattamente nove anni, nove mesi e nove giorni a capire che, se non l'avessero tirato subito fuori di lì, il bambino sarebbe morto sul serio, esattamente come sostenevano che fosse già successo. Paradossalmente, contro ogni logica, il tifo gli aveva salvato la vita.

Arrivato a questo punto, forse Richard avrebbe dovuto spiegare a Daniela che il destino è un immenso puzzle che ognuno riceve al momento della nascita. Certi destini hanno solo sei pezzi dai bordi lisci e ben definiti, molto semplici da riconoscere e da incastrare: crescere, studiare, trovare lavoro, sposarsi, avere figli e aspettare la morte. I proprietari di questi destini potrebbero benissimo scambiare il loro puzzle con quello dei vicini e non ci sarebbe alcun problema, perché le loro rispettive circostanze non differiscono di molto. Altri, invece, come lui, portano sulle spalle un'enorme cassa piena di infiniti frammenti dentati che vanno scelti con cura perché sono difficili da assemblare e si corre il rischio di non finire più di ricomporre il proprio destino.

Visto che il padre versava ancora in gravi difficoltà e c'era sempre il rischio che qualcuno volesse vendicarsi di lui facendo del male al figlio, i genitori avevano spedito Richard in Italia. Lo avevano affidato all'amico di famiglia Gian Gastone de' Medici, e questi, per non richiamare eccessivamente l'attenzione, aveva deciso di cambiare l'esotico nome del bimbo con quello di Saint-Germain. Richard non sentì mai più il nome con cui era stato battezzato, anche se in realtà, nel corso dei suoi primi dieci anni l'avevano usato così poco che ormai non lo ricordava neanche più. Il suo primo nome andò dimenticato, come accadde anche ai successivi. Forse la sua storia sarebbe potuta cominciare in quel momento, quando Richard aveva posato la prima tessera del suo puzzle proclamandosi conte di Saint-Germain. Se non fosse stato per la giusta collocazione di quella tessera, non avrebbe mai imparato a parlare italiano e non avrebbe compreso il significato delle opere che l'avevano fatto innamorare della musica al punto da volersene impadronire con tutte le sue forze. Se non avesse collocato la tessera con l'amore per la musica, non avrebbe mai imparato a suonare il violino e il piano, e di conseguenza non avrebbe sviluppato quell'ansia folle che gli ribolliva dentro, quel desiderio impetuoso di vivere, di vivere con tutte le sue forze, cosa che mai aveva provato prima, e gli aveva permesso di comprendere e perdonare finalmente il pettirosso. Ma ciò che aveva determinato realmente il suo destino era stato l'impegno che il suo mentore aveva profuso nell'insegnargli il francese, lingua della diplomazia e dell'amore, a suo dire. Grazie a questa nuova tessera del puzzle, aveva potuto leggere il *Libro delle figure geroglifiche* di Nicolas Flamel. Anche quello avrebbe potuto essere un buon punto di partenza per raccontare la sua storia.

A volte si divertiva a ripercorrere il suo passato e le sue scelte per non perdersi nel groviglio di tessere variopinte che componevano il suo rompicapo vitale. Richard si chiedeva allora cosa ne sarebbe stato di lui se per qualche strano caso non avesse conosciuto il *Libro delle figure geroglifiche*. Quel manuale, o grimorio, o biografia, o come lo si voglia chiamare, l'aveva convinto a seguire le orme di Nicolas, le sue scoperte, le sue teorie, fino a volerlo imitare a tutti i costi. Con successo. Quando aveva letto per la prima volta quel volume aveva compreso che non si poteva vivere se non pienamente, con un obiettivo ben chiaro in testa. Vivere con la V maiuscola, liberi dall'oppressione del lavoro e degli orari, dalle liti coniugali protratte finché morte non ci separi, dall'insoddisfazione accettata con naturalezza, dalla tirannia del decadimento fisico, senz'altra via di scampo che desiderare l'arrivo della morte per porre fine una volta per tutte alla miseria del vivere. Leggendo il *Libro delle figure geroglifiche*, Richard aveva compreso che la disgrazia peggiore era lasciarsi trascinare come una barchetta di carta alla deriva, sperando che il vento soffiasse verso la felicità. Se non avesse incastrato quella tessera nel puzzle della sua vita, forse sarebbe morto ormai da anni e anni, sepolto sotto una di quelle tombe con la croce ricoperta di muschio che vedeva dalla finestra della sua prigione.

Per sua fortuna, il benedetto tifo che aveva convinto i genitori a liberarlo dai muri della disperazione gli aveva permesso di trasformarsi in un essere eccezionale. Gian Gastone si era stupito ben presto della prodigiosa intelligenza di Richard e aveva usato la sua influenza per farlo ammettere a soli quattordici anni alla prestigiosa Università di Siena. Qui il ragazzo aveva preso contatto con un gruppo di giovani con tendenze filantropiche e filosofiche che, come lui, si erano posti il lodevole obiettivo di cercare la verità, oltre che di aiutare l'essere umano a evolvere in senso sociale e morale. Per riuscire nel loro intento, avevano deciso di organizzarsi in una società che avevano battezzato «massoneria». Con il tempo, Richard era diventato il portavoce dei massoni, i cui adepti crescevano come funghi in diverse parti del mondo, tanto che si erano sviluppati parecchi rami e alla fine si erano visti costretti a suddividersi in logge.

Ma a Daniela non raccontò nulla di tutto ciò.

«La massoneria è un'istituzione che non ama farsi pubblicità, di carattere iniziatico, non religiosa, filantropica e simbolica, ideata con un forte sentimento di fratellanza, che permette ai suoi membri di sviluppare la capacità di ascolto, riflessione e dialogo e che cerca di trasmettere questi valori nel mondo. Sin dalle sue origini, ha sempre raccolto le menti più illustri della società», spiegò tutto d'un fiato a Daniela.

Richard fece una piccola pausa prima di proseguire.

«È così che ho conosciuto tuo padre.»

24.

Quando vide la cassaforte, a Liz venne l'acquolina in bocca, come al gatto che ha appena acciuffato il topo. Tornò a percepire sulla nuca la palpitante sensazione di due occhi che la fissavano, ma nello studio c'era solo lei. Eppure non doveva correre rischi. Fece per chiudere la porta, e in quel momento si accorse che mancava la chiave. Maledisse Leonard per la sua indolenza e si guardò attorno. Vide una sedia delle dimensioni ideali e la sistemò in maniera da bloccare la maniglia. Più tranquilla, tornò a occuparsi della cassaforte.

«L'anno in cui si scoprì la legge della gravitazione universale», sussurrò, ricordando che a Cambridge la password era quella.

Leonard Green era abbastanza prevedibile e pratico da usare la stessa in entrambi i casi. Sorrise di soddisfazione girando lentamente la rotellina con i numeri.

Uno-sei-otto-cinque.

Quando sentì lo scatto della serratura, rimase quasi paralizzata. Il cuore le batteva. Girò la maniglia e lo sportellino cedette, emettendo un inquietante sospiro, come se fosse sottovuoto. La luce della lampada Tiffany serviva solo a rendere più tenebroso il vano. Liz introdusse la mano, tastando le pareti metalliche, sentendo il contatto gelido sui polpastrelli. Toccò la superficie lentamente e poi un po' più in fretta. Per un attimo, gli stessi battiti che poco prima martellavano forte in petto si arrestarono. E se non avesse trovato niente? Dove andare a cercare? Le grandi decisioni vitali non erano mai state il suo forte. Se si guardava alle spalle, scopriva una sequela di disastrosi errori che altri si erano incaricati di aggiustare, come si faceva con i bambini che rompono la porcellana cinese con una pallonata. Ma stavolta tutti quelli che l'avevano protetta in passato dipendevano da lei. Un nodo di angoscia le strinse la gola. Affondò la mano nella cassaforte e fu allora che incappò in un foglietto. Lo afferrò tirando un gran sospiro di sollievo e lo mise sotto la luce. Si trattava di una busta formato lettera, di colore arancione. Aveva un aspetto troppo insignificante per contenere tutte le informazioni di cui le aveva parlato Nicolas, ed ebbe un sentore di fallimento.

La aprì in fretta e furia. Sperava di trovare un'altra formula, magari un astruso enunciato di fisica, ma all'interno c'era solo una scheda di biblioteca con una scritta a mano.

Il ritratto di Dorian Gray
Oscar Wilde

Nell'angolo in basso a destra, tra parentesi, un'annotazione:

Pagina 127
Rigo 30

Ovviamente Liz non conosceva il libro a memoria, perciò ignorava il contenuto di quella pagina e di quella riga in particolare. Ma sapeva che si trattava di un romanzo scritto più di un secolo prima, l'unico di Oscar Wilde, quell'irlandese dai capelli arruffati, con le palpebre cadenti e i modi da dandy acculturato, amante della vita e della bellezza. Era edonista, neopagano, frivolo, critico e di tendenze bacchiche, smanioso di cambiare con le sue manifestazioni satiriche la stantia mentalità dell'epoca, nella certezza che la canfora di cui era impregnata ne intorpidisse lo sviluppo intellettuale. Il suo vizio più noto era spassarsela con giovanetti di diversa estrazione sociale: attori di piccoli teatri, scrittori da quattro soldi, poeti sconosciuti. Per sua sfortuna, come accade spesso in questi casi, Wilde aveva finito per innamorarsi della persona meno indicata, un ragazzo di nome Alfred Douglas. Del suo aspetto si notava subito il pallore impressionante, l'aria perennemente afflitta e le maniere affettate. Adorava essere fotografato in posa sensuale, ma tutti i suoi sforzi erano vanificati da un'espressione infantile, quasi femminea. In poche parole, il giovane Douglas aveva l'aria da geisha britannica e due occhi immensamente blu da cui il creatore sembrava aver preso ispirazione per comporre il colore del cielo in una limpida mattina d'estate. E come se non bastasse, Alfred scriveva sonetti appassionati e profumava di mele e cannella. Eppure lord Douglas manifestava un evidente disinteresse per gli studi che seguiva a Oxford grazie a un'importante donazione del padre, il marchese di Queensberry. Quando l'elegante signore era venuto a conoscenza del genere di relazione che il figlio intratteneva con lo scrittore, aveva insultato pubblicamente Wilde accusandolo di «oscena indecenza». In effetti all'epoca le manifestazioni di affetto fisico tra due uomini non dovevano andare oltre la stretta di mano, perciò il marchese lo aveva denunciato e citato in giudizio. E così Oscar Wilde era stato condannato a due anni di lavori forzati. Un vero scandalo.

Liz sorrise di malavoglia. Era curioso che, cent'anni dopo, lo stesso rapporto tra due uomini fosse motivo di orgoglio sufficiente a organizzare sfilate variopinte in cui l'amore omosessuale era rivendicato persino dagli eterosessuali. Se qualcuno si azzardava a criticarlo, veniva condannato almeno quanto lo era stato Wilde per averlo difeso. L'etica degli esseri umani era davvero volubile, si disse. Forse le azioni riprovevoli che lei aveva commesso nel corso della sua esistenza un giorno sarebbero state giudicate encomiabili. In fondo poteva essere, perché no?

Questo pensiero la riportò alla realtà della situazione. Teneva in mano una scheda con il nome di un'opera che parlava della bellezza, *Il ritratto di Dorian Gray*. Il romanzo raccontava la storia di Basil, un famoso pittore talmente impressionato dall'evidente avvenenza fisica di un giovane di nome Dorian Gray, da arrivare a raffigurare la sua bellezza angelica in quello che sarebbe diventato il suo ritratto più riuscito. Ma il comune amico lord Henry Wotton, un edonista convinto che la vita andasse vissuta solo per soddisfare i piaceri, riusciva a convincere Dorian che un giorno la sua bellezza sarebbe sfiorita e che a quel punto la vita avrebbe perduto ogni senso. Il ragazzo allora esprimeva il desiderio di mantenere per sempre lo stesso aspetto sfoggiato nel ritratto di Basil. Come aveva detto lo stesso Oscar Wilde, quando gli dei vogliono punirci realizzano i nostri desideri, e così, come se gli stessi dei o il demonio in persona l'avessero ascoltato, le preghiere di Dorian venivano esaudite. E da quel momento in poi, era l'immagine del quadro a invecchiare al posto suo. Nonostante una vita di depravazione, Dorian esibiva sempre l'innocente aspetto del primo giorno in cui Basil aveva deciso di trasferire su tela la sua bellezza.

Liz ebbe il presentimento che Leonard Green si stesse prendendo gioco di lei dall'aldilà. Era possibile che il professore sapesse in anticipo quello che gli sarebbe successo? Sapeva forse che sarebbe morto? Che lei avrebbe aperto la cassaforte? Per questo le lasciava quel messaggio? Stava magari insinuando che lei era come Dorian, una bella immagine da fuori, ma corrotta all'interno? Un mostro?

Non poteva essere! Lui non conosceva la sua identità. Altrimenti non le avrebbe mai permesso di entrare nella sua vita. No. Non era possibile.

Si sentiva agitata. Di sicuro il numero di pagina e il rigo indicati sulla scheda le avrebbero chiarito le idee. Il romanzo doveva essere su uno scaffale dello studio. Cominciò a spostare i libri con violenza, lanciandoli a terra. Quando era in quello stato perdeva tutta la sua compostezza. Le succedeva sempre così. Era talmente infuriata che non le importava più niente di Jane. Se anche l'avesse sentita, tanto peggio. Doveva trovare il *Ritratto di Dorian Gray* a ogni costo.

Jane ebbe la tentazione di correre fuori e chiedere aiuto in mezzo alla strada, di scappare da lì al più presto, ma poi si disse che Daniela poteva arrivare da un momento all'altro e rischiava di imbattersi in quella donna diabolica. Fu per questo che decise di prendere il cordless dal tavolino dell'ingresso e chiudersi in bagno. Tremando come una foglia, cominciò a digitare il numero della polizia.

25.

Mentre correvano per i corridoi, l'ispettore Abberline lanciava una sfilza incomprensibile di improperi contro quel dannato criminale che li teneva in scacco. Lasciarono New Scotland Yard avvolti nell'odore di disinfettante al pino che la signora delle pulizie aveva appena usato per lavare il pavimento dell'ascensore. Scesero in garage, dove montarono in macchina per lasciare l'edificio a tutta velocità, diretti alla More House School a South Kensington.

Abberline era come sprofondato in un silenzio assoluto da quando aveva saputo che Richard Chanfray si trovava nella scuola. Dio solo sapeva quali oscure riflessioni aveva in mente mentre osservava gli edifici sfilare in direzione contraria alla loro. L'agente Lewin ritenne necessario farlo uscire dal suo mutismo e si affrettò a prendere il taccuino dalla tasca. Si era incaricato di cercare altre piste sulle origini del loro sospettato, e quello che aveva trovato era davvero incredibile. Se la semplice coincidenza che il suo nome corrispondesse a quello di un playboy di decenni prima e di incerta provenienza era un bel pasticcio, le cose si complicavano ulteriormente.

«Ho indagato su quel conte di Saint-Germain, il personaggio che il Richard Chanfray degli anni Settanta diceva a tutti di essere. A quanto pare, quell'uomo era una specie di mago del tempo, capace di realizzare imprese materialmente impossibili per qualsiasi altro mortale.» Lewin cominciò a leggere i suoi appunti. «La prima volta che viene registrata la presenza di Saint-Germain a Londra è nel 1743. Nel 1758 si trasferisce a Parigi, dove conosce madame Pompadour, che a sua volta lo presenta al re di Francia. Nel 1784 muore.»

A questo punto sollevò l'indice, trasse un respiro e riprese. «Ma a quanto pare non era la prima volta che gli capitava, e di sicuro non fu l'ultima, perché viene redatto a suo nome un nuovo atto di morte e sepoltura nel corso dello stesso anno in Slesia, l'attuale Polonia. Poi viene visto nel 1785 a una conferenza accanto all'imperatrice Caterina di Russia... e nel 1793 compare di fronte all'amante del re di Francia e...»

Lewin agitava in aria la mano, come se potesse andare avanti all'infinito, ma si limitò a mettere da parte la questione per concentrarsi sulla descrizione dei multiformi talenti di Saint-Germain. Il conte apparteneva a quel genere di individui dotati di una incredibile sicurezza di sé, alimentata da una sapiente combinazione di talento, nobiltà, diplomazia, cortesia, giovinezza e dignità. Era un genio artistico, un eccellente musicista e compositore che sfiorava i tasti del pianoforte con maestria ed era capace di rivaleggiare con Paganini nelle sue esecuzioni al violino. Aveva voce da baritono, dipingeva a olio e acquerello e scolpiva nel marmo al pari di Michelangelo. Alle riunioni in società era solito sfoggiare la propria memoria ripetendo pagine intere di libri letti solo una volta. Parlava perfettamente tedesco, inglese, italiano, portoghese, spagnolo, francese, greco, latino, arabo, cinese, ebraico, caldeo, siriano, sanscrito e certi dialetti orientali che al mondo conoscevano in quattro, compreso lui, più altri due che ormai erano morti. Sapeva leggere i geroglifici egizi ed era ambidestro, al punto che le due metà del suo cervello erano indipendenti. Questo gli permetteva di scrivere con la mano destra un trattato sull'evoluzione delle specie, e con l'altra una lettera d'amore capace di conquistare la regina d'Inghilterra in persona, perché, come non tutti sapevano, il punto G femminile si trova nel cervello e non negli intricati meandri dove si ostinano a cercarlo certi individui maldestri con più infamia che lode. Si diceva anche che Saint-Germain avesse il proficuo dono di trasformare qualsiasi metallo in oro e che da lì provenisse la sua immensa ricchezza. E se tutto ciò non bastava a dargli lustro, il conte aveva anche portamento militare, era snello, ben proporzionato, con i capelli scuri e gli occhi neri e profondi.

«Ma questa è la descrizione fisica di Richard Chanfray!» lo interruppe Abberline con aria esterrefatta.

«E non è tutto», aggiunse Lewin. «Vestiva con eleganza, con le migliori stoffe giunte dagli angoli più remoti della terra, calze di seta, finanziere di velluto scuro e adorne di pietre preziose.»

Il conte di Saint-Germain si muoveva sempre accompagnato da lacchè in uniforme con livree color tabacco e galloni dorati. Per la magnificenza dei suoi gioielli, era ritenuto immensamente ricco; si diceva disponesse di un credito illimitato in tutte le banche del mondo. Erano famose le sue collezioni di casacche, orologi e anelli, uno dei quali coronato con un opale e uno zaffiro bianco, entrambi delle dimensioni di una noce di macadamia. Adorava circondarsi di mistero. Nessuno conosceva le sue origini, non si sapeva nulla della sua famiglia, non aveva passato e non organizzava mai riunioni a casa sua, anche se era un frequentatore assiduo delle feste dell'alta società. Nessuno l'aveva mai visto mangiare o bere.

«Nessuno l'ha mai visto mangiare o bere...» ripeté l'ispettore quasi fosse un mantra, ricordando che Richard Chanfray non aveva toccato il bicchiere d'acqua che gli aveva offerto durante l'interrogatorio.

«Studiò pittura con Cimabue e alchimia con Paracelso, che gli spiegò come la pietra filosofale fosse composta da 777 ingredienti. Fu assistente personale di Nostradamus, apprendista di Palestrina, accompagnatore di Francesco I durante la sua incoronazione e amico personale di John Dee, l'astrologo della regina Elisabetta I.»

«Ma... non ha alcun senso... non...» balbettò Abberline. «Le date non quadrano... Quell'uomo non può...»

«Sì che può», lo interruppe Lewin. «Può benissimo, se si tratta di una creatura immortale, come molti ritengono.»

«Immortale? Ma è un'assurdità!» protestò l'ispettore.

Lewin sfogliò in fretta il suo taccuino, cercando qualcosa, finché non si soffermò su una pagina, che indicò con il dito al suo superiore.

«Ascolti cosa ne disse Voltaire in una lettera indirizzata a

Federico il Grande.» Lesse ad alta voce. «"Il conte di Saint-Germain è un uomo che non muore mai e che sa tutto."»

«Voltaire? Il filosofo francese?»

«E non solo lui.» Riprese a sfogliare i suoi appunti. «A quanto pare, Casanova lo odiava perché gli rubava l'attenzione delle dame alle riunioni di società. Eppure non riuscì a resistere alla tentazione di parlarne in uno dei suoi scritti.» Lewin citò testualmente. «"La cena più piacevole della mia vita fu con madame de Robert Gergi, che si presentò con il famoso avventuriero conosciuto con il nome di conte di Saint-Germain. Questo individuo, anziché mangiare, parlò dall'inizio alla fine della serata. Saint-Germain decise di condividere con noi una serie di prodigi, sempre mirati a impressionare, cosa in cui riusciva alla perfezione. Era coltissimo, parlava diverse lingue, era esperto di musica e di chimica, oltre ad avere un bell'aspetto e a saper trattare le signore. Quest'uomo straordinario, re degli impostori e dei ciarlatani, affermava con la massima serietà di avere trecento anni, di conoscere il segreto della medicina universale, di essere signore dei quattro elementi e di saper fondere i diamanti." E...» Lewin continuava a sfogliare le pagine. «Horace Walpole ha scritto: "L'altro giorno è stato arrestato uno strano individuo che si fa chiamare conte di Saint-Germain. Vive qui da più di due anni, ma non vuole dire chi è né da dove viene. Dichiara che Saint-Germain non è il suo vero nome". Si dice persino che lo stesso Dumas si sia ispirato a lui per dare vita al conte di Montecristo», concluse.

«Sa un po' di leggenda, no?» Abberline non aveva mai creduto a fantasmi e cose simili, e non aveva nessuna intenzione di cominciare proprio adesso.

«Ho visto documenti che lo dimostrano», insistette Lewin. «Ho chiamato il British Museum. Conservano negli archivi una lettera di Saint-Germain in cui il conte si offre di donare una copia della seconda edizione della Bibbia, stampata nel 1462... E in effetti ce l'hanno!» esclamò. «Oltre a questo, ho visto una fotografia che la cantante Emma Calvé gli dedicò nel 1887, con la scritta: "Al signor conte di Saint-Germain, grande chiromante che ha saputo dirmi cose assai vere".»

Sembrava davvero che quell'uomo stesse lasciando le sue impronte sulla terra sin dall'inizio dei tempi. Pareva che avesse viaggiato per il mondo intero, assistendo di persona a ciascun evento accaduto sul pianeta nel corso della storia. Dicevano che avesse assistito alla nascita di Cristo e che fosse stato lui a consegnare a Colombo le mappe che l'avevano convinto a lanciarsi nell'avventura di varcare l'Atlantico in un'epoca in cui la gente comune immaginava che il mondo fosse una tavola piatta con sotto un abisso senza fine.

«A quanto pare, esistono documenti secondo cui il conte di Saint-Germain sarebbe morto più di sessanta volte e che altrettante sarebbe tornato a mostrarsi tempo dopo...»

«E che mi dici del Richard Chanfray degli anni Settanta?» chiese Abberline.

«Un ennesimo alter ego», tagliò corto Lewin.

Secondo la stampa rosa di quegli anni, Richard Chanfray era comparso dal nulla, nel 1973, in un teatro di Parigi. Sull'insegna luminosa si presentava come il conte di Saint-Germain in persona, «l'uomo che trasforma il piombo in oro». E in effetti, sotto gli occhi esterrefatti del pubblico, Richard Chanfray manteneva la sua promessa.

«E come faceva?» si chiese Lewin in tono teatrale. «Era un mistero. Né gli spettatori né i prestigiatori professionisti, e neppure le telecamere che gli inquadravano le mani, riuscirono a svelare il trucco di cui sicuramente si serviva.»

Un simile personaggio suscitò ben presto la curiosità dell'alta società francese, inglese e belga. C'era chi lo considerava tedesco, chi pensava fosse spagnolo, italiano oppure russo... e persino tibetano, ma la verità è che nessuno riuscì mai a scoprirlo, perché lui si comportava in maniera discreta ed enigmatica almeno quanto le mummie egizie, che forse aveva anche aiutato a bendare.

«Benissimo», aggiunse l'ispettore Abberline con aria infastidita, «ma quel tizio... quel Chanfray... l'hanno trovato morto nella sua auto, giusto?»

«È proprio questa la cosa strana, signore», ribatté l'agente Lewin. «Il suo maggiordomo l'ha trovato morto, questo è vero... e l'hanno portato all'obitorio, ma il mattino dopo il corpo di Richard Chanfray era scomparso nel nulla. Visto che il medico aveva già firmato il certificato di decesso, si considerò ufficialmente morto, ma in realtà il suo cadavere non è stato mai più ritrovato.»

Davis notò nello specchietto retrovisore che l'ispettore rivolse di nuovo lo sguardo all'esterno con aria infastidita, sprofondando una volta ancora nel silenzio.

26.

Daniela era perplessa.

«Mio padre... i massoni... sì, in effetti torna... No, non può essere.» Scrollava la testa senza il coraggio di parlare a voce alta. «Mi stai dicendo che mio padre apparteneva a una setta?»

«No, non si tratta di questo.»

«Vi siete conosciuti in una setta? Santo cielo!»

Daniela si mise le mani nei capelli. Non riusciva a capirci più niente, era come se il suo mondo stesse accelerando a velocità stratosferica e lei non fosse capace di frenarlo.

«Tuo padre era un uomo molto saggio e intelligente. Credeva nell'islam e nel giudaismo. Li considerava sacri al pari del cristianesimo. Era convinto che la massoneria egizia potesse radunare le tre religioni e...»

La voce di Richard rimbombava in sottofondo. Diceva qualcosa sulla loggia numero 289 chiamata L'Esperance, che si reggeva sulle norme del rito della Stretta osservanza. Stretta osservanza? Che diavolo significava? Era in attività dalla metà del Settecento e i suoi adepti si riunivano nella taverna di King's Head, a Soho, in Gerrard Street. Curiosamente, a quei tempi Soho era un posto squallido pieno di case fatiscenti, pigiate una contro l'altra, e taverne che dovevano accogliere le notti insonni dei più poveri, quelli che non avevano racimolato i quattro penny per stare in albergo, ammucchiati su un materasso ammuffito e pidocchioso buttato a terra. Per due penny si poteva dormire rannicchiati nello stesso posto, ma con il corpo legato alla parete con una corda. L'assenza di glamour influì molto sul genere di abitanti del quartiere, almeno all'inizio: parrucchieri, calzolai, pasticcieri, musicisti, qualche pittore...

«L'Esperance anticipò i tempi», le spiegò Richard. «Non era come il resto delle società segrete, accessibile solo agli uomini; era una loggia d'adozione che permetteva l'esistenza di un'organizzazione parallela composta da donne che operava all'interno della loggia maschile. Ma, come sempre nella vita, il tempo si incaricò di cambiare le cose. Papa Clemente XII e i suoi successori erano preoccupati dalla natura segreta dell'ordine, allarmati dal successo di cui godeva tra i cattolici più ricchi e potenti. E, peggio ancora, sospettavano che i massoni dessero adito alle idee protestanti e atee, per non parlare dei loro rancori politici, sia verso la monarchia sia verso il pontificato.

Fu allora che si incastrò una nuova tessera del puzzle della sua vita, le raccontò Richard. Grazie alla massoneria, conobbe colui che sarebbe divenuto il suo miglior amico di sempre. Ricordava alla perfezione la prima volta che l'aveva visto. Alessandro si era presentato a una riunione della loggia da lui presieduta. Aveva battuto i talloni e fatto la caricatura di un inchino mentre si presentava come Cagliostro, colonnello del tredicesimo reggimento dell'esercito di Brandeburgo e principe di Trebisonda. I membri della fratellanza si erano lanciati sguardi interrogativi ed era stato solo grazie alla loro innata diplomazia che erano riusciti a evitare di scoppiare a ridere fragorosamente. Quasi abituato a suscitare simili reazioni, Alessandro aveva ignorato l'aria perplessa degli astanti e si era lanciato nell'esposizione di un discorso, evidentemente imparato a memoria, in cui garantiva che la forma più pura di massoneria era nata nella notte dei tempi tra i costruttori delle piramidi egizie. A quanto aveva riferito, il fondatore era stato il Gran Copto, un alto sacerdote sommamente misterioso, i cui riti e ideali superavano di gran lunga il valore di tutte le integrazioni successive, scozzesi o no. La massoneria egizia aspirava nientemeno che alla completa rigenerazione fisica e morale dell'umanità, riportandola in comunione con lo spirito divino. Aveva avuto persino il coraggio di dire che Hiram Abif, mitico architetto del tempio di Salomone, Mosè, Noè, addirittura Adamo, i templari, i rosacroce e gli umanisti rinascimentali erano già tutti massoni convinti, disarticolando qualsiasi ordine sensato dello spazio che tutte quelle persone occupavano nel tempo.

«Anche tu appartieni a una setta...» farfugliò la ragazza di getto.

Non si trattava di una domanda: era un'affermazione esitante, quasi nella speranza che lui si decidesse a dirle che era tutto uno scherzo.

Richard sospirò. Era normale che fosse troppo difficile da digerire per lei, ma non aveva materialmente il tempo di convincerla. Dovevano andarsene al più presto, perché lì erano del tutto indifesi.

«Daniela, ti devi fidare. Se tuo padre ti ha messo in contatto con me, è solo per il tuo bene. Io posso aiutarti... aiutarvi... aiutarmi. Te l'assicuro.»

Lei rimase a fissare la lettera che il padre le aveva lasciato. Era a terra, appallottolata, come una colomba ferita.

«Io so cosa significano i numeri scritti sul biglietto, e posso tradurli», aggiunse lui un attimo dopo, come ultimo tentativo di convincerla.

La ragazza cambiò espressione e tornò a mostrarsi interessata.

«Sono scritti usando la gematria», spiegò Richard.

«Gematria?» Era la prima volta che Daniela sentiva quella parola.

«È un metodo per decifrare e interpretare la Torah basato sull'assegnazione di numeri alle lettere. Lo studiamo nella nostra loggia. A ognuno di quei numeri corrisponde un carattere ebraico che a sua volta corrisponde a una lettera del nostro alfabeto. Tuo padre sapeva benissimo che io sarei riuscito a tradurlo. Questa è la prova che ti devi fidare di me.»

I muscoli di Daniela finalmente si rilassavano. Non brandiva più la bottiglietta di etere, ma teneva le braccia distese lungo i fianchi.

«È un codice segreto?»

«Una specie.»

«Vai avanti», gli disse.

«La gematria, per come l'ha usata tuo padre in questo foglietto, non ha niente di misterioso o di oscuro.»

Si girò per raccogliere il foglio da terra. Prese una penna dalla tasca della giacca e scrisse i numeri uno di fila all'altro. Sotto, riportò le lettere corrispondenti, secondo la gematria. Nel frattempo, spiegava il procedimento a voce alta.

«Il numero 2 corrisponde alla nostra lettera B, il 18 alla R, il 9 alla I, il 7 alla G , l'8 alla H, il 20 alla T, il 15 alla O e il 14 alla N. Brighton», concluse, mostrandole il foglio con i numeri e le lettere corrispondenti.

2	18	9	7	8	20	15	14
B	R	I	G	H	T	O	N

«Brighton», ripeté. «Per te significa qualcosa?»

A Daniela si illuminarono gli occhi.

27.

Liz avrebbe voluto avere Leonard di fronte a sé per prenderlo per i capelli e ordinargli di trovarle subito quel dannato romanzo. I libri non erano mai stati il suo forte, e quell'idiota ne conservava a migliaia nel suo studio. Cercò di calmarsi e ragionare. Se continuava a buttarli a terra, non aveva speranze di trovarlo. Osservò con attenzione gli scaffali finché non capì che seguivano un ordine e che esisteva una sezione dedicata interamente alla letteratura. Lì c'era ogni genere di romanzo, raccolte di racconti e antologie poetiche, classificati in ordine alfabetico per autore. Verso il fondo trovò la W di Wilde, e anche il volumetto rilegato in pelle bordeaux del *Ritratto di Dorian Gray.* Cercò avidamente la pagina 127 e non dovette fare la fatica di contare fino a 30 per individuare il rigo giusto. La frase che il professore voleva farle leggere era sottolineata: «L'unico fascino del passato è che è passato. Ma le donne non sanno mai quando è calato il sipario. Vogliono sempre un sesto atto e, appena l'interesse per la rappresentazione è completamente esaurito, intendono continuare».

Il corpo di Liz si irrigidì, quasi anticipando la furia sfrenata che le ribolliva nel sangue. Cercò di inspirare profondamente per rilassare i muscoli, come le aveva consigliato Nicolas un'infinità di volte. Contò fino a dieci molto lentamente, ruminando ogni numero con la flemma di una mucca svizzera, sperando di calmarsi. Ma fu tutto inutile, e un attimo dopo scagliò con tutte le sue forze il *Ritratto di Dorian Gray* contro la stufa in ferro battuto in un angolo dello studio. Il libro si schiantò con un rumore sordo e rimase a terra aperto. Liz lo osservò, con il cuore in subbuglio. Lo scatto d'ira non era riuscito a mitigare la sua rabbia. Si avvicinò per guardarlo un'altra volta. Come se il professore la stesse prendendo ancora in giro dall'aldilà, il caso, la fatalità, il destino, la sorte o qualunque cosa fosse aveva deciso che quel dannato libro dovesse mostrarle proprio la pagina 127. Si chinò lentamente per raccoglierlo e lo richiuse. Quasi come se stringesse fra le mani un passerotto ferito, lo inserì di nuovo con grande delicatezza nello stesso punto da dove l'aveva estratto. Chiuse gli occhi, accarezzò il dorso del libro mentre lo spingeva fino in fondo e sospirò. Poi si girò e si avviò verso la porta, evitando i volumi sparsi a terra.

«Dio mio!» sussurrò Jane, accorgendosi che il telefono era muto. «Dio mio, aiutami!»

Jane non capiva niente di nuove tecnologie, era ancora ferma a metà Novecento. Al massimo riusciva a cavarsela con microonde e televisore, ma aveva seri problemi quando doveva muoversi nel menu del DVD. Ecco perché non le erano mai interessati i cellulari. Passava quasi tutto il tempo dentro casa, e chi aveva bisogno di lei sapeva dove trovarla, presentandosi di persona o chiamando sul telefono fisso. Eppure, chissà perché, il Natale precedente il professor Green ci aveva tenuto a regalarle un cellulare con i tasti grandi, semplice, con cui comunicare in caso di bisogno. Jane aveva aperto il pacchetto tutta contenta, sperando chissà cosa, ma vedendo il contenuto aveva cambiato faccia. Però era troppo gentile per farglielo notare, e così l'aveva acceso, aveva inserito la batteria e cambiato il PIN, per poi richiuderlo nella confezione ringraziando tanto per quel regalo che lei considerava del tutto inutile. Da quel giorno, il cellulare giaceva in fondo all'armadio, dentro la sua scatola. Senza alcun dubbio, se quell'aggeggio doveva servirle a qualcosa, quello era il momento migliore per dimostrarlo.

Socchiuse la porta del bagno per accertarsi che Liz fosse ancora nello studio. Tutto tranquillo. Se si sbrigava, poteva arrivare in camera sua senza farsi scoprire, sperare che la batteria conservasse ancora un briciolo di energia e chiamare la polizia. Strinse i pugni e salì le scale in punta di piedi. Per fortuna le sue ciabattine non facevano rumore e i passi furono attutiti dalla moquette. Entrò nella stanza e richiuse la porta. Aprì l'armadio con il cuore al galoppo. Si morse le labbra mentre estraeva il dispositivo dalla scatola. Premette il bottone con il simbolo dell'auricolare verde, mentre recitava un «Padre nostro che sei nei cieli... che si accenda il telefono». Lo schermo la salutò augurandole il benvenuto e lei sospirò di sollievo. Si appoggiò contro la parete asciugandosi le lacrime di terrore che senza accorgersi avevano cominciato a rigarle le guance, ma aveva fatto appena in tempo a premere qualche tasto che la casa rimase senza luce. Poco dopo sentì qualcuno salire le scale, e non poteva che essere Liz. Avvertì i passi sul parquet, con una cadenza ritmata che soffocava il respiro. Era così che dovevano muoversi i felini selvaggi nel fitto della vegetazione, cercando il momento opportuno per avventarsi sulla preda. Un tremito che veniva direttamente dal cuore le fece accapponare la pelle, lasciandole le ginocchia molli, la gola secca e le mani gelide. Le dita si erano intorpidite e non riusciva più a digitare neanche un numero. All'improvviso ebbe la premonizione di ciò che sarebbe accaduto nei minuti successivi, quasi fosse la scena di un thriller di cui conosceva già la trama.

Il rumore dei passi si spense all'altezza della sua porta. Un paio di secondi di silenzio terrificante, e la maniglia girò. Liz affacciò la testa e si guardò attorno finché non individuò la sua vittima. Sembrava soddisfatta di trovarla seduta sul bordo del letto, con le spalle ricurve e gli occhi invasi dallo spavento, anziché in posa d'attacco, perché non aveva nessuna voglia di farsi coinvolgere in una colluttazione priva di senso. Avanzò verso di lei con un mezzo sorriso sulle labbra. Quella smorfia ironica indignò Jane. Avrebbe preferito uno sguardo rabbioso, meschino, infuriato, malvagio... qualcosa di diverso. Qualcosa che non somigliasse a una presa in giro. Essere sbeffeggiata in quel momento era davvero inaccettabile, un punto finale alla sua vita troppo banale. La morte le aveva suscitato sempre un grande rispetto, ma negli occhi di quella bestia c'era solo indifferenza. Comprese che non la giudicava un avversario degno di attenzione. Liz si avvicinava con calma estenuante, oscillando la testa da un lato all'altro, ripetendo il suo nome con la musicalità che si usa per sgridare un bambino che ha rubato la marmellata.

«Jane... Jane... Jane...»

Fu allora che la governante ebbe l'assoluta certezza di trovarsi di fronte all'assassina del professor Green.

«Aiuto!»

Una richiesta di soccorso afona, assurda e inutile le sgorgò dalla gola secca, mentre Liz esplodeva in una sonora risata. I muri di quella casa bicentenaria erano spessi, niente a che vedere con le pareti di carta velina degli edifici moderni. A quel punto, Jane si accorse di stringere ancora in mano il telefono e lo guardò con occhi disperati.

«Lo metta giù, per favore», sentì dire a Liz con voce d'oltretomba.

Aveva smesso di ridere e la sua figura si stagliava di fronte a lei. Aveva un coltello in mano. Al posto della sua fasulla espressione angelica, adesso esibiva la smorfia di una mantide religiosa dopo l'accoppiamento. Jane era come paralizzata.

«Le ho detto di metterlo giù!» ripeté Liz avventandosi contro di lei, strappandole il telefono di mano e lanciandolo fuori dalla sua portata.

«C'è un'altra cassaforte, oltre a quella dello studio?»

«Non... non lo so», rispose Jane balbettando. «Io sono solo la governante, io...»

«Per favore, non mi faccia arrabbiare... Lei conosce questa casa come il palmo della sua mano. Conosce ogni angolo e ogni nascondiglio.» Fece una pausa prima di ripetere: «C'è un'altra cassaforte?».

Jane deglutì. Era ovvio che ormai non si tornava più indietro, ormai era spacciata comunque.

«Non tradirò mai la mia famiglia!» esclamò, sorpresa del suo stesso coraggio.

Negli occhi di Liz si accese una scintilla di rabbia. Chi si credeva di essere, quella semplice domestica? Emise una specie di grugnito roco e Jane vide la sua mano armata di coltello avvicinarsi al suo addome. Ironicamente, quel movimento fulmineo le parve dilatarsi nel tempo, come se tutto accadesse al rallentatore.

Liz la prese per il collo mentre le affondava il coltello nel ventre. Il metallo era freddo, ma un'ondata di calore cominciava a invadere il corpo di Jane mentre il cuore pompava il sangue che già le inzuppava i vestiti. Il coltello le aveva lacerato la camicia e si faceva strada nelle sue viscere, spinto con violenza da Liz.

«Preferisci morire, brutta sguattera? Preferisci morire?» le sussurrava all'orecchio, arrotando con rabbia le erre.

Nei suoi ultimi istanti di vita, la dolce e devota Jane si aggrappò alla preghiera. Implorò il Signore con tutto il cuore che quella donna finisse in fretta di ucciderla e uscisse di casa prima che tornasse Daniela.

28.

Il biglietto giaceva su un tavolo del laboratorio e mostrava il suo messaggio appena svelato.

2	18	9	7	8	20	15	14
B	R	I	G	H	T	O	N

«Brighton», ripeté Daniela con un filo di voce.

Brighton era la località di mare preferita dai londinesi per le vacanze estive, oppure per evadere dalla capitale i rari fine settimana in cui il sole trovava il coraggio di affacciarsi. Da quando aveva l'uso della ragione, Daniela ricordava di aver trascorso le sue vacanze nell'appartamento vista mare che i suoi avevano ereditato dai nonni materni. A quei tempi lei non lo sapeva ancora, ma la sua agiata posizione sociale le consentiva di godersi il lato piacevole della vita, in cui sembrava tutto a portata di mano, in cui bastava prendere bei voti a scuola per realizzare persino il sogno più pazzo.

L'appartamento al mare aveva sempre avuto per Daniela il sapore dello zucchero filato o delle mele caramellate che i suoi le compravano di pomeriggio, quando uscivano a passeggiare sul molo, in mezzo alle giostre del parco divertimenti. Fino a quel momento, la minaccia peggiore che aveva dovuto affrontare in vita sua si trovava proprio in quel luogo: gli orribili esseri deformi che vivevano rintanati negli angoli bui e nei tunnel della casa stregata. Se non altro, quei mostri erano dei gran timidoni e non si avventuravano mai fuori dall'attrazione, perciò non era poi così difficile evitarli.

A volte guardava con invidia le coppie che passeggiavano senza fretta sul lungomare, mangiando gelati vaniglia e noce, fermandosi ad ammirare con un sorrisino scemo da innamorati gli artisti di strada che potevano indifferentemente suonare *Per Elisa* con delle bottiglie di vino vuote appese alle corde o rappresentare una danza maori a ritmo di foxtrot. Non vedeva l'ora di diventare grande per poterli imitare. Ma di sicuro la cosa che le piaceva di più di Brighton era il Royal Pavilion, la sua sagoma esotica come il Taj Mahal che si stagliava contro il cielo al tramonto. Era la prima cosa che vedeva della città dall'autostrada, il segnale che le vacanze erano ufficialmente cominciate. Quel palazzo aveva qualcosa di misterioso e di romanzesco. Lì si era rifugiato il futuro re Giorgio IV per sottoporsi alla cura di bagni di mare che a detta del medico l'avrebbe aiutato a guarire dalla gotta e dall'ossessione che dal padre non avrebbe ereditato solo il trono, ma anche la porfiria. Il principe reggente era assolutamente convinto che avrebbe sofferto di disturbi psichici come suo padre, perciò aveva deciso di consolarsi nel Royal Pavilion in attesa della drammatica ma inevitabile fine lontano dagli sguardi indiscreti. Di notte si immergeva nei piaceri della bella vita, esattamente come di giorno si immergeva nelle onde del mare. Quasi quotidianamente organizzava feste scenografiche in cui gli invitati dovevano indossare maschere, anche se non era carnevale, all'unico scopo di rendersi irriconoscibili. In queste occasioni conquistava il cuore di donne sole, sposate o vedove, madri e figlie, a cui tagliava una ciocca di capelli come trofeo dopo averle sottomesse al suo reale membro virile. Si diceva che nella sua stanza del Royal Pavilion fosse arrivato ad accumulare più di settemila ciocche.

Daniela non era più tornata a Brighton dopo la morte della madre, ma non aveva dubbi che, se suo padre avesse dovuto nascondere un segreto, quello sarebbe stato il luogo prescelto.

«Vieni, tesoro», le aveva detto un giorno durante le vacanze estive.

L'aveva presa per mano e l'aveva portata nella camera matrimoniale. Lei doveva avere circa sette anni e le era vietato entrare nella stanza dei genitori, perciò l'aveva seguito timidamente, perché sapeva che quel posto era privato.

«È qui dentro», le aveva detto lui, aprendo la porta dell'enorme armadio incassato nella parete.

Aveva separato le camicie dai pantaloni, mostrandole uno sportellino di metallo con una rotella piena di lettere.

«Che cos'è?» aveva chiesto la bimba.

«È una cassaforte. Qui si conservano i segreti per non farli trovare a nessuno.»

Daniela non sembrava molto impressionata, perciò Leonard Green aveva proseguito con la spiegazione.

«Questo sportello si può aprire solo se conosci la parola d'ordine.»

«C'è una parola d'ordine?» aveva chiesto lei, sgranando gli occhi.

La bimba adorava i segreti, è vero, però non era brava a mantenerli. E suo padre lo sapeva.

«Ascoltami bene, Daniela: l'esistenza di questa cassaforte e del suo contenuto non si può dire a nessuno, a nessuno», aveva ripetuto guardandola fisso negli occhi. «Promettimelo.»

Daniela incrociò gli indici e li baciò su entrambi i lati, come faceva a scuola quando un'amichetta le diceva qualcosa all'orecchio dopo averle fatto promettere di non dirlo a nessuno. Compiuto il rituale, non dovette far altro che aspettare la spiegazione.

«Se un giorno dovesse capitare qualcosa a me o alla mamma, devi tenere a mente che qui dentro è conservata una copia del testamento.»

«Cos'è un testamento?»

«Un foglio in cui si lasciano scritte le volontà delle persone in modo che, quando non ci saranno più, gli altri le esaudiscano.»

A Daniela era parsa una colossale sciocchezza. Non le era mai venuto in mente che i suoi potessero non esserci più.

«E dove andate?»

«Da nessuna parte, tesoro. È solo per farti sapere cosa teniamo qui dentro. E adesso ti basti sapere che la parola d'ordine è una nota equazione.»

«Un'equ... cosa? Che roba è?»

«Per ora basta così. I segreti vanno svelati poco alla volta.»

Come se uscisse da un lungo sonno, Daniela guardò Richard negli occhi.

«Abbiamo un appartamento a Brighton. Forse mio padre ha lasciato lì qualcosa che ci spiegherà meglio tutta questa situazione.»

«Sì, di sicuro», affermò Richard in tono risoluto.

«Ma prima devo passare da casa a prendere le chiavi.»

«D'accordo, tanto da qui dobbiamo andar via al più presto.»

Fecero entrambi per muoversi, quando sentirono aprirsi la porta del laboratorio.

«Signor Turner!» esclamò Daniela vedendo il preside con una pistola in mano.

«Si allontani da lei e alzi le mani molto lentamente», ordinò l'uomo a Richard con poca convinzione.

Nella destra teneva una piccola nove millimetri dal manico di madreperla. Sembrava più un oggetto decorativo che un pericoloso strumento in grado di sputare un proiettile con la sufficiente aggressività da ferire una persona. Anche se aveva assicurato all'agente di Scotland Yard che non avrebbe fatto nulla fino al loro arrivo, il preside Turner si era messo in testa di difendere la vita di Daniela affrontando quel giovinastro sfrontato che si era intrufolato senza scrupoli nel suo territorio. Nel corso della vita, aveva visto abbastanza film western per accumulare tonnellate di rancore contro chi aveva il coraggio di infrangere la legge e mettere le fanciulle in difficoltà. Aveva sempre pensato che tutta quell'avversione fosse inutile, ma quella era un'opportunità unica per farla fruttare una buona volta. Eppure, adesso si rendeva conto che una cosa era simulare la calma serafica di Clint Eastwood di fronte allo specchio e ben altra impersonarla davanti a un vero fuorilegge. Cercò di farsi coraggio notando che il suo avversario era disarmato e ripetendosi che alle fiere giocava sempre al tirassegno.

Non era lontano, poteva centrarlo facilmente. Sì... bastava puntare per bene e l'avrebbe centrato... di sicuro.

L'unica cosa strana era che il giovane sembrava più stupito che spaventato e, come se non bastasse, non stava eseguendo i suoi ordini e non aveva alcuna intenzione di alzare le mani, anche se lui era stato molto chiaro al riguardo.

Non capì come, ma in un momento in cui perse di vista la scena, forse in un battito di ciglia, il suo obiettivo cambiò posizione. Il suo avversario adesso si era nascosto dietro alle spalle di Daniela.

«Lasci andare la ragazza e si butti a terra!» ordinò il preside con la voce più decisa che seppe tirar fuori dalla sua gola secca. «Scotland Yard sta arrivando. Non ha più scampo!»

29.

Il preside Turner si indignò a morte vedendo quel giovane farsi scudo con il corpo di Daniela. Santo cielo! Siamo uomini! In questi casi bisogna dimostrare almeno un po' di coraggio! Quel tizio non era solo il sospettato numero uno per l'omicidio dell'illustre professore e mecenate della sua scuola, Leonard Green, ma aveva anche violato con arroganza tutte le norme base di sicurezza del suo *sancta sanctorum*. Non avrebbe chiesto di meglio che premere il grilletto di quella piccola semiautomatica che conservava nascosta in un cassetto dello scrittoio. Sapeva bene che i genitori delle allieve sarebbero inorriditi se avessero saputo che teneva un'arma nel suo ufficio, ma era arcistufo di vedere in televisione le immagini delle stragi compiute nelle scuole, e aveva giurato a sé stesso che alla More House non sarebbe mai capitato niente di simile, almeno finché lui fosse stato preside.

Erano anni che si preparava per un'eventualità del genere, ma la possibilità di far fuori quell'uomo grazie al semplice intervento della sua elegante pistola gli parve una mossa troppo sbrigativa e quasi effeminata, per riuscire a saziare la sete di vendetta che gli ribolliva dentro. Per sfogarsi sul serio, avrebbe dovuto almeno prenderlo a pugni, come faceva da giovane, quando era nella squadra di boxe di Oxford. A quei tempi poteva vendicarsi delle offese indossando pantaloncini e guantoni. Un colpo dopo l'altro, un gancio dopo l'altro, un destro dopo l'altro, avrebbe dato a quell'infame quello che si meritava. Era così che sistemavano le questioni gli uomini d'onore. Ma, pensandoci bene, valutò che il suo avversario doveva essere almeno vent'anni più giovane, venti centimetri più alto ed evidentemente molto più muscoloso di lui. Per non parlare del fatto che si trattava di un assassino, come gli aveva ripetuto più volte l'agente di Scotland Yard.

Il preside Turner si mantenne a una distanza di prudenza, come l'apprendista cuoco che ha paura di bruciarsi se si avvicina troppo alla padella in cui sta scaldando l'olio per friggere il suo primo uovo. Scuoteva la pistola con incerti gesti intimidatori, che in realtà somigliavano più a un tic dovuto all'agitazione.

«Si butti a terra, non ha più scampo!» ripeté.

Richard però non muoveva neanche un muscolo, e lo osservava con il serafico interesse dell'entomologo che si avvicina con la sua lente d'ingrandimento a contare le zampette dello scarafaggio che ha appena infilzato con uno spillo. Quell'atteggiamento sconcertava il preside. Non avrebbe mai desiderato trovarsi in una situazione simile. Cosa doveva fare, se quell'uomo continuava a disubbidirgli? Spararagli a bruciapelo? In quello stesso istante capì che non aveva considerato ogni singola possibilità e che il suo piano faceva acqua da tutte le parti. Se gli avesse sparato uccidendolo, sarebbe solo riuscito a complicarsi la vita, senza contare che avrebbe salvato quel delinquente dal giusto castigo che meritava. E come se non bastasse, correva persino il rischio di sbagliare mira e colpire Daniela. In poche parole, aveva appena capito di essere con le spalle al muro. E il peggio era che di sicuro l'aveva capito anche il suo avversario.

L'unica cosa che gli venne in mente, tenuto conto della circostanza, fu di ricorrere al suo cellulare per chiedere aiuto. Senza abbassare la pistola, si frugò con la sinistra nella tasca destra della giacca. Quando lo prese, si rese conto che il suo divieto di accendere gli apparecchi elettronici durante le ore di lezione gli si stava ritorcendo contro. Schioccò la lingua con aria infastidita.

«Non si muova o sparo!» gli intimò per farsi coraggio.

Premette il pulsante di accensione. Adesso bisognava aspettare che si illuminasse lo schermo e comparisse quella stupida tastiera digitale che non gli piaceva per niente perché finiva sempre per sfiorare il tasto sbagliato e doveva ricominciare da capo. Avrebbe preferito un telefono normale, con i tasti veri, come quello che aveva prima, ma ormai erano diventati obsoleti. Le nuove tecnologie erano più una complicazione che un aiuto.

«Tranquilla, Daniela, sta per arrivare Scotland Yard.»

Ancora qualche secondo e avrebbe potuto digitare la password. Con la coda dell'occhio si accorse che la ragazza gli si avvicinava, come se quell'uomo l'avesse lasciata libera di muoversi. Sollevò gli occhi dallo schermo e se la ritrovò accanto.

«Ci lasci andare, signor Turner», gli diceva. «È tutto un malinteso. Richard Chanfray non ha fatto niente di male.»

«Ti ha minacciato?» gli chiese in tono concitato, guardando ora lo schermo ora Richard. «Tranquilla, adesso lo arrestano, così non avrai più nulla da temere.»

Daniela gli era quasi accanto.

«La prego... ci lasci andare, la supplico.»

1-9-5-7, il PIN, il suo anno di nascita.

1... 9... 2...

No, accidenti! Doveva ricominciare da capo.

1... 9... 5... 7...

Bene, ce l'aveva fatta, adesso poteva avvisare gli agenti che il loro sospettato numero uno era sotto controllo nel laboratorio della scuola.

«Arrivano subito, non ti preoccupare», ripeté.

Quando tornò a sollevare lo sguardo, Richard era totalmente coperto dal corpo di Daniela. Il preside Turner si stava innervosendo, non gli piaceva perdere di vista il suo obiettivo.

«Sta squillando», annunciò.

Si avvicinò il telefono all'orecchio, ma non ebbe il tempo di sentir rispondere. Daniela gli fu addosso in un istante e gli strappò l'apparecchio di mano, chiuse la chiamata e lo lanciò lontano.

«Mi dispiace, mi scusi tanto, le assicuro che lo faccio per il suo bene», lo rassicurò con occhi sinceri.

Lo guardava con un misto di vergogna e pentimento. Fu allora che il preside si accorse che teneva una bottiglietta nella mano destra, e a quel punto non seppe più davvero cosa pensare. Daniela approfittò di quell'attimo di confusione per lanciargli il contenuto della bottiglietta in faccia.

Un grido quasi femmineo uscì dalla gola del preside, e una parte del liquido gli finì in bocca. Daniela lo vide fare qualche passo indietro. Si strofinava gli occhi con i pugni, traballava e tossiva.

La ragazza lasciò l'etere su un tavolo, ancora sorpresa di averlo usato contro il povero preside, la cui andatura ondeggiante da scimmia ubriaca aveva quasi il potere di ipnotizzarla. Un paio di passi avanti, un paio indietro, e il preside si ritrovò in ginocchio, mentre la pistola gli era caduta dalle mani. Dalla gola emanava rantoli a tratti profondi e a tratti acuti, mentre sollevava le mani al cielo in posa teatrale, come a rappresentare l'ultimo atto del *Werther*. Alla fine crollò a terra, in posizione fetale.

Daniela non riusciva a togliergli gli occhi di dosso, in preda alla commozione. Avrebbe potuto rimanere lì incantata chissà quanto a lungo, se Richard non l'avesse presa per mano dopo aver raccolto la pistola.

«Dobbiamo andarcene», le disse, tirandola verso la porta del laboratorio.

«Dove andiamo?»

Ma lui non rispose. Avanzavano a grandi falcate lungo il corridoio. Lui camminava un passo avanti, tenendola stretta con forza, con il cuore che gli martellava nel petto. Era da tanto che non lo sentiva battere, e in certe epoche della sua vita era arrivato addirittura a pensare che si fosse paralizzato. Invece era ancora vivo, e quella ne era la prova. Si rese conto che stringeva ancora in mano la pistola, e lui detestava qualsiasi genere di arma. Non riusciva ancora a credere che Daniela avesse colpito il preside della sua scuola solo per proteggerlo. Chissà se si rendeva conto di quello che aveva appena fatto? Rischiava persino una denuncia per un gesto simile: anestetizzare una persona era un crimine, in fin dei conti.

«Hai corso un gran rischio per me», le disse senza rallentare il passo.

«Non l'ho fatto per te», precisò lei, «l'ho fatto per me. Se ti arrestano, non riuscirò mai a esaudire le ultime volontà di mio padre. Adesso mi resta solo da sperare che lui mi abbia messo sulla buona strada e tu sia davvero una brava persona.»

30.

I corridoi della scuola erano deserti. Di sicuro il preside aveva dato ordine di evacuare l'edificio quando Scotland Yard l'aveva avvertito che un presunto omicida si aggirava per l'istituto. Richard e Daniela correvano più forte che potevano e in lontananza cominciò a sentirsi l'ululato di una sirena.

«Hai detto agli agenti che venivi a scuola?»

Daniela riusciva a respirare a stento.

«No», rispose ansimante.

Magari erano i pompieri, oppure un'ambulanza, comunque sembravano sempre più vicini. Aguzzò l'udito per captare il suono con più chiarezza, ricordando l'effetto Doppler, quel fenomeno fisico per cui, quando una sirena si allontana, il suo suono diventa sempre più grave. Un po' come succedeva con le cassette quando si scaricavano le pile del walkman. Come se il suono fosse una molla capace di muoversi avanti e indietro, comprimendosi ed espandendosi nelle molecole d'aria oppure d'acqua, o del mezzo attraverso cui si propagava. Ecco perché non si sentivano i suoni nel vuoto: non c'era un mezzo attraverso cui le onde sonore potessero viaggiare. Il suono non esisterebbe, se non arrivasse a colpire i timpani degli esseri umani, gli unici in grado di interpretare queste onde sotto forma di musica, parole, rumore, sirene di ambulanza, di pompieri o polizia. Da qui, l'eterna domanda se un albero che cade nel bosco faccia rumore anche se non c'è nessuno ad ascoltarlo.

Visto che il suono era sempre più acuto, Richard ne dedusse che il veicolo su cui era posizionata l'assordante sirena si stava avvicinando. Poi, all'improvviso, si spense. Lui si affacciò a una finestra del corridoio al primo piano e vide smontare dall'auto della polizia l'ispettore e i suoi due detective, Davis e Lewin. Tutti e tre si tastavano le tasche della giacca, per accertarsi che le pistole fossero al loro posto.

Poco dopo, Abberline si dirigeva verso la Bugatti e cercava di guardare all'interno. In quel momento Richard capì che dovevano averlo localizzato grazie al GPS dell'auto. Quel sistema gli era sempre parso un'intromissione nella sua privacy, ma il venditore l'aveva convinto che poteva trarne solo vantaggi. «Se gliela rubano, siamo in grado di trovare il ladro in meno di sessanta secondi!» gli aveva garantito.

«Non hanno prove», disse di punto in bianco, «ecco perché prima non hanno potuto arrestarmi. Ma adesso un'infrazione l'ho commessa sul serio: sono entrato nella scuola, e questo gli potrebbe bastare per trattenermi almeno quarantotto ore. Se vogliamo uscire di qui, non potremo farlo dalla porta principale.»

Ma Daniela non sembrava dargli retta. Si sporgeva nella tromba delle scale, da dove aveva una chiara visuale del pianterreno e dell'ingresso. La porta si spalancò e tutti e due si accovacciarono d'istinto dietro il grande ficus del corridoio. La pianta era abbastanza grande da nasconderli entrambi, ma da un momento all'altro i poliziotti avrebbero perquisito l'intera scuola, aula per aula, corridoio per corridoio.

«C'è un'altra uscita?» sussurrò Richard.

Riemergendo dagli abissi dei suoi pensieri, Daniela lo guardò come se lui fosse comparso di punto in bianco al suo fianco. Aveva le mani gelate. I passi dei due agenti cominciavano a rimbombare per le scale e prima o poi li avrebbero trovati.

«Seguimi!» gli ordinò all'improvviso Daniela, afferrandolo per la manica della giacca.

Richard ubbidì docilmente. A quel punto, considerando la disinvoltura con cui la ragazza se l'era cavata nel laboratorio, non si sognava neanche di mettere in dubbio le sue iniziative. A pochi metri da loro c'era una porta di servizio che dava accesso a una scala interna. Tre rampe dopo, arrivarono in cima. Di fronte a loro, solo una porticina metallica chiusa a chiave. Forse non era stata una buona idea salire lassù, pensò per un attimo Richard. Erano in un vicolo cieco, intrappolati come topi.

Daniela infilò la mano in tasca e prese un mazzo di chiavi con la scritta SCUOLA.

«È una di queste», spiegò. «Il professor Belter me l'ha data per portare in terrazza il telescopio, però non l'ho mai usata.»

Richard gliele prese di mano. Provarle una dopo l'altra poteva far perdere diversi minuti, un tempo che forse non avevano, perciò decise di seguire un criterio di scelta basato sull'aspetto, la dimensione e la marca.

Sentirono un rumore di passi nella tromba delle scale. Un brivido percorse la schiena di Richard. A una prima occhiata, solo tre chiavi sembravano possibili. Provò con la prima, ma non apriva.

«Figurati se è la prima...» protestò a mezza bocca.

«Su, sbrigati!» lo incalzò lei.

«Sì, sì...»

Gli tremavano le mani, ma provò la seconda.

«Neanche questa», grugnì. «Maledetta legge di Murphy! Se qualcosa può andar male, lo farà...»

«Forza...»

Richard afferrò la terza, pregando perché fosse quella buona. I passi di Davis e Lewin risuonavano sempre più vicini. Di sicuro anche loro sentivano il tintinnio metallico della chiavi.

«Trovata!»

Spinse la porta e una ventata d'aria fredda li colpì in faccia. Fuori pioveva forte e il buio era quasi assoluto. Richard richiuse a chiave dall'esterno e si guardò attorno, leggermente più tranquillo. La terrazza della scuola. Da lassù si riconoscevano la sagoma del Big Ben che vegliava sul parlamento, le luci del London Eye a più di centotrenta metri di altezza, come una gigantesca collana di perle, il Tamigi nel mezzo, la cupola bianca di Saint Paul, una specie di meringa illuminata alla base, i tetti delle case con i comignoli fumanti... Daniela corse in direzione nord.

«La mia casa è lì!» esclamò indicando con il dito. «Potremmo arrivarci camminando sui tetti.»

Richard guardò nella direzione indicata dalla ragazza. Per fare una cosa del genere, bisognava innanzitutto raggiungere il tetto dell'edificio più vicino, una costruzione più bassa della scuola, lontana almeno tre metri. Il suo stato fisico era buono, si allenava ogni mattina correndo nei dintorni di casa. Gli piaceva sentirsi l'aria fresca in faccia e praticare sport era rimasta una delle poche cose che lo facevano sentire ancora vivo. Di sicuro non avrebbe fatto fatica a fare un salto del genere, ma lei?

Una serie di colpi alla porta di metallo lo fece tornare alla realtà: Lewin e Davis li avevano raggiunti. Non era necessario essere gli investigatori più furbi di Scotland Yard per capire che i fuggitivi erano in trappola.

Richard rifletté sulle possibili conseguenze del loro arresto. Lui sarebbe stato spedito in prigione con l'accusa di omicidio e sequestro di persona. In questo modo l'avrebbero allontanato da Daniela e dalla possibilità di mantenere la promessa che aveva fatto al padre, l'unica speranza che lo aiutava ad andare avanti. Ma in realtà poteva anche rassegnarsi a far passare il tempo. Magari l'avrebbero condannato a vent'anni. Cosa gli importava avere vent'anni in più? Vent'anni non era niente. Prima o poi sarebbe uscito di prigione e avrebbe mantenuto la promessa.

Altro tempo, altro tempo... In quel momento, aspettare altro tempo gli parve una prospettiva insopportabile.

«Richard!» gli gridò Daniela, scrollandolo per un braccio. «Dobbiamo saltare!»

Sentì dei colpi di pistola contro la porta: gli agenti stavano sparando alla serratura. L'avrebbero fatta a pezzi da un momento all'altro e sarebbero usciti anche loro in terrazza.

Si fissarono negli occhi per un paio di secondi, e il tempo divenne così relativo che sembrarono mille anni. Camminarono all'indietro per prendere la rincorsa. Non ci fu bisogno di mettersi d'accordo. Nessuno dei due voleva farsi prendere. Si guardarono di nuovo, annuirono e si misero a correre. Se si davano abbastanza slancio, avrebbero superato il vuoto che separava i due palazzi. Altrimenti si sarebbero schiantati al suolo.

Al momento di saltare, l'abisso parve aprirsi sotto i loro piedi. Richard sentì il grido di Daniela. E dopo, l'impatto fortissimo. E un dolore sordo.

31.

Nicolas Flamel guardò fuori dalla finestra aspettando che iniziasse la riunione. Pensava a quanto fosse complicato vivere in incognito quando quegli idioti dei romanzieri sembravano fissati con la sua storia, decisi a trasformarlo nel protagonista perfetto dei loro libri. Era stupido pensare che potesse diventare amico intimo del preside di una scuola di magia, o esporsi tanto da accettare il posto di gran maestro del Priorato di Sion, dopo tutti quegli anni che aveva vissuto nascosto.

Così era impossibile passare inosservato.

Riusciva a ricordare ancora i tempi in cui era copista e libraio a Parigi. Poche professioni gli davano più soddisfazioni del trafficante di parole. Nella sua bottega in rue de Montmorency trascriveva le ultime volontà dei moribondi, metteva su carta le notti insonni di chi aveva animo di poeta, leggeva e rispondeva alle lettere che si scambiavano parenti lontani, trascriveva le parole che gli innamorati volevano comunicare alle loro amate, ciò che racchiudevano nel cuore e che a volte era così sconnesso che Nicolas doveva impegnarsi a fondo per rimetterlo in ordine. Ogni tanto faceva capolino lo spirito da romanziere che tutti noi possediamo, e aggiungeva più pathos ai necrologi, più severità alle questioni burocratiche, più passione alle storie d'amore, convinto che in quel campo fosse indispensabile esagerare sempre un po'.

Piano piano, la natura dei suoi affari si era trasformata. Se la merce che vendeva era già stramba in partenza, lo era diventata ancora di più quando si era sparsa la voce che nel retro della libreria Flamel e la moglie Perenelle mescolavano occhi di tritone con bave di rondine, e in questo modo curavano raffreddori comuni e orzaioli. E come se non bastasse,

Nicolas sapeva anche interpretare i sogni per una manciata di monete. Alla porta della sua bottega si formavano code interminabili di persone ansiose di curarsi l'erisipela o di decifrare gli astrusi messaggi dettati dal fato durante il sonno.

Ecco perché Nicolas non aveva fatto una gran fatica a interpretare il suo sogno la notte in cui quell'essere meraviglioso si era seduto sul bordo del suo letto. Come se niente fosse, gli aveva accarezzato dolcemente i capelli per attirare la sua attenzione, cosa che gli era riuscita alla perfezione. Un libro enorme, con la copertina in corteccia d'albero, giaceva spalancato sulle sue ginocchia, come un gabbiano sfinito dal volo.

«Guarda bene questo libro, Nicolas», gli aveva detto con la sua voce argentina e musicale. «Osserva ognuno dei suoi dettagli per poterlo riconoscere e farlo tuo appena ti ci imbatterai. Quando cadrà in tuo potere, lo leggerai. All'inizio non capirai una parola, ma un giorno... un giorno ti rivelerà ciò che mai è stato rivelato ad altro essere vivente.»

«Chi siete?» gli aveva chiesto intimorito.

Ma l'angelo, l'apparizione, lo spirito, il fantasma, o qualunque cosa fosse quell'entità, si era dileguato senza dare altre spiegazioni, avvolto in un fumo biancastro che sapeva di cannella ed emanava scintille dorate.

Flamel si era svegliato intontito, convinto che la risposta al senso della vita fosse racchiusa tra le righe di quel libro. Da quel momento in poi aveva visitato tutti i negozi di Parigi e dintorni, smosso mari e monti, finché finalmente un giorno che si trovava da solo in negozio un signore dall'aspetto malandato gli aveva offerto un libro. Lui aveva capito all'istante che si trattava dello stesso volume che gli aveva mostrato l'angelo in sogno, perché era l'unico che avesse mai visto con la copertina in corteccia d'albero, perciò lo aveva acquistato senza neanche preoccuparsi del prezzo.

E da quel giorno la sua vita era cambiata. L'aveva collocato su un leggio, al centro della sala principale, e aveva preso l'abitudine di accarezzare la sua copertina ruvida, tanto che ogni volta si sentiva invaso di energia e coraggio, come se il potere emanato da quel grimorio potesse trasmettersi per semplice contatto.

Nicolas aveva trascorso le settimane successive cercando di sviscerare i misteri di quel libro, studiando ognuna delle sue pagine e illustrazioni. Tuttavia, esattamente come gli aveva assicurato l'angelo, non ci aveva capito nulla, anche perché era scritto in ebraico e l'unica cosa che sapeva dire in quella lingua era «Jehovah», una parola che non compariva neppure nel testo. Di questo passo, non avrebbe mai raggiunto l'illuminazione promessa. Perciò aveva deciso di intraprendere il viaggio che l'aveva portato a percorrere il cammino di Santiago, facendo tappa in diverse sinagoghe finché non aveva incontrato il medico ebreo detto maestro Canches. Il sapiente, dopo aver letto e riletto le pagine del libro, gli aveva confermato che si trattava dell'opera del venerabile rabbino Abraham, che aveva dedicato metà della sua vita a studiare i misteri della cabbala. A quanto era riuscito a scoprire, il libro scompariva e riappariva nel corso della storia, quasi per magia nera, in posti diversi e con diverse persone, tanto che non era possibile pensare di cercarlo, ma era sempre lui a scegliere l'umano giusto per materializzarsi. Nicolas adesso era l'eletto, e alla fine era riuscito a tradurlo e a tornare a casa.

Pochi giorni dopo, dalle finestre di Nicolas e Perenelle avevano preso a filtrare bagliori straordinari che illuminavano rue de Montmorency con i colori dell'arcobaleno. Ben presto si era sparsa la voce che i Flamel erano capaci di trasformare, attraverso astrusi processi di combustione, una libbra di rame in una libbra d'oro. In pochi mesi la coppia era diventata così ricca che, per mettere a tacere la cattiva coscienza, aveva cominciato a costruire orfanotrofi per bambini abbandonati, case di riposo per anziani, ospedali per i poveri e chiese in cui ottenevano il perdono i peccatori più incalliti, compresi loro stessi. Il re di Francia in persona, con il mantello d'ermellino e il suo seguito di lacchè, si ea presentato alla libreria e aveva consegnato a Nicolas, ormai mago a tutti gli effetti, mille chili di piombo perché glieli tramutasse in oro diciotto carati. Quando la notizia delle loro stupefacenti imprese aveva raggiunto ogni angolo del regno, le code di postulanti non solo erano aumentate, ma si erano moltiplicate per cento, al punto che i due non potevano più fare un passo fuori casa senza essere assaliti da bisognosi in cerca di aiuto. Ed era stato allora che i due avevano deciso che era giunto il momento di morire.

Con la stessa metodica precisione con cui avevano gestito la propria vita, Nicolas e Perenelle Flamel avevano cominciato a pianificare anche le loro esequie. Avevano acquistato due bare in legno di cedro e delle lapidi in pietra con arcangeli in bassorilievo e avevano predisposto un funerale nel cimitero di Saint-Jacques-de-la-Boucherie. Dopodiché se n'erano andati in pace, quasi in odore di santità. Sarebbe filato tutto liscio, se i loro seguaci non avessero sparso la voce che le conoscenze acquisite da Flamel grazie al suo libro straordinario non si limitavano alla trasformazione dei metalli vili, ma si estendevano alla fabbricazione della pietra filosofale, portatrice di vita eterna. E fu così che un'orda di persone senza scrupoli si era radunata per saccheggiare la sua casa e i suoi libri. In compenso, poco tempo dopo, le tombe di Nicolas e Perenelle erano state trovate aperte e vuote.

I due erano stati costretti a cambiare periodicamente nome e aspetto, legati da allora in poi a un destino di fuggitivi che li aveva portati dall'India a Sebastopoli, passando per Costantinopoli per approdare in Egitto. Non sempre riuscivano a passare inosservati, a dire la verità. Stupiti del loro stesso dono, o magari per misurare il limite a cui potevano spingersi, avevano deciso a volte di giocare a essere Dio, concedendo il dono dell'immortalità a dei poveri derelitti, come nel caso di Liz. Altrimenti erano stati altri a mettersi in contatto con loro dopo aver acquisito le conoscenze necessarie per raggiungere l'illuminazione grazie al libro con cui Nicolas aveva plasmato le sue conoscenze. E fu così che si era unito a loro Alessandro, e con lui il preferito di Nicolas, il conte di Saint-Germain. O forse doveva chiamarlo Richard.

Sì... Richard, il nome che adottava negli ultimi tempi.

Senza prendersi il disturbo di discutere, Flamel si era rassegnato ad assumere il ruolo di guardiano di quel bizzarro clan. Liz era troppo esplosiva per vivere senza il controllo di due genitori, anche se non erano i suoi genitori veri. Dal canto suo, Alessandro era un epicureo: il piacere, la felicità, la vita piena erano la sua unica preoccupazione. Il gruppo era l'ultimo dei suoi pensieri. Nicolas non era mai riuscito a convincerlo del tutto che dovevano proteggersi a vicenda, se volevano restare a galla. Talvolta Flamel si chiedeva se non fosse un'arma a doppio taglio: lui li faceva sentire partecipi di qualcosa di più grande, è vero, ma li costringeva anche a compiere azioni orribili che avrebbero per sempre precluso loro non solo il perdono di Dio, ma anche di sé stessi.

E poi c'era Richard... sempre così triste...

Nicolas era convinto che la felicità non fosse un obiettivo, ma uno stato d'animo, ed era ormai da tempo che Richard era in preda al pessimismo e alla desolazione. Richard, la sua pecorella smarrita, il figliol prodigo che non doveva abbandonare l'ovile, e invece l'aveva fatto. E in che modo, poi.

Ripensò a quei momenti. Al ricordo di quella notte, Nicolas serrava la mascella e si irrigidiva ancora. Cadevano le prime foglie d'autunno del 1888 e loro passeggiavano per i vicoli di Whitechapel. La luna era una lanterna triste e fioca appesa a un cielo scuro e lucido come una lavagna bagnata. Londra sembrava una città liquida, annegata, imbrattata dal grigiore che avvolge i sogni confusi.

«Questi mesi in tua compagnia hanno significato molto per me», gli aveva detto Nicolas di getto. «Siamo molto simili: ci uniscono i successi, l'intelligenza, il modo di concepire il mondo... Forse anche il modo di concepire l'amicizia. A dirti la verità, ho la sensazione che tra di noi sia nato qualcosa di più che una semplice amicizia, si può dire che abbiamo formato una famiglia.»

«Anch'io mi sento molto unito a voi», aveva risposto Richard. «Per la prima volta in vita mia tutto ha un senso, sono approdato al mio porto, mi sento a casa. Ho trovato finalmente le persone con cui voglio condividere questa vita, che evidentemente è un dono impenetrabile.»

«Tuttavia», l'aveva interrotto Nicolas, «è facile essere amici di qualcuno quando va tutto bene. La vera amicizia, come il vero amore, si dimostra e si rafforza nei momenti difficili, non credi?»

Richard aveva annuito senza capire dove volesse arrivare. Nicolas aveva proseguito: «Un vero amico continua a volerti bene anche quando scopre chi sei davvero».

Richard era rimasto in silenzio. Di sicuro Alessandro lo conosceva bene, erano amici da anni e avevano condiviso un'infinità di esperienze. Quanto a Nicolas, era da poco che si frequentavano di persona, ma in spirito si conoscevano da tanto. Poteva sembrare strano, ma sin da ragazzino Richard aveva sentito un'attrazione speciale per il suo *Libro delle figure geroglifiche.* Quando Alessandro gliel'aveva presentato, gli era parso di conoscerlo da sempre. Non si erano mai sentiti due estranei.

Lo slanciato campanile bianco di Christ Church era comparso all'improvviso, lacerando l'oscurità come la chiglia di una nave fantasma. Richard era stato percorso da un brivido.

«Whitechapel non è il luogo ideale per fare una passeggiata a quest'ora», aveva fatto notare.

«Non c'è da avere paura: aggredisce solo le donne», aveva risposto Alessandro.

«Non mi preoccupa che ci possa aggredire, tanto noi non abbiamo nulla da perdere», aveva spiegato Richard. «Semplicemente, non mi sembra il luogo più gradevole dove passeggiare. E in più, con un assassino a piede libero.»

«Ci sono verità che si comprendono solo se ci si immerge nelle tenebre dell'animo umano», aveva aggiunto in tono enigmatico Nicolas, abbozzando un'espressione desolata.

Li aveva raggiunti una zaffata putrida e dolciastra delle frattaglie di dubbia provenienza che i macellai gettavano sulle rive del Tamigi. Il grasso d'agnello, gli occhi di bue e il sangue coagulato si mescolavano con il pane raffermo, le verdure fermentate, l'urina rancida... con i topi che ci saltavano dentro emettendo versi di soddisfazione. Il fetore denso invadeva ogni angolo dei loro corpi, e questo aveva ricordato loro che era stato appena arrestato un salumiere della zona. Sospettavano che, sotto il suo aspetto da squilibrato mentale, si nascondesse il famoso assassino di Whitechapel. Si chiamava Joseph Isenschmid, e ovunque andasse si portava dietro due coltellacci lunghi come attizzatoi.

«Qualunque cosa accada oggi, deve rimanere nel più profondo del tuo cuore. Fa parte del rispetto, della lealtà... dell'amicizia», aveva ripetuto Nicolas un attimo prima di aprire la porta del Ten Bells. La sua insistenza cominciava a diventare imbarazzante. «È un po' come il segreto della confessione», aveva concluso.

Avevano ordinato tre pinte di birra al bancone, avvolti nell'irrespirabile fumo del tabacco.

«Perché siamo qui?» aveva chiesto Richard.

«Quello che sta per succedere stanotte somiglia un po' al rituale che mi avete imposto per entrare nella loggia», aveva commentato Alessandro ridendo.

Richard appariva agitato, vagamente a disagio. Nella loggia, per accertarsi della purezza d'animo degli aspiranti membri, si sottoponeva il candidato a un processo di iniziazione. Prima gli si faceva pronunciare un giuramento di lealtà e obbedienza assolute, poi il novizio doveva portare a termine una serie di prove per dimostrare la sua fedeltà al gruppo.

«Il benessere della comunità viene prima del benessere del singolo. Giuri obbedienza, fedeltà, lealtà?» gli aveva chiesto allora in tono solenne Nicolas.

Richard era rimasto immobile, in silenzio. Provava la netta sensazione di doversene andare al più presto, ma non l'aveva fatto. Perché? Un misto di gratitudine, spirito di gruppo e affetto gli paralizzava i muscoli del corpo. Si sentiva incapace di deludere Nicolas rifiutandosi di rispondere al giuramento, anche se in realtà non aveva nessuna voglia di pronunciare quelle parole, perché non sapeva che valore avessero e in cosa l'avrebbero coinvolto.

«Lo giuro», aveva detto senza troppa convinzione.

Aveva sentito la sua voce dall'esterno, come se fosse stato un altro a parlare, sperando e desiderando che il rito d'iniziazione fosse un tuffo di testa nel Tamigi.

«Allora è arrivato il momento di andare», aveva sentenziato Nicolas, dopo essersi scolato la birra.

Uscire dal Ten Bells era stato un sollievo per Richard.

L'aria fresca diluiva la puzza di tabacco e gli entrava direttamente nei polmoni, ravvivandogli il cervello. Era mezzanotte passata e si aggiravano nella semioscurità dei lampioni a gas, sentendo solo il rumore dei propri passi sull'acciottolato umido. Arrivati all'altezza di Barner Street, avevano incrociato una donna snella, con un cappellino a fiori malandato.

«Rimani qui e aspettaci», gli aveva detto Alessandro. «Qualunque cosa accada... qualunque cosa tu veda... non fare niente.»

Richard aveva seguito le istruzioni alla lettera.

Quella notte, tutto era cambiato. Erano tornati a casa di buon passo. I due amici avevano cercato di parlare a Richard, ma le loro voci gli arrivavano come echi lontani privi di suono, perciò non li capiva, quasi articolassero suoni in un'altra lingua. Dal canto suo, Richard aveva evitato di fare commenti. Procedeva con lo sguardo fisso a terra, seguendo il movimento ritmico delle sue scarpe: sinistra, destra, sinistra... per non pensare, per non ascoltare, per non sentire.

Nicolas aveva capito alla perfezione quanto era stato facile per lui sprofondare nell'abisso, segnando così il proprio destino e quello degli altri. In quello stesso istante aveva cominciato a prendere corpo tutto, quella pazza idea che non lo voleva lasciare. Nicolas si sorprendeva di non aver capito subito che sarebbe stato lui il filo che avrebbe cominciato a disfare quella cucitura intessuta nel corso dei secoli.

Il giorno che Richard se ne era andato di casa, aveva giurato che non avrebbe rivelato a nessuno il loro segreto: lui era un uomo di parola. Ma non voleva ingannarli. Avrebbe fatto il possibile per aggiustare quel disastro, anche a costo della vita. Da quel momento in poi, avevano avuto sue notizie solo in rare occasioni. Alessandro li teneva aggiornati sui suoi movimenti, perché era l'unico con cui continuava ad avere rapporti, seppure molto più freddi di un tempo. Ma esattamente un anno prima Richard ci aveva tenuto a convocarli tutti semplicemente per informarli che aveva trovato la soluzione, e questo significava la fine.

La fine.

Nicolas tornò a guardare fuori dalla finestra e sospirò rassegnato. Forse avrebbero dovuto smettere di opporsi e accettare la sconfitta. Ma fu solo il pensiero di un istante. Ancora pochi minuti e sarebbe cominciata la riunione.

32.

Richard stentava a credere che fossero riusciti a saltare da un edificio all'altro senza danni apparenti. L'atterraggio era stato piuttosto brusco, questo sì, e aveva dovuto tastarsi gambe e braccia un paio di volte, cercando di recuperare la calma. Vide Daniela fare altrettanto, anche lei senza niente di rotto.

L'acquazzone violento aveva ceduto il passo a una pioggerellina sottile che penetrava nelle ossa, facendoli rabbrividire. Ma erano soddisfatti del risultato della loro decisione: non si poteva giocare a fare gli evasi senza sgualcirsi gli abiti. A poco a poco, il respiro si normalizzò e cominciarono a strisciare come gatti spaventati, saltando da un tetto all'altro finché non si ritrovarono a casa Green.

Come in quasi tutte le palazzine vittoriane dei dintorni, la parte superiore era composta da uno spazio fra il tetto e l'ultimo piano adibito a soffitta. Per fortuna, la finestra non era mai stata sostituita con una chiusura in alluminio e doppi vetri, come invece era accaduto nel resto dell'edificio, perciò il legno scricchiolante cedette subito quando lo spinsero dall'esterno, aprendosi come una bocca sorpresa.

Entrando, Richard ebbe la sensazione di fare un tuffo nel passato.

Il tetto, appena spiovente, dava alla stanza l'aspetto di una caverna stracolma di oggetti dimenticati. Un vecchio specchio a figura intera fu il primo a salutarli con la loro immagine riflessa, nascosta dietro la patina del tempo. La polvere smorzava le tinte e li rendeva quasi i protagonisti di una cartolina seppiata. A un attaccapanni mezzo rotto erano appesi due cappotti, un vecchio ombrello con il manico a forma di mano che stringeva un manico d'ombrello e un boa di struzzo rosso che la madre di Daniela aveva usato a una festa di carnevale per mascherarsi da ballerina. Daniela ricordò che quell'anno il padre si era vestito da Charlot e lei da Pocahontas. La parrucca con le trecce nere doveva essere da qualche parte lì attorno, insieme agli stivali scamosciati con le frange. Quegli stivali le piacevano così tanto che le settimane successive si era ostinata a portarli tutti i giorni per andare a scuola, prendendo a calci qualsiasi altra scarpa Jane la costringesse a mettere. Aveva indossato la gonnellina a quadretti abbinata agli stivali indiani, finché il preside Turner non aveva richiamato i genitori, facendo presente che era obbligatorio indossare l'uniforme non solo per una questione estetica, ma anche per educazione. I Green non dovevano assecondare la figlia in tutto, santo cielo!

Da piccola le piaceva nascondersi in soffitta, dentro i bauli mezzi aperti, che adesso sembravano vomitare a terra il loro contenuto di vestiti tarlati, scialli all'uncinetto e calzamaglie di lana. Provare scarpe col tacco più grandi di cinque numeri e mettersi cappelli con le piume e collane di perle di fronte allo specchio era stato uno dei suoi giochi preferiti da bambina. Ma con il passare degli anni aveva perso l'abitudine di salire in soffitta. Diventare grande era meno divertente che giocare a essere grande.

Richard si avvicinò molto lentamente alla porta per ascoltare i rumori di casa. I suoi passi scricchiolavano come se il pavimento di legno fosse sul punto di sgretolarsi sotto i suoi piedi. Niente. Silenzio assoluto. Azionò l'interruttore della luce, verso l'alto e verso il basso, parecchie volte, ma non sembrava funzionare.

«Forse manca la lampadina», sussurrò Daniela.

«Oppure si è fulminata per via dell'umidità.»

«Magari Jane è andata a letto a guardare la televisione.»

Appena gli occhi si abituarono alla penombra, Richard vide in un angolo una vecchia lanterna.

«Potremmo farci luce con quella», suggerì.

«Non ho idea di come funzioni», ribatté Daniela.

«Il funzionamento di una lampada a olio non è molto misterioso.»

Prese dalla tasca un accendino e lo avvicinò allo stoppino. Nel giro di pochi secondi furono avvolti in un alone dorato che lambiva i loro volti e disegnò le loro sagome sulla parete. Richard girò la maniglia della porta e scesero la scaletta ripida a passi lenti, quindi Daniela provò ad accendere un altro interruttore, ma inutilmente.

«Niente da fare, mi sa che è saltata la luce», disse. «Andiamo in camera mia senza fare rumore... Jane non ci deve sentire.»

Aprì la porta della sua stanza ed entrò con decisione. Fu allora che si accorse che Richard si era fermato sulla soglia.

«Entra pure», gli disse, un po' intimidita. «Prendo solo dei vestiti per cambiarmi. Poi possiamo guardare nell'armadio di mio padre per trovarti...»

«Non serve.»

Teneva la lampada a olio vicina al viso. La luce fioca gli ingrossava le labbra e offuscava lo sguardo. Daniela rimase colpita dal suo aspetto, così misurato e composto, con un portamento elegante che lo faceva somigliare a un personaggio appena uscito da un romanzo di Jane Austen. I capelli bagnati gli accarezzavano gli zigomi e le gocce di pioggia gli imperlavano il mento.

«Dovresti toglierti quegli abiti fradici», gli consigliò.

«Non ti preoccupare, davvero... non è necessario», insistette lui.

Daniela si girò, entrò in bagno e gli lanciò un asciugamano che lui afferrò con la mano libera.

«Almeno asciugati i capelli.»

Nel frattempo, lei si tolse la giacca e prese un golf dall'armadio. Senza alcun pudore, si sfilò gli abiti che aveva indosso e li buttò sul letto. Rimase in canottiera, con i seni in bella vista. Richard girò lo sguardo di scatto verso la finestra, cercando di concentrarsi sul rumore della pioggia contro i vetri. No, non riusciva proprio ad abituarsi a quel tipo di situazioni. C'era stato un tempo in cui la sagoma di una caviglia sotto una gonna poteva spingere gli uomini a commettere follie.

«Sei sempre così impettito?» gli chiese Daniela mentre infilava le maniche di un pesante golf di lana blu elettrico.

«Impettito?»

L'avevano chiamato in tanti modi nel corso della sua vita, ma non ricordava che tra questi vi fosse anche «impettito».

«Eccole, le ho trovate!» esclamò lei.

Daniela conservava le chiavi dell'appartamento di Brighton nel portagioie con il coperchio con la ballerina che teneva sul comò. Gliele mostrò tutta soddisfatta prima di infilarle in tasca, come un pescatore davanti all'obiettivo con un salmone appena catturato.

«Stupendo», sospirò Richard. «Adesso dobbiamo solo trovare il modo di arrivarci. Io sono rimasto senza macchina.»

Daniela esitò.

«Potremmo prendere l'auto di mia madre. È un Maggiolino del '74. Non viene usato da tanto, ma secondo me funziona ancora.»

«Perfetto, adesso ci servirà. Quel genere di auto di solito non ha un sistema di localizzazione GPS.»

«No... certo che no...» rispose Daniela mentre cercava le chiavi della macchina in un cassetto del comodino, senza avere ben chiaro di cosa si trattasse.

«È meglio se lasci a casa il cellulare. Potrebbero localizzarci.»

«Non so neanche dov'è, figurati.»

La cosa migliore sarebbe stata filarsela in quel preciso momento e andar via senza fare rumore, ma Daniela si sentiva in colpa. Doveva lasciare un biglietto a Jane per tranquillizzarla. Doveva dirle che andava tutto bene, che non doveva preoccuparsi di nulla, anche se gli agenti di Scotland Yard fossero venuti ad avvertirla che era in pericolo. Trovate le chiavi del Maggiolino e infilatele nella tasca della giacca, la ragazza prese un foglio e una matita e si mise a scrivere alla governante. La salutò con un «Fidati di me. Torno presto, D.». Piegò la lettera e si diresse verso la stanza di Jane. Pensava di farla scivolare sotto la porta, ma qualcosa più forte di lei la spinse ad aprirla.

Fu allora che la vide.

Per quello che le parve un tempo indefinito, ebbe la sensazione di stare sognando. Non era possibile che la vita le mettesse sotto gli occhi la stessa immagine che era rimasta incisa a fuoco sulle sue retine solo pochi mesi prima. Ma quando alla fine si rese conto che il destino aveva deciso di prendersi gioco di lei imponendole situazioni che non era in grado di gestire, ebbe paura di perdere i sensi. Il suo corpo però non si impietosì di lei e la costrinse a rimanere presente, di fronte a quell'orrore. Non c'erano dubbi sul fatto che il sangue spruzzato sulle pareti, le viscere sparse sulle lenzuola, il viso sfigurato rivolto verso di lei con il naso e il labbro superiore amputati fossero di Jane, eppure avrebbero potuto benissimo appartenere a sua madre, perché la scena era perfettamente identica.

Daniela capì di essere stata presa di mira dalla disgrazia. La maggior parte delle persone non era costretta ad affrontare la vista orribile del cadavere sfigurato di una persona cara. In più, il fatto che le fosse capitato per ben due volte, di cui una dopo aver saputo che anche il padre era morto in maniera violenta, non poteva che essere una crudeltà di un qualche dio che di sicuro si era dimenticato di lei. Quante probabilità c'erano che una cosa simile potesse succedere? Forse le stesse che un fulmine colpisse due volte una stessa persona. Per un attimo sperò ingenuamente di dare troppe cose per scontate. Forse quel corpo martoriato non era di Jane, ma di un'altra persona passata di lì proprio quando un assassino sanguinario era entrato a casa sua. Ma quel pensiero era troppo ridicolo anche per un attimo di follia. Un dolore d'oltretomba le afferrò il petto facendola quasi vomitare. Allora fu travolta da un rimorso terribile. Come faceva a provare nausea di fronte al corpo della donna che da sempre le stirava i vestiti, le preparava il pranzo e consolava i suoi pianti notturni? Era davvero così sleale da distogliere lo sguardo di fronte a Jane? Lei era anche le sue viscere, in fin dei conti. Si sentì una persona orribile. Orribile.

Richard stava ancora piegando l'asciugamano nella stanza di Daniela, quando sentì l'urlo straziante e corse in suo aiuto più in fretta che poté. Trovò la ragazza in corridoio, inginocchiata a terra, piegata in due, le mani sul volto. Affacciandosi dentro la stanza per vedere cos'avesse provocato una simile reazione, riconobbe all'istante la firma della persona che aveva eseguito quello scempio.

«Andiamo via», le ordinò. «Dobbiamo andarcene di qui!»

Afferrò Daniela sotto le ascelle, aiutandola a rimettersi in piedi.

«No, no...»

«Hai le chiavi della macchina?»

«Sì», balbettò.

Daniela si lasciò guidare lungo le scale come un'anima in pena.

Richard ebbe il timore che non sarebbe più riuscita a riprendersi.

33.

C'era una gran folla nei dintorni della More House School. Le due autopattuglie e l'ambulanza parcheggiate sul marciapiede avevano attirato l'attenzione delle allieve e dei genitori che erano andati a prenderle, dopo essere stati avvisati che le ragazze dovevano abbandonare l'edificio con urgenza. Tutti parlottavano fra loro facendo ipotesi sull'accaduto: un allarme bomba, un furto di materiale scolastico e addirittura un tentativo fallito di uccidere il preside Turner erano le possibilità più accreditate. Ma poco dopo si venne a sapere che Daniela Green, sì... sì..., la figlia del professor Leonard Green, poverina, che disgrazia... era stata sequestrata.

L'ispettore Abberline si grattava la testa e camminava da un capo all'altro del laboratorio come un leone in gabbia. Stringeva tra le mani il biglietto che avevano trovato su uno dei tavoli e che, secondo il preside, era il messaggio che il professore gli aveva lasciato in custodia perché lo consegnasse a Daniela nel caso gli fosse capitato qualcosa di brutto.

«Ispettore...» L'agente Lewin gli si avvicinò con aria di circostanza. «Nell'auto di Chanfray non ci sono indizi utili a trovarlo.»

«Avete perquisito bene?»

«Sissignore. Abbiamo trovato solo questo.» Lewin gli mostrò un cellulare. «È il telefono di Chanfray, l'ha lasciato all'interno della macchina.»

«Merda!» esclamò l'ispettore.

Adesso non poteva neanche più sperare di rintracciare il cellulare.

«Da che parte saranno usciti?» chiese cercando di ritrovare la calma.

«Sono saliti sul tetto, e poi sono scappati di lì.»
«Sui tetti? Vuoi dire che si sono messi a saltare come acrobati? E dove sono andati?»
L'agente si strinse nelle spalle, lo sguardo a terra.
«Non lo sappiamo, signore. Quando siamo riusciti ad aprire la porta della terrazza, loro due erano già spariti... e poi con questa pioggia... e con il buio... Insomma, non si vedeva a un palmo dal naso.»
L'ispettore Abberline schioccò la lingua infastidito.
«Va bene, va bene. Mettete degli uomini in borghese a rastrellare la zona... e mandate subito una pattuglia a casa di Chanfray. State alla larga dalla sua auto nel caso...» Fece un gesto di incredulità, «dovesse tornare a riprenderla.»
«Sissignore.»
«Un momento.» Lo fermò prima che se ne andasse. «Avete provato a richiamare a casa del professore?»
«Sì.»
«E?»
«Ancora niente linea.»
«Non è normale. Mandate un'altra pattuglia anche lì e avvisate la donna di servizio che Daniela è stata sequestrata. Santo cielo, che brutto anno per i Green!»
«Certo, signore.»
«Diramate la descrizione di Richard Chanfray e della ragazza a tutte le unità», proseguì l'ispettore, «e chiamate anche la stampa. Voglio rilasciare una dichiarazione.»
«Una dichiarazione alla stampa?»
Lewin sapeva benissimo che Abberline detestava i giornalisti. Li considerava uno dei mali peggiori della società. Iene rognose, sempre pronte a impedire che la realtà rubasse anche solo un briciolo dell'emozione che poteva suscitare una notizia fondata su mezze verità. Erano anni che ostacolavano i progressi della polizia con le loro intromissioni. Il miglior esempio di quello che riuscivano a fare pur di vendere i giornali era proprio il loro comportamento ai tempi dello Squartatore. Un giorno di quell'autunno macabro, alla Central News Agency di Londra era arrivata una lettera che iniziava con «Caro Direttore», saluto evidentemente diretto al suo tri-

snonno, in cui qualcuno sosteneva di essere l'assassino di Whitechapel e lanciava la sua sfida alla polizia, e dunque anche al suo avo. A quanto diceva, avrebbe tagliato l'orecchio alla vittima successiva per dimostrare di non essere un impostore. Anche se gli inquirenti avevano garantito che si trattava di una grossolana contraffazione realizzata da un giornalista troppo entusiasta, la lettera era uscita il giorno dopo su tutti i giornali londinesi. Raramente una notizia aveva fatto più scalpore: da quel momento in poi, più di seicento lettere scritte con diverse calligrafie e diversi liquidi che potevano essere inchiostro, sangue e qualcosa di simile alla chiara d'uovo, firmate quasi tutte con il nome da brivido di Jack lo Squartatore, erano arrivate a fiumi alla Central News Agency, al commissariato di polizia, alla sede centrale di Scotland Yard oppure ai giornali, o ancora all'ospedale di Londra. Erano state pubblicate con cadenza regolare durante tutto l'autunno del 1888, al punto che i lettori aspettavano la lettera quotidiana dell'assassino di Whitechapel con lo stesso interesse con cui seguivano le corse dei cavalli, o forse anche di più.

Eppure – a Abberline dava fastidio doverlo ammettere – ogni tanto la stampa si trasformava in un prezioso alleato. Giornali e polizia vivevano un rapporto di amore-odio che li autorizzava a usarsi a vicenda senza troppi rimorsi. A volte dare informazioni alla stampa facilitava la cattura di un ricercato, anche se in altri casi i giornalisti mettevano il naso dove non dovevano, complicando le cose.

«Vuole rendere pubblica la notizia?» chiese Lewin.

«Sì, Chanfray è sospettato della morte del professor Leonard Green e adesso ha sequestrato sua figlia... Chissà cos'altro ha in mente quell'uomo! Voglio che tutti vedano bene la sua foto. Voglio che gli occhi di tutti siano puntati su di lui. Che non possa muoversi senza che qualcuno lo noti. Che non riesca neppure a respirare. Non è un individuo facile da dimenticare: gli sarà impossibile passare inosservato.»

L'ispettore sapeva che la speranza di vita di un ostaggio era inversamente proporzionale al tempo che impiegavano a trovarlo. I minuti giocavano contro Daniela Green.

Abberline non apprezzò la passività dell'agente Lewin.

«Forza, sbrighiamoci!»
«Sissignore.»
A quel punto l'ispettore si girò verso il preside. Avevano chiamato un'ambulanza e i paramedici lo stavano visitando proprio in quel momento. Seduto su un tavolo del laboratorio, a testa bassa e mezzo addormentato, aveva l'aria indifesa di un pulcino appena uscito dal guscio. In ogni modo, sembrava molto più lucido di quando erano arrivati, perciò decise di provare a fargli qualche domanda sull'accaduto. Mentre gli si avvicinava, lo sentì biascicare una specie di litania senza senso: «Quella ragazza non sta bene. No di certo... È in cura psichiatrica da quando è morta la madre. È strana. Molto, molto strana... Non ha amiche. Sta sempre sola. Chissà cos'ha in testa... Figurarsi, è venuta a scuola per un mese intero con gli stivali da indiano! L'hanno viziata troppo. Troppo, sì. Io... certo... perché suo padre era un benefattore della scuola, altrimenti...».
«Mi scusi, preside Turner...»
Il preside squadrò il poliziotto con occhi vitrei. «Sì?»
«Sono l'ispettore Abberline. Ci siamo presentati prima, ma siccome lei era...»
«Sì, sì... è spaventoso», sussurrò Turner con un vago cenno del capo.
«Sa che prodotto ha usato quell'uomo per aggredirla?»
«Quell'uomo?» chiese a sua volta il preside, apparentemente stupito.
«Richard Chanfray.»
«No... no... non capisce: è stata lei!»
«Lei?»
«Sì, lei. È stata Daniela Green ad aggredirmi.»

34.

Il vecchio Maggiolino dalla carrozzeria verde acqua appartenuto un tempo alla madre di Daniela era nascosto sotto un telone impolverato nel garage. Un modello così riconoscibile era sicuramente il veicolo meno adatto a una fuga, ma del resto non c'era scelta. O quello, o lo scooter arancione metallizzato che Daniela usava per andare a scuola quando non pioveva. In poche parole, erano spacciati comunque.

La ragazza si era lasciata condurre come una sonnambula fino in cucina, da dove si poteva accedere direttamente al garage tramite una scaletta nascosta accanto al frigorifero. Teneva la testa appoggiata alla spalla di Richard mentre lui la stringeva in vita, convinto che se avesse allentato la presa lei si sarebbe lasciata cadere a terra. Richard tolse il telo con uno strattone, infilò la mano nella tasca della giacca di Daniela, prese le chiavi, aprì lo sportello e la adagiò delicatamente sul sedile del passeggero.

«Va tutto bene, sistemo tutto io, vedrai», le sussurrò per calmarla mentre le agganciava la cintura di sicurezza. «Te lo prometto.»

Ma era come se lei non lo ascoltasse. I suoi occhi vuoti galleggiavano sperduti chissà dove. L'immagine di Jane le aveva riportato alla mente il ricordo della morte della madre. Anche quella volta era stata lei a scoprirla. Era appena tornata da casa della sua unica amica, Lisa. Avevano studiato insieme ed era rimasta a dormire da lei. Jane aveva la giornata libera e il padre aveva lavorato fino a tardi in università e, per non tornare in auto di notte, aveva preferito fermarsi in un hotel di Cambridge, come aveva fatto altre volte. L'assassino aveva avuto molte ore a disposizione per fare del corpo della sua vittima quello che credeva.

Quella scena orribile l'aveva tormentata per molto, troppo tempo. E lo faceva ancora. Sua madre era riversa sul letto, coperta solo dalla leggera camicia da notte di raso rosa con il pizzo beige che le piaceva tanto. Ma non sembrava più rosa: ormai aveva preso il colore scuro del sangue secco. Un taglio netto la sventrava dal basso in alto, mostrando l'atroce scempio che avevano inflitto al suo corpo. Lo stomaco era aperto in due e le avevano amputato il naso, i seni e le orecchie. Accanto al suo corpo scarnificato, pezzi di coscia e frammenti di pelle del viso. I reni, il fegato e altri organi erano sparsi attorno al cadavere e sopra il comodino, come in una macabra messa in scena. Una ferita si apriva da un lato all'altro della gola. Anche Newton, il gatto di famiglia, giaceva morto accanto alle pantofole della sua padrona.

La cosa peggiore per Daniela fu capire che non riusciva a riconoscere il viso della prima persona che aveva visto appena aperti gli occhi alla vita. Aveva passato più di una settimana a letto, drogata di sonniferi, svegliandosi a tratti in un dormiveglia confuso. Non era sicura se la scena che la ossessionava fosse reale o un semplice delirio, e finiva per ripassare meticolosamente ognuna delle mutilazioni inflitte alla madre, quasi sperasse in un miracoloso effetto cicatrizzante. Il suo cervello aveva cominciato a fabbricare incubi in cui la successione di eventi rallentava e lei tornava a casa molto prima, incappando nell'assassino. Era grande, gigantesco, mostruoso. In realtà non era neanche una persona, solo un'ombra bidimensionale con il cappello a cilindro, in cui si distinguevano due conche bianche al posto degli occhi. Nella mano destra stringeva un coltellaccio con cui squartava ritmicamente la carne della madre, dall'alto in basso, dall'alto in basso... al ritmo di tre quarti. Daniela lo fissava dalla soglia della stanza, impassibile, pietrificata, morta di paura, avvilita per la vigliaccheria che le paralizzava i muscoli, impedendole di avventarsi su quella bestia che strappava la vita alla madre. Nel frattempo, sul volto dell'assassino si apriva un'altra fessura bianca da cui sgorgavano fiumi di risate impazzite che finivano per svegliarla, madida di sudore freddo.

Aveva perso cinque settimane di lezione e di vita, di cui conservava solo vaghi barlumi disordinati. Ricordava gli agenti della polizia che le facevano domande, il brodo di pollo che le scendeva in gola, lei che vagava per casa, i cartoni animati alla TV che guardava avvolta in una coperta, i titoli del giornale sul ritorno del nuovo Squartatore, il padre seduto accanto al suo letto che le misurava la febbre...

Piano piano le avevano diminuito i farmaci e aveva cominciato ad andare da uno psichiatra, che doveva metterla in contatto con l'accaduto nel miglior modo possibile. Cercava di farle capire che la vita continuava, che alle volte ci infliggeva dure prove da cui bisognava trarre qualche insegnamento. Eppure, anche sforzandosi, Daniela non riusciva a trovare alcuna lezione in quello squarcio sull'inferno. Era sicurissima che sarebbe riuscita a vivere completamente felice fino alla fine dei suoi giorni anche senza quell'insegnamento. Ringraziava tanto il medico per i suoi tentativi di rimetterla nella carreggiata dei sani di mente, ma l'unico modo di farle recuperare la freschezza, la vitalità, l'allegria, era tornare indietro nel tempo ed evitare che la madre venisse uccisa. Quando lo disse allo psichiatra, questi la guardò perplesso, ne parlò con Leonard Green ed entrambi concordarono di aumentare le dosi di calmanti. Daniela, che non era abbastanza malata da non capire che le sue affermazioni potevano peggiorare la situazione, decise di tralasciare quel genere di commenti per il futuro. La seduta successiva, quando il medico le chiese se pensasse ancora ai viaggi nel tempo come soluzione di tutti i suoi problemi, lei rispose che riponeva tutte le sue speranze in una formula capace di eliminare i ricordi in maniera selettiva. Era incomprensibile, aggiunse, che l'essere umano riuscisse ad arrivare sulla luna ma non fosse stato in grado di inventare delle semplici pastigliette per dimenticare i ricordi, alleviando un mucchio di disturbi emotivi. Lo psichiatra rimase più o meno soddisfatto della sua risposta e tornò a diminuirle le dosi dei farmaci, avvertendola che la cosa migliore era esercitare un controllo mentale sufficientemente efficace da risparmiarle i brutti ricordi, oppure gestirsi da sola le dosi di lorazepam se il primo metodo si fosse rivelato inefficace. Daniela sapeva bene che nessuna delle due alternative avrebbe cambiato il passato, ma si rassegnò ad accettarle come unica soluzione possibile alla sofferenza. Si abituò a includere nella sua routine la seduta psichiatrica una volta alla settimana, accrescendo la sua fama di pazza a scuola. A lei non importava. Aveva imparato a mantenere il dolore entro limiti accettabili servendosi di musica rilassante, infusi di tiglio e precise tecniche di respirazione. Oppure anestetizzandolo a base di pastiglie che la facevano sprofondare in un labirinto di sogni vuoti quando non riusciva a dormire. Ecco perché si vedeva costretta a camminare con un blister di ansiolitici in tasca. Anche se si era liberata di gran parte della sua sofferenza, non era ancora riuscita a tornare a ridere di gusto. Forse per questo le sembrava inaccettabile che suo padre ce l'avesse già fatta.

Puntavano verso l'autostrada. Londra era a un centinaio di chilometri da Brighton. La pioggia cadeva leggera ma senza tregua, moltiplicando le luci delle auto che incrociavano e rimbalzando sul parabrezza con la velocità delle lacrime provocate dalla rabbia. Adesso sì che era davvero sola, pensò Daniela. Jane era l'unica persona che le rimanesse al mondo. Il resto dei suoi parenti erano vaghe ombre nei suoi ricordi. I nonni erano morti da anni e gli zii facevano solo gli auguri per Natale, quando si ricordavano.

«Sono rimasta sola», disse con un filo di voce.

Viaggiavano da più di quaranta chilometri, ed erano le prime parole che Richard le sentiva pronunciare. Si voltò un istante e la guardò. Era sempre nella stessa posizione, le mani sulle ginocchia, lo sguardo perso nel vuoto, l'espressione pietrificata.

«Ti sbagli», ribatté lui, posandole una mano sulla spalla. «Io sono qui, e sistemerò tutto.»

Daniela lo guardò come riemergendo da un lungo stato di trance.

«Di che parli?» gli gridò. «Continui a ripetere che sistemerai tutto. E come pensi di farlo? Hai forse una bacchetta magica per resuscitare tutti quanti?»

Scoppiò a piangere come una bambina, e Richard lo prese per un buon segno. Sempre meglio sconvolta che assente. Le lacrime aiutavano a ripulire l'anima. Lui lo sapeva bene, perché l'avevano educato a non piangere e nel retro del suo cuore si accumulava troppa polvere. Attese pazientemente che Daniela si calmasse, e quando i singulti si placarono cominciò a parlarle in tono pacato.

«Perché credi che tuo padre abbia voluto metterti in contatto con me?»

«Non ne ho idea», singhiozzò.

«Invece io lo so: perché devi fidarti di me.»

Smise di parlare mentre lei si asciugava gli occhi e il naso con un fazzolettino di carta che aveva preso dal cassettino dell'auto.

«Tuo padre ti ha mai parlato delle nostre ricerche?»

Daniela rimase stupita da quel modo di porre la domanda. Detta così, sembrava che lui fosse allo stesso livello di suo padre, mentre le pareva che fosse solo un suo laureando.

«Materia oscura, fisica quantistica...» sussurrò.

«Sa un po' di fantascienza, no?»

«Sì, un po'.»

«Ma tu ci credi, vero?»

Daniela lo guardò senza capire dove volesse arrivare.

«L'universo e il suo funzionamento», riprese lui. «Lo spazio, il tempo... centinaia di anni a studiare, e non sappiamo neanche di cosa parliamo.» Sembrava quasi commosso. «Di sicuro l'umanità si estinguerà prima che riusciamo a capire come funziona tutto questo. Forse esistono cose attorno a noi che potrebbero aiutarci a ottenere l'inimmaginabile, ma siccome non le vediamo, non ci proviamo neanche.» Si girò un istante per osservare l'espressione della ragazza. Era attenta e seguiva il filo del discorso, perciò riprese a parlare. «Tuo padre e io studiavamo la possibilità di viaggiare nel tempo.»

Lei scoppiò in una risata svogliata. Ricordò che proporre un viaggio indietro nel tempo come soluzione alla morte della madre le era costato una razione doppia di ansiolitici. Suo padre gliel'aveva detto chiaro e tondo: i viaggi nel tempo non sono una follia, ma si può andare solo avanti, e solo in teoria. Tornare indietro è impossibile.

«Che idiozia! Mio padre non avrebbe mai perso tempo a...»

«Tuo padre aveva aderito alla teoria di Amos Ori», la interruppe Richard. «Lo sai chi è?»

Sì, quel nome le diceva qualcosa. Doveva essere quel fisico israeliano che grazie ai suoi calcoli aveva dedotto che nel giro di centocinquant'anni l'umanità avrebbe potuto disporre dei progressi scientifici e tecnici sufficienti a costruire una macchina capace di viaggiare nel tempo. Ori si basava sulle teorie di Einstein secondo cui, a velocità molto elevate o con un aumento notevole della gravità, si poteva curvare il tempo esattamente come un pallone. Più elevata era la velocità o più intensa la gravità, maggiore era la curvatura del tempo. Riteneva che lo spazio potesse curvarsi fino a creare un campo gravitazionale interno capace di trascinare con sé lo spazio e il tempo più vicini. In questo modo, la macchina avrebbe avuto la capacità teorica di provocare una curvatura dello spazio con un campo gravitazionale locale al suo interno abbastanza potente da viaggiare nel tempo. I calcoli matematici dimostravano che tutti i periodi di tempo, dal momento in cui si crea quel campo gravitazionale fino al presente, si trovano al suo interno: l'unica cosa che mancava, per ora, era calcolare come arrivare a quel punto.

«Mio padre voleva costruire una macchina del tempo.» La frase di Daniela oscillava tra la domanda e l'affermazione ironica.

«Non esattamente. Quello che dice Amos Ori con la sua nuova teoria è che questo aumento della gravità, ancora solo teorico, renderebbe possibili i viaggi nel tempo, esattamente come si sono studiati i wormhole in quanto strumenti potenzialmente in grado di realizzare viaggi nel passato o nel futuro.»

«Wormhole? Ah, sì, i cunicoli spaziotemporali, adesso ricordo...»

«Paul Davies, amico e collega di università di tuo padre, nel 2001 ha pubblicato un libro che spiega come costruire una macchina del tempo a partire dai wormhole. A suo avviso, la scoperta di Amos Ori avrebbe contribuito a realizzare il sogno umano di viaggiare nel passato o nel futuro. Secondo Davies, non sarebbe neppure necessaria una macchina per spostarsi nel tempo: l'unica cosa che serve sono due buchi neri collegati da un wormhole, che in questo modo fungerebbe, letteralmente, da porta per il passato. E Igor Novikov, l'astrofisico russo, studia all'Università di Copenaghen la possibilità di viaggiare nel tempo sfruttando i buchi neri.»

«Tutto questo non ha alcun senso», protestò all'improvviso Daniela. «L'ho letto in un articolo. A quanto ne so, i wormhole non sono percorribili, sono troppo instabili. Un ipotetico viaggiatore del tempo potrebbe apparire in qualsiasi luogo o in qualsiasi epoca, senza alcun controllo della situazione. Potrebbe essere trasportato in un tempo infinitamente lontano nel futuro o nel passato. In più, gli scienziati ritengono che i wormhole abbiano una vita brevissima. Si aprono e si richiudono molto rapidamente. Se uno ci entra, rischia di rimanerci intrappolato. Anche se riuscisse a uscire dall'altra estremità, non potrebbe più tornare indietro. Ed evidentemente non si può neanche scegliere la destinazione.»

Richard sospirò. Forse non era il momento più adatto per parlare di un argomento così astratto. La guardò di soppiatto: aveva gli occhi arrossati dal pianto e sembrava sfinita.

«Dovresti riposare un po'. Quando arriviamo a Brighton ti sveglio, così mi dici che strada fare.»

«Ma... mio padre...» disse lei, con le palpebre che le si chiudevano.

«Il segreto che tuo padre voleva custodire adesso dipende da noi. Tranquilla, vedrai che non lo deluderemo.»

35.

Liz scese dalla moto e si tolse il casco. Non si era accorta di essersi morsa il labbro inferiore per tutto il tragitto, finché non sentì un liquido caldo colarle sul mento. Si sfilò i guanti e pulendosi vide che era sangue. Non il sangue di qualcun altro, ma il suo, e per reazione le si offuscò la vista. Liz non sopportava la delusione, e quella sera era molto delusa. Il gruppo l'aveva incaricata di arrestare quella che rischiava di essere la distruzione della famiglia, e lei aveva fallito. Eppure Liz non falliva mai. Mai. Adesso come l'avrebbe spiegato agli altri?

La riunione era fissata per un'ora dopo, ma voleva farsi una doccia e cambiarsi prima di scendere in sala. Voleva liberarsi dell'aroma di morte incollato alle mani. Aveva ucciso una donna troppo vecchia perché potesse venirne qualcosa di utile, e l'aveva fatto solo per rabbia, quella rabbia maledetta che teneva intrappolata nel petto. D'altronde se lo meritava. Non sopportava l'insolenza dei domestici, volgari servitori che si credevano uguali a lei e si azzardavano a disubbidirle. Lo zio Nicolas le ripeteva da secoli che i tempi erano cambiati, che adesso nessuno era migliore di nessun altro, che doveva controllare i suoi istinti perché non portavano niente di buono. Ma a volte proprio non ce la faceva.

Salì in camera sua e si spogliò in fretta. Il suo bel corpo nudo si rifletté allo specchio. Solo per quel corpo valeva la pena correre tanti rischi, si disse. Ricordò quando languiva in una sudicia cella del castello di Čachtice, il suo stesso castello! Chi si credevano di essere per trattare così la contessa Erzsébet Báthory? Avevano persino avuto il coraggio di mettere in dubbio le sue decisioni e il modo in cui trattava le sue domestiche. Si erano inventati un processo ignobile in cui lei si era rifiutata di aprire bocca. Ficzkó, il suo fedele maggiordomo, che aveva allevato come un figlio sin da quando era bambino, l'aveva tradita. Aveva testimoniato che, in sua presenza, lei e le sue amiche Helena, Piroska, Erzsi Majorova e Katryna avevano assassinato, come minimo, una quarantina di donne tra gli undici e i ventisei anni che lui stesso aveva assunto per lavorare nel castello. Ma nel diario scritto di suo pugno contava nel dettaglio le sue vittime un giorno dopo l'altro, fino a raggiungere un totale di più di seicento giovani torturate e uccise.

I nobili natali della contessa impedivano che venisse processata come una qualunque, ma alle sue complici avevano strappato le dita con le tenaglie roventi per poi bruciarle vive nel patio delle armi. Lo stesso destino era stato riservato al traditore, alla spia, all'ingrato Ficzkó. Dalla cella in cui era rinchiusa, Liz aveva visto ritorcersi tra le fiamme il corpo del suo servo che urlava disperato, mentre lei rideva forte. Eppure non le era parso un castigo sufficiente, vista l'irriconoscenza che aveva dimostrato nei confronti della sua padrona. Avrebbero dovuto scorticarlo vivo, legargli mani e piedi a quattro cavalli e farlo smembrare. Poi avrebbero dovuto lanciare i suoi resti ai maiali. Non doveva rimanere nulla di lui a questo mondo.

Lei non avevano potuta ucciderla, però l'avevano condannata a rimanere per il resto della vita nella cella più umida e marcia del suo castello. Siccome in molti erano pronti a giurare che fosse una strega e perciò avrebbe potuto scappare volando in qualsiasi momento, avevano deciso di sigillare porte e finestre, lasciando solo un minuscolo orifizio attraverso il quale le passavano il cibo e raccoglievano i suoi escrementi. Nessuno le avrebbe mai più rivolto la parola. Nessuno l'avrebbe mai più rivista, finché la morte non si fosse impietosita di lei e l'avesse accompagnata direttamente all'inferno; il luogo da cui non sarebbe mai più dovuta uscire.

Liz aveva perso il conto degli anni trascorsi lì dentro. L'assenza di luce naturale le aveva fatto perdere ben presto il senso del tempo e non aveva idea se fosse pomeriggio, mattina o sera; l'unica cosa che sapeva era che il suo corpo si stava pian piano disfacendo. Il suo corpo meraviglioso da dea si sfigurava un giorno dopo l'altro. Senza i bagni nel sangue delle altre donne, la sua pelle, prima bianca e soda, diventava grigia e avvizzita. Aveva cominciato a dimagrire, si sentiva ogni giorno più piccola. I seni erano diventati cadenti, i capelli rosso fuoco che le incorniciavano il viso alla perfezione si erano increspati, e il suo alito profumato si risvegliava fetido, segno che si stava imputridendo all'interno.

Convinta di essere alla fine dei suoi giorni, aveva supplicato che le mandassero un notaio per dettargli le sue ultime volontà. Al suo posto si erano presentati due sacerdoti, uno dei quali con la gobba. Appena erano rimasti soli, il sacerdote si era tolto la veste. Sulle spalle trasportava un cadavere. In tutta fretta l'altro sacerdote le aveva porto un flaconcino.

«Bevete, contessa», le aveva detto.

Liz era rimasta pietrificata.

«Bevetelo, forza, vi portiamo via di qui!»

Lei aveva ubbidito, non avendo comunque nulla da perdere.

Quando si era svegliata, era in una stanza sconosciuta con un tremendo mal di testa. Le due persone accanto a lei erano i falsi sacerdoti. Un uomo e una donna che si erano presentati un istante dopo: «Io sono Nicolas Flamel e lei è mia moglie Perenelle».

«Che ci faccio qui?«

«Siete in salvo, Erzsébet», l'aveva rassicurata lui.

«Come ho fatto a scampare la morte?»

«Non l'avete scampata, contessa», l'aveva corretta la donna. «Voi siete morta.»

«Mi trovo dunque all'inferno?» aveva chiesto lei ancora insonnolita.

I due erano scoppiati a ridere.

«Può essere», aveva risposto lui in tono enigmatico. «La vita è come si decide che sia, un inferno o un paradiso. Adesso voi potete scegliere in piena libertà. Avete tutto il tempo del mondo.»

«Mi avete salvato? Perché? Che cosa volete da me?» aveva insistito, agitatissima.

Non era abituata a dare e ricevere favori senza un secondo fine.

«Eravamo in Ungheria quando abbiamo sentito raccontare la vostra storia in una taverna. È sorprendente cosa siate stata disposta a fare per conservare la giovinezza.»

«Il sangue delle altre donne... nella mia pelle», aveva sussurrato lei.

«Sì.» L'uomo l'aveva guardata con aria vagamente intrigata. «E funziona davvero?»

«Un giorno ero nella mia stanza con la mia giovane domestica.» La sua voce era ancora debole. «Lei mi spazzolava i capelli cento volte tutte le sere prima di andare a dormire.» Deglutì con difficoltà. «Era molto goffa: a un tratto mi tirò i capelli e io le diedi uno schiaffo, così forte che le ruppi il naso. Una goccia del suo sangue mi cadde sul dorso della mano e colò lentamente», aveva raccontato mostrando loro la zona, «lasciandomi la pelle più bianca, morbida e liscia. Fu così che lo scoprii.»

«È davvero incredibile...»

«Non mi basterà una vita per ringraziarvi per quanto avete fatto per me», aveva aggiunto Liz.

«Sì che vi basterà, non temete», avevano risposto. «Vi ho già detto che avete tutto il tempo del mondo, no?»

E così, Liz aveva promesso che sarebbe stata fedele e leale per l'eternità. Fino a quel momento aveva sempre mantenuto la parola.

Entrò nella doccia e sperò che l'acqua lavasse via quella sensazione di aver deluso le uniche persone per cui avrebbe dato la vita. Si vestì e, con i capelli ancora bagnati, scese le scale di quella residenza enorme che non era mai riuscita a chiamare casa. La porta dello studio era aperta e intravide qualcuno all'interno. Il camino era acceso e un tenue colore ambrato avvolgeva le pareti e si rifletteva sui visi circospetti di Nicolas e Perenelle. Quella sera era troppo importante per avere un'espressione diversa. Liz si affacciò appena e bussò alla porta.

«È permesso?»

«Ti stavamo aspettando.»

«Lo so, lo so», mormorò Liz quasi a sé stessa. Sapeva che era arrivato il momento di rendere conto dei risultati ottenuti.

«Ebbene, Liz, raccontaci. Che ti è successo?»

«Ho fallito», ammise in tono sconfitto, prima di lasciarsi cadere su una delle poltrone di pelle.

«Lo sapevo!» Una voce maschile rimbombò dallo schermo del computer sistemato sullo scrittoio. «Non avremmo mai dovuto mandare una donna a fare il lavoro di un uomo!»

Liz si alzò di scatto e andò di fronte a quell'apparecchio che la infastidiva tanto, ma che riusciva a metterli in contatto con un altro membro del gruppo che viveva lontano dalla città.

«Se fossi davvero così tanto uomo, avresti dovuto pensarci tu stesso!» gli gridò.

«L'avrei fatto molto volentieri, se solo me l'aveste permesso. Queste faccende vanno affrontate con tatto. Avremmo dovuto ideare un piano intelligente, una manipolazione sottile... è così che si vincono le battaglie», aggiunse lui in tono più conciliante. «Il sangue, gli omicidi e la violenza non sono il modo di risolvere i problemi», concluse.

«Calmatevi», disse Perenelle, inserendosi tra Liz e il computer. «Lascia che si spieghi. Cos'è successo, mia cara?»

Lei tornò a sedersi sulla poltrona. Guardò a terra e cominciò a riassumere i fatti: cos'aveva trovato nello studio di Leonard Green a Cambridge, cosa c'era nella cassaforte di casa. Ripeté parola per parola quella frase ignobile, di quel libro ignobile, di quello scrittore ignobile che parlava della bellezza femminile, della giovinezza e della vecchiaia... come se il professore si stesse prendendo gioco di lei dall'altro mondo.

«Possibile», intervenne Nicolas, «che sapesse sin dall'inizio chi eri? La frase del libro ha senso solo se ti aveva riconosciuto, non trovi? E allora, perché mai non ti ha fermato prima?»

«Non credo lo sapesse. Lui si fidava di me, o almeno si fidava di Liz. Su questo non ho dubbi. Forse», esitò un istante prima di pronunciare il suo nome, «Richard potrebbe avergli parlato di Erzsébet Báthory, ma di sicuro non la collegava a me.»

«Il professor Green sapeva che sarebbe morto», gemette Perenelle. «E sapeva anche chi l'avrebbe ucciso... e i passi che la sua assassina avrebbe seguito.»

«La contessa sanguinaria è troppo prevedibile», risuonò la voce dal portatile.

«Adesso ti...» gridò Liz.

Odiava essere chiamata così.

«Ti... cosa?» la sfidò la voce in tono sprezzante. «Cosa vuoi farmi? Mi vuoi uccidere?»

«Vi prego», li supplicò Nicolas. «Adesso basta! In questo modo non risolviamo nulla. Dobbiamo capire a che punto siamo e decidere cosa fare da adesso in poi.»

«C'è un'altra cosa», bisbigliò Liz, quasi costernata. «Ho dovuto... eliminare la governante del professor Green.»

«Perché?» sussurrò Perenelle.

La moglie di Nicolas non era mai stata favorevole alle uccisioni, ma in questo caso le sembrava persino peggio. In fondo, si trattava di una donna anziana.

«Non l'ho fatto per piacere», mentì Liz. «Mi aveva visto. Poteva rappresentare un pericolo.»

«Tu sì che rappresenti un pericolo», rispose schifata la voce dal computer. «Sarai tu la vera e unica responsabile della nostra fine, vedrai!»

«Adesso finiamola», li rimproverò Nicolas.

«Certo, molto volentieri!» concordò la voce.

Liz guardò la sua immagine sullo schermo con tutto il disprezzo di questo mondo.

«La cosa ci è sfuggita di mano. Siamo perduti», concluse Nicolas.

Ma Liz non era disposta ad arrendersi.

36.

La radio sussurrava le note di *Come sei veramente* di Giovanni Allevi quando incontrarono i primi cartelli che annunciavano l'avvicinarsi di Brighton. Richard si girò e vide che Daniela aveva gli occhi chiusi. Dal ritmo regolare del suo respiro capì che dormiva profondamente, ma purtroppo tra poco avrebbe dovuto svegliarla.

Negli ultimi chilometri non aveva pensato ad altro. Quella ragazza stava rischiando la vita per lui, senza neppure conoscerlo. Il suo era un puro atto di fede. Era giusto continuare a negarle una spiegazione? Non si meritava forse di sapere tutta la verità? Di conoscere cosa studiavano lui e suo padre? Ma come spiegarle l'argomento delle loro ricerche? Come renderlo più digeribile?

Forse avrebbe dovuto cominciare dicendole che le leggi della fisica non negavano la possibilità di viaggiare indietro nel tempo. Evidentemente era più semplice procedere in avanti e lasciar perdere il paradosso di imbattersi magari in sé stessi. Non a caso molti scrittori di fantascienza che avevano adottato i viaggi nel tempo come scenario delle loro storie avevano preferito inventare un futuro piuttosto lontano. Era più complicato elucubrare cosa sarebbe potuto succedere nel presente se uno avesse trovato il modo di stravolgere il passato. Se gli scienziati fossero riusciti a dipanare la matassa del tempo fino a questi limiti, anche la chiesa sarebbe potuta insorgere. Non era un po' come giocare a essere Dio? Cancellare gli eventi accaduti con la facilità con cui si seleziona una frase sullo schermo del computer e si preme il tasto CANC. Come determinare il criterio da seguire? Chi avrebbe deciso quali situazioni cambiare? Cos'era accettabile? Secondo quale religione? Da quale punto di vista? Sarebbero comparsi i primi criminali del tempo, persone che tornavano nel passato per commettere i loro delitti, rapine, stupri, vendette, frodi fiscali, e la facevano franca nel presente. Si sarebbe potuto viaggiare indietro nel tempo per acquistare una proprietà a basso prezzo ai primi del Novecento e poi rivenderla a prezzo centuplicato un secolo dopo. Si sarebbe potuto tornare indietro con i numeri vincenti di un biglietto della lotteria multimilionario. Oppure diventare gli idoli di una società primitiva mettendo a disposizione la penicillina cent'anni prima che nascesse Fleming. Era una scoperta molto pericolosa da maneggiare, su questo non c'erano dubbi.

A ogni modo, era da tanto che gli scienziati giocavano a sentirsi Dio. L'essere umano era capace di clonarne un altro, si potevano mescolare gli elementi che costituivano il germe della vita in una provetta per creare un nuovo essere, esistevano persino macchine capaci di oltrepassare la stratosfera senza che il Signore si infuriasse come ai tempi della Torre di Babele. Ci sarebbe sempre stato qualcuno che avrebbe disapprovato simili ricerche. Anche i conflitti etici suscitati dai viaggi nel tempo erano stati oggetto di studio da parte di numerosi scienziati, e di frequente sorgevano nuove teorie. Secondo la rivista «Newscientist», nuovi studi americani e canadesi sui viaggi nel passato negavano il rischio di modifiche nel presente, ossia di paradossi irreparabili. Infatti, sarebbe bastato adottare la prospettiva della meccanica quantistica per eliminare il paradosso del viaggio nel tempo e i suoi possibili rischi per il presente conosciuto. In poche parole, anche viaggiando a ritroso, secondo questi scienziati era impossibile far scomparire nostro nonno, per esempio, rendendo di conseguenza impossibile la nostra stessa esistenza. Si sarebbe potuto dare solo un'occhiata al passato, niente di più. In un altro articolo uscito su «Arxiv» si assicurava che, secondo questa teoria, il comportamento quantistico, ossia quello delle particelle subatomiche, non si regge sulle leggi newtoniane. Tutta la sfera del possibile, l'immenso ventaglio delle possibilità di ciò che potrebbe o non potrebbe succedere, si muoverebbe in una nuvola di probabilità che precede l'osservazione. Da questo momento in poi, le probabilità si riducono a una, quella che conosciamo, di modo che l'universo si creerebbe continuamente nell'interazione. Se conosciamo un determinato presente, significa che è quello definitivo, quello selezionato per ultimo, perciò tornare nel passato non potrebbe modificare ciò che già esiste.

Eppure Leonard Green e Richard Chanfray non erano assolutamente d'accordo con questa teoria, e persino il «New York Times» decideva di divulgare il dibattito sui viaggi nel tempo mettendo in rilievo la disparità di opinioni in seno alla comunità scientifica, nonché la crescente importanza che questa tematica stava acquisendo negli ambienti universitari. Loro due erano convinti sostenitori delle teorie di Albert Einstein, secondo cui il *continuum* spaziotemporale si poteva curvare su sé stesso, permettendo indifferentemente i viaggi nel passato o nel futuro. La gravità curvava lo spaziotempo in modo che alcune regioni potessero ripiegarsi naturalmente, oppure con l'intervento umano, verso sé stesse, permettendo il ritorno in un punto preciso. Che un viaggiatore del tempo potesse alterare il passato, con tutti i conseguenti problemi di tipo etico e filosofico, non era affar loro. Ma di una cosa entrambi erano sicuri: alterando il passato, il presente non poteva rimanere immutato.

Superato il cartello di Brighton, Richard decise che era arrivato il momento di svegliare Daniela.

«Daniela... Daniela...» sussurrò.

Allungò il braccio per toccarla sulla spalla, ma un istante prima lei sobbalzò, gli occhi vitrei, intimoriti. Lo guardò terrorizzata, come se non lo riconoscesse, finché non si risvegliò dall'incubo. Aveva sognato Richard, in piedi di fronte a lei, sereno. Indossava un paio di pantaloni neri e una camicia bianca sbottonata sul petto liscio e muscoloso. Si metteva a camminare, circondato da una specie di aureola vibrante, come quella che si forma attorno alle fiamme. Si avvicinava lentamente. Arrivato alla sua altezza, si fermava a osservarla con aria di superiorità. Daniela era paralizzata, soggiogata, ipnotizzata. Allungava la mano per toccare quell'addome scolpito, per capire se fosse pelle o marmo. Lui la lasciava fare, non si spostava di un millimetro. Daniela continuava ad avvicinarsi, sentendo la freddezza emanata dal corpo di Richard ancor prima che le sue dita lo sfiorassero. Quando finalmente i polpastrelli della ragazza si posavano sulla sua carne, lui veniva colto da un brivido. Chiudeva gli occhi e si lasciava sfuggire un sospiro che all'inizio sembrava di piacere. Daniela percorreva con le dita quella geografia marmorea, mentre lui buttava la testa all'indietro, stringendo gli occhi, sospirando sempre più forte. Ma poi il sospiro diventava un urlo agghiacciante. La pelle si rompeva quasi fosse un fragile guscio d'uovo e la mano di Daniela entrava nel suo corpo, sentiva il sangue caldo, le viscere appiccicose tra le dita, mentre Richard continuava a gridare, gridare e gridare il suo nome.

«Daniela... Daniela... Che ti prende?» le chiese vedendo che si esaminava le mani, guardandole e riguardandole davanti e dietro.

«Dove siamo?»

«Siamo arrivati.»

Daniela si guardò attorno. La notte aveva cominciato a spegnere le luci del mondo, avvolgendolo nella sua cappa di tenebre. Solo i fari che illuminavano dall'alto il Royal Pavilion, dandogli l'aria di una nave fantasma, la riportarono alla realtà. Scrollò la testa per scacciare le immagini agghiaccianti che tornavano ad assalirla. Doveva essere forte, ricomporsi. Cercò di orientarsi. Fu costretta a stropicciarsi gli occhi, se li sentiva pieni di terra. Sbatté le palpebre più volte, guardandosi a destra e sinistra per riconoscere i posti. Era più di un anno che non ci tornava, molto prima che la madre morisse.

«Gira a destra alla prossima», fece segno, ancora con la gola secca. «Dobbiamo seguire le indicazioni per la spiaggia.»

Avanzarono un altro paio di chilometri.

«Eccola, la palazzina rossa!»

C'erano quasi.

Il condominio era proprio di fronte al mare. Quando i nonni l'avevano comprato, intorno agli anni Sessanta, era fuori città, ma il ritmo sfrenato di costruzione degli ultimi tempi li aveva spostati quasi in centro. Durante le vacanze estive che trascorreva lì, ogni tanto nel fine settimana arrivavano a trovarli anche gli zii e i cugini, ma a Daniela non piaceva per niente. Preferiva giocare da sola, oppure disegnare. Le sue bambole erano sempre pulitissime, pettinate e ben vestite, e i suoi giochi tutti in ordine. Quando arrivavano i cugini, invece, cambiava tutto. La casa si riempiva di bambini che correvano, gridavano e saltavano, bambini che toglievano i libri dagli scaffali e li scarabocchiavano con i colori, bambini che le perdevano i pezzi degli scacchi o i dadi del backgammon. Lei passava le giornate a piangere, non riuscendo a trovare niente di piacevole in quella terribile invasione. Era come se Attila con l'esercito degli unni al completo attraversasse la sua vita. Quando finalmente se ne andavano, respirava più tranquilla e poteva tornare alla calma e al silenzio. Riprendeva a costruire castelli di sabbia senza paura che qualcuno glieli distruggesse a calci, tornava a raccogliere conchiglie sulla riva per foderare scatole di scarpe in cui conservare altre conchiglie. Sì, era sempre stata una bambina un po' strana.

Richard decise di parcheggiare sul retro. Era sicurissimo che nessuno li avesse seguiti, ma preferiva comunque essere prudente. Quando smontarono dall'auto, Daniela sentì che la stanchezza prendeva il sopravvento. Aveva un buco allo stomaco che non sapeva definire: oscillava tra la fame e la sete.

«Appena entriamo, ordiniamo qualcosa da mangiare così poi ti riposi un po'», le disse Richard, come se le avesse letto nel pensiero.

Arrivati davanti alla porta, Daniela prese il mazzo dalla tasca, ma la chiave non entrò nella serratura.

«Sicura che sia quella?»

«Non lo so, è da tanto che non vengo. E poi io non usavo mai le chiavi. Adesso provo le altre.»

Le inserì una dopo l'altra. Niente da fare. Ci provò anche Richard. Di sicuro nessuna delle chiavi di quel mazzo apriva la porta a vetri della palazzina.

«C'è un portinaio», ricordò Daniela. «O almeno c'era anni fa. Il signor Patterson.»

Alla sua destra c'era un campanello con la scritta PORTINERIA.

Suonarono e attesero un momento. Siccome non rispondeva nessuno, suonarono di nuovo. Si sentì alzare il citofono e rispose una voce insonnolita.

«Mi scusi, signor Patterson... Sono Daniela, Daniela Green, la figlia di Leonard Green, si ricorda di me?»

All'altro capo, il silenzio più assoluto.

«Stiamo cercando di entrare, ma la chiave del portone non apre.»

«Abbiamo cambiato la serratura», crepitò una voce impastata. «Sono settimane che ho qui la copia da darvi.»

«Sì... bene... sì. C'è stata una disgrazia in famiglia ed è un po' che...»

«Aspettate un momento, vengo ad aprirvi.»

Tre minuti dopo si accese la luce dell'androne. Un uomo sulla sessantina, avvolto in una vestaglia a quadri scozzesi e con un barboncino bianco in braccio, arrivò trascinando le pantofole. Aprì il portone con gli occhi ancora insonnoliti e il cagnetto abbaiò con aria sospettosa.

«Buonasera», lo salutò Daniela, «ci dispiace averla svegliata a quest'ora.»

Il portinaio la fissò senza battere ciglio. La luce fioca dell'ingresso gli disegnava angoli e ombre color piombo sugli zigomi, il naso e il mento, facendolo assomigliare a Mr Scrooge.

«Lei è la figlia di Leonard Green?» chiese con un occhio mezzo chiuso e il tono sgradevole.

«Sì, si ricorda di me?»

Mandò uno sbuffo infastidito che il cagnolino imitò mostrando di nuovo i denti.

«Lo sa che ore sono, signorina Green?»

«Ci scusi, abbiamo fatto tardi e...»

Lo sguardo inquisitorio del portinaio si concentrò in quel momento su Richard, come se aspettasse la risposta a una domanda che non aveva ancora formulato.

«Lui è mio cugino Richard... Richard Green», mentì Daniela.

Il portiere sorrise con la bocca storta.

«Sì», farfugliò. «E così lei è la signorina Daniela... Com'è cresciuta, è diventata una donnina... Era tanto che non la vedevo da queste parti.»

«Le ho detto che abbiamo avuto una disgrazia in famiglia. È almeno un anno che non veniamo.»

«In realtà suo padre è venuto qualche volta», la corresse, «con una donna dai capelli rossi. Molto bella.»

A Daniela si strinse il cuore. E così suo padre l'aveva portata anche lì? Non glielo aveva mai detto, era ovvio che lei non avrebbe reagito bene: quell'appartamento era troppo carico di ricordi. Cercò di non pensarci e badare solo al motivo per cui si trovavano lì. Il portinaio non sembrava avere nessuna intenzione di farsi da parte per lasciarli passare.

«Vorremmo salire a casa e riposarci un po'», gli disse per smuoverlo.

«Eh... sì, sì, certo...» rispose l'uomo, sempre senza battere ciglio. Si grattò il mento, come se avesse qualcosa che gli frullava in testa. «Sa, signorina Green, non so se è per il buio o perché è cresciuta troppo, ma non riesco proprio a riconoscerla. Sarebbe un errore imperdonabile da parte mia lasciarvi entrare senza accertarmi che siate chi dite di essere. Mi capisce, vero?»

«Ma certo», intervenne Richard.

Per un attimo gli era venuto il timore che il signor Patterson volesse chiamare la polizia per confermare la loro identità.

«Ci serve solo la chiave del portone, visto che l'avete cambiata da poco. Le altre chiavi le abbiamo. Che ne dice di accompagnarci all'appartamento? Così potrà verificare che non scassiniamo la serratura.»

L'uomo ci pensò su un istante.

«Va bene», rispose all'improvviso.

Il signor Patterson diede un'occhiata alla strada prima di socchiudere il portone per farli entrare, poi lo richiuse, si girò e si avviò lungo il corridoio, che profumava di cera per mobili. A una delle pareti era appesa una pianta in bianco e nero di Brighton ai primi del Novecento, mentre un vaso di pietra enorme accoglieva l'inerte esistenza di una gigantesca pianta finta.

Salirono in ascensore, tutti e tre più il cagnolino, e la loro immagine si rifletteva nelle porte di alluminio. Per un attimo, Daniela ebbe l'impressione che il barboncino la guardasse di traverso nel riflesso. Rimasero in silenzio fino all'ottavo piano. Quando l'ascensore si fermò, il signor Patterson eseguì un gesto gentile con la mano, dando loro la precedenza. Nonostante l'apparente cortesia, il portinaio cercava semplicemente di verificare se conoscessero la strada. Daniela pregò che il padre non avesse cambiato la serratura dell'appartamento. Sapendo che lo usava per incontrarsi con Liz, le venne il dubbio che avesse potuto farlo. Ma no, in fondo non aveva senso. Non le avrebbe mai lasciato scritto di andare a Brighton, senza lasciarle le chiavi.

Quando arrivarono all'8A, a Daniela si fermò il cuore. Prese la chiave e la inserì nella serratura. Entrò senza problemi. Un giro e la sentì scattare. Chiuse gli occhi e sorrise soddisfatta prima di girarsi e guardare vittoriosa il portinaio.

«Aperta! Come vede, sono chi dico di essere.»

«Allora passi una buonanotte, signorina Green... e compagnia», rispose con aria poco convinta il signor Patterson.

«Mi scusi», lo interruppe Richard. «Prima di andar via... sa per caso se c'è un posto dove poter mangiare senza perdere troppo tempo?»

«Siamo in inverno ed è tardi», rispose laconico.

«Capisco.»

«Se volete, vi preparo un paio di panini.»

Richard non si aspettava una simile cortesia da un uomo come lui, e rimase esitante.

«Nessun disturbo», insistette il portinaio.

Richard si disse che Daniela non mangiava da chissà quanto e non poteva andare avanti così.

«Gliene saremmo davvero grati.»

«Ci metto un attimo.»

Lo seguirono con lo sguardo mentre si dirigeva verso l'ascensore con il suo cagnolino scorbutico ancora stretto in braccio.

37.

Il signor Patterson era custode dello stabile da più di trent'anni. Viveva al pianterreno, in un appartamento che condivideva con Milù, un incrocio di barboncino che aveva trovato accovacciato accanto alla sua porta, colpito in testa da una sassata. Il cucciolo aveva passato tre giorni tra la vita e la morte, mentre il signor Patterson gli curava le ferite e lo nutriva di pappette che gli faceva ingoiare con una piccola siringa. Gli aveva dato un affetto e una dedizione che non aveva mai dedicato a nessun essere umano in vita sua, finché il cane non era migliorato, aveva cominciato ad alzarsi, a muovere i primi passi fino alla ciotola, a camminare senza perdere l'equilibrio e finalmente a correre da solo. Da allora in poi, quella creatura l'aveva ripagato con tutta la sua gratitudine ed era diventata il suo unico amico. Lo seguiva dappertutto, imparando i rituali del mestiere di portinaio: la sveglia presto, le piante condominiali da innaffiare, i topi da cacciare. Lui e Milù mangiavano dallo stesso piatto, si arrabbiavano per gli stessi rumori, e c'era persino chi diceva che avessero lo stesso brutto carattere. Insomma, erano fatti l'uno per l'altro.

Nessuna donna aveva mai voluto condividere la vita con il signor Patterson, forse per via di quel lavoro che lo teneva legato a un appartamento solo in usufrutto, oppure perché le poche signore che si erano avvicinate a lui non avevano avuto la prontezza di capire che dovevano dileguarsi dalla sua vista subito dopo il precipitoso contatto carnale. In realtà era con il pelo morbido di Milù che il signor Patterson preferiva condividere il calore del letto. O forse non aveva tanti rapporti sociali per colpa del particolare aroma che tutta la sua persona emanava e si distribuiva uniformemente per l'appartamento: una sottile miscela di cipolline sottolio e groviera. Chissà.

Quell'estrema solitudine gli aveva permesso di concentrarsi al cento per cento sul suo lavoro. Nel corso di quegli anni aveva visto davvero di tutto: ragazzini che rubavano le chiavi ai genitori per andare a fare baldoria, mariti e mogli infedeli che approfittavano dello spopolamento invernale per spassarsela con i propri amanti, il costruttore andato in rovina che era saltato dalla terrazza per via della crisi economica, lo studente di chimica del 2C che era stato arrestato perché sintetizzava delle bellissime pasticche decorate con i personaggi dei cartoni animati che poi si erano rivelate altamente nocive per la salute.

Il signor Patterson non si intrometteva mai, rispettava l'intimità di ognuno. Chi era lui per giudicare gli altri? A loro avrebbe pensato il Signore. Sapeva bene che, in un lavoro come il suo, bisognava mantenere un equilibrio perfetto tra il pettegolezzo moderato con cui accoglieva i condomini dopo mesi di assenza e la salvaguardia di segreti sconvenienti. Però aveva deciso che dopo la pensione avrebbe scritto un libro sulle miserie dell'alta società londinese, cambiando i nomi e aggiungendo nella prima pagina la solita precisazione che ogni riferimento a persone o fatti realmente accaduti era puramente casuale.

La discrezione al primo posto, ecco il suo motto.

Ma in un caso come quello, gli sorgeva qualche dubbio. Anche a non volersi impicciare dei fatti altrui, se non sbagliava i conti la figlia dei Green doveva essere ancora minorenne. Schioccò la lingua schifato: lo disgustava il libertinaggio della società attuale, frutto della cattiva educazione che si impartiva ai giovani. Nelle aule mescolavano maschi e femmine di differenti religioni e differenti colori, quando era chiaro che se il Signore aveva separato gli uomini per sesso e continente doveva aver avuto una buona ragione. E come se non bastasse, la televisione mandava in onda quotidianamente immagini impudiche che riempivano la testa della gente di idee indecenti, mostrando coppie nude che fornicavano come conigli in pieno giorno. Era convinto che di quel passo il mondo sarebbe finito male. Daniela Green era sempre stata una ragazzina timida e beneducata, ma era chiaro che aveva preso la via della perdizione. Ecco perché si sentiva in dovere di intervenire. Conosceva il padre della ragazza da molto tempo, ormai. Quel poveretto aveva sofferto abbastanza con la morte della moglie per dover affrontare ancora altri guai con la figlia. Doveva avvisarlo che l'aveva vista in compagnia di un tipo strano.

Entrò nel suo sudicio appartamento e si diresse al tavolino su cui un vecchio telefono a disco color vaniglia giaceva sin dagli anni Settanta. Accanto c'era un'agenda di pelle marrone con i recapiti di tutti i condomini. Cercò la G e trovò subito il numero dei Green a Londra. Senza indugio sollevò la cornetta, attese il segnale e iniziò a comporre il numero.

L'ispettore Abberline osservava inorridito quello spettacolo penoso. Avevano appena riattaccato luce e telefono, e nella stanza di Jane Perkins c'era sangue dappertutto: sulle pareti, sul pavimento, sulle lenzuola. Quello scenario orribile gli ricordò la vecchia foto in bianco e nero trovata per caso da bambino, mentre frugava tra i documenti appartenuti al trisavolo. Una donna sfigurata, buttata sul letto, con le gambe aperte e il ventre pure. In seguito venne a sapere che si chiamava Mary Kelly ed era stata l'ultima vittima ufficiale di Jack lo Squartatore. Adesso poteva vedere la stessa scena dal vivo e si rallegrò che la foto scoperta da piccolo fosse avvolta da una specie di nebbiolina grigiastra. Quel rosso acceso lo avrebbe perseguitato per il resto della sua infanzia.

Un assassino crudele si era accanito contro quella famiglia: prima la madre, poi il padre, poi la domestica... e adesso anche il sequestro della figlia. Abberline non era tipo da credere alle maledizioni, ma in questo caso la tentazione era forte. Sembrava proprio che gliene avessero lanciata una, e anche bella grande, poveri signori Green! Forse il trisnonno aveva provato lo stesso, quasi centotrent'anni prima: entrambi davano la caccia a un assassino feroce e imprendibile, ma lui non aveva nessuna intenzione di fallire.

Era sempre più convinto che il responsabile di tutta quella mattanza fosse Richard Chanfray, ma non riusciva ancora a capire cosa lo spingesse a uccidere. Forse voleva solo prendersi la ragazza, magari era segretamente innamorato di lei. Certo, se l'aveva sequestrata con l'idea di chiedere un riscatto, non aveva lasciato nessuno che potesse pagarlo. O magari era uno squilibrato. L'ispettore valutava anche l'ipotesi che Daniela e Richard fossero amanti e avessero deciso di fare fuori la famiglia di lei per prendersi tutta l'eredità. La testimonianza del preside Turner l'aveva mandato in confusione.

L'unica cosa chiara era che non c'era niente di chiaro. E questo lo faceva infuriare.

"Gli serve un'auto per scappare. A piedi non può arrivare molto lontano", disse tra sé.

Scese le scale che portavano al garage, vide il telo buttato a terra e uno spazio vuoto grande quanto un paio di macchine.

«Cercate i modelli delle auto intestate a nome del professore!» gridò mentre tornava in cucina.

Quando arrivò di sopra, lo informarono che c'erano due auto a nome dei Green: una era quella ritrovata nel parcheggio di Cambridge, che evidentemente il professore aveva usato il giorno della sua morte, l'altra era intestata alla defunta signora Green. L'auto mancante, un Maggiolino Aquarius Blue del '74.

«L'hanno preso per scappare», sentenziò. «Diramate la targa a tutte le unità, devono trovarli!»

Il telefono di casa continuava a squillare.

«Forza, rispondete!» latrò Abberline.

Davis gli si avvicinò timoroso, porgendogli la cornetta.

«Dovrebbe rispondere, ispettore. È importante.»

All'altro capo del telefono sentì la voce profonda ed esitante di un uomo che si identificò come Patterson, custode di uno stabile sul lungomare di Brighton, in cui avevano casa i Green.

«Come dice? Dove?» Sul viso di Abberline cominciava a disegnarsi una smorfia di entusiasmo. «La ragazza sta bene? No, lei non faccia niente. Ci avvisi se decidono di andarsene, ma per il momento non faccia assolutamente niente. Lui è un tipo pericoloso. Arriviamo subito.»

Riagganciata la cornetta, prese il messaggio apparentemente incomprensibile del laboratorio di chimica della More House School.

2	18	9	7	8	20	15	14
B	R	I	G	H	T	O	N

Adesso era tutto chiaro.

«Alle macchine!» gridò. «So dove sono!»

38.

Nell'appartamento c'era odore di chiuso. Daniela aprì lo sportellino del contatore nascosto dietro la porta d'ingresso e accese l'interruttore della corrente. La stanza in fondo al corridoio si illuminò, rivelando una sala con angolo cottura che sembrava risvegliarsi in quel preciso istante con il ronzio del frigorifero entrato in funzione. I lenzuoli lasciati dalla madre a riparare le poltrone dalla polvere sembravano spettri.

«Eccoci qua...» sospirò Daniela. «La cassaforte è nella stanza dei miei.»

Richard percepiva chiaramente la tristezza e lo sfinimento della ragazza, anche se lei voleva fare la stoica. Gli occhi arrossati e le palpebre gonfie tradivano le tracce lasciate dalle lacrime e sembravano un'esplicita richiesta di aiuto. Richard non poteva negare una parte di responsabilità nelle disgrazie che le stavano capitando, e questo lo faceva infuriare con sé stesso.

La guardò riempire un bicchiere d'acqua dal rubinetto della cucina con la tenerezza con cui si contempla un cucciolo abbandonato, intuendo che la sua mente stava disperatamente cercando di abituarsi alla vita che il destino le aveva imposto. In quel momento, Daniela si girò verso di lui.

«Sicuro che non ti va un po' d'acqua?» gli chiese.

«Sicuro.»

«Ti offrirei dell'altro, ma nelle credenze non c'è assolutamente niente», aggiunse aprendo le antine.

«Non ti preoccupare, sono a posto.»

Richard le aveva fatto tante promesse da quando si erano conosciuti, poche ore prima, cercando di calmarla e di aprire la porta a una speranza che adesso sembrava ancora lontana. Ma in realtà erano promesse che stava facendo anche a sé stesso e con cui sperava di aprire le stesse porte. Erano anni e anni che desiderava risolvere tutto. Quella ricerca l'aveva tormentato e ridotto alla disperazione in parti uguali, come se fosse destinato a muoversi in linea retta e senza sosta nell'intricato groviglio del tempo. Ma adesso aveva il sospetto che sarebbe finalmente riuscito a mantenere le promesse, anche se forse Daniela le aveva interpretate come un patetico tentativo di rasserenarla. Eppure si era fidata. In quel momento avrebbe voluto abbracciarla, cullarla, dirle che non l'avrebbe lasciata sola finché non fosse stata fuori pericolo, e che solo allora sarebbe scomparso per sempre dalla sua vita.

Ma non lo fece.

La vicinanza di un altro essere umano lo spaventava a morte. Non poteva smettere di ripetersi che tutto ciò che toccava si trasformava in spazzatura, e a quella ragazza avevano già fatto abbastanza male. Si sentì a disagio al pensiero che fossero soli in casa. Erano anni che non rimaneva solo con una donna. Erano anni che non voleva farlo succedere.

Daniela serbava nel cuore il candore di una vita nuova di zecca, in cui le favole sembravano possibili. Era ancora fiduciosa, estranea alle delusioni, al risentimento, allo sconforto, alla meschinità, a tutti quei sentimenti che induriscono il cuore ed erodono la fede delle persone. Lui sapeva che c'erano solo due possibili modi per annientare l'ottimismo: imparare troppo o soffrire troppo. E per Daniela era troppo presto comunque. Si meritava di vivere le gioie di una vita piena, senza rancori, senza incertezze, senza sospetti.

Era così concentrato nei suoi pensieri che non si accorse che Daniela si era seduta accanto a lui e lo guardava con sollievo, quasi con ammirazione.

«Ti senti bene?» gli chiese, posandogli la mano delicata sulla sua.

«Sì», rispose lui brusco, ritraendo la mano, come percorso da una scarica elettrica da capo a piedi. Si alzò di colpo per allontanarsi da lei.

Daniela non reagì e rimase a guardarlo. Era girato di spalle, davanti alla finestra, a contemplare la risacca delle onde sulla spiaggia. Lei sentì di avere il respiro agitato e tornò a provare la stessa sensazione del primo giorno che si erano conosciuti, una sensazione di repulsa che la sconvolgeva.

«E tu, stai bene?» le chiese di punto in bianco Richard, senza voltarsi, in tono aspro.

«Ho perduto mio padre e Jane nello stesso giorno. Ho mentito agli agenti di Scotland Yard. Sono stanca, ho fame, ho paura... Sono scappata con uno sconosciuto che pretende di risolvere ogni cosa viaggiando nel tempo e che adesso sembra persino arrabbiato con me. Tu che dici, come sto?»

Calò di nuovo il silenzio.

«Non sono arrabbiato con te», le spiegò.

«Allora che ti prende, si può sapere?»

Richard sospirò e, sforzandosi di sorridere, si girò a guardarla.

«Se potessi essere un supereroe, quale sceglieresti?»

Daniela lo fissò sconcertata dal vertiginoso cambio di argomento.

«Vediamo un po'...» rifletté, cercando di stare al gioco. «Dopo la nostra passeggiata sui tetti di Londra, ho rivalutato i poteri dell'Uomo Ragno.»

«Ottima scelta, brava!»

«Grazie.»

«Però vorrei farti notare che Superman sa volare.»

«Sì, però porta le mutande sopra i pantaloni, e questo mi imbarazzerebbe molto.»

Richard sorrise di nuovo, e stavolta pareva sincero.

«Dove hai detto che è la cassaforte?»

La domanda riportò Daniela alla realtà e le mise addosso un brivido.

«Nella stanza dei miei genitori», rispose.

«Ti seguo.»

L'atmosfera intima della camera matrimoniale li lasciò senza parole. Intrufolarsi nel santuario di una coppia, seppure in sua assenza, incuteva sempre un certo rispetto. Aprirono l'armadio e spostarono i pochi abiti appesi. Dietro una serie di camicie da uomo passate di moda si nascondeva la cassaforte che il padre le aveva mostrato quando era piccola. Sullo sportello c'erano tre rotelle e una levetta con la parola OPEN incisa su un lato e CLOSED sull'altro. Era un modello piuttosto originale: sulle rotelle non comparivano numeri, come nella maggior parte delle casseforti che Daniela aveva visto in vita sua, ma le ventisei lettere dell'alfabeto, tanto per scoraggiare un ipotetico ladro.

«Mio padre mi aveva detto che la combinazione era una famosa formula matematica», gli spiegò.

«Tre lettere...» si disse Richard.

Senza pensarci due volte, impostò una E sulla prima rotella, una M sulla seconda e una C sulla terza.

«$E = mc^2$!» esclamò Daniela. «L'equazione di Einstein.»

Era ovvio che il padre avesse scelto quella combinazione, un'equazione che parlava dell'equivalenza tra massa ed energia. Indicava che la massa contiene una certa quantità di energia anche se il corpo è a riposo, un concetto assente nella meccanica classica.

«Anni fa, il fisico Ronald Mallett volle costruire una macchina del tempo basata su questa equazione», cominciò a spiegare Richard. «Quando era piccolo, suo padre morì d'infarto e lui si mise in testa di salvarlo. Aveva letto una versione a fumetti della *Macchina del tempo* di Wells e decise che il suo scopo nella vita sarebbe stato creare un marchingegno che gli permettesse di viaggiare nel passato e cambiare il destino del padre. La sua intenzione era curvare il tempo con un dispositivo che utilizzasse energia luminosa sotto forma di fasci di raggi laser. Ha persino realizzato un esperimento per dimostrare l'esistenza di linee temporali chiuse. Mediante un sistema di specchi e appropriati strumenti ottici, si produce un fascio di luce rotante che con la sua energia dovrebbe curvare lo spazio attorno a sé. Stando alla teoria della relatività, la curvatura dello spazio può estendersi anche al tempo, tanto che quest'ultimo si dilaterebbe nelle vicinanze del fascio di luce offrendo la possibilità di osservare in questa zona particelle instabili che contengono una specie di orologio interno: il loro tempo medio di vita, di solito estremamente breve, si vedrebbe dilatato per effetto della curvatura spazio-temporale. Secondo Mallett, la presenza di linee temporali chiuse indica la possibilità di viaggiare nel tempo, mettendo le basi per una macchina del tempo fondata su un cilindro di luce rotante. È l'unico scienziato al mondo che lavori su un progetto simile.»

Mentre parlava, Richard girava la levetta verso la scritta OPEN, convinto di aver trovato la combinazione giusta. Ma purtroppo si sbagliava.

«Non si apre!»

«Non può essere», ribatté Daniela. «Se papà ha usato un'equazione matematica, questa è la più sensata.»

«A meno che Leonard, intuendo il pericolo, non l'avesse sostituita con un'altra negli ultimi tempi.»

«In questo caso siamo perduti», sospirò lei.

«Ci sono altre equazioni famose», ribatté Richard.

Rimasero un istante in silenzio.

«A mio padre piaceva Newton», suggerì Daniela. «Anche il nostro gatto si chiamava così.»

Lui spostò di nuovo la levetta di apertura e cominciò a riflettere. Senza aprire bocca, tornò a girare le rotelle. Prima la F, poi la M e poi la A.

«Seconda legge di Newton», sorrise Daniela. «Forza uguale massa per accelerazione.»

«Tieni le dita incrociate», le disse Richard.

«Le tenevo incrociate anche quando hai provato con Einstein», borbottò lei mostrandogliele, «ma evidentemente non ha funzionato.»

«Perché bisogna incrociare anche quelle dei piedi», le spiegò lui con un sorriso sornione, un attimo prima di muovere la levetta. In quell'istante si sentì un leggero scatto all'interno della cassaforte e Daniela sciolse le dita. Aprirono lo sportello e all'interno trovarono una cartellina piena di documenti e un contenitore per lenti a contatto con una sola lente.

«E questo cos'è?» chiese Daniela.

«Dovremo studiare tutto per bene.»

Richard aprì la cartellina. Cartine, una chiave elettronica

con la fotografia di Leonard Green, documenti pieni di formule matematiche...

«Daniela, è molto probabile che tuo padre abbia scoperto una formula per viaggiare nel tempo. Una formula reale.»

«Dai, non scherzare.»

«Non sto scherzando affatto. E queste carte ci aiuteranno a ricostruirla.»

«Si può sapere di che parli?»

«Tuo padre e io finora abbiamo lavorato solo a livello teorico. Non abbiamo fatto altro che elaborare ipotesi sulla base dei dati appresi da chi prima di noi ha studiato i viaggi nel tempo. Adesso invece possiamo viaggiare nel tempo sul serio.»

«Avete costruito una macchina del tempo?»

«Sono anni che è pronta, ma nessuno l'ha mai usata a questo scopo.»

«Mi sto perdendo.»

«Parlo del CERN, il più grande laboratorio al mondo di fisica delle particelle, al confine tra Svizzera e Francia. È lì che si trova il Large Hadron Collider.»

«L'acceleratore di particelle? Mi sa di fantascienza.»

«Devi credermi, Daniela. Non eravamo i soli a pensarlo. Gran parte della comunità scientifica è seriamente convinta che il grande collisore di adroni possa servire a viaggiare nel tempo.»

Furono interrotti dal campanello. Si guardarono, pietrificati, poi all'improvviso Richard ricordò che il portinaio si era offerto di portare su un paio di panini.

«Rimani qui», disse a Daniela. «Dev'essere il signor Patterson. Vado ad aprirgli e torno.»

39.

Finita la riunione, Liz salì nella sua stanza. Era molto giù di morale. La cosa peggiore di una vita lunga con una buona memoria era avere tanti ricordi, alcuni dei quali terribilmente dolorosi. Vivevano nascosti nelle canzoni, negli odori, negli sfondi delle fotografie. I ricordi erano le zecche del tempo. Si sentiva profondamente infelice. Lei, la più bella tra le belle, guerriera, combattente, appassionata, accorta, febbrile, colta, potente... la donna perfetta, mai, mai era riuscita a farsi amare pienamente da un uomo: l'amore con la A maiuscola. Quell'amore romantico, appassionato, leale, onesto, sincero, divertente, impegnato... quell'amore per cui si è persino disposti a morire... o a uccidere. In tutti quei lunghi anni nessuno l'aveva mai amata davvero.

Mai.

Si sentì colpita dalla sfortuna e scoppiò a piangere.

Per molto tempo non si era neppure chiesta cosa fosse l'amore. La sua vita era troppo emozionante perché si ponesse il problema. Si accontentava del turbamento che le suscitava la vista dei suoi ammiratori, i loro occhi infiammati davanti al suo corpo da dea. Questo le bastava, sì, le bastava sul serio. Finché non era arrivato lui. Non aveva mai conosciuto un uomo così, e la cosa più triste è che non ne avrebbe mai più conosciuto un altro. L'uomo più bello del mondo, il più intelligente, il più gentile e forte... l'unico a cui una donna come lei potesse concedersi fino in fondo.

Ricordava alla perfezione il giorno in cui l'aveva visto per la prima volta. Era stato a Parigi, la città della luce e dell'amore. Lei era vestita di velluto rosso e aiutava Nicolas a sbendare una mummia. Aveva percepito la sua presenza molto prima di vederlo. Nonostante la penombra, quell'uomo brillava di luce propria. I loro occhi si erano incrociati e lei aveva sentito il cuore fermarsi, la gola secca, le ginocchia molli e le mani sudate. Non le era mai capitato niente del genere.

Mai.

Aveva deciso che doveva essere suo, a qualsiasi costo.

Per sua fortuna era un amico di Alessandro, e questo aveva semplificato le cose. Si era informata sui posti che frequentava, aveva indagato sul suo passato, scoperto che musica ascoltava, che libri leggeva, che pittori apprezzava. Aveva studiato la vita del suo amore fino a conoscerlo meglio di sé stessa, e aveva deciso di diventare la donna perfetta per lui. Una volta saputo che lui aveva composto una piccola opera, aveva imparato a suonarla al pianoforte, conquistandolo definitivamente. Il primo contatto delle loro mani aveva paralizzato il mondo. Solo per quello valeva la pena vivere in eterno. Era stato allora, e solo allora, che Liz aveva compreso il senso e l'emozione che si celava nelle poesie, nelle canzoni, nei romanzi d'amore...

Dopo una simile scoperta, si era sentita delusa, persino infastidita dal modo in cui l'avevano amata gli altri uomini nel corso della sua vita. Ferenc, suo marito, il giorno che l'aveva deflorata, si era comportato con lei come il Cavaliere Nero d'Ungheria, nome con cui era conosciuto tra i suoi nemici per la ferocia in combattimento. Come molti altri che erano venuti in seguito, Ferenc aveva sguainato la sua spada virile senza neppure spogliarsi, appena toccato il letto dopo il vincolo matrimoniale. Gliel'aveva mostrata tutto pieno d'orgoglio, come fosse il suo tesoro più grande. Ma quella minaccia che si affacciava tra gli abiti di velluto, svincolata dal resto dell'anatomia del suo freschissimo marito, le era parso un mostro ciclopico che la guardava di sbieco, persino minaccioso. Come era facile immaginare, i due pezzi non erano fatti per combaciare. Ferenc, impaziente, l'aveva penetrata senza tanti riguardi, ma il viso stravolto di Liz gli toglieva la libido, a quanto disse, tanto che l'atto si era prolungato in eccesso. Un viavai sfrenato di spinte ritmiche che, dopo la prima fitta di dolore, si erano rivelate di una noia mortale. Ferenc aveva impiegato almeno tre quarti d'ora a crollarle addosso, gemendole nell'orecchio, con la forza di un orso braccato, mentre sulle lenzuola restava la traccia color cioccolato dell'innocenza della sua sposa.

In quel momento Liz aveva capito che se prendeva parte attiva a quel sudicio rituale di accoppiamento Ferenc si svuotava molto prima. Piano piano aveva iniziato a mostrarsi più vogliosa, e ogni tanto anche lei si concedeva di godere durante l'amplesso. Aveva scoperto che sentiva piacere quando dava piacere, perciò aveva cominciato a misurare con attenzione i gesti, i gemiti, i sudori, l'ultimo sospiro prima dell'estasi, fino a riconoscere, nella geografia del marito, il punto esatto in cui il piacere abitava.

Con il passare degli anni aveva imparato che, per quanto fiero, intelligente o inaccessibile si mostrasse in pubblico, un uomo finiva sempre soggiogato dalle carezze di una donna che gli offriva con generosità il corpo, senza abiti dietro cui nasconderlo. Un corpo morbido e sodo che anelava le sue mani con l'avidità di un gatto sottomesso, che gemeva a bocca aperta e occhi socchiusi dinnanzi a qualsiasi sua goffa attenzione.

Ma quando si era concessa a Richard, tutto era cambiato. In un primo momento, per la forza dell'abitudine, aveva cercato di mettere in atto le tecniche che per secoli aveva usato con gli altri uomini. Ma lui l'aveva immobilizzata con un gesto. Le aveva fatto scivolare la mano sul collo tenendola per la nuca, guardandola negli occhi come se le potesse leggere nell'anima, avvicinandosi piano per baciarla delicatamente sulle labbra. Il fiato caldo di Richard aveva anticipato la sua pelle morbida, la sua lingua vellutata che le scivolava dentro la bocca. Fino a quel momento i baci erano sempre stati un semplice antipasto indispensabile per accedere al piatto principale. Non aveva mai immaginato che potessero provocare quello stravolgimento dei sensi, quell'effetto di vertigine. I muscoli del corpo si erano afflosciati e tutto intorno a lei aveva smesso di esistere, perché neanche le guerre fratricide, la fame nel mondo o i disastri naturali potevano essere più importanti di quel momento di intimità in cui stava nascendo il loro amore. Aveva percepito senza finzioni la pressione nello stomaco che scendeva con fermezza fin dentro le viscere, con un'urgenza mai provata prima di allora. Avrebbe voluto sentire più lucidamente quella voglia sorda, quella sete, quella fame dell'altro, conservarle a lungo in mezzo alle gambe, assaporarle, convinta che il piacere dell'incontro si trovasse nel percorso e non nell'arrivo alla meta. L'ossigeno sembrava sparito dalla stanza e Liz lo bramava come un pesce fuor d'acqua, con gli occhi serrati e la bocca socchiusa, finché Richard non si era ritratto per osservarla con un misto di devozione, tenerezza e desiderio che le aveva attanagliato ancora di più il ventre. Aveva lasciato che la spogliasse piano, percorrendo ogni centimetro con le dita, con le labbra e con la lingua, permettendogli di tracciare sentieri di saliva sulla sua pelle, per farne il primo esploratore delle sue valli e montagne, il sommozzatore delle sue profondità, ormai completamente allagate. Erano rimasti nudi, abbracciati, sentendo il calore della loro pelle eccitata. E quasi senza accorgersi, Richard si era ritrovato dentro di lei, scivolando dolcemente, muovendosi con delicatezza, fino a convincerla che fosse lui il pezzo mancante che completava il puzzle. Fino ad allora, i suoi erano stati solo goffi tentativi di colmare il deserto che le inaridiva il cuore. Nel momento di massima gioia, Liz aveva voluto vedere l'espressione di Richard. Si era resa conto che il suo stesso piacere si rifletteva negli occhi di lui e aveva avuto la certezza che la paura di morire era finalmente svanita. Avrebbe potuto dileguarsi per sempre tra le braccia di quell'uomo.

«Ti amerò per sempre, per sempre...» gli aveva sussurrato all'orecchio, mentre giacevano sfiniti uno accanto all'altra.

E lei manteneva sempre le sue promesse.

In quel momento finalmente capiva cosa significava morire d'amore. Erano fatti l'uno per l'altra. Oppure no?

«No... No, no!»

Forse l'amore non era comprensione? Forse l'amore non era lealtà? L'amore vero era incondizionato.

«Incondizionato!»

Ma lui la pensava diversamente.

Quando aveva scoperto quale prezzo doveva pagare alla vita per mostrarsi sempre così bella ai suoi occhi, Richard si era infuriato con lei. Le aveva rinfacciato di avergli mentito, di aver finto di essere una persona che non era per farlo innamorare.

Che importanza aveva?

A lei era indifferente fingere di essere un'altra persona, se era la persona che lui amava.

«Io sarò quello che vorrai!» gli aveva gridato. «Quella che vorrai! Per sempre! Posso farlo.»

Ma lui non si era preso neppure il disturbo di risponderle. Se n'era andato, e ogni volta che si vedevano si comportava come se tra loro non fosse mai accaduto nulla. Come se lei non esistesse.

L'aveva odiato, l'aveva odiato così tanto... lo odiava ancora così tanto.

Gli augurò di marcire all'inferno e che la sua bella pelle d'angelo fosse sfigurata tra le fiamme.

Ma a volte, in sogno, tornava a desiderare il suo corpo che si muoveva docile sopra di lei, le sue labbra fruttate, quello sguardo innamorato che così poco le aveva rivolto, ma così tanto aveva significato.

Lo amava... e lo odiava.

Sì, e così sarebbe stato per sempre. Per sempre. E per questo lo odiava ancora di più. Avrebbe voluto con tutto il cuore che tornasse da lei supplicandola di perdonarlo, di concedergli di nuovo il suo amore. Allora Liz l'avrebbe rifiutato e gli avrebbe fatto capire quanto aveva sofferto.

«Richard!» gridò con tutte le sue forze, serrando i pugni. «Richard!»

La sua voce rimbombò tra le pareti della stanza.

«Torna da me!»

Di sicuro in casa la sentirono tutti.

«Ti odio!»

Ma ormai si erano abituati.

«Ti amo!... ti amo... ti amo... torna...»

La sua voce si spense piano piano. E allora si buttò a faccia in giù sul letto e pianse disperata finché non le restarono più lacrime.

40.

Al signor Patterson tremava il vassoio fra le mani. Aveva appena suonato all'8A e aspettava che gli aprissero la porta. Anche se l'ispettore Abberline si era raccomandato di non fare niente finché non fossero arrivati loro, lui non era riuscito a rimanere a braccia conserte mentre sotto il suo naso si verificava l'evento più emozionante di tutta la sua vita. Non per niente era un accanito ammiratore di Charles Bronson. Film come *Il giustiziere della notte*, in cui un uomo pacifico si vedeva costretto a vendicare le terribili ingiustizie del mondo, erano per lui una fonte di ispirazione. Sarebbe stato assurdo da parte sua sottrarsi a un'avventura simile.

Passò in rassegna ogni gesto mentre saliva in ascensore, soppesando pro, contro e diverse reazioni inaspettate da parte di quel ripugnante assassino. Riusciva quasi a vedersi mentre rispondeva alle domande dei giornalisti e spiegava come aveva fatto a intrappolarlo.

Il rumore dei passi nell'ingresso lo strappò ai suoi sogni di gloria. Con il cuore in subbuglio, attese impaziente che si aprisse la porta, inspirando profondamente, impostando l'espressione affabile che usava così poco spesso. Sentì il cigolio della serratura e l'ossigeno gli si fermò nei polmoni. Percepì una vertigine strana, come una premonizione di fallimento, ma non ebbe il tempo di pensare ad altro.

«Grazie, lei è davvero gentile», disse Richard, allungando il braccio per prendere il vassoio con due sandwich, due mele e due bicchieri di latte.

Ma il signor Patterson lo ritrasse abilmente, dribblando il suo interlocutore con l'agilità di David Beckham.

«Glielo lascio sul tavolo», disse intrufolandosi nell'appartamento, seguito come al solito dai passetti incerti di Milù.

«Non si disturbi, signor Patterson, la prego...»

«Nessun disturbo, si figuri...» lo rassicurò lui a metà corridoio. «E poi ho delle lettere da consegnare alla signorina Green.»

Si guardò attorno con insistenza.

«Dov'è?»

Per un attimo, temette il peggio.

«Sono qui, signor Patterson.»

Daniela gli andò incontro e lui le sorrise con aria sollevata.

Posò il vassoio sul bancone della cucina e sospirò soddisfatto del coraggio dimostrato.

«Non so se avete notato che il televisore è qui sotto», disse sollevando il lenzuolo che lo copriva senza chiedere il permesso. «Dove sarà il telecomando? Vediamo un po'...»

«Non si preoccupi, signor Patterson, siamo entrambi molto stanchi e...»

Ma l'uomo non sembrava prestarle attenzione.

«È così tanto che non viene... Si sarà scordata dove tenete le cose, vero?» Rise svogliato. «Se avete qualche dubbio... qualsiasi cosa...»

«Ma certo, non si preoccupi», annuì Daniela.

«Eccolo!» esclamò soddisfatto quando trovò il telecomando sotto una vecchia rivista. «Vediamo se ci sono le pile. Altrimenti... le ho io di sotto.»

Schiacciò un pulsante e lo schermo si accese all'istante. In quel preciso momento andava in onda *La ruota della fortuna*, uno dei suoi programmi preferiti. Il signor Patterson rimase come ipnotizzato. Il tabellone era quasi completo e mancavano solo due lettere. La domanda era: film e attore.

«*Il mistero del falco*, Humphrey Bogart», esclamò con una risata. «Più facile di così... E non l'azzecca! Mi sa che uno diventa scemo, quando è in televisione!»

Senza aggiungere altro tornò al vassoio, afferrò un bicchiere di latte e lo porse a Richard.

«Beva», lo incalzò con lo stesso sguardo sospettoso di poco prima, quando li aveva accolti sul portone del palazzo. «Il latte è molto rilassante, sa?»

«Grazie mille.»

Richard lo prese e lo porse a Daniela.

«Lei ne ha più bisogno di me.»

Il signor Patterson osservò deluso il percorso del latte, e un istante dopo si affrettò a prendere un sandwich.

«Magari la signorina preferisce mangiare qualcosa di solido. È al pollo... pollo ripieno.» Con una mano le offriva il panino avvolto nella pellicola e con l'altra cercava di toglierle il bicchiere di latte, che lei però aveva già cominciato a bere.

«Grazie, signor Patterson», gli disse Daniela tra un sorso e l'altro.

La guardò deluso. Le cose non stavano andando come aveva sperato, perciò da quel momento in poi avrebbe improvvisato.

«La ringraziamo davvero tanto per quello che ha fatto per noi», tagliò corto Richard, «ma adesso non vogliamo disturbarla oltre.»

Chiunque si intendesse di comunicazione non verbale avrebbe capito al volo che quella leggera inclinazione del corpo, unita alla lieve rotazione dei fianchi, insieme al movimento del braccio in direzione del corridoio, indicavano senza ombra di dubbio che Richard lo stava invitando ad abbandonare l'appartamento. Ma il signor Patterson, anziché seguire quelle indicazioni, socchiuse gli occhi, sollevò le braccia e piegò le ginocchia, cercando di imitare la posizione della gru senza troppo successo.

«Si arrenda, signor Chanfray! L'avverto che sono cintura nera di karate.» Si appoggiava solo sulla gamba sinistra, cercando disperatamente di mantenere l'equilibrio.

«Ma che significa?» Richard lo guardò perplesso.

«Ho il dovere di proteggere la signorina Green, perciò faccia come le dico: si stenda a terra a faccia in giù!» ordinò oscillando le mani davanti al suo naso, come se volesse ipnotizzarlo.

«Per favore, la smetta. Finirà per farsi male.»

Il cuore del signor Patterson batteva come un razzo. Contò fino a tre e spiccò un salto teatrale con cui intendeva far perdere l'equilibrio al suo avversario. Ma Richard si fece da parte e il portinaio finì a terra.

Proprio in quel momento, il telegiornale mandava in onda le foto di Richard Chanfray e Daniela Green. La giornalista spiegò che la ragazza era stata sequestrata, mentre l'uomo era ricercato. Il sospettato era alla guida di un'auto rubata, un Maggiolino del '74 color verde acqua.

Il signor Patterson si girò e guardò serio Daniela.

«Signorina, adesso è in salvo, ci sono qua io! Non ha più niente da temere, Scotland Yard sarà qui a minuti.»

Daniela cercò di parlare, ma i muscoli del corpo non rispondevano. All'improvviso il sandwich le cadde dalle mani.

«Mi... mi viene da vomitare.»

Daniela apriva e chiudeva gli occhi sconcertata, reggendosi alla poltrona. Il signor Patterson fece una smorfia: il bicchiere di latte sul tavolo era vuoto.

«Non avrebbe dovuto berlo, signorina Green... Non era per lei!»

Richard capì al volo cosa stava succedendo. Si abbassò e afferrò il portinaio per il colletto della vestaglia. L'uomo strabuzzò gli occhi terrorizzato. Dalla sua bocca socchiusa si notava che non era un assiduo frequentatore del dentista, e forse era questa la ragione del suo alito di fogna. Milù continuava ad abbaiare.

«Cos'ha messo nel latte? Risponda! È veleno?»

«Non... non era per lei!» si giustificò l'altro.

«Non chiudere gli occhi, Daniela! Non ti addormentare!» le gridò Richard prima di rimettersi a torchiare il portinaio. «Ha avvelenato la ragazza?»

«No... è... è...» Il signor Patterson esitava, apparentemente spaventato dall'aspetto di Daniela.

«Cos'è? Risponda!»

«È Zolpidem.»

«Zolpidem?»

«Un sonnifero.»

«Sicuro?»

«Sì... sì...»

Richard non perse tempo. Si mise alle spalle del portinaio, stringendogli il collo con il braccio sinistro mentre premeva sotto l'orecchio con il destro. Milù abbaiava ininterrottamente, quasi senza voce. In soli otto secondi, l'uomo smise di resistere e gli svenne tra le braccia. Richard lo trascinò fino alla poltrona, Milù gli saltò sopra e cominciò a leccarlo in viso emettendo gemiti disperati.

«Mi dispiace, amico», si scusò Richard.

«L'hai... l'hai... ucciso?» biascicò Daniela, sforzandosi di tenere gli occhi aperti.

«No, tranquilla, ha solo perso i sensi. È la presa del sonno: si interrompe il flusso di sangue che arriva al cervello premendo sulla carotide.»

Frugò nei cassetti della cucina e in uno trovò del nastro isolante. Gli mise una salvietta in bocca e la fermò con il nastro, poi gli legò le mani e i piedi. L'effetto della presa del sonno non durava a lungo e voleva assicurarsi che al suo risveglio non li ritrovasse ancora lì. Ma avevano qualcos'altro da sistemare prima di andarsene.

«Cerca di non addormentarti, Daniela, ti prego.»

Quando ebbe legato il signor Patterson come un salame, la prese in braccio e la portò in bagno. Qui la costrinse a vomitare e le lavò la faccia con l'acqua gelida.

«Stai bene?»

Lei apriva gli occhi con lentezza e lo guardava come se fosse appena uscita da un lungo sonno.

«Hai ucciso il signor Patterson», ripeteva.

«No... no..., tranquilla. È solo addormentato. Ma si sveglierà tra poco, perciò dobbiamo filarcela di qui.»

Andò nella stanza matrimoniale e infilò in una borsa la cartellina e i documenti che avevano trovato nella cassaforte. Poi prese in braccio Daniela e uscì dall'appartamento chiudendo la porta a chiave.

Quando il signor Patterson riprese conoscenza, si ritrovò con le mani legate e Milù sopra di lui che lo leccava tutto contento, starnutendo per l'agitazione e agitando la coda a una velocità vertiginosa. Patterson era felice di vederlo, certo, ma non poté fare a meno di sospirare, avendo appena perso l'unica occasione di diventare un eroe che la vita gli avesse offerto. Scrollò forte le spalle un paio di volte nella speranza di liberare le mani, ma era uno sforzo inutile. Non poteva far altro che aspettare.

Il televisore era ancora acceso. Al posto del telegiornale, adesso c'era un quiz a premi. Un altro dei suoi preferiti: *Chi vuol essere milionario?* Il presentatore dal sorriso falso offriva quattro possibili risposte alla domanda: «Come si chiamava l'aereo che lanciò la bomba atomica in Giappone?». "Enola Gay", si disse il signor Patterson, imprecando dentro di sé perché il concorrente chiedeva di utilizzare la telefonata a casa.

41.

Nicolas sentì, come tante altre volte, le urla strazianti di Liz. Come tante altre volte...

Erano passati più di centoventicinque anni da quella notte del 30 settembre 1888, quando lui e Alessandro avevano percorso le strade di Whitechapel con l'intenzione di svelare a Richard il più grande dei loro segreti. A giudicare dallo sguardo stravolto con cui era tornato a casa, avevano commesso un tragico errore. L'avevano sentito uscire all'alba per andare a comprare lo «Star». Avevano immaginato che volesse leggere nero su bianco ciò a cui aveva assistito, per accertarsi che non fosse solo frutto della sua immaginazione malata. Nel tabloid era riportata l'intervista dettagliatissima a un testimone oculare, un ebreo ungherese che giurava di aver visto, sul lato opposto della strada, un quarantenne con un berretto in testa avvicinarsi a una donna. L'aveva spinta dentro un cortile e lei aveva emesso un grido leggero, quasi un gemito, un grido che poteva essere indifferentemente di dolore o di piacere. Il testimone assicurava anche che, quasi allo stesso tempo, un altro uomo un po' più giovane, alto ed elegante, era sbucato dal nulla. Con una serenità agghiacciante, si era acceso la pipa. Quando l'ungherese aveva capito che poteva trattarsi dell'assassino di prostitute che riempiva le prime pagine di tutti i giornali, si era messo a urlare sperando di farli scappare. Evidentemente c'era riuscito, perché gli aggressori avevano lasciato il lavoro a metà. La donna era morta, sì, ma non mutilata, come era successo le altre volte. Quasi fosse un rituale da seguire passo dopo passo, quarantacinque minuti dopo era apparsa un'altra donna assassinata a Mitre Square, stavolta con tutti i segni di violenza efferata degli omicidi precedenti. I giornalisti l'avevano battezzata «la notte del doppio evento».

Richard li aveva affrontati con il giornale in mano e l'aveva lanciato sul tavolo.

«Ho sperato con tutto il cuore che nulla di quanto avevo visto stanotte uscisse sui giornali, quasi fosse la carta stampata e non la mia stessa memoria a rendere reale la realtà. Ma le mie preghiere sono rimaste inascoltate. Non intendo giudicarvi. Chi sono io per giudicare qualcuno?» disse. «Vorrei solo conoscere i motivi... le ragioni che vi spingono a commettere simili atrocità.»

«Che cosa vuoi sapere?» gli aveva chiesto Nicolas, vergognandosi di sé stesso.

«Tutto.»

Nicolas aveva capito che gli doveva una spiegazione, e così aveva cominciato dall'inizio.

Neanche a lui piaceva quello che facevano. No, non gli piaceva per niente. Ma la vita... i casi della vita.. La sua vita era così lunga... che per forza aveva finito per commettere degli errori di cui doveva farsi carico. Sì, era vero, aveva strappato dalle fauci della morte quella che era stata battezzata «la contessa sanguinaria» in un momento in cui per lui la scienza prevaleva sull'etica. Si trovava con la moglie in Ungheria quando era venuto a sapere che una donna, una contessa, era capace di mantenere la sua straordinaria bellezza semplicemente frizionando la sua pelle con il sangue di altre donne. I suoi studi si concentravano all'epoca sull'incorruttibilità della carne. Ecco perché aveva deciso di studiarla. Avrebbe dovuto pensarci due volte, sì... sarebbe stato meglio. Soppesare i pro e i contro, valutare altre opzioni, immaginare, sospettare, intuire, ragionare... ma non aveva fatto niente di tutto ciò. L'aveva salvata da morte certa, sì, ma perché si illudeva che Erzsébet Báthory fosse come lui, un'amante della vita. Un unico desiderio, la vita eterna. Era convinto che la contessa commettesse quelle atrocità nella cieca speranza di non abbandonare questo mondo meraviglioso, e che una volta ottenuti i magici effetti della pietra filosofale avrebbe rinunciato alle sue crudeli perversioni. Ma si sbagliava di grosso. Anche se Nicolas continuava a giurarle che sarebbe vissuta in eterno, Erzsébet Báthory non gli dava retta. A lei non interessava la vita eterna, ma la bellezza eterna, e ogni giorno si sentiva più vecchia. Non voleva vivere per sempre, se questo implicava avvizzire come una rosa recisa, emanando un fetore putrido, come un pesce lasciato due giorni fuori dall'acqua. Liz si squadrava allo specchio ogni piega della pelle, ogni macchia, ogni ruga inesistente, e aveva finito per convincersi che si stava decomponendo a vista d'occhio.

«Non voglio vivere in eterno, se significa smettere di essere bella!» aveva urlato stringendo i pugni. «La vita non ha senso, senza la bellezza. E io conosco solo un modo per fermare gli effetti del tempo.»

Nicolas sapeva bene a cosa si riferisse, perciò aveva tentato di farla ragionare. Ma era stato tutto inutile. Erzsébet gli era sfuggita di mano. Sì, lo riconosceva, il suo piano faceva acqua da tutte le parti. Salvarla era stato irresponsabile come portarsi a casa un cucciolo di leone quando ha ancora le dimensioni, le movenze e le esigenze di un gattino, senza pensare che arriverà a superare i duecento chili e pretenderà almeno sette chili di carne fresca al giorno. Ma ormai era tardi, e non poteva certo sbarazzarsi di Erzsébet regalandola a un circo. Adesso la responsabilità era sua... e per sempre.

Per sempre.

Sì, era vero, si erano accorti ben presto che Liz aveva ripreso le sue antiche, orribili abitudini a causa delle quali era stata rinchiusa nelle celle del suo castello. Di frequente venivano a sapere che una donna era morta in maniera efferata. All'inizio Nicolas e Perenelle avevano cercato di non badarci, come se girarsi dall'altra parte servisse a cancellare le sue atrocità, ma Liz si faceva sempre più spregiudicata e Nicolas aveva cominciato a temere per la loro incolumità, nel caso fosse stata arrestata. E se l'avessero torturata? Come sarebbe andata a finire? In fondo, era resistente alla morte, ma di certo non al dolore. E se l'avessero impiccata? Sarebbe rimasta appesa viva a una corda per anni tra lo stupore della gente? Il comportamento di Liz li metteva tutti in pericolo. Se li avessero scoperti, sarebbero diventati delle creature mostruose che la gente avrebbe provato a dissezionare per scoprirne il funzionamento, come fanno i bambini che aprono la pancia al cavallino a dondolo con il temperino per guardare delusi all'interno. Avevano uno stupefacente potere rigenerativo, ma cosa sarebbe accaduto se li avessero squartati? Le loro membra avrebbero continuato a vivere? Nicolas non aveva mai pensato a una simile eventualità. Essere immortali non significava essere invulnerabili, ma che il loro spirito non avrebbe mai abbandonato il corpo. Se li avessero tagliati in milioni di frammenti e li avessero disseminati per l'universo, loro avrebbero continuato a esistere in ognuno di essi. Potevano lanciarli in fondo a un vulcano in eruzione e ridurre in cenere dispersa nell'aria la loro pelle, i loro muscoli, le loro viscere, le loro ossa: ebbene, in ognuna di queste molecole avrebbe continuato a esistere una scintilla della loro anima. Potevano murarli vivi, seppellirli nel cemento fresco, immergerli in mare con una pietra di dieci tonnellate legata ai piedi. Loro sarebbero rimasti vivi. Per il resto dell'eternità. Per sempre.

Per sempre.

Sarebbe stato davvero terribile. Nicolas non poteva permettere che la scoprissero. Perciò, anche se non ne andava fiero, aveva deciso di aiutarla. Era molto meglio farsi coinvolgere nella scelta delle vittime, altrimenti Liz poteva decidere a caso e magari uccidere una dolce fanciulla con un futuro promettente o una madre di famiglia, oppure una signora perbene, utile al resto del mondo. Se invece avesse scelto lui, le vittime sarebbero state donne dall'esistenza inutile, scarti della società, femmine di cui nessuno avrebbe sentito la mancanza.

Da quel momento in poi, il suo ruolo era stato solo quello, ma da quando si era unito a loro anche Alessandro, aveva iniziato a partecipare attivamente.

«All'inizio non era troppo esigente», aveva spiegato Nicolas con aria afflitta. «Un donna ogni sei o sette mesi, più o meno, ma dopo che sei arrivato tu, Richard... lei... lei... voleva a tutti i costi essere molto più bella, più giovane, più perfetta... solo per te. È stata come una valanga, inarrestabile e devastante. Ci siamo visti costretti a sorvegliare i suoi passi, ad aiutarla, a nasconderla... Ecco perché i testimoni degli omicidi che vengono intervistati sui giornali si contraddicono nella descrizione dell'assassino, perché Jack non è una persona sola. Jack siamo tutti noi.»

Dopo quella confessione, Nicolas era rimasto in silenzio, in attesa della reazione di Richard, che in realtà aveva impiegato qualche tempo a manifestarsi.

«Se quello che ho visto stanotte è già stato raggelante, ciò che attende la mia coscienza da questo momento in poi sarà ancora peggio delle sofferenze di quelle povere donne», aveva sentenziato con lo sguardo inorridito. «A pensarci bene, loro non ci mettono tanto a morire, mentre io ho un'eternità per convivere con ciò che so. Quello che abbiamo è un dono. Qualcosa di meraviglioso che dovrebbe renderci migliori, più magnanimi, più giusti e tolleranti con gli altri. Eppure non dovremmo dimenticare mai che restiamo esseri umani. Io lo ricordo a me stesso ogni giorno. Mi sforzo di non dimenticarlo. Temo che questa mia diversità possa farmi sentire un mostro, trasformando la mia vita in un inferno. Altrimenti non potrei andare avanti con questo dono, che a volte mi pare un fardello insopportabile. Abbiamo una responsabilità nei confronti del genere umano. È importante ricordare che siamo uguali come dignità, che non possiamo riscattare l'esistenza di uno a costo di quella di un altro. La vita di quelle donne che chiamate "scarti della società" non sarà sicuramente la più desiderabile, su questo non ci sono dubbi, ma solo dal punto di vista materiale. Lo spirito umano continua ad abitare la loro carne, per quanto esposta a malattie, freddo o fame. Chi siamo noi, per decidere che quelle donne non meritano di vivere, per quanto orribili siano le condizioni in cui trascorrono la loro esistenza? Che razza di gerarchia di valori vi dice come dovete comportarvi? Il nostro dono straordinario dovrebbe spingervi a essere più generosi con gli altri, non a sfruttarli. Quando incrociamo la sofferenza di un essere umano, dovremmo essere i primi a fare un passo avanti in suo aiuto, e non approfittarci della sua difficoltà.»

«Ti prego, Richard, dobbiamo rimanere uniti, siamo una famiglia», l'aveva supplicato Nicolas.

Ma lui l'aveva guardato con tutto il disprezzo del mondo.

«No. Non cercare di confondermi appellandoti all'affetto che vi ho dimostrato. Io non sono come voi. Non sono disposto a lasciarmi sottrarre quel poco di umanità che ancora mi resta. Io non sono come voi.»

Detto questo, era salito in camera, aveva preso le sue cose e se n'era andato di casa, seguito dalle urla, dai pianti, dalle suppliche e dalle minacce che gli lanciava Liz, e che aveva continuato a lanciargli ancora a lungo dopo la sua partenza.

La bella contessa aveva perso tutta la sua dignità. Aveva preso a pugni i mobili della sua stanza, finché non li aveva fatti a pezzi e le erano sanguinate le mani. Aveva fatto a brandelli la camicia da notte con cui aveva dormito con lui l'ultima volta e un fazzoletto con l'iniziale R che lui aveva dimenticato in camera sua. Sputava parole nella sua lingua natale, il cui significato gli altri potevano solo immaginare. Quando era calata la notte, era uscita di casa ed era scomparsa per diversi giorni. Preoccupati, erano andati a cercarla in tutti gli angoli della città: al Ten Bells, al World's End, al Britannia... ma nessuno ne sapeva niente. Avevano temuto il peggio.

E infatti avevano ragione.

Liz era ricomparsa una settimana dopo, all'alba, ricoperta di sangue dalla testa ai piedi, con lo sguardo perso nel vuoto. Il giorno seguente gli strilloni urlavano a gran voce i titoli dell'«Evening Post» e dello «Star».

«Edizione straordinaria! Edizione straordinaria!» gridavano con le loro vocine ancora infantili. «Jack lo Squartatore ha colpito ancora!»

L'ultimo omicidio era stato il più crudele. Una bella prostituta di venticinque anni di nome Mary Kelly era stata trovata morta nel suo umile appartamento di Miller's Court. L'assassino era riuscito a entrare di soppiatto infilando la mano in una finestra rotta accanto alla porta. Jack aveva agito indisturbato, ed era stato un vero e proprio bagno di sangue. A quanto si diceva, lo spettacolo era da girone dantesco. A Nicolas si era stretto il cuore.

Liz aveva trascorso i giorni successivi a letto, in preda alle allucinazioni, scambiando chiunque per Richard, immaginando che fosse tornato da lei per prenderle la mano e dirle che l'amava più di qualsiasi cosa al mondo e che accettava il suo stile di vita. Ma quando aveva ripreso coscienza, si era resa conto che quello era solo un sogno: Richard non solo non era tornato da lei, ma aveva anche giurato che avrebbe fatto il possibile per cambiare le cose.

Per quanto Nicolas giudicasse Liz un esemplare unico, degno di essere studiato con attenzione, anche a lui era venuto il sospetto che adesso stesse davvero esagerando. Doveva mettere un freno alle sue richieste, perciò aveva deciso di organizzare una riunione a cui avrebbe partecipato anche Alessandro. Voleva parlare con lei, convincerla che il processo mentale secondo cui senza sangue fresco sarebbe avvizzita non aveva basi concrete, ma era solo una beffa dei suoi occhi. La loro condizione di immortali rendeva impossibile l'invecchiamento. Doveva convincersene.

Lei li aveva guardati indignata.

«Insinuate forse che sono pazza? È possibile che il tempo abbia cominciato a scorrere più lentamente, ma scorre comunque... e lascia una traccia sulla mia pelle. Ho più di trecento anni! Una cosa è evitare la morte, e una cosa ben diversa è evitare la vecchiaia. Chi osa varcare le frontiere che Dio ha disposto è costretto a pagarne il prezzo», aveva sentenziato.

«Questa è matta!» aveva ribattuto Alessandro lanciando un sospiro schifato. «Richard ha perfettamente ragione, ne ho abbastanza anch'io.»

E anche lui aveva raccolto le sue cose ed era andato via, lasciandoli soli con Liz. Nicolas, sopraffatto dagli eventi, incapace di trovare una soluzione che non fosse spedire Erzsébet in un circo per esibirla in una gabbia come il fenomeno da baraccone che era, le aveva giurato che non l'avrebbe più aiutata. Da quel momento in poi, la responsabilità delle sue azioni sarebbe ricaduta unicamente su di lei, e avrebbe dovuto stare attenta a non farsi arrestare per il bene di tutti. Lei aveva promesso che non li avrebbe messi in pericolo. L'unica cosa che era cambiata da allora era stata la frequenza degli omicidi, che era scesa a un massimo di due all'anno. Ma i giornalisti continuavano a riconoscere la vecchia tecnica di Jack, e c'era sempre chi proclamava la nascita del nuovo Squartatore.

Erano almeno dieci minuti che non si sentivano più le urla strazianti di Liz rimbombare tra le pareti di casa. Contro ogni logica, oltre cent'anni non erano bastati a far sbiadire il suo dolore, e lei continuava a manifestarlo con la violenza e l'impeto del primo giorno. Sembrava quasi che provasse una strana forma di piacere nel rievocarlo in continuazione, convinta che Richard potesse provare quello che provava lei, nonostante il tempo trascorso e la distanza fisica.

Nicolas sospirò. Forse si era addormentata. Non sopportava le liti, le urla. Quella era la crisi più grave che avessero mai dovuto affrontare, e che forse li avrebbe persino condotti alla fine.

«Il tempo finisce? Possibile?» si disse sottovoce.

Nicolas era sempre stato convinto che tutti i mali che affliggevano l'umanità fossero dovuti alla coscienza di avere a disposizione un tempo limitato. I filosofi attribuivano alla morte l'origine stessa di Dio. Senza la morte, l'uomo non ne avrebbe mai sentito il bisogno, ed era sempre in nome di Dio che erano scoppiate le guerre più terribili. Senza la morte non ci sarebbero invidia né divinità frustrate né brama di potere, di denaro, di territori, di amore. Se la morte non pendesse sulle teste degli uomini come una spada di Damocle, non ci sarebbero discussioni, e perciò nessun motivo di scontro. E anche nel loro caso, era la morte che li faceva litigare.

«Erzsébet... Erzsébet... perché complichi sempre tutto?»

42.

Richard si dirigeva alla macchina tenendo in braccio il corpo privo di sensi di Daniela, a destra le ginocchia e a sinistra la nuca, mentre i capelli pendevano come i rami di un salice piangente scossi dal vento. Chiunque avrebbe potuto pensare che la ragazza avesse subito un colpo di pistola e fosse morta, anziché incosciente. Il suo collo appariva bianco e sottile sotto gli occhi di Richard, mentre lui rifletteva sulle imprudenze commesse. Si ripeteva per l'ennesima volta quella cantilena eterna con cui si era riempito la testa di raccomandazioni ormai da anni... o secoli: non mettere a rischio l'integrità fisica di nessuno, non avvicinarsi a nessuno, non lasciarsi coinvolgere emotivamente da nessuno, non avere intimità con nessuno... Stava per caso contravvenendo alle sue stesse regole? Era impazzito? Cosa stava facendo a quella ragazzina? Perché era così egoista? All'ultima domanda non fece fatica a rispondere: in effetti sì, era molto egoista, come del resto lo erano tutti gli esseri umani, immortali o no che fossero. Altrimenti perché mai si sarebbe intromesso nella vita di Leonard Green, mettendo in pericolo lui e la sua famiglia? Per raggiungere il suo obiettivo era disposto a provocare nefaste conseguenze, tra cui la possibilità di perdere la vita, a un gruppo di innocenti. E quello che stava facendo ora non era da meno. Non si limitava a tenersi vicino Daniela. Prima aveva ammirato la sua candida bellezza, poi si era commosso per le sue sofferenze, e adesso non poteva fare a meno di sentirla premere contro il suo addome con il fianco, concedendosi di godere di quel briciolo di piacere che il corpo caldo della ragazza gli suscitava. Forse da troppo tempo non abbracciava più una donna e l'uomo che era in lui stava prendendo le redini del suo cervello, impedendogli di guardarla senza coinvolgimento emotivo, come faceva da anni con le altre donne che aveva incrociato nella vita, quasi ergendosi al di sopra del bene e del male.

Da un punto di vista strettamente razionale, la cosa più sensata sarebbe stata abbandonarla nell'appartamento. In fondo, ormai non gli serviva più: i documenti li aveva trovati, e Daniela non era in condizione di opporre resistenza. In più, era molto probabile che Scotland Yard allentasse la pressione se si fossero divisi. Sì, lasciarla nell'appartamento, dolcemente abbandonata sul divano, gli avrebbe risparmiato un mucchio di guai. E anche a lei. Ma d'altro canto sarebbe stato un tradimento, come se l'avesse usata per trovare quelle carte per poi abbandonarla al suo destino. Lei si era fidata ciecamente di lui, gli aveva ubbidito in tutto. Non poteva piantarla in asso proprio ora. Lui si era sempre considerato una persona leale. O magari non si trattava solo di lealtà? Era rimasto solo da troppo tempo. Troppo tempo lontano dall'umanità, dalla calda sensazione di condividere lo spazio, il tempo e le emozioni con un altro essere umano. La complicità impediva di scivolare nell'abisso, e la solitudine era un deserto che non voleva più attraversare. A essere del tutto sincero, non aveva nessuna voglia di liberarsi della compagnia di Daniela.

Lei era ancora priva di sensi quando arrivarono alla macchina. Richard sentì alla radio che erano ricercati, loro e quell'auto così particolare. Continuare a usarla era un'autentica follia, ma non avevano altro modo di andarsene in fretta da lì. Ancora poco e Daniela si sarebbe svegliata. Se non aveva detto una bugia, il signor Patterson le aveva sciolto delle compresse di sonnifero nel latte. Per quante fossero, non aveva avuto il tempo di metabolizzarle, ma sarebbe rimasta insonnolita ancora per un po'. Richard la depose con delicatezza sul sedile del passeggero, quindi aprì il bagagliaio e vi nascose i documenti che avevano appena preso dalla cassaforte dell'appartamento. Poi si sedette al volante, abbassò i finestrini e mise in moto con il cuore che gli batteva a mille.

Il Maggiolino verde acqua morse l'asfalto con una specie di urlo euforico, quasi aspettando sin dagli anni Settanta che qualcuno si decidesse a restituire un po' di azione alla sua noiosa esistenza di macchina da garage. Succedeva lo stesso a Richard. Guidò alla cieca, lasciandosi portare dall'istinto, abbandonando le luci brillanti del centro di Brighton e inoltrandosi sempre più nelle strade meno illuminate, nella speranza di uscire dalla città. Il vento gelido dell'inverno si infilava nei finestrini aperti, ma era il modo migliore per svegliare Daniela. Quando finalmente raggiunsero la statale, Richard si girò a guardarla. Aveva gli occhi aperti.

«Come ti senti?» le chiese appoggiandole la mano sul ginocchio.

Il gesto la colse di sorpresa, le parve di un'intimità inaspettata.

«Meglio», rispose con la bocca impastata, raddrizzandosi sul sedile. «Cosa mi è successo?»

«Il signor Patterson aveva sciolto dei sonniferi nel latte sperando di mettermi fuori combattimento.»

«Accidenti.»

«Ti ho fatto vomitare, così non hanno avuto tanto effetto.»

Daniela fece un'aria schifata all'idea di aver vomitato davanti a Richard.

«Ti senti meglio? Sicura?»

«Sì», confermò lei, con lo sguardo perduto nel buio della notte. «Dove stiamo andando?»

«Al telegiornale dicono che ti ho sequestrato. Scotland Yard sa dove siamo... o almeno dov'eravamo fino a poco fa. Sanno anche che viaggiamo su questa auto.»

«E allora che possiamo fare?»

«Sparire.»

«Sparire? E come?»

«Mi viene in mente solo una cosa», rispose. «Ci serve un posto dove riposare. Un po' di tempo per pensare. Un'altra macchina...»

«E dove troviamo tutte queste cose?»

Daniela era sfinita. Non bastava schioccare le dita per realizzare tutti i suggerimenti di Richard, no di certo.

«Conosco una persona che vive qui vicino e che può aiutarci.»

«Ma chi è? Ci possiamo fidare?»

«Era... è», si corresse all'istante, «il mio migliore amico. Vive a Eastbourne, a una quarantina di chilometri da qui.»

«Hai avuto un'esitazione», gli fece notare Daniela.

«Come?»

«Quando hai detto che è il tuo migliore amico. Prima avevi detto "era". Stai cercando di tranquillizzarmi? Come hai fatto a conoscerlo?»

Richard restò un attimo in silenzio. Da dove incominciare? Magari dal primo giorno che si erano visti alla taverna di King's Head, dove Richard si riuniva con i suoi confratelli della loggia numero 289, L'Esperance? Anche se Alessandro si era presentato con il nome, evidentemente falso, di Cagliostro, colonnello del tredicesimo reggimento dell'esercito di Brandeburgo e principe di Trebisonda, Richard l'aveva ammesso nella loggia perché gli era piaciuta la sua impostura così scenografica. Ma per accertarsi che il cuore di Alessandro fosse puro, gli altri confratelli avevano insistito per sottoporlo all'abituale processo di iniziazione. Prima gli avevano fatto giurare sulla Bibbia che avrebbe custodito i segreti della fratellanza e prestato obbedienza assoluta. Poi alcuni ufficiali con il mantello e la spada lo avevano bendato, legato a una corda e issato sul tetto fra i cigolii di una carrucola. All'improvviso gli ufficiali avevano srotolato la corda e Alessandro era precipitato dall'alto a tutta velocità, fermandosi a un palmo da terra. Aveva protestato perché si era fatto male a una mano, ma la prova successiva non era stata meno terribile. L'iniziato doveva guardarli mentre caricavano una pistola, poi coprirsi gli occhi e prendere la pistola in mano. Un attimo dopo gli veniva ordinato di formulare il giuramento e spararsi in testa. Alessandro esitava, mentre gli altri gli davano del codardo. Richard aveva ricordato ai confratelli che era una prova ardua da superare, ma Alessandro aveva deglutito, preso aria, stretto i denti e premuto il grilletto. Si era sentito un forte sparo e un istante dopo l'odore acre della polvere bruciata aveva invaso la stanza. Dopo i primi istanti di perplessità, Alessandro aveva cominciato a tastarsi e aveva capito che, forse per un miracolo, era ancora vivo. Aveva sentito le risate degli altri uomini mentre lo sbendavano. Solo quando il panico aveva cominciato a diminuire, si era reso conto di essere stato vittima di uno scherzo: gli ufficiali della loggia gli avevano consegnato una pistola scarica e avevano sparato con un'altra. Dietro le risate di Richard, si celava una vera e propria ammirazione per la lealtà che quell'uomo aveva appena dimostrato. Forse era stato allora che aveva deciso di concedergli la sua amicizia.

Un giorno, Alessandro gli aveva confessato che non era giunto alla confraternita per semplice caso: era da tanto che lo cercava, da quando aveva saputo della sua esistenza.

«Sì», gli aveva confessato, «io conosco il tuo segreto. So che in realtà sei Christian Rosenkreutz, il viaggiatore medievale tedesco fondatore della fratellanza dei rosacroce, volta a trasmettere saperi segreti e compiere buone azioni grazie alla pratica dell'alchimia.»

«Ti sbagli», l'aveva corretto Richard. «Io non sono tedesco, sono nato nei Carpazi.»

«Non devi fingere con me. Ho seguito i tuoi passi attraverso l'Africa, l'India, la Turchia...»

«Non sono mai stato in Africa», aveva obiettato Richard, mentre nello stesso istante gli tornavano alla mente il suono dei tamburi, il calore secco, l'odore di zuppa in una pentola all'aria aperta...

«Io so che Christian Rosenkreutz è vivo. E so che sei tu», aveva insistito Alessandro.

«Che assurdità!»

«Ti ho visto un giorno da lontano, mentre compravi spezie nel suk di Marrakech. Avrei voluto parlarti, ma ti ho perso in mezzo alla folla.»

«No, non è possibile», aveva sussurrato. «Ti sarai confuso, io non sono mai stato a Marrakech.»

«Certo.»

Era calato il silenzio.

«Il tuo segreto è al sicuro con me», l'aveva rassicurato Alessandro. «Ho giurato di difendere con la vita i segreti della fratellanza, e così farò.»

Non ne avevano mai più parlato.

Anche se sapeva benissimo che non era possibile, Richard aveva la strana sensazione di conoscerlo da sempre, forse dall'inizio dei tempi. Avevano gli stessi interessi e si erano abbeverati alle stesse fonti. A volte, ai ricevimenti, era persino accaduto che li scambiassero l'uno per l'altro, e non perché si somigliassero, ma perché galleggiavano nella stessa lunghezza d'onda e perché entrambi esibivano il titolo nobiliare di conte, come diceva sempre Alessandro. Eppure tra loro c'erano enormi differenze. Se Richard era arrivato all'età adulta senza dover mai provare il sapore amaro della vita, Alessandro era nato in un vicolo oscuro di Palermo, da un'umile famiglia che l'aveva battezzato con il nome di Giuseppe Balsamo. Per sua fortuna, uno zio ricchissimo si era offerto di assicurargli un'istruzione all'altezza della sua intelligenza, che aveva messo in luce un talento straordinario per la chimica e il disegno a mano libera. E così era vissuto per anni falsificando quadri e documenti. Diventato adulto, si era reso conto che Palermo gli andava stretta e si era messo a viaggiare per il mondo, assumendo il roboante nome di conte di Cagliostro, titolo che aveva conservato per anni e grazie al quale era passato alla storia. A questo punto Alessandro si era convinto di essere nelle grazie del Signore e di doverne approfittare. Le sue scorribande, le sue sbornie, le sue bravate, le sue gozzoviglie con le dame dell'alta e della bassa società erano diventate leggendarie. Il suo potente fascino maschile lo rendeva immune all'indifferenza, soprattutto femminile, e l'aveva portato nel letto di donne sposate con uomini potenti che non avevano apprezzato i fregi che Alessandro li costringeva gentilmente a indossare sulla testa. Questo fatto, sommato all'arroganza che lo spingeva a trattare in maniera superba chiunque ritenesse inferiore – ossia quasi tutti – gli avevano fatto guadagnare più nemici che amici.

Sì, di sicuro lui e Richard non potevano essere più diversi, nonostante le esperienze simili, nonostante l'enormità di tempo trascorso in questo mondo per la stessa ragione.

Con il passare degli anni, Richard era diventato un personaggio malinconico e sobrio che aveva perso il gusto di godersi la vita, mentre Alessandro portava la bandiera di uomo superficiale interessato solo alle donne, al denaro e alle belle auto, non sempre in quest'ordine. Nonostante tutto, per parecchio tempo erano stati inseparabili. Erano successe tante cose da allora, compreso il loro allontanamento dopo quella notte terribile del settembre 1888. Ma Richard sapeva che un'amicizia come quella era incrollabile, era una questione d'onore.

«Ti fidi di lui?»

La domanda di Daniela lo riportò al presente.

«Sì», rispose quasi parlando a sé stesso, «mi fido di lui.»

43.

L'ispettore Abberline non riusciva a crederci.

«Ma perché diavolo si è messo in testa di fare l'eroe, si può sapere?» sbottò, cercando di trattenere l'irritazione.

Il signor Patterson lo guardava con occhi spaventati, stringendosi nelle spalle e riconoscendo di non essersi dimostrato all'altezza, mentre l'agente Davis gli liberava polsi e caviglie.

«E adesso che facciamo? Li abbiamo persi di nuovo!» protestò l'ispettore, levando le mani al cielo.

Superato lo sconcerto iniziale, Abberline si trovò costretto ad accettare che le cose non erano andate come sperava e lui non avrebbe messo fine a quella storia truculenta arrestando Richard nell'appartamento al mare dei Green. Adesso non poteva far altro che accettare la situazione, raccogliere informazioni e ripartire da capo.

«Io... io... volevo impedirgli di scappare», balbettava il portinaio. «Avevano fame e sete, mi hanno chiesto da mangiare. Sono stato costretto a preparare qualcosa», mentì Patterson, che in quel momento si era messo ad accarezzare la testolina del suo fedele Milù. «Gli ho messo del sonnifero nel latte, ma lui è stato più furbo e non l'ha bevuto.»

Abberline annuì distratto, abituato com'era agli individui che amavano fantasticare sulle proprie azioni. Di tutto quel racconto, ne salvava al massimo la metà, ma adesso aveva altro a cui pensare. Richard Chanfray gli era scappato di nuovo, come l'acqua tra le dita, quando ormai era sicuro di averlo messo in trappola. Se non altro, non poteva andare lontano e la sua auto era conosciuta. In ogni caso, era sempre meglio passare al setaccio le informazioni di quell'inetto del portinaio, e con un cenno del mento lo invitò a riferirgli l'accaduto nel dettaglio.

«D'inverno qui c'è poca gente», spiegò Patterson, «in questo momento nel palazzo ci saranno al massimo tre appartamenti abitati... che io sappia. Ecco perché il portone era chiuso quando sono arrivati.»

«Vada avanti», lo incalzò Abberline.

«Milù e io stavamo guardando la televisione quando il campanello ha suonato. *La ruota della fortuna*», precisò. Abberline annuì con aria annoiata. «Era la figlia dei Green, e mi ha detto che erano appena arrivati e non avevano la chiave. Sono uscito ad aprirle quando, con mia grande sorpresa, ho visto che non era insieme al padre, ma con quel ragazzo.»

«Richard Chanfray.»

«Sì, quello della fotografia mostrata in televisione.»

«Daniela sembrava spaventata? Mostrava segni di violenza?»

«No... no... anzi, sembrava molto tranquilla. Mi ha detto che era suo cugino, ma io conosco bene tutta la famiglia, sa? Io non mi faccio prendere per il naso così!» esclamò.

«Certo... capisco...» commentò l'altro di malavoglia.

Abberline si accorse che il suo interlocutore si stava ringalluzzendo, ma evitò di fare commenti in proposito. A quell'uomo serviva un orecchio amico ancor più di una bella doccia, il che è tutto dire. Il signor Patterson era condannato a una vita di noia assoluta in cui la cosa più emozionante era un'invasione di cocciniglie nelle petunie del palazzo. Di sicuro quello per lui era un momento appassionante e lo stava assaporando con gusto, perciò decise di fingere di ascoltarlo, cercando di farsi un quadro della situazione.

«Vada avanti», lo incoraggiò.

«Niente... siccome la ragazza è in età di scompiglio ormonale, ho pensato che avesse rubato le chiavi al padre per spassarsela con il fidanzato. Io ne ho viste tante qui dentro, sa, con il lavoro che faccio... Però non mi intrometto mai negli affari della gente. E non lo avrei fatto neanche stavolta, se non avessi calcolato che la ragazza doveva essere minorenne.»

«Ha ancora diciassette anni... sì.»

«Sa, nonostante il mio aspetto severo, io mi sono divertito

alla grande da giovane. Ogni tanto ho persino approfittato dei servigi di donne dissolute, lei mi capisce...» Abbassò la voce e gli strizzò un occhio con aria maliziosa, per poi ricomporsi all'istante. «Ma non sono mai – e ripeto, mai! – andato a letto con delle minorenni, anche se mi è stato proposto più volte.»

«Molto meglio così», sentenziò Abberline. «Però, mi dica, che cosa le ha fatto pensare che fossero fidanzati? In realtà Richard Chanfray è il suo sequestratore.»

«È proprio questo che mi ha stupito, perché la ragazza sembrava trovarsi molto a suo agio con lui, mi capisce?»

«La capisco, la capisco.»

«Ecco perché ho chiamato a casa del signor Leonard e allora voi mi avete informato di tutto. E siccome mi avevano chiesto qualcosa da mangiare, ho pensato che si sarebbero stupiti se non fossi salito e... e allora ho pensato che la ragazza poteva essere in pericolo... e che forse era meglio non aspettare, e ho pensato... Sì, ho pensato che potevo schiacciare quelle pastiglie che mi ha dato il dottore e scioglierle nel latte. Perché alle volte faccio fatica a prendere sonno, lo sa? Così ho pensato che...»

«Ma si può sapere cosa pensa a fare, lei, santo cielo!» protestò Abberline, che cominciava a perdere la pazienza.

Il signor Patterson abbassò lo sguardo, imbarazzato.

«Vada avanti, vada avanti...» lo incitò l'ispettore cercando di controllare i nervi.

«Niente... sono salito con il latte, ma forse lui ha sospettato qualcosa e non l'ha voluto bere. E dopo mi ha legato minacciandomi con il coltello. Un altro po' e mi ammazza», mentì, vergognandosi della sua figura così poco eroica. «Il fatto è che la ragazza...»

«Sì?»

«Il latte l'ha bevuto lei, e ha perso conoscenza.»

«Santo cielo! Ma perché si mette a fare il giustiziere? Che pastiglie erano?»

«Pastiglie per dormire. Zolpidem.»

«Zolpi...» Abberline stava per farsi venire un infarto. «Quante pastiglie ha sciolto?»

«Solo tre...» Patterson cercava di assumere un'espressione

innocente. «Sono leggerissime. Fanno effetto subito, ma passa anche subito. Volevo solo immobilizzarlo fino al vostro arrivo.»

Abberline camminava su e giù per la stanza con le mani nei capelli. Quell'uomo era così stupido che gli veniva una gran voglia di tirargli un ceffone, ma rimase calmo.

«E così se l'è portata via addormentata? Non può essere andato lontano. Sarà stanco, avrà fame, viaggia su una macchina vecchia color verde acqua con una ragazza svenuta...»

«Mi scusi se la interrompo, ispettore», si intromise Patterson alzando la mano come uno scolaretto con la maestra.

«Sì?»

«Quanto a quello che dicono al telegiornale, che Daniela Green sarebbe stata rapita...»

«Sì?»

«Come le dicevo prima, non mi sembrava che stesse con lui contro la sua volontà.»

Era la seconda persona che gli diceva la stessa cosa. Ma era impossibile, non aveva alcun senso. Di sicuro lui la minacciava e lei gli ubbidiva per non farlo arrabbiare. O forse erano complici?

Si levò subito quell'idea dalla testa. Vista la situazione, non avrebbero impiegato molto a trovarli.

44.

Eastbourne era nota per essere la città più soleggiata del Regno Unito, ed è per questo che in estate si riempiva di turisti che affollavano le strade del centro storico per visitare i negozi vintage, gli edifici storici, i teatri, le gallerie d'arte, il parco divertimenti Treasure Island, i luoghi dei film di James Bond e Harry Potter. E salivano in vetta alle Seven Sisters – una serie impressionante di scogliere di gesso frustate per secoli dalle onde – da cui si affacciavano sul canale della Manica. La città aveva una meravigliosa vista sulla costa, e con il bel tempo era un piacere passeggiare per il porto e lasciarsi inebriare dagli aromi dei cento e più ristoranti di ogni nazionalità e prezzo che impregnavano l'atmosfera con le loro offerte di pesce alla brace, riso alla marinara, kebab di vitello, pollo al curry, pizza con i peperoni o hamburger al formaggio, invitando a mangiare all'aperto. In estate si poteva anche assistere ai campionati internazionali di tennis, oppure alle esibizioni aeree che riempivano il cielo di acrobazie.

Ma di tutto questo non c'era traccia quando vi arrivarono Richard e Daniela, nel pieno di un temporale, nel pieno della notte e nel pieno dell'inverno.

In realtà, non era certo per queste ragioni che Alessandro aveva scelto di trasferirsi a Eastbourne. Visto che la sua tendenza alla diplomazia gli impediva di pronunciare verità che potevano risultare dolorose, aveva sdrammatizzato la sua fuga sulla costa sostenendo che da buon palermitano aveva bisogno della brezza marina che gli accarezzava il viso ogni mattina per potersi sentire vivo. Richard aveva sempre saputo che dietro quella decisione si nascondevano altri motivi, ma avevano scelto di non parlarne mai apertamente. Come lui, anche Alessandro aveva preferito allontanarsi dal gruppo, cosa che gli pareva logica e lo rendeva ancor più meritevole ai suoi occhi. Anzi, se avesse continuato ad assecondare i deliri di Liz, forse sarebbe stato l'amico a toglierli il saluto.

Alessandro si adattò ben presto a Eastbourne. Era circondato dalla bellezza, aveva spazio, libertà, e poteva prendere l'auto e fare un salto alla Ville Lumière quando ne aveva voglia, senza dover rendere conto a nessuno. Con la sua potentissima Ferrari poteva arrivare in meno di cinque ore al centro di place Charles-de-Gaulle, sotto l'arco di Trionfo. Erano stati molto felici, a Parigi. Ogni tanto ci pensava anche Richard, ma sapeva che i ricordi erano solo un inganno della mente, e per questo a volte la gente credeva che il passato fosse migliore del presente. Come diceva Gabriel García Márquez, «La vita non è quella che si è vissuta, ma quella che si ricorda e come la si ricorda per raccontarla». Forse Alessandro aveva sempre vissuto la sua vita come una commedia, e forse per questo la considerava così divertente.

Invece erano anni che lui la ricordava come un dramma, e forse proprio da qui veniva la sua sciagura.

Aveva deciso di non pensarci oltre.

Quando arrivarono a casa di Alessandro dovevano essere le tre di notte passate. Richard fermò l'auto davanti al cancello di quella che aveva tutta l'aria di una gigantesca residenza signorile. Sulla grata dipinta di nero brillava un emblema enigmatico: un serpente dalle squame dorate e dagli occhi cattivi che si mordeva la coda.

«Ma chi è il tuo amico? Un rapper milionario?» chiese Daniela.

«Avrebbe anche potuto. Un tempo era un grande ammiratore di Mc Solaar.»

«Mc Solaar?»

«Non puoi ricordartelo, non eri ancora nata.»

«E tu invece te lo ricordi?» lo prese in giro lei.

«Sì, io sì.»

Daniela lo guardò incuriosita, ma lui non aggiunse altro e calò un silenzio imbarazzato.

«E questo cos'è?» chiese lei d'un tratto, indicando quello strano simbolo.

«L'uroboro. Un'antica effigie persiana che simboleggia la vita eterna.»

Daniela sospirò.

«Sei sicuro che sia una buona idea?»

«No, ma non abbiamo altra scelta. Se continuiamo a guidare, in breve tempo riusciranno a trovare la macchina.»

Richard suonò al videocitofono accanto al cancello, e dopo qualche secondo rispose una voce maschile dal tono sornione: «Signor conte, quale onore! Ti stavo aspettando».

«Mi stavi aspettando? Adesso fai anche l'indovino?»

«Ti ho visto al telegiornale, e non sai quanto mi ha fatto piacere! Entra, entra... non rimanere lì. Non vedo l'ora che mi racconti tutto!»

Si sentì scattare la serratura e dopo pochi istanti il cancello cominciò ad aprirsi.

«Conte?» chiese sorpresa Daniela.

«È una lunga storia.»

«Prima o poi me la racconterai?»

«Se fai la brava...»

Daniela sorrise mentre Richard entrava lentamente nella proprietà.

45.

Il cerchio dorato dell'uroboro si divise a metà, così che su ognuno dei due battenti rimase un semicerchio: a sinistra la curva squamosa del corpo e a destra la testa dell'animale, con le fauci spalancate e i canini sguainati. Quando Daniela incrociò lo sguardo furioso del serpente dal lato del suo finestrino, fu percorsa da un brivido.

Ricominciava a piovere. Il Maggiolino verde acqua avanzò lentamente tra gli altissimi frassini che custodivano il viale di accesso. Sembravano ombre dell'aldilà, appena uscite dal videoclip di *Thriller*, pronte ad avventarsi sull'auto per azzannarli. La pioggia, sempre più violenta, batteva forte sul parabrezza, e un lampo squarciò il cielo dall'alto in basso, come una lama d'argento su un lenzuolo di raso nero. Daniela ebbe un sussulto.

«È solo elettricità», la rassicurò Richard.

«Lo so, non mi fanno paura, è solo che non me l'aspettavo», sospirò lei. «Da piccola giocavo con mio padre a contare i secondi che passavano tra il lampo e il tuono per calcolare se il temporale si avvicinava o si allontanava.»

Un boato assordante fece tremare i vetri.

«Eccoti servito il tuono!» esclamò Richard.

«Non è sopra di noi.»

«Manca poco.»

La luna era un'ombra pallida che si affacciava a stento fra le nuvole, rovesciando la sua luce lattiginosa sul prato e sui roseti curatissimi. L'enorme fontana di marmo, collocata di fronte all'ingresso principale, non avrebbe sfigurato in Vaticano. Era custodita da quattro tritoni di pietra che suonavano dei corni dai quali, anziché musica, usciva acqua a fiotti.

Al centro di quel finto universo marino, un Poseidone alla guida di un carro frustava un gruppo di pesci dagli occhi grandi e dalla bocca spalancata. Alessandro ci teneva a precisare che quello sproposito non era una mania di grandezza, ma che il costante scroscio d'acqua, rimbombando nel giardino, aveva un potere calmante sulla sua irriducibile insonnia.

L'ombra bluastra della villa cominciò a profilarsi con voluta lentezza in mezzo alla bruma. Il palazzetto, che si dava arie da castello, aveva i muri di pietra grigiastra e culminava in una fila di eleganti torrioni che sembravano guardare i nuovi arrivati con un certo disprezzo. Si vedevano delle luci accese. Un rumore metallico fece loro voltare lo sguardo a destra, e videro che si stava aprendo la porta di un garage. Sicuramente era un invito a parcheggiare l'auto all'interno, e così fecero. Richard voleva nascondere il Maggiolino una volta per tutte. Il garage poteva contenere cinque auto, e dentro c'erano già una Aston Martin DBS, una Ferrari e una Morgan, oltre a una Harley Davidson.

Spensero il motore e smontarono dall'auto.

«Quale dio devo ringraziare per lo straordinario dono della tua presenza nella mia umile dimora?» chiese Alessandro in tono pomposo, scendendo a braccia aperte i quattro gradini che separavano l'autorimessa dall'ingresso di casa.

Richard gli andò incontro con il sorriso sulle labbra. Sembravano davvero commossi di rivedersi.

«Non raccontare storie», gli disse ritraendosi e scrollandogli le spalle, tanto per darsi un tono dopo l'abbraccio. «Tu non credi in Dio e la tua casa non è per niente umile!»

«Hai ragione. L'umiltà e la modestia mi paiono virtù di dubbio gusto, ecco perché ho deciso di non farle mie. La vera umiltà consiste nel trovare il punto esatto in cui si è soddisfatti. Ed è molto difficile che io mi senta sazio di qualcosa, lo sai bene», sospirò. «Quanto a Dio... be'... mi ha offerto sempre così pochi indizi per credere nella sua esistenza che... insomma... se un giorno me la dovrò vedere con Lui, e questo vorrà dire che avevo torto marcio, immagino che sarà abbastanza magnanimo da non offendersi per la mia incredulità. Non ti pare?»

Sollevò la testa e guardò oltre Richard in direzione di Daniela, che si manteneva in secondo piano, silenziosa e in attesa. Un sorriso rapace affiorò sulle labbra di Alessandro.

«Eppure dovrei proprio cominciare a credere in Lui perché stanotte non solo si è verificato il miracolo della tua visita, ma ecco qui anche una bella dama che inonda di luce improvvisa questa tenebrosa notte di tempesta.»

Richard rise rassegnato. Il suo amico meritava davvero la fama di gran seduttore.

«Alessandro», gli disse in tono solenne, «ti presento Daniela Green.»

Alessandro fece un inchino teatrale, le prese la mano e se la portò alle labbra, baciandola con affettazione mentre la guardava fisso negli occhi. Daniela avvampò all'istante.

«È un piacere inaspettato la sua presenza nella mia casa, signorina Green.»

«Ti pregherei di non spaventarla con le tue smancerie.»

«Ma figurati, non mi conosci?»

«Appunto.»

Alessandro lanciò una risata fragorosa che mise in bella mostra la sua dentatura perfetta da presentatore televisivo.

«Ma... vi prego, non rimaniamo qui, entriamo in casa.»

Fece strada lungo un corridoio che portava a un grande salone al centro esatto della villa. L'immensa sala circolare, rivestita di scaffali da cima a fondo, era sostenuta da imponenti colonne in pietra viva. Libri di tutte le dimensioni, di tutti i formati, con diverse rilegature, di epoche differenti, riposavano ordinatamente sui ripiani. Per poterli vedere da vicino, erano state predisposte due scale inserite su binari che percorrevano la stanza. Ma il vero centro dell'attenzione era il camino, che brillava rannicchiato tra le ali immense di una fenice in pietra.

«È spettacolare», sussurrò Daniela.

«Ti piace, cara? Lo sanno tutti che la migliore custode del fuoco è la fenice: il suo mito alimenta svariate filosofie religiose che credono nell'immortalità. Già i sacerdoti egizi pensavano che questo uccello sacro volasse fino a Eliopoli ogni cinquecento anni, portando sulla schiena il corpo del padre per depositarlo davanti alla porta del tempio del Sole. Loro la chiamavano Bennu e la mettevano in relazione con le piene del Nilo e la resurrezione. Ne parlavano anche Erodoto, Ovidio, Seneca, Paolo di Tarso, il papa Clemente... La fenice è simbolo della rinascita fisica e spirituale, del potere del fuoco, della purificazione e dell'immortalità da tempi immemori. Non muore mai, rinasce sempre dalle sue ceneri. La vita eterna...» sospirò. «Il sogno di qualunque essere vivente.»

«E come se non bastasse, secondo la leggenda le sue lacrime hanno miracolosi poteri curativi», aggiunse Richard cambiando argomento.

«Già, come se non bastasse...»

Alessandro li invitò ad accomodarsi su un divano Chester in pelle nera sistemato accanto al camino. In quel preciso istante, la luce di un lampo rischiarò il cielo.

«Uno... due...» contò Daniela, ma non ebbe il tempo di arrivare a tre. Il tuono la fermò prima.

«Il temporale si avvicina», osservò Richard con un filo di voce.

Il colore vibrante del fuoco, insieme alle luci a perpendicolo strategicamente posizionate sulle colonne, conferiva all'ambiente un'atmosfera irreale. Seduta sul divano, Daniela ebbe una panoramica diversa della sala, e contro una parete le parve persino di intravedere un sarcofago egizio.

«È autentico», la informò Alessandro, attento a ogni movimento della ragazza. «L'ho comprato da un mercante di antichità del Cairo.»

«È davvero bello.»

«C'è anche una mummia, dentro», precisò lui, con orgoglio paterno.

Daniela lo guardò perplessa. Non sapeva più distinguere tra menzogna e verità. La sua giornata era stata troppo frenetica perché si facesse spaventare da un dettaglio simile.

«Alessandro è stato spesso in Africa, e ha scovato la formula delle pozioni d'amore egizie», spiegò Richard con una punta d'ironia. «Ecco perché non esiste una sola donna al mondo capace di resistere al suo fascino.»

«Non dargli retta, cara. Al massimo, sono le donne che si prendono gioco da un'eternità dei miei fragili sentimenti.»

Calò il silenzio.

«Vuoi vederla?» le chiese Alessandro di punto in bianco.

«Cosa?»

«La mummia.»

«Magari un'altra volta, grazie lo stesso», rispose lei in tono cortese.

«In altri tempi si pagavano vere fortune per denudare una mummia», proseguì lui. «Ti ricordi, Richard?»

«Come dimenticarlo... Ma in realtà», cambiò di nuovo argomento, «non siamo venuti per questo.»

«Sì, lo immaginavo, ma ho pensato che sarebbe stato molto più cortese fare due chiacchiere prima di chiedervi quali circostanze vi hanno indotto ad aprire i telegiornali della sera e per quale ragione avete deciso di coinvolgere anche me, presentandovi a casa mia a quest'ora prima dell'alba.»

Quel commento aveva l'aria di un rimprovero, ma Alessandro continuava a esibire il suo ineffabile sorriso ironico e uno sguardo malizioso che non tradivano il minimo biasimo. Anzi, tutto il contrario.

«Prima che mi mettiate al corrente, permettetemi di sfoggiare le buone maniere offrendo alla signorina Green un piccolo rinfresco.»

«Te ne sarei davvero grato», annuì Richard. «È tutto il giorno che non mangia, e l'ultima volta che ci ha provato è stato piuttosto... come dire? Sì, diciamo frustrante, ecco.»

«Molto acuto», sottolineò lei.

«Non saprei quale altro termine impiegare.»

«Vomitevole, magari?»

Richard sorrise. Gli sembrava incoraggiante che Daniela avesse voglia di scherzare su quella faccenda.

«D'accordo, d'accordo, piccioncini», li interruppe Alessandro pronunciando l'ultima parola con un tono volutamente ironico. «Vi lascio soli, così potrete continuare a ignorare la mia presenza senza offendermi. Vado in cucina a preparare qualcosa. Al mattino viene una domestica e di solito mi lascia dei piatti freddi in frigorifero, in caso mi venga fame fuori orario. Oppure se mi piombano in casa due fuggitivi nel cuore della notte... Sapete com'è, può succedere di tutto, a questo mondo...» Camminava in direzione della cucina e la sua voce era sempre più lontana.

«Il tuo amico è un po' strano», disse Daniela quando fu sicura che il padrone di casa non potesse sentirla.

«È irruento e alle volte non sa controllare le parole», le spiegò Richard, «ma insieme abbiamo affrontato situazioni terribili che ci hanno messo a dura prova. Negli ultimi tempi ci siamo un po' allontanati per ragioni alquanto tristi, ma so che posso sempre contare su di lui.»

Daniela era molto stupita dalla loro amicizia. Quei due non si assomigliavano per niente. Capelli castani, occhi dello stesso colore, aspetto elegante e corpo ben proporzionato, Alessandro dimostrava una quarantina d'anni, all'incirca quindici più di Richard. Sembrava uno di quei tipi che si massacrano in palestra per poi rimpinzarsi di cibi calorici senza troppi rimorsi. Non riusciva a capire come avessero fatto ad andare d'accordo, e soprattutto a rimanere insieme il tempo sufficiente per instaurare quel rapporto stretto di cui Richard si mostrava così sicuro.

«Anche tu sei strano», farfugliò lei, turbata dalla sua stessa faccia tosta.

«Lo credi davvero?»

«Sembri di un'altra epoca.»

Sul viso di Richard calò un velo di malinconia. Abbassò le palpebre e scosse la testa. Daniela gli si avvicinò, incerta sul significato di quel gesto.

«A volte sembri rilassato. Sorridi. Sei capace di scherzare. Ma altre...» Esitò, cercando le parole giuste. «In altri momenti pare che la mia presenza ti dia fastidio. Se mi avvicino sembra quasi che ti arrabbi... come la prima volta che ci siamo visti.»

Richard rimaneva in silenzio, con gli occhi ancora chiusi, perciò non si accorse che Daniela si stava chinando su di lui.

«Non è questo...» sussurrò con un filo di voce.

«E allora cos'è?» chiese lei.

La ragazza gli si accostò sempre di più, e fu in quel momento che Richard si accorse di quanto fosse vicina. Aprì gli occhi e se la ritrovò di fronte. Sentì in quell'istante un bisogno irresistibile di proteggerla, l'istinto di stringerla fra le braccia, di confortarla. Nel giro di cinque secondi, Richard calibrò l'intensità degli occhi di Daniela. Immaginò che cambiassero colore con la luce, verdi al sole di primavera e marroni in un bosco d'autunno. Adesso, di fronte al fuoco del camino, erano dorati. Poteva scrutare gli occhi di qualsiasi creatura vissuta sin dall'inizio dei tempi, ma, se anche fosse vissuto in eterno, non avrebbe mai trovato uno sguardo come quello. Un color miele palpitante e limpido che Caravaggio in persona avrebbe desiderato per la sua tavolozza. Finì per convincersi che, se si concentrava abbastanza, sarebbe riuscito a filtrare gli effluvi delle gardenie sul tavolo, della legna bruciata nel camino, del tè che Alessandro preparava in cucina, e allora sarebbe riuscito a percepire l'odore che si annidava nel collo di Daniela. Si sentì imbarazzato, come se lei potesse avvertire i suoi pensieri, come un adolescente scoperto a toccarsi. In altri tempi avrebbe potuto comporre versi su un momento simile. Nel passato, quando era ancora capace di legare la bellezza di una donna alla purezza del suo cuore.

Daniela era troppo vicina. Studiava ogni angolo del suo viso con lo sguardo, quasi cercasse di decifrarlo, di leggerlo, di assorbirlo.

Era troppo vicina.

I suoi occhi passarono sugli zigomi di Richard, sulla linea della mascella, e si fermarono sulle sue labbra. Lui percepì una leggerissima inclinazione della sua testa nel momento in cui socchiuse la bocca. Il fiato della ragazza gli accarezzò la guancia, un fiato caldo, dolce, pulito, innocente, come lei... Da quella distanza poteva vederle la fessura della bocca, il luccichio della lingua, seguire il cammino dei denti e perdersi ovunque lo portassero. Se si avvicinava ancora, poteva assaporarla.

Erano così vicini. No... No...

«Allontanati! Si può sapere che stai facendo?» le gridò, alzandosi di scatto.

Daniela chinò gli occhi a terra.

«Io...»

«Non farlo mai più!»

Grazie al cielo, Alessandro riapparve all'improvviso con un vassoio carico di panini imbottiti, tartine al salmone, biscottini al cioccolato e tè, mettendo fine a quel momento imbarazzante. Offrì lo spuntino a Daniela senza neanche badare all'amico.

«Allora», disse, «è giunto il momento di rivelarmi il vostro oscuro segreto. Cosa sta succedendo?»

La ragazza era ancora turbata per la scena di poco prima, perciò rimase in silenzio. Tornò a pensare per un istante che forse non era molto sensato raccontare a un perfetto sconosciuto quello che le stava capitando, ma ormai si sentiva talmente disorientata che aveva deciso di arrendersi, di lasciarsi trasportare dagli eventi.

«Siamo inseguiti da Scotland Yard.»

«Santo cielo, Richard!» esclamò ridendo Alessandro. «Finalmente ti sei deciso ad avere una vita emozionante. Complimenti, non sai quanto mi fa piacere!»

«Non scherzare, ci serve il tuo aiuto.»

Alessandro tornò serio e rispose all'istante: «Dimmi cosa ti serve».

46.

Nicolas era chiuso in biblioteca a riflettere. Gli sembrava strano essere giunto a un punto dell'esistenza in cui continuava a lottare per esistere ma non lo preoccupava più smettere di esistere. Un autentico paradosso, se si considerava che aveva trascorso la prima parte della sua vita studiando il modo di non scendere da quella giostra chiamata mondo. Quando ci era riuscito, quando finalmente aveva sconfitto la Parca inesorabile, si era sentito il re dell'universo. Si era preso gioco di lei. Tutti quegli sforzi adesso sembravano inutili, e immaginava di lasciarsi accarezzare dalla sua falce, senza timore né resistenza. Ma non esisteva una ragione spirituale per un simile sentimento: semplicemente, stava accettando che prima o poi tutto doveva finire. Anche l'universo sarebbe finito, e allora si chiedeva che ne sarebbe stato di loro, in fin dei conti immortali, quando il sole, come dicevano i fisici, sarebbe cominciato a crescere in maniera sproporzionata, divorando uno dopo l'altro tutti i pianeti che da milioni di anni gli rendevano omaggio. No, non sarebbe stato gradevole. Più ci pensava, più l'idea lo faceva inorridire. A cosa sarebbe servito rifiutarsi di abbandonare la scena, se fosse stata la scena stessa a scomparire? Che fine avrebbero fatto? Avrebbero vagato in eterno per lo spazio?

«A chi riveli il tuo segreto, regali la tua libertà»,* sussurrò. «Solo chi ti sta davvero a cuore può farti male.»

Fu allora che suonò il telefono e Nicolas lo guardò con la

* Citazione dalla *Celestina* di Fernando de Rojas. [*n.d.t.*]

stessa sorpresa che avrebbe riservato al gatto, se avesse cominciato a parlare. Chi poteva essere a quell'ora?

«Sì?... Perché parli così piano?»

Aspettò.

«Santo cielo! Sul serio?» Il suo viso passò dall'apatia all'agitazione mentre ascoltava le notizie che arrivavano dall'altro capo del telefono. Alla fine emise un sospiro di sollievo.

«La cosa più importante è evitare di fargli capire che sappiamo dov'è. Così lo prendiamo di sorpresa.»

Il suo interlocutore sembrava chiedere istruzioni.

«Chiamo Liz e le dico di precipitarsi. Sì... sì, Liz... be', perché è l'unica che possa sbrigare un lavoro del genere. No... lei è la persona giusta... le parlo io. Sì... riuscirà a controllarsi... sicuramente. Sicuramente.»

Riagganciò.

Nicolas sentì di nuovo i polmoni riempirsi di ossigeno. Gli sembrava incredibile aver ritrovato la speranza così in fretta, e capì che tutti i pensieri di poco prima non erano frutto di convinzione, ma di rassegnazione. Sì, desiderava ancora rimanere a galla, navigare senza fine in quel mare chiamato mondo senza essere suddito del tempo, senza sentir invecchiare il corpo. Poter assistere a tutti gli scenari che l'umanità avrebbe attraversato, avanzare insieme a lei, giungendo là dove solo gli scrittori di fantascienza potevano giungere. Sentì risorgere nel profondo del cuore l'immensa voglia di sapere, di conoscere... l'impulso che l'aveva portato fin lì. Il suo desiderio di essere, e di essere per sempre.

No, non voleva scomparire, no davvero.

Alle dimensioni spropositate del sole avrebbe pensato in futuro. Avrebbe trovato una soluzione anche a quello, come aveva sempre fatto.

Salì in camera di Liz, sperando che il suo accesso di pianto si fosse dissolto nelle profondità della notte. Sapeva che nessuno meglio di lei avrebbe inseguito Richard fino alla fine dell'universo, perché nessuna forza smuoveva le montagne meglio dell'amore... o dell'odio.

Bussò alla porta di rovere e aspettò che lei lo invitasse a entrare. La trovò con gli occhi rossi, ma non sembrava più triste, bensì infastidita, anzi arrabbiata.

«Basta con quella faccia», disse tutto allegro, «ho appena saputo dov'è.»

47.

Alessandro sembrava eccitatissimo all'idea di diventare complice di due fuggitivi, e Daniela non riusciva a spiegarselo. Non era da tutti correre il rischio di nascondere in casa due ricercati.

«In realtà», le fece notare Richard, «me lo deve.»

«Esatto, cara», ammise Alessandro. «Molto tempo fa, anch'io ho avuto guai con la giustizia... per via di un'ingiustizia. Può esistere incongruenza più grande?»

Scoppiò a ridere senza troppa convinzione e si diresse a un enorme mappamondo. Lo aprì a metà, mostrando le bottiglie di liquore nascoste all'interno. Ne stappò una e prese un bicchiere largo.

«Immagino che alla signorina non vada un brandy, giusto?»

Non attese risposta e si servì, per poi riprendere a parlare.

«Cosa dicevo? Ah, sì... Mi hanno rinchiuso nella disgustosa prigione di San Leo, e per poco non ci muoio dentro.» Era la prima volta, quella sera, che Alessandro esibiva un'espressione dolente. «Tutto per colpa di una donna, a riprova del fatto che siamo semplici fantocci nelle loro mani. Ma tanto... ormai l'ho dimenticata. Gli uomini che non perdonano alle donne i loro piccoli difetti non godranno mai delle loro grandi virtù. Non ho forse ragione? Brindo a loro!» Sollevò la coppa di brandy. «Salute!»

Alessandro era capace di rivestire le amarezze più profonde con uno spesso strato di sadica ironia e falsa indifferenza. Il ricordo delle circostanze per cui era finito nella prigione di Rimini riusciva immancabilmente a fargli perdere la calma interiore. Ma, del resto, non c'era da stupirsi. Era stata proprio la moglie a denunciarlo, l'unica donna che avesse mai sposato nel corso della sua lunga vita. L'inquisitore romano, monsignor Barberi, provò su di lui varie tecniche di tortura per convincerlo a confessare i suoi peccati contro la religione. Stirò le sue membra sulla ruota, lo costrinse a bere acqua fissandogli un imbuto in bocca fin quasi a fargli scoppiare lo stomaco e, peggio ancora, mise in pratica con lui il nuovissimo metodo che poi presero a chiamare «della capra». Si immergevano i piedi del condannato in acqua salata e si facevano leccare a una capra, che con la sua lingua ruvida consumava la pelle fino all'osso. Dopo quindici mesi di interrogatori, l'inquisitore decise che Alessandro si meritava di passare il resto della vita rinchiuso nel cunicolo più deprimente dell'intera prigione, la cella del pozzo. Il nome era fin troppo eufemistico e avrebbero fatto meglio a chiamarlo «il fosso», visto che si trattava di un buco largo appena nove metri scavato in una dura montagna di basalto. Si entrava dall'alto, attraverso una botola arrugginita. I guardiani avevano il divieto assoluto di rivolgergli la parola, perché secondo monsignor Barberi avrebbe potuto ipnotizzarli con le sue oscure arti di negromanzia, esattamente come era riuscito a soggiogare la volontà dell'alta società europea.

«Meno male che il mio buon amico Richard è venuto a tirarmi fuori di lì», proseguì Alessandro. «Brindo anche a te, amico mio, e alla nostra amicizia eterna», esclamò strizzandogli un occhio. «Ti devo la vita. Nel vero senso della parola. Salute anche a te!»

Richard lo osservava preoccupato. Un altro paio di bicchieri e Alessandro si sarebbe messo a sciorinare il *racconto** tra il serio e il faceto di tutta la sua esistenza, enumerando l'elenco degli artisti che si erano ispirati alla sua persona per creare i propri personaggi.

Era convinto che Mozart l'avesse inserito nel *Flauto magico* nel personaggio di Sarastro, che Dumas si fosse basato su di lui per scrivere le *Memorie di un medico* e che Orson Welles ne avesse realizzato addirittura una versione cinematografi-

* In italiano nel testo. [*n.d.t.*]

ca. Ma il momento peggiore era quando sosteneva che Hitler fosse ossessionato dalla sua vita, al punto da considerarlo il leader di un gruppo di massoni egizi eredi degli Illuminati che avevano aperto la strada ai Protocolli dei Savi di Sion, alle Dodici tribù d'Israele e alla cospirazione mondiale degli ebrei che lui aveva deciso di sventare.

Richard decise di cambiare argomento prima che fosse troppo tardi. Non era il momento di far ascoltare a Daniela una storia del genere.

«Ci serve il tuo aiuto», lo interruppe.

«Potete contare su di me, naturalmente. Però raccontami: non ho ancora sentito il notiziario e non so perché vi stanno inseguendo.»

«Per omicidio.»

«Santo cielo, hai ucciso qualcuno?»

Richard fece una smorfia. «Ovvio che no! E tu dovresti saperlo meglio di chiunque altro...»

«Ma certo... Siamo perfettamente d'accordo sul fatto che uccidere è una grossa idiozia. Sono contrario a compiere qualsiasi gesto di cui non ci si possa vantare in società.»

Alessandro prese un altro sorso di brandy e sospirò. «E si può sapere chi avresti ucciso, secondo la polizia?»

«Leonard Green.»

Lui sgranò gli occhi.

«Richard, Richard, Richard... Chi gioca con il fuoco finisce per bruciarsi. Lo sapevi benissimo che quello che facevi con il professore vi avrebbe tirato addosso un mucchio di guai, no?»

«Cosa facevate voi due?» chiese Daniela

«Lei è la figlia del professor Green. Io devo...» Richard esitò «...aiutarla. Ma a Scotland Yard sono convinti che l'abbia sequestrata, perciò mi danno la caccia anche per questo.»

«Sono d'accordo: quando si decide di andare contro la legge, bisogna farlo per bene, sissignore!»

«Cosa facevate, me lo vuoi dire?» insistette Daniela.

«Ma lei non sa niente?» domandò Alessandro a Richard.

«Le ho parlato dei viaggi nel tempo», spiegò lui.

«Andiamo... le hai parlato di fantascienza.»

«Non è così semplice.»

«Sì che lo è, solo che tu hai la tendenza a complicare sempre tutto.»

«Allora, spiegami cosa facevate!» ripeté Daniela alzando la voce. Aveva la sensazione di essere diventata trasparente.

«Cara, è evidente che tuo padre e il mio amico Richard stavano giocando a essere Dio. Ma evidentemente sulla terra ci sono altri "dei" che non sono disposti a rinunciare alla loro supremazia.» Calò il silenzio, perciò Alessandro riprese: «Le persone a cui tuo padre e Richard hanno dato fastidio non sono disposte a scegliere tra uccidere o morire. L'unica cosa che vogliono è uccidere. Correte un serio pericolo, datemi retta».

Daniela sembrava terrorizzata.

«Vogliono ucciderci?» chiese con un filo di voce.

«Richard può stare tranquillo.»

«Non uccideranno nessuno, intesi? Nessuno!» si intromise Richard, infastidito dalla frase caustica del suo amico.

Alessandro si scolò d'un sorso il brandy e ne versò un altro bicchiere.

«Tu e la tua ossessione per il tempo...» biascicò. «E perché, poi?»

«Lo sai benissimo il perché. Per cambiare il passato, e quindi il presente... e poi il futuro.»

«Ti sei eretto a giudice saggio e onnipotente che decide cos'è bene e cos'è male nell'universo. Hai sentenziato che esiste una causa giusta per cui vale la pena mettere a repentaglio il mondo per come lo conosciamo, ma hai pensato alle innumerevoli ingiustizie che sono state commesse nel corso della storia? Perché non torni indietro per evitare che milioni di persone muoiano nelle guerre mondiali? O per evitare che i genitori di Hitler facciano un figlio? Forse certe disgrazie devono accadere per una ragione che ci rimane oscura. Forse quelle disgrazie ne evitano altre maggiori. Non ti è mai venuto in mente?»

«Ne abbiamo già parlato mille volte», rispose Richard con aria annoiata.

Ma Alessandro non la smetteva.

«Hai scelto in maniera unilaterale quale deve essere la causa per cui vuoi mandare a pallino l'universo, senza badare alle persone che ne rimarranno coinvolte.»

Richard si alzò di scatto dal divano. Non gli piaceva quel genere di discussione. Era ovvio che esistevano infinite cause per cui lottare, ma lui aveva deciso di sceglierne una. Sì, un'unica causa, di cui si sentiva in parte responsabile. Non era così presuntuoso da credere che sarebbe riuscito a sciogliere tutti i nodi del mondo. Inspirò profondamente cercando di rilassarsi, e quando ci riuscì si piantò di fronte all'amico e lo guardò con aria di rimprovero.

«Se non altro, io ho scelto. Tu ti sei limitato a girare la testa dall'altra parte.»

Per un attimo Daniela ebbe il timore che si prendessero a botte, ma poi Alessandro sospirò rassegnato.

«E se non cambia niente? Ci hai mai pensato? E se fosse andato tutto in questo modo al solo scopo di farti studiare i viaggi nel tempo insieme al professor Green? Tutto ciò che abbiamo vissuto, Richard, tutte le storie, le circostanze, le situazioni... belle e brutte, ogni singola cosa... serve a farci essere qui e ora, in questo modo, non lo capisci?»

Richard camminava su e giù per la sala, con le mani in tasca, scrollando energicamente la testa. Aveva già preso in considerazione quello che Alessandro cercava di dire. Superando un'infinità di ostacoli, magari un giorno ci sarebbe riuscito, forse avrebbe potuto viaggiare nel tempo, arrivare al passato e cambiarlo in modo che quel presente, e di conseguenza il futuro, fossero completamente diversi. O forse invece era impossibile, se in quel preciso momento si stava ponendo il problema.

Oppure no.

Forse esisteva un mondo in cui lui ci era già riuscito e parallelamente anche questo in cui non era cambiato ancora nulla. E forse esisteva un altro mondo in cui lui non era mai nato. Ma questo significava anche che poteva esistere un mondo in cui Leonard Green in quello stesso momento stava dormendo nel suo letto accanto alla moglie, mentre Daniela riposava tranquilla nella stanza accanto. Era la teoria dei mondi paralleli. Sarebbe riuscito a realizzare i cambiamenti che voleva, sì, ma non in questo mondo.

No... no... Richard non era d'accordo, non era una soluzione soddisfacente. Non poteva darla per vera, e il professor Green la pensava come lui. Strinse i pugni per il nervoso. Si poteva cambiare tutto... sì... come lo scrittore che corregge il suo romanzo e può eliminare un capitolo già scritto senza che i suoi lettori ne sappiano nulla. Magari lui avrebbe conservato qualche ricordo, questo sì, ma agli occhi degli altri non sarebbe successo nulla, di questo era certo. Ecco perché non rinunciava al suo obiettivo.

E chissà, forse l'avrebbe anche raggiunto. Sarebbe riuscito a tornare nel passato per risolvere il futuro? Gli pareva un miracolo essere così vicino a realizzare il suo sogno, sfiorarlo quasi con un dito. Poter srotolare il tempo e tornare all'epoca in cui credeva ancora nella bontà dell'essere umano, in cui bastava amarsi per rendere tutto possibile, in cui la malvagità del mondo aveva sempre la peggio e il bene era più forte. Ma, soprattutto, lo emozionava l'idea che sarebbe stato come rinfacciare a Dio i suoi errori e cercare di correggerli, quasi lui fosse un altro Dio. Quel pensiero lo sconcertò, ma per fortuna la voce di Daniela lo riportò alla realtà.

«Continuo a non capire perché mai uno studio come questo potrebbe spingere qualcuno a uccidere mio padre.»

Quasi avesse cancellato dalla memoria la scena appena avvenuta con Daniela, Richard si accovacciò di fronte a lei e le strinse le mani con tenerezza.

«Non ti piacerebbe cambiare tutto quello che è successo finora? Tornare a un momento felice e fare in modo che non accada nessuna delle cose orribili che ti hanno rovinato la vita?»

Daniela si vergognò di quel contatto fisico e abbassò lo sguardo. Ripensò agli ultimi minuti passati con la madre. Era un radioso sabato di maggio. L'aveva svegliata il miagolio indolente di Newton, che esigeva la sua colazione. Mentre scendeva le scale, aveva sentito i genitori ridere in cucina. Discutevano se fosse sano oppure no mangiare il bacon fritto. Era la sua stagione preferita, e quel mattino si sentiva felicissima. La madre le aveva proposto di fare shopping al centro commerciale, ma lei doveva andare a studiare a casa di Lisa. Si erano salutate con un bacio, poi Daniela si era affacciata alla finestra e aveva osservato la madre allontanarsi alla guida del suo Maggiolino verde acqua. Era stata l'ultima volta che l'aveva vista viva. E quello era stato il momento preciso in cui la sua esistenza aveva cominciato a sgretolarsi. Le parve sconvolgente riuscire a percepirlo in maniera così nitida. Un giorno, un'ora, un secondo, segnavano la frontiera tra la felicità e la devastazione.

«Certo che mi piacerebbe», rispose con un filo di voce. «A chi non piacerebbe?»

«Ti restituirò il tuo passato pieno di promesse felici... e il tuo futuro sarà perfetto», le promise Richard.

«Un momento, un momento...» Daniela scrollò la testa sconcertata, come se non potesse credere alle sue orecchie. «Secondo te è una possibilità reale?»

«Ne sono sicuro.»

48.

«Chi sono questi "dei" di cui parla Alessandro? Perché sono così infuriati per gli studi di mio padre?»

«Perché vedono minacciato il loro stile di vita», le spiegò Richard.

«Che fastidio gli dà? Che gliene importa dei viaggi nel tempo?»

«Gli dà molto fastidio, cara, davvero molto», tagliò corto Alessandro. «Il tempo appartiene a loro, potremmo dire che ne sono i padroni.»

«Padroni del tempo? Che assurdità! Il tempo non ha padroni. Chi può dire una cosa simile?»

«Una persona immortale, per esempio», disse Alessandro.

Non era sicura di aver capito bene. Forse parlavano di ipotesi, ragionamenti teorici, fantasie, favole. Secondo Richard e Alessandro esistevano persone disposte a uccidere pur di impedire i viaggi nel tempo. Si scurì in viso, li guardò serissima, ma la spiegazione non arrivò.

«Immortale? Una persona immortale? Mi state prendendo in giro?» obiettò.

«In realtà non si tratta di una persona sola, ce ne sono parecchie», precisò Richard.

«Parecchie?»

«Non sappiamo quante di preciso. Noi ne conosciamo solo cinque, ma forse in giro per il mondo ce ne sono altre.»

«Ma questo non ha senso!» protestò lei. «Se esistesse qualcuno di immortale, si saprebbe. Non credo che una persona immortale riesca a passare inosservata, no? La gente si renderebbe conto che rimane viva nel corso dei secoli, sarebbe un fenomeno!»

«Niente affatto. È semplice, se si sa come cancellare le proprie tracce. La Terra è immensa, si può viaggiare da un posto all'altro, cambiare nome, cominciare una nuova vita...» ribatté Richard.

«E non si creano mai legami? Non hanno una famiglia, degli amici che possano sentire la loro mancanza? E loro, non sentono la mancanza di nessuno?»

«No», rispose laconico.

«Oddio, che tristezza, stare sempre soli...»

Abbassò il tono di voce, pensando che anche lei era rimasta sola.

«Mia cara», le fece notare Alessandro, «in realtà a questo mondo siamo tutti soli. Le persone che ci circondano appaiono e scompaiono di continuo, senza che ce ne accorgiamo. E non mi riferisco solo alla terribile circostanza della morte. Noi siamo gli unici protagonisti nel libro della nostra vita, e semplici comparse in quello degli altri. A volte occupiamo solo una riga nelle loro esistenze, altre una pagina, altre ancora un capitolo oppure quindici, ma prima o poi dovremo abbandonare quella storia che non ci appartiene. Pensa alle persone che sono state fondamentali per te in passato e che ormai sono sparite. Che so, la professoressa del primo anno, l'amica d'infanzia... La vita non sono le persone che ti circondano, la vita sei tu.»

«Ma siamo tutti immortali se crediamo in Dio, giusto?» chiese Daniela.

«È proprio questa la ragione della sua esistenza», rispose di getto Alessandro, alzandosi dal divano e mettendosi a camminare su e giù, come pronunciando un discorso provato chissà quante volte. «Abbiamo bisogno di Dio per sopportare la terribile idea che un giorno scompariremo. Chi siamo? Di cosa siamo fatti? Un corpo e una mente? Dove risiede l'anima? Nel cervello? Nel cuore?»

«Non lo so...» balbettò Daniela. Era troppo stanca per mettersi a elucubrare teorie filosofiche. «Non ci ho mai pensato.»

«Non sappiamo chi siamo, di cosa siamo fatti», proseguì Alessandro. «Dovremmo distinguere con precisione tra questo involucro fisico che l'uomo occupa per un certo periodo di tempo e l'anima che risiede in lui. Solo se accettiamo che il nostro io è formato da due entità distinte, il corpo e l'anima, che possono esistere uno indipendentemente dall'altra, possiamo credere nell'immortalità. E questo va benissimo, di sicuro è... molto tranquillizzante», concesse in tono magniloquente, «ma poi arriva Aristotele e ci garantisce che l'anima non può esistere senza un corpo, e che anche ammettendo che l'anima sia immortale, questo non implicherebbe l'immortalità della persona. L'anima. Che cos'è? Cosa significa?» chiese quasi con ripugnanza. «A chi interessa diventare un'entità eterea che vaga in eterno per l'universo? A cosa serve un'anima senza un corpo? L'immortalità annulla la paura che affligge l'essere umano da quando diventa consapevole della sua inconsistenza: la paura della morte. A cosa mi serve non scomparire, se il mio destino è decompormi, diventare cibo per i vermi, concime per le petunie? Santo cielo, che alternative disgustose! Quanti sogni restano irrealizzati per colpa della morte...»

«E cosa ci impedisce di realizzare i nostri sogni mentre godiamo ancora della vita?» chiese Daniela.

«Tu credi che tutti sappiano ciò che vogliono nel momento fisico in cui possono ottenerlo? E se ti accorgi che il tuo più grande desiderio è lanciarti con il paracadute quando sei sul letto di morte? O essere un esploratore dell'Africa nera quando ti sei fatto una famiglia e hai dei figli di cui prenderti cura? La vita media di un essere umano è troppo corta per avere il tempo di sapere come la vogliamo impiegare. Dobbiamo crescere, acquisire conoscenze, riuscire a sottrarci alla pressione della società e imparare a leggerci dentro liberamente. Di solito ci vuole molto tempo perché questo accada, e quasi sempre, quando finalmente sappiamo cosa vogliamo davvero, è troppo tardi per realizzarlo.» Prese fiato prima di concludere. «L'unica soluzione è l'immortalità. Eviterebbe le guerre, le malattie, il dolore... È stato il sogno di tutte le società avanzate sin dall'inizio dei tempi. Pensa all'Antico Egitto, quando estraevano il cervello e le viscere dei re defunti e imbalsamavano i loro corpi per seppellirli sotto le piramidi: cercavano l'immortalità! Il sogno della vita eterna non è certo una novità.»

«D'accordo», concesse Daniela, «supponiamo che sia vero. Perché mai questi personaggi immortali non condividono il loro segreto con l'umanità, in modo da rendere tutti felici?»

Richard prese la parola in tono risentito, come se ci avesse pensato anche lui un milione di volte.

«Un'umanità immortale non è un sogno realizzabile. Le persone continuerebbero a nascere, e se nessuno morisse il pianeta finirebbe per scoppiare. Le risorse non basterebbero per tutti e si esaurirebbero. Per non parlare del conflitto emotivo che comporterebbe per la persona. Non è tutto così bello come lo descrive Alessandro. Raggiungere l'immortalità è complicato e impone delle regole. Non è un interruttore della luce che si può accendere e spegnere a proprio piacimento. L'immortalità è per sempre. Si corre il rischio di stancarsi, di finire per vivere in un mondo senza colore, senza sapore, senza odore... si rischia persino che la vita stessa perda senso, che non si voglia vivere più. Dopo un tempo più o meno lungo, non importerebbe più quanto si è in salute, quanto si è ricchi o importanti, alla fine non si guarderebbe più il mondo con occhi nuovi. Una persona immortale potrebbe perdere la sua capacità di sorpresa, di emozione, di indignazione di fronte all'ingiustizia. Un immortale stanco di vivere è un aspirante suicida perenne... un morto in vita.»

«Che depressione!» protestò Alessandro. «Preferisci forse il nulla?»

«Il nulla...» sospirò Richard. Aveva cercato a volte di immaginare cosa potesse significare. «Dove eravamo prima di nascere? Non ci piaceva stare lì?»

«Richard, amico mio», ribatté Alessandro, «ne abbiamo discusso un'infinità di volte, e sai benissimo che odio l'idea che debba essere la natura a decidere del nostro destino finale. La morte è uno spreco imperdonabile. Ognuno di noi porta con sé un complesso universo di sapere, di esperienze vitali e di emozioni uniche. Tutto questo ricco tesoro di informazioni va perduto con la morte. Immaginiamo che la conoscenza acquisita da una persona nel corso della vita possa racchiudersi in un libro. Ogni anno muoiono nel mondo all'incirca sessanta milioni di persone. La nuova biblioteca di Alessandria punta a raggiungere i venti milioni di volumi in un prossimo futuro. Fate il conto. Immaginate la perdita di conoscenza irrecuperabile. Ogni anno scompaiono l'equivalente di tre biblioteche di Alessandria.»

«Non la penseremo mai allo stesso modo su questo», rispose Richard.

Li avvolse un silenzio assordante. Non si sentiva altro che il *tic tac* degli orologi. La casa era stracolma di pezzi d'antiquariato, ma il dettaglio che saltava subito agli occhi era la presenza degli orologi. A sabbia, a incenso, a candela, a cucù, orologi a sole collocati negli angoli più bui di casa.

Ore, minuti e secondi.

Sopra il sarcofago egizio era appeso un preziosissimo orologio Comtoise, che prendeva il nome dalla Franche-Comté, la regione francese in cui veniva fabbricato, nei pressi della frontiera svizzera. Daniela si avvicinò per osservarlo meglio. Il quadrante era di porcellana smaltata, uno dei modelli più costosi. La giovane li conosceva bene perché sua madre aveva una passione per gli oggetti antichi. Sapeva che esistevano ben pochi orologi come quello al mondo. La cosa più difficile era trovarli in buono stato di conservazione, e soprattutto ancora funzionanti.

E quello funzionava alla perfezione.

«Apparteneva a Casanova», le spiegò Alessandro, notando l'interesse che aveva suscitato nella ragazza. «Era uno stupido presuntuoso, ma aveva buongusto in fatto di orologi.»

«Casanova era uno stupido presuntuoso?» ripeté lei, quasi tra sé e sé.

Come faceva a parlare con tanta familiarità di una persona morta due secoli prima? La situazione stava prendendo una piega troppo strana per lei. Si lasciò cadere sul divano di pelle. Forse stava solo sognando. Sì... forse era solo un sogno da cui faceva fatica a svegliarsi, com'era capitato ad Alice nel paese delle meraviglie. Richard poteva essere il frettoloso coniglio bianco, sempre in pensiero per lo scorrere del tempo, che lei inseguiva ciecamente finché non cadeva dentro una grossa tana sotto la siepe. Alessandro era il Cappellaio Matto, intrappolato nella sua perenne ora del tè, guidato da un orologio assurdo che non segnava le ore, ma i giorni del mese. Sì, Alessandro somigliava davvero al Cappellaio Matto, che si offendeva se qualcuno si azzardava a suggerire che doveva esserci un modo migliore per ammazzare il tempo, giurando che se la gente conoscesse bene il Tempo come lo conosceva lui, non parlerebbe mai di ammazzarlo. Il Cappellaio che criticava Alice per non capire la vera essenza del Tempo, per non essersi neppure presa il disturbo di parlare con lui. Che la accusava di aver battuto il Tempo durante le lezioni di musica, quando era evidente che il Tempo non voleva essere battuto. Il Tempo amava le persone che lo amavano, al punto da diventarne il servo, rallentando l'ordine del mondo se necessario. Invece, se uno pretendeva di ammazzarlo, si fermava alle cinque del pomeriggio. Fermo per sempre all'ora del tè. Daniela sperava solo che questa avventura non la costringesse a versare fiumi di lacrime, tanto da formare un mare in cui affogare. Voleva a tutti i costi svegliarsi prima che la Regina di Cuori desse l'ordine di tagliarle la testa.

Forse era troppo stanca.

«Scusate, ma continuo a non capire», sospirò. «Se sono immortali... che gliene importa se uno riesce a viaggiare nel tempo?»

«Rispondi tu, amico mio», Alessandro incoraggiò Richard.

Questi piegò la testa di lato. La sua vita era come una scatola piena di segreti che teneva nascosti al mondo, e non sapeva come aprirla per mostrarne solo una piccola parte.

«La persona che dovesse viaggiare nel passato con l'aiuto di questa scoperta non lo farebbe per il semplice piacere di sperimentare. Avrebbe un proposito ben preciso.»

«Un proposito?» lo incalzò Daniela.

«Impedire che diventino immortali.»

«E perché mai?»

«Perché l'immortalità li ha trasformati in mostri. Li ha spinti a commettere azioni orribili.»

«Azioni come uccidere mio padre?»
Calò il silenzio.
«Tra le altre.»
«E chi è la persona che farebbe questo viaggio?»
«Io», concluse Richard.

49.

«E come pensi di farlo?» chiese ancora Daniela.

«Usando il ponte di Einstein-Rosen», rispose Richard senza tradire la minima esitazione.

«I wormhole?» Alessandro lanciò una risata sarcastica. «Ma è una follia, Richard! Parli sul serio? Credi davvero che esistano delle scorciatoie nello spaziotempo attraverso cui un essere umano possa transitare come se niente fosse? A quanto ne so, non ci sono prove della loro esistenza.»

«Questo è vero», tagliò corto Daniela, «ma è anche vero che, se esistessero, potrebbero servire perfettamente al fine che si propongono mio padre e Richard. Ho letto che sono formati da almeno due estremi connessi da una gola, attraverso cui potrebbe viaggiare la materia. Su scala quantistica, lo spaziotempo sarebbe costituito da fluttuazioni che appaiono e scompaiono di continuo, e che costituirebbero i wormhole. Per come sono disposti in natura, sono minuscoli e instabili, ma alcuni scienziati sostengono che si possano creare cunicoli spaziotemporali artificiali molto più grandi mediante il vuoto quantistico. Se si potesse espandere uno di quei piccoli buchi fino a consentire il passaggio di una persona, fornendogli energia, stabilizzandolo mediante l'effetto Casimir e dirigendone l'entrata e l'uscita al momento del tempo e dello spazio desiderato, vi si potrebbe viaggiare attraverso.»

Alessandro la guardò incredulo. Non era abituato a discutere di fisica quantistica con ragazzine di diciassette anni.

«Eppure, quello che Richard e il professor Green propongono... Insomma... scusa, Daniela, non voglio offenderti... sono convinto che tuo padre fosse una delle menti più brillanti dell'intero pianeta, ma insisto, tutta questa storia dei wormhole non è dimostrata. A quanto ne so, è molto pericoloso. Per prima cosa, bisognerebbe ingrandirne due che collegano due tempi diversi, cosa che già di per sé mi pare piuttosto complicata. In più, non bisogna scartare la possibilità che l'energia contenuta nel buco distrugga un ipotetico essere umano che si introduca al suo interno.»

«E cosa succede se il cunicolo spaziotemporale si chiude prima che uno riesca a uscire?» chiese a sua volta Daniela.

«È ovvio», rispose caustico Alessandro, «il viaggiatore del tempo non potrà tornare. E chissà dove andrà a finire. Bye bye, Richard. Non è così?»

«Questo non succederà, è tutto calcolato nella Trinity Theory.»

«La... cosa?» sgranò gli occhi Daniela.

«La Trinity Theory», ripeté lui. «Tuo padre e io l'abbiamo battezzata così per via del Trinity College, dove hanno studiato sia lui sia Newton, e dove pare si trovi il melo che ha ispirato la legge della gravitazione universale. E anche perché...»

«Certo... a dimostrazione che voi scienziati siete dei gran sentimentaloni», ironizzò Alessandro. «E precisamente... in cosa consisterebbe questa Trinity Theory, se posso chiedere?»

«Converrete con me su fatto che, fino a relativamente poco tempo fa, la fisica teorica si basava su tre teorie fondamentali. La prima era la teoria della meccanica quantistica, mediante la quale si cercava di definire le relazioni e i movimenti delle particelle subatomiche. La seconda era la teoria della relatività generale, che descriveva i rapporti e i movimenti dei corpi cosmici. Nessuna dava però una spiegazione soddisfacente all'evidente discrepanza che nasceva fra le due teorie, e così ne fu elaborata una terza, detta "delle stringhe", che sarebbe diventata la base di tutta la fisica, riunendola in un nuovo modello globale, che tuttavia presupponeva l'esistenza di dimensioni e materie sconosciute. Difatti, uno dei pochi punti su cui quasi tutti i fisici si trovavano d'accordo era la quantità di conoscenza che non possedevano. Più in concreto, facevano ammontare la loro ignoranza al novantasette per cento della materia esistente.»

«Ne ho sentito parlare», ribatté Daniela. «pare che esistano undici dimensioni, perciò almeno sette ci sono assolutamente sconosciute. Riusciamo a comprendere al massimo quattro dimensioni, anche se in realtà ne percepiamo chiaramente solo tre.»

«Esatto. Il tempo possiamo solo subirlo. Ma tu stesso stai dicendo che si tratta di una teoria, e questo significa che non è ancora confermata», fece notare Alessandro.

«Per il momento no. L'unica cosa dimostrata sono le leggi su cui ci siamo basati. La terza legge è quella che definisce il tempo, che ne determina la forma.»

«Il tempo ha una forma?» chiese Daniela.

«Sì, immagina un toro, una superficie a forma di ciambella. In particolare si parla di toro continuo multidimensionale. Il che significa che il *continuum* spaziotemporale è una struttura di natura infinita e circolare.»

«Non riesco a capire», ammise Daniela.

Richard non rispose e osservò lo sguardo sconcertato dei suoi interlocutori. Era molto difficile. Quel che diceva sembrava tratto da un romanzo di fantascienza. Si diresse a grandi passi verso una lavagna dei primi del Novecento che Alessandro usava per annotare gli impegni. Con l'ansia di un bambino che impara a scrivere, Richard afferrò un gessetto e si mise a buttar giù formule e disegni. Nell'angolo in basso a destra tracciò un cilindro attraversato da una riga tratteggiata, e sopra una specie di ciambella con un percorso indicato da frecce. Sulla sinistra, due cerchi, uno sopra l'altro, che sembravano le ruote di una macchinina giocattolo. Daniela ebbe quasi la sensazione di assistere a una lezione di geometria, e le sembrava strano come approccio per spiegare l'aspetto del tempo. Per finire, sopra il cilindro Richard scrisse una formula matematica.

«E questo cosa sarebbe?» chiese Alessandro.

«Il tempo!» rispose l'amico tutto eccitato, quasi stupito che non si capisse all'istante. «Noi siamo qui dentro, dentro il toro! Ogni particella di cui siamo composti è necessariamente in fase con sé stessa. In questo modo, se una particella riesce ad accelerare la sua vibrazione un numero di volte multiplo alla sua frequenza fondamentale, può raggiungere una fase futura e, in potenza, se il percorso è sufficientemente ampio, anche passata. Pertanto, secondo la quarta legge della Trinity Theory, una particella sottoposta a una quantità di energia che coincida con la sua frequenza di risonanza subirebbe un aumento della sua ampiezza di vibrazione tale da rompere la sua traiettoria e passare a un'altra fase diversa. Questa fase si può calcolare teoricamente, e perciò può predire il comportamento della particella secondo le caratteristiche dell'energia applicata.»

«Vai avanti», lo incoraggiò Daniela.

«Si credeva fermamente che una particella potesse viaggiare tra due punti non successivi dello spaziotempo attraverso i wormhole. Si potevano ideare equazioni matematiche che dimostrassero tale possibilità appellandosi ai principi della relatività generale. I più sognatori immaginavano persino che, in un futuro non molto lontano, l'uomo avrebbe potuto determinare con precisione il luogo in cui si trovava un cunicolo spaziotemporale, stabilizzarlo, governarlo, domarlo come fosse una giumenta selvaggia al rodeo e realizzare così viaggi nello spazio o nel tempo. Un bel giorno qualcu-

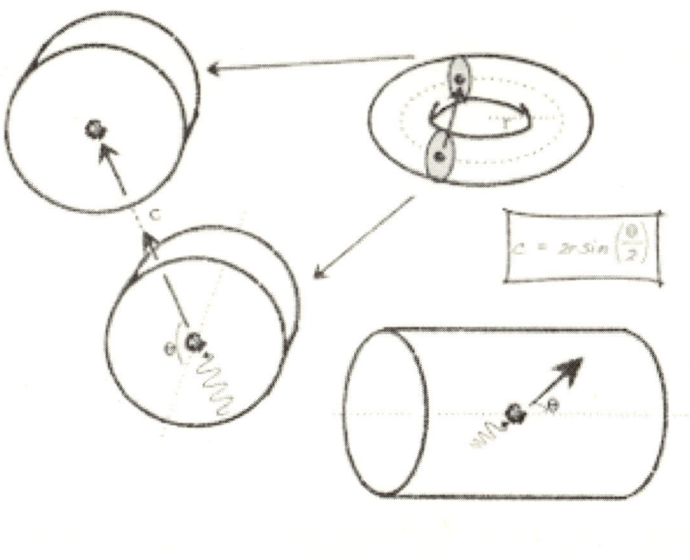

no sarebbe finalmente riuscito a svelare i segreti di quella sfuggente materia esotica e magari si sarebbero costruite autostrade superluminali ma, nel frattempo, noi che eravamo coinvolti in quella ricerca dovevamo rassegnarci a sbattere la testa sempre sulle stesse domande.»

«E alla fine tu e il professor Green avete trovato la risposta?» chiese Alessandro.

«Sì, certo che sì, amico mio! Il fatto è che ci sbagliavamo. Ci sbagliavamo tutti. Guardavamo nella direzione sbagliata. È vero che i wormhole esistono, ma non sono come pensavamo che fossero. Ci siamo lasciati guidare dal rasoio di Occam.»

«Il rasoio di Occam?» si stupì Daniela. «E adesso questo che c'entra?»

Il rasoio di Occam, o come si chiamava nel medioevo, la *lex parsimoniae*, era un principio metodologico usato da secoli per guidare gli scienziati nelle loro speculazioni teoriche. In sintesi, il principio sosteneva che, a parità di condizioni, la spiegazione più semplice di solito è quella giusta. Si usava da sempre in campi diversissimi come la linguistica, la statistica, la chimica, la matematica, l'economia e la medicina. Il principio del rasoio di Occam aveva dato alla luce molte delle leggi e delle scoperte più importanti della storia dell'umanità. Lo stesso Newton se ne era servito quando aveva dovuto scegliere quale fenomeno avesse determinato la caduta dall'albero della sua famosa mela. Forse uno scoiattolo dispettoso l'aveva strappata dal ramo e buttata a terra solo per richiamare la sua attenzione? Il creatore con quel gesto voleva consigliargli di mangiare più vegetali? La gravità della Terra aveva attratto la frutta verso il basso?

«Se senti un rumore di zoccoli, pensi a un cavallo, non a una zebra», recitò Daniela, ricordando la spiegazione che le aveva dato il padre.

«Esatto! Per tutti questi anni non siamo mai riusciti a capirlo, finché non ci siamo chiesti: e se stessimo stupidamente cercando di modificare l'immagine di uno specchio, e non riuscendoci cercassimo un modo per rendere il vetro più elastico, anziché capire che quell'immagine è solo una conseguenza della realtà, e non la realtà in sé stessa? E se quando scoprivamo matematicamente i buchi, immaginandoli come sentieri preesistenti attraverso lo spaziotempo, che si aprivano e si chiudevano e potevano essere attraversati da particelle che fossero nei dintorni, in realtà quello che stavamo dimostrando era semplicemente la possibilità che qualsiasi particella potesse viaggiare tra due punti non successivi dello spaziotempo?» Richard camminava su e giù tutto agitato, come Daniela non lo aveva mai visto. «Ed è venuto fuori che in effetti era proprio così. In realtà, tutti i punti dello spaziotempo sono successivi, perché qualsiasi punto dello spaziotempo si può raggiungere da qualsiasi altro. L'unica cosa che bisogna tenere presente è che, perché una particella viaggi tra due punti non successivi dello spaziotempo, sono le caratteristiche della particella a doversi modificare, non quelle dello spaziotempo che la contiene. In altre parole, se possiamo applicare una certa energia alla particella, in modo che le sue caratteristiche cambino nel modo giusto, produrremo il viaggio che, in maniera indiretta, si può riconoscere sotto forma di cunicolo spaziotemporale. E infatti, nell'universo si verificano continuamente viaggi di questo tipo, perché, in maniera aleatoria, una particella può ricevere l'energia necessaria in qualsiasi punto dello spaziotempo, esattamente come accade nella realtà. Ecco perché troviamo matematicamente wormhole sparsi ovunque.

«Ma non siamo mai riusciti a osservarli nella natura perché qualsiasi insieme di particelle abbastanza grande da essere visto, sottoposto a un'energia sufficientemente intensa in maniera aleatoria, sarebbe distrutto all'istante. Perciò, secondo i nostri calcoli, matematicamente parlando, se qualcosa attraversasse il wormhole ne rimarrebbe schiacciato. Non abbiamo mai potuto dimostrare sperimentalmente questi viaggi, perché cercavamo di modificare lo spazio, anziché la particella.» Prese fiato tutto soddisfatto. «E una volta che il professore e io l'abbiamo capito, abbiamo cercato il modo di controllare questa modificazione, e siamo riusciti a formulare la Trinity Theory.»

Daniela si sentì all'improvviso sulle spalle tutto il peso del mondo. La stanchezza l'avrebbe sopraffatta da un momento all'altro. Le palpebre le si chiudevano a poco a poco. Aveva bisogno di dormire. Sembrava molto confusa.

«Intendi dire che è realmente possibile...» insistette Alessandro con un filo di voce.

«Lo è. Secondo i nostri calcoli, è possibile viaggiare nel tempo, sia nel futuro sia nel passato, e le condizioni per realizzare questi viaggi sarebbero facilmente riproducibili con la tecnologia giusta in un centro di fisica sperimentale. Bisognerebbe semplicemente trovare l'equazione che determina il cambio di fase per riuscire a tornare al punto di partenza, e la particella riprenderebbe la sua corsa da lì, nelle stesse condizioni precedenti.»

«Ma come? Dove?» Alessandro lo guardava perplesso.

«Al CERN di Ginevra c'è l'acceleratore di particelle più potente del mondo.»

Si accorsero all'improvviso che Daniela aveva smesso di parlare e videro che si era addormentata sul divano.

«È stato un giorno tremendo per lei», commentò Richard.

«È davvero bella. Possibile che una meraviglia così non ti faccia tornare la voglia di vivere? Non vorresti bertela fino all'ultima goccia?» Le si avvicinò e l'accarezzò su una guancia. «Ha la pelle di pesca. Non hai più sangue nelle vene, Richard?»

«Lasciala stare, è solo una bambina!» esclamò, allontanandogli la mano.

«Una bambina?» rise Alessandro. «Duecento anni fa, sarebbe stata sposata da tre anni e avrebbe avuto già altrettanti figli.»

«L'hai detto: duecento anni fa», ripeté Richard scandendo bene il numero. «Adatti le abitudini delle varie epoche a tuo piacimento.»

Richard le sollevò le ginocchia e la mise sdraiata per farla stare più comoda.

«Sempre così terribilmente galante», sussurrò Alessandro. «Le confesserai chi sei? La tua vera natura?»

«No, se non è strettamente necessario. Usciamo di qui, lasciamola dormire», disse prima di spostarsi con Alessandro nella stanza accanto.

«Si sono spinti troppo oltre», protestò Richard quando furono abbastanza lontani.

«Devi capirli, amico mio: stai mettendo a repentaglio tutto ciò per cui hanno lottato.»

«E tu? Tu come la pensi?»

«Questa domanda mi offende», rispose. «È vero che non riesco a capire perché mai tu stia facendo tutto questo, ma la mia amicizia viene prima di tutto. Siamo stati vicini per tanti anni. Tantissimi. Sei stato tu a farmi questo dono. Se c'è qualcuno che me lo può togliere, questo sei tu.»

Richard scrollò la testa.

«È stata Liz a uccidere il professore. E anche la domestica di casa Green, cosa di cui proprio non c'era bisogno... Meno che mai nel modo in cui l'ha fatto. Daniela ha visto tutto.»

«Sapeva che in questo modo avrebbe attirato la tua attenzione, che era una scorciatoia per riprendere il suo posto nella tua mente.»

«È malata.»

«Sì, può darsi.» Alessandro rimase un istante in silenzio prima di aggiungere: «Però è sempre bellissima».

«Non so vedere la bellezza nella malvagità.»

«A quanto pare neanche lei, ecco perché riesce ad amare solo te. Ti ama tanto che è disposta a distruggere la tua vita obbligandoti a viverla ogni secondo.»

«Questo non è amore, Alessandro, non ti confondere.»

«Può essere, però lei ne è convinta. Mi dice Nicolas che grida il tuo nome in sogno e che la sente piangere come una bambina quando si chiude nella sua stanza.»

«Le passerà, vedrai...»

«Forse nel giro di cinque secoli...»

Un dolore d'oltretomba strinse il petto a Richard.

«Allora mi aiuterai?»

«Ma certo, amico mio, ti ho mai deluso?»

50.

Liz arrivò in vista del cancello della villa di Alessandro al volante di una potente Porsche, dato che la pioggia scrosciante le aveva impedito di prendere la moto. Fu costretta a trarre un paio di respiri profondi per evitare che il cuore al galoppo le saltasse fuori dal petto. Nel frattempo, l'uroboro dorato si definiva pian piano sotto i suoi occhi, e parve quasi salutarla con stima, come se l'aspettasse con impazienza. Notò con un certo sollievo che riusciva a controllare i nervi grazie al potere confortante della respirazione, come le aveva insegnato Nicolas. Tutto ciò che restava dell'ansia che l'aveva accompagnata lungo il tragitto era un leggero retrogusto di ferro nel palato e un fastidioso intorpidimento nei muscoli di braccia e schiena, provocato dalla tensione. Ma in fondo poteva persino essere un vantaggio: l'avrebbe mantenuta allerta e cosciente della situazione. Non andava a un appuntamento amoroso, anche se c'era Richard. Quell'uomo sapeva suscitare in lei il desiderio più forte e il più profondo degli odi. Non erano forse due facce della stessa medaglia? Liz non sapeva distinguere con precisione i due sentimenti.

Nascose l'auto dietro una siepe: non voleva che dall'interno potessero intravederne la sagoma davanti al cancello. Appena scese, percepì all'istante la solidità del mondo sotto i suoi piedi e quasi si stupì che avesse una consistenza ancora così reale e non stesse cominciando a sgretolarsi per colpa della decisione presa da Richard. Oppure a disfarsi in polvere, fumo o acqua vaporizzata.

Invece no, il terreno era ancora lì.

E anche lei.

Fece scivolare i suoi occhi verdi lungo la cancellata che

circondava la proprietà di Alessandro, valutando quale fosse il punto migliore per introdursi all'interno. Senza altro indugio, si aggrappò alle inferriate e scavalcò agilmente, atterrando dall'altra parte con un balzo felino.

Il giardino era esattamente come lo ricordava. Giganteschi frassini custodivano il viale di accesso alla porta d'ingresso, ora invaso dal fango e dalle pozzanghere. Sollevò lo sguardo al cielo. Sembrava un mantello nero e insondabile da cui scendevano piccole scintille d'acqua a morderle le guance. Una notte scura e tenebrosa, lo scenario perfetto per un film dell'orrore. I forti lampi rischiavano di tradirla se si fosse avvicinata alla casa seguendo la strada. Scrollò la testa, come a voler suggerire a sé stessa un'alternativa più nascosta. Le restava ancora un lungo tratto per arrivare all'edificio principale, ma era in forma. Corse attraverso i cespugli, sentendo il crepitio dei rami sotto i piedi, sfrecciando tra gli alberi quasi neri che disegnavano ombre metalliche a terra. In un attimo fu accanto alla finestra della biblioteca, e solo allora prese coscienza di trovarsi a pochi metri da Richard. Questo le strinse lo stomaco, mozzandole di nuovo il respiro.

Richard, il suo Richard, l'unico uomo che l'avesse amata e disprezzata con la stessa intensità. L'uomo che era riuscito a mandare in pezzi la sua corazza forgiata nei secoli con un semplice sguardo, l'uomo infame che non aveva saputo apprezzare il suo amore incondizionato. In quel preciso istante gli avrebbe conficcato volentieri un pugnale nel cuore mentre lo baciava vogliosa, inalando l'aroma della sua bocca, sentendo il calore di quel corpo contro il suo. Quella immagine le fece battere ancora più forte il cuore. Ma purtroppo un simile gesto non sarebbe servito a nulla.

No, no...

Nicolas si era raccomandato mille volte di concentrarsi solo sulla missione. Doveva limitarsi a sottrarre i documenti che gli davano la possibilità di distruggere l'ordine del tempo e tornare a casa senza intromettersi nella vita di Richard. Doveva semplicemente impedire che portasse a compimento il suo piano funesto, in maniera fredda e calcolata, come gli agenti dei film gialli del sabato sera.

Nascosta tra le siepi, si affacciò con prudenza alla vetrata della sala, dove languiva la luce dorata del camino. La prima cosa che vide fu il sorriso dipinto di rosso del sarcofago egizio. Guardò ancora, stupita che non ci fosse nessuno, ma alla fine sul divano notò Daniela Green, profondamente addormentata. Quella ragazzina insignificante le aveva complicato la vita sin dal primo giorno che l'aveva conosciuta. Si era intromessa tra lei e Leonard e adesso condivideva spazi e confidenze con Richard. Un tempo non avrebbe esitato a trascinarla per i capelli nella vergine di ferro, quel congegno straordinario che sembrava inventato apposta per lei. Una cassa simile a una bara, abbastanza grande da accogliere all'interno un uomo grande come un gorilla adulto. All'esterno, la vergine di ferro mostrava l'aspetto di una innocente fanciulla. Il viso dolce, incorniciato da riccioli, poteva ingannare chi non conoscesse la trappola mortale che custodiva: le ante della cassa erano rivestite di grossi chiodi di ferro lunghi una quindicina di centimetri, il cui scopo ultimo non era uccidere, ma torturare lentamente. La persona chiusa all'interno sarebbe morta dissanguata, nel corso dei giorni, spremuta come un limone.

Liz aveva utilizzato quello strumento per molti anni, finché i giudici non avevano ordinato di distruggerlo nella stessa pira infame in cui avevano dato fuoco ai suoi traditori. Con il sangue di Daniela si sarebbe fatta molti bagni, e forse poteva essere un equo risarcimento.

Rannicchiata tra le ombre, cercò di togliersi dalla mente quell'idea stuzzicante per concentrarsi su quello che era venuta a fare. Si accertò che nel salone non ci fosse nessun altro e ricominciò a cercare Richard e Alessandro. Conosceva la casa abbastanza bene da intuire dall'esterno dove fosse ubicata ogni stanza. Percorse il muro, affacciandosi alle finestre, finché non giunse allo studio di Alessandro.

Eccoli.

Sotto il peso del buio della notte e della pioggia, fu invasa da un plumbeo sconforto che raggiunse il culmine dinnanzi all'elegante sagoma di Richard. Quel contatto visivo la lasciò disarmata. Le gocce di pioggia le imperlavano il viso, scivolandole sulle guance insieme alle lacrime amare che non riusciva a trattenere. Se era vero che il paradiso e l'inferno si vivevano in terra, di sicuro lui l'aveva trascinata in entrambi.

La voce dei due uomini accanto alla finestra la riportò alla realtà. Si accovacciò ancora di più, incollando i palmi delle mani contro il muro e ascoltando con attenzione. Era la sua voce, sì, la voce di Richard. Non la sentiva da più di un anno, dal giorno in cui si era presentato a casa annunciando di aver trovato il modo per viaggiare nel passato e cambiare il loro destino. Voleva tornare a quello che lui considerava il punto di partenza.

«Hai pensato alle conseguenze?» gli aveva chiesto impassibile Nicolas.

«Non vi deve riguardare.»

«Ma stai scherzando?»

Richard aveva guardato a terra prima di rispondere.

«In realtà ho pensato alle conseguenze per voi... per noi», si era corretto. «Ci ho pensato tanto. Ci ho pensato per anni, per secoli. Mi sono chiesto che significato ha la nostra presenza in questo mondo, qual è la ragione per cui siamo qui. E sapete a quale conclusione sono giunto?»

Il silenzio era calato assordante sulla sala. Perenelle aveva guardato il marito con gli occhi sgranati. Alessandro era immobile e Liz... Liz faceva il possibile per tenere a bada uno dei suoi attacchi di rabbia.

Richard aveva proseguito.

«Niente.» Aveva masticato la parola con un certo gusto. «Niente. Non significhiamo niente. Non siamo niente. Niente in assoluto. Puro egoismo che va avanti nei secoli dei secoli. Per non parlare di tutto il dolore causato. La morte...» Aveva guardato con disprezzo Liz. «Potrei mentirvi, ma non voglio farlo. Se riesco a tornare indietro, risolverò tutto. Metterò fine a tutto questo.»

«Ti voglio bene come a un figlio, ma capisci che non posso permettertelo, vero?» aveva sussurrato Nicolas.

«Che assurdità!» aveva risposto Richard con aria sprezzante. «Tu non sei mio padre!»

«Vattene da casa mia!» gli aveva gridato allora Nicolas, profondamente ferito.

Era stata la prima volta che lo vedevano perdere il controllo.

Liz si era affacciata alla finestra per seguirlo con lo sguardo. La sua andatura serena, la spalle dritte, il rumore dei suoi passi che si allontanavano da lei.

Sospirò, sopraffatta dalla malinconia. Aveva smesso di piovere, ma un vento freddo e umido la frustava in viso. Nicolas le aveva dato istruzioni precise: «Non fargli male, Liz. È ancora nostro fratello. Fai semplicemente in modo che non possa portare a termine il suo piano».

"Non fargli male, Liz, non fargli male, Liz..." si ripeté mentalmente.

51.

Richard e Alessandro sentirono un leggero rumore di passi e si girarono all'unisono verso la porta. Sulla soglia comparve Daniela, che si stiracchiava con gli occhi insonnoliti.

«Mi avete lasciato sola!» protestò.

«Abbiamo pensato che avevi bisogno di riposare», si giustificò Richard.

«E tu non riposi mai?»

Alessandro abbozzò un sorriso ironico e si girò a guardarlo con aria incuriosita.

«È vero, Richard, raccontaci un po': tu non riposi mai?»

Richard non badò al tono della sua frase, tanto era abituato al sarcasmo sfoggiato dall'amico.

«Alessandro è dalla nostra parte», la informò cambiando argomento. «Sfogliando i documenti che tuo padre teneva nella cassaforte, ho scoperto che l'unica possibilità per realizzare il nostro piano è andare al CERN, dove c'è l'LHC, il grande collisore di adroni.»

«Il piano...» ripeté Daniela con un filo di voce. «Il nostro piano è viaggiare nel tempo...»

Le girava la testa, si era appena svegliata e gli eventi delle ultime ore sembravano quasi un'allucinazione. Viaggiare nel tempo? Tornare indietro e rimettere in ordine il destino? Come faceva una cosa così straordinaria a essere a portata di mano? Ricostruire il passato non era possibile per il resto dei mortali, che da sempre vi facevano ritorno usando sotterfugi come i film, i romanzi di fantascienza oppure l'immaginazione. Se Richard aveva ragione, non solo gli uomini avrebbero potuto viaggiare a ritroso nel tempo, ma si potevano anche avventurare nel futuro per conoscere cosa sarebbe accaduto. Per sapere se, come aveva predetto H.G. Wells nel suo romanzo, la razza umana avrebbe finito per dividersi in due specie completamente diverse: i bellissimi e sempre giovani Eloi, destinati a vivere spensierati in un primigenio paradiso terrestre, senza conoscere il dolore, il lavoro o la vecchiaia, e gli orribili Morlock, gli esseri raccapriccianti dell'inframondo, che li allevavano come fossero capi di bestiame per poi cibarsene.

«E se Alessandro avesse ragione?»

«A cosa ti riferisci?»

«Perché il mio destino è più importante di quello di migliaia di persone che soffrono? Una scoperta così straordinaria non andrebbe condivisa?»

«Ma... si può sapere di che parli?» Richard sembrava scandalizzato.

«Non lo so...» riconobbe stordita. «Non so di che parlo. Sono così confusa... e anche sfinita.»

La sua mente la teneva rinchiusa in un labirinto vischioso. Richard aveva ragione, non doveva farne una questione morale. Tornare al punto esatto in cui era felice, in cui anche il suo orizzonte lo era. Cos'altro poteva chiedere? Non era forse quello che desiderava da mesi? La soluzione a tutti i suoi problemi? Chi era lei, per rifiutarsi di essere la depositaria di una simile opportunità? Perché continuare a pensarci su? E meno che mai con tutta quella stanchezza addosso. Non c'era ancora niente di definitivo, in fondo. Forse suo padre e Richard avevano torto. Forse avevano sbagliato i conti e la Trinity Theory era una semplice teoria che non si poteva dimostrare, e in tal caso sarebbe stato Dio, il caso o chi per lui a prendere una decisione che evidentemente non la riguardava.

«Hai ragione. Voglio cambiare il mio destino», concluse in tono deciso.

«Ma certo che lo vuoi. Ed è quello che vorrebbe anche tuo padre. Ti garantisco che stiamo facendo la cosa giusta.»

Daniela lo guardò sospettosa, ma un rumore nel corridoio paralizzò i suoi pensieri. Guardarono verso la porta, ma tutto sembrava perfettamente normale.

«C'è qualcun altro in casa?» chiese Richard.

«No, certo che no», rispose Alessandro scuotendo la testa. «Siamo soli.»

Daniela era la più vicina alla porta, perciò ebbe meno tempo per reagire. Impiegò un millesimo di secondo a capire che Alessandro si sbagliava, e un altro millesimo a riconoscere l'inconfondibile aroma di fiori morti di Liz. Sentì lo scricchiolio dei suoi passi alle sue spalle, seguito dalla pressione del suo braccio in vita e dal fiato della sua bocca sul collo. Erano i movimenti studiati di una leonessa che si avventa sull'impala rimasto inavvertitamente solo. Percepì con la coda dell'occhio la guancia pallidissima di Liz accanto alla sua. Un brivido, a metà fra la paura e un senso di irrealtà, le mise la pelle d'oca. Sentì una vertigine strana, un'emozione ripetuta, la certezza che quello stesso brivido l'avessero già provato in passato sua madre, suo padre e Jane. Era come ricordare un'esperienza che non aveva vissuto. Il ricordo di un'altra persona.

L'amante del professor Green era apparsa dal nulla, sbucando dall'ombra, la teneva stretta da dietro e le appoggiava alla gola la lama del suo coltello con il manico di madreperla. Liz aveva un'aria esultante e si guardava attorno tutta soddisfatta, apprezzando lo stupore suscitato dalla sua apparizione trionfale.

«Liz...» sussurrò Richard.

Per un istante, gli spietati occhi verdi della donna si addolcirono. Sentire il suo nome sulle labbra di lui le portò un ricordo del passato, la memoria di quello stesso suono che rimbombava nella sua stanza, avvolto tra carezze e baci, rivoltato fra le lenzuola fino all'alba. Ma, con il passare dei secondi, Liz si rese conto che la sua mente, la sua stupida mente innamorata, le tendeva la stessa trappola di sempre. Più di una volta le era capitato di scambiare il disprezzo di Richard per desiderio trattenuto, una parola offensiva per un messaggio cifrato in cui lasciava intravedere la sua voglia di rannicchiarsi di nuovo tra le sue gambe.

No, non poteva lasciarsi ingannare un'altra volta.

«Credevi di esserti liberato di me? Ti avevo detto che era per sempre», gli urlò con rabbia.

Fermo al centro dello studio, Richard la fissava impassibile, chiedendosi come avesse fatto a trovarli. Temendo che un suo gesto potesse farle perdere il controllo e spingerla ad affondare il coltello nella gola di Daniela, rimase in attesa. Forse se si fosse avventato su di lei in quello stesso istante l'avrebbe colta di sorpresa, evitando mali peggiori. Il rischio era che il suo salto non fosse veloce quanto il coltello di Liz, che era bravissima con gli oggetti affilati. Secoli di esercizio.

Daniela sentiva nella carne la pressione degli artigli di quella donna che tanto aveva odiato e adesso odiava ancora di più. Si sentiva avvolta dallo stesso aroma dolciastro e appiccicoso che riconosceva immancabilmente addosso al padre quando tornava a casa dopo essere stato con lei. Erano talmente vicine che respiravano la stessa aria.

«Mi dispiace per tutto quello che ti sta capitando, Daniela», le sussurrò all'orecchio senza distogliere lo sguardo da Richard. «Tutto questo non sarebbe dovuto accadere. Tuo padre, tua madre, Jane... tu... non significate nulla per noi, ma lui...» La sua voce divenne amara. «Lui distrugge tutto ciò che tocca.»

«Tu la... la conosci?» gli chiese Daniela con un filo di voce.

«Non le hai parlato di me?» chiese a sua volta Liz, quasi offesa. «Mi hai cancellato dalla tua biografia?»

«Come facevi a sapere che erano qui?» le chiese all'improvviso Alessandro.

«Richard è troppo prevedibile», rispose lei con disprezzo. «Dove poteva andare, se non a casa del suo migliore amico? Quello sciocco scapestrato che l'ha sempre assecondato in tutto. La tua casa è un posto perfetto per nascondersi da Scotland Yard... e da me. O almeno così pensavate.»

«E come hai fatto a entrare?»

«Non ricordi che siamo stati qui l'estate scorsa? Lo so che tieni una chiave nel vaso di fiori alla destra della porta d'ingresso. Come vedi, anche tu sei molto prevedibile, caro Alessandro.»

«Liz... Liz... per favore...» Richard fece un passo avanti mostrandole le mani aperte in un gesto di pace. «Daniela non c'entra niente con questa storia, lasciala andare.»

«Daniela? Daniela?» Ruminò il nome con disprezzo. Era gelosa che il nome di un'altra donna uscisse dalla sua bocca. La bocca di Richard le apparteneva. «Non ti avvicinare o le taglio la gola!» gridò. «Sai che posso farlo. Anzi, in realtà non vedo l'ora.» Rilassò i lineamenti, girò il naso verso la guancia della ragazza e inspirò profondamente, quasi godendosi l'aroma di un frutto delicato. «Una come lei è perfetta per me, lo sai bene.»

Richard rimase paralizzato, soppesando le varie possibilità. Erano tre contro una, e forse potevano disarmarla. Ma Liz non era un nemico qualsiasi e non conveniva sottovalutare la sua forza. Forse, se la Trinity Theory funzionava sul serio, avrebbe potuto rimediare ai gesti sconsiderati di Liz. Se poteva tornare nel passato e cambiare tutto, anche questa situazione si sarebbe risolta. Ma pur credendo ciecamente nelle ricerche del professor Green, sapeva che finché non venivano dimostrate restavano mere teorie, mai provate nella pratica. Non poteva correre il rischio di far accadere qualcosa di potenzialmente definitivo. Sapeva che Liz era disposta a tutto, anche a tagliare la gola a Daniela per il semplice piacere di vederla soffrire.

«Liz... non prendertela con lei», la supplicò ancora. «È me che stai cercando, e io sono qui. Lasciala andare, ti prego.»

«Ti piace, vero?» gli chiese furiosa di rabbia. «È meglio di me? Più bella? Più innocente?» Ammutolì un istante. «Più giovane?»

«Per favore... lasciala.»

«Oh... come sei romantico!» Il suo tono oscillava tra lo scherno e la desolazione. «Non te la sei mai presa così per me.»

«È assurdo, Liz, è solo una bambina!»

«E tu? Tu cosa sei, Richard? Gliel'hai spiegato?» Scoppiò a ridere senza voglia. «Mi hai davvero deluso. Da te speravo qualcosa di meglio. È stato tutto troppo semplice e rapido. Credevo che mi avresti reso le cose più difficili.»

Daniela stava quasi per crollare. La lama affilata del coltello le premeva il collo sempre più, impedendole di respirare normalmente. Richard vide una piccola goccia di sangue lambire il collo della ragazza.

«Deciditi a dire cosa vuoi, maledetta pazza!» gridò sprezzante Alessandro. «Facciamola finita una volta per tutte!»

«Mettiti su quella sedia», ordinò Liz, indicando Richard con il mento, poi si guardò attorno e si soffermò sulle tende.

«Adesso legalo!» ordinò ad Alessandro. «Usa i cordoni della tenda. Sbrigati!»

Entrambi ubbidirono.

«Prima le mani... dietro la schiena. E poi i piedi. Legalo stretto! Adesso metti un'altra sedia di dietro.»

Trascinò Daniela fino alla sedia che Alessandro aveva appena spostato e cominciò a legare le mani della ragazza con il cordone rimasto sciolto.

«Dov'è la formula?» gridò, piazzandosi di fronte a Richard.

«Nel bagagliaio dell'auto. In garage.»

«Valla a prendere», ordinò ad Alessandro, brandendo in aria il coltello.

Lui eseguì senza protestare.

Liz ne approfittò per esaminare con attenzione il corpo del suo amore. Era sempre uguale, nulla in lui sembrava cambiato. Era da tanto che non lo vedeva così da vicino. La sua pelle bianca le fece riaffiorare il ricordo dei tempi in cui aveva creduto di morire d'amore, quando aveva pensato che tutto fosse possibile. Gli sfiorò il viso con le dita, accarezzandolo con avidità, ma lui ritrasse la testa, rifiutando la carezza con aria di disgusto. Liz esplose di rabbia, lo afferrò per il mento e lo sfidò.

«Ti faccio schifo? Ti faccio schifo?!» gli urlò. «Un tempo non ti facevo schifo!»

Gli si sedette a cavalcioni per guardarlo dritto negli occhi. Sentì di nuovo incollato al suo il corpo che tanto aveva desiderato, sotto le sue cosce. Si perse nei suoi occhi neri, quei due laghi profondi in cui si era immersa tante volte in passato, in cui aveva nuotato, sguazzato felice... in cui alla fine era affogata. Il suo respiro accelerò mentre sprofondava nel precipizio delle sue labbra. E tornò a sopraffarla il desiderio, come una gigantesca onda travolgente, impossibile da evitare.

«Baciami», gli ordinò ansimante.

«Sai benissimo che non lo farò mai», mormorò lui.

«Baciami!» gridò con gli occhi vitrei, iniettati di sangue.
«Mai!»
Lei si avventò sulla sua bocca come una pantera affamata, così avida del suo sapore, della sua umidità, che impiegò qualche secondo a capire che lui non l'assecondava, rimaneva impassibile. Allora lei si ritrasse lentamente, osservandolo sconcertata. Richard teneva gli occhi aperti, privi di qualsiasi emozione. Lo sguardo di Liz vagò sul suo viso, percorrendo la curva delle sopracciglia, l'angolo delle palpebre, la fessura delle labbra... Guardava, desiderava, pregava di trovare un minimo segno di alterazione. Ma non vide assolutamente nulla. Non c'era niente.
Niente.
Per un attimo, Liz ebbe quasi la tentazione di scoppiare a piangere. Poi deglutì, serrò le labbra... ma subito dopo si ricompose e tornò a infuriarsi. L'avrebbe fatto a pezzi in quel preciso istante. O meglio, avrebbe smembrato la ragazzina sotto i suoi occhi, per farlo soffrire sul serio. Ma la sua rabbia fu frenata dall'arrivo di Alessandro.
«Che fai, Liz?» le gridò dalla soglia, i documenti del professore stretti nella mano. «È per questo che sei venuta fin qui?»
Lei si alzò, apparentemente imbarazzata, come una bambina sorpresa a commettere una marachella. Non ebbe il tempo di fare altro. All'improvviso vide la sorpresa disegnata sul viso di Alessandro. Guardava perplesso oltre la sua spalla. Un attimo dopo, sentì un colpo sordo, seguito da un dolore tremendo alla testa. E poi, il buio più assoluto.

52.

Daniela brandiva sopra la testa la lampada di bronzo con cui aveva appena colpito la sua nemica. La guardava paralizzata mentre giaceva a terra priva di sensi, una ferita rosso porpora nel cranio, stupita di essere stata lei a provocarla. Era la prima volta che si trovava nella penosa condizione di dover usare la violenza fisica contro qualcuno.

Richard era riuscito a sciogliere i lacci ai polsi mentre Liz si dava da fare sopra di lui. Agitatissima, Daniela aveva sentito le sue dita scivolare sui nodi, mentre cercava di decidere cosa avrebbe fatto una volta libera. Alla sua sinistra aveva visto una gigantesca lampada da tavolo in stile *art déco* a forma di donna snella e sinuosa con in mano un pezzo di vetro verde che voleva essere un fazzoletto. Quando aveva sentito la pressione sui polsi allentarsi, non ci aveva pensato due volte. Si era girata in fretta, aveva afferrato la lampada e l'aveva sollevata in aria. Dopo un primo istante di incertezza, qualcosa più forte di lei aveva guidato il suo braccio, spingendolo con decisione, colpendo senza pietà la testa di Liz.

In quel momento, osservando il corpo inerte della donna, sentendo la freddezza del bronzo sul palmo della mano, Daniela pensò a quanto fosse facile varcare la frontiera tra la misericordia e la brutalità, disfarsi d'un colpo di ogni scrupolo e uccidere un'altra persona. Per tutta la vita, aveva sempre criticato chi teneva armi in casa, chi giustificava l'occhio per occhio, chi domandava la pena di morte, persuasa che non esistesse ragione abbastanza importante per assassinare un proprio simile, qualsiasi cosa avesse fatto. Tutte le sue convinzioni traballavano, ora che aveva sentito il gelo invaderle il cuore mentre Liz le puntava il coltello alla gola. Sì, le cose dovevano stare così: ogni essere umano si portava dentro un animale selvaggio che lottava per sopravvivere. In quel momento odiò Liz più che mai per averla costretta a diventare qualcosa che aveva sempre detestato.

«L'ho uccisa?» chiese spaventatissima, senza toglierle gli occhi di dosso.

«Tranquilla», rispose Richard liberandosi a sua volta dai lacci. «Non può morire.»

«È... immortale?»

«Sì.»

«Perché l'ha fatto? Come fai a conoscerla?»

Nessuno rispose. Richard si avvicinò al corpo privo di sensi di Liz e lo sollevò per sistemarlo sulla poltrona.

«Forza, leghiamola!» disse ad Alessandro. «Se lei sa che siamo qui, lo saprà anche Nicolas. Dobbiamo andarcene, non abbiamo più tempo.»

«Di tempo ne abbiamo in abbondanza, Richard, ma forse a te non interessa più, a quanto pare.»

«Non ricominciare, ti prego.»

Si avvicinò ad Alessandro e gli strappò di mano la cartellina con i documenti del professore.

«Devi prestarci un'auto», aggiunse in tono concitato. «Quella con cui siamo venuti l'hanno mostrata al telegiornale e di sicuro la staranno cercando.»

«Prestarvi?» domandò senza credere alle proprie orecchie. «Non credo proprio che me ne starò qui buono buono mentre voi due ve ne andate a divertirvi! Sono anni che non mi capita una cosa così emozionante e voglio venire con voi. Non vi abbandonerò in una situazione tanto delicata. Prenderemo l'Aston Martin, che per le fughe e gli inseguimenti è perfetta!»

Alessandro avrebbe voluto essere ricercato dalla polizia ogni settimana per aver solo l'imbarazzo della scelta tra le macchine che custodiva nel suo garage per mettere in scena un vero e proprio inseguimento da film. I veicoli a motore erano sempre stati il suo debole. Era stato tra i primi a usarli, un vero pioniere, Richard se lo ricordava bene. Ai tempi in cui la gente si muoveva ancora su velocipedi con la ruota davanti alta come un ragazzino di dodici anni, Alessandro aveva comprato all'Esposizione Universale di Parigi la prima auto esibita come un vero prodigio sotto quell'ammasso di ferraglia che aveva fatto inorridire tutta la città e avevano chiamato Tour Eiffel. Il venditore gli aveva assicurato che si trattava di un miracolo della meccanica, la prova tangibile che non esistevano limiti alla capacità inventiva dell'uomo e che la luna era sempre più vicina, esattamente come aveva pronosticato nel suo romanzo il visionario Jules Verne. Non aveva dovuto faticare troppo per convincerlo. Gli occhi di Alessandro brillavano come quelli di un bambino con il naso incollato a una vetrina di lecca lecca, perciò al venditore non era rimasto che concludere l'affare raccomandandogli di comprare un paio di occhiali da aviatore in tinta con la tappezzeria della vettura. In tal modo avrebbe evitato che la vertiginosa velocità del mezzo gli asciugasse troppo gli occhi o che un insetto, un pelucco o un altro corpo estraneo gli offuscasse la vista.

Da quel momento in poi, uno dei più grandi piaceri di Alessandro era stato montare su un'auto e macinare chilometri senza pensare alla meta. Aveva persino partecipato a qualche corsa attraverso il deserto, con più infamia che lode. Richard sospettava che l'amico non accumulasse tutte quelle macchine per il gusto epicureo che lo spingeva a circondarsi di bellezza o per presunzione, e neppure per godere della velocità, ma per soddisfare in qualche modo il bambino che era ancora in lui.

Alessandro era un'autorità in fatto di auto. Se diceva che l'Aston Martin DBS, lo stesso modello usato dall'agente 007 nel film *Casino Royale*, con un super motore da dodici cilindri a V e oltre cinquecentodieci cavalli di potenza, era adatta a una fuga, bisognava fidarsi di lui. Eppure Richard aveva il sospetto che una decappottabile color ciliegia valutata sui trecentomila euro non fosse il mezzo più indicato per passare inosservati.

«Sei sicuro di voler venire con noi?» insistette Richard.

«Mi vuoi privare di un'uscita di scena come Dio comanda, amico mio?» ribatté Alessandro afferrandolo per le spalle, lo sguardo serissimo. «Hai pensato a cosa accadrà se le cose vanno come vuoi tu? Magari non ci conosceremo mai. La nostra amicizia, le nostre avventure insieme, quello che abbiamo sofferto, vissuto, condiviso... scomparirà tutto. Non credi che ci meritiamo di passare questi ultimi momenti insieme?»

Richard lo guardò commosso.

«Va bene, vieni con noi. Prendi le chiavi della macchina.»

«Dovremo portarci anche Liz.»

«Stai scherzando?»

«Lasciarla qui è una follia. La conosci, sai quanto può essere pericolosa.»

«Proprio per questo!»

«Se la portiamo con noi, potremo controllarla.»

«Non la voglio vicino, Alessandro, mi capisci?» tagliò corto Richard.

«Certo, amico mio, faremo come vuoi tu. Hai pensato a come arrivare al CERN?» gli chiese Alessandro cambiando argomento, mentre cercava le chiavi in un cassetto dello scrittoio. «Considera che bisogna attraversare la Francia. Come facciamo a passare la Manica?»

«In traghetto ci mettiamo un secolo», rispose Richard. «Andremo sott'acqua, prenderemo l'Eurotunnel.»

«Non mi piace mettere in dubbio le tue decisioni, ma hai pensato a cosa faremo quando ci chiederanno i documenti alla frontiera?» gli chiese Alessandro.

Richard sospirò.

No, in realtà non si era posto il problema. Con i loro documenti autentici non sarebbero mai riusciti ad arrivare in Francia. Di sicuro Scotland Yard aveva già diramato foto e generalità. L'unica possibilità era pregare che gli agenti fossero mezzo addormentati a quell'ora del mattino. In fin dei conti, i confini tra i paesi dell'Unione europea si attraversavano con molta più facilità di un tempo.

O forse no.

Alessandro gli fece un gran sorriso.

«Lo vedi che hai bisogno di me?» si vantò. «Dimentichi che sono secoli che mi occupo di faccende così, ormai sono un esperto.»

«Riesci a procurarci dei documenti falsi in così poco tempo?» domandò Richard.

«Il dubbio mi offende.»

Alessandro prese il cellulare e scattò una foto a testa, quindi diede le chiavi dell'auto a Richard.

«Aspettatemi in garage, io vengo subito. Quando tornerò da voi, sarete due persone diverse!» esclamò strizzandogli l'occhio.

53.

«Stai bene?» chiese preoccupato Richard sollevando il mento di Daniela per controllare il taglio che Liz le aveva fatto sulla gola. «Se non ricordo male, Alessandro deve avere da qualche parte un armadietto dei medicinali.»

«No... non ho niente, sto benissimo», balbettò lei.

Richard andò in un angolo del garage. Accanto a un pannello su cui erano appesi in ordine perfetto un gran numero di attrezzi c'era un armadietto metallico dipinto di bianco con una croce rossa sul davanti.

«Vediamo un po' cosa c'è qui...» mormorò aprendo l'antina.

«Sto bene, davvero.»

Come se non l'avesse sentita, Richard le si avvicinò con un batuffolo di cotone, una bottiglietta di acqua ossigenata, una di tintura di iodio e una scatola di cerotti.

«Solleva la testa», le ordinò in tono deciso. «Ti disinfetto il taglio.»

«Ti ho detto che sto bene», protestò lei.

Si sentiva a disagio. La scena drammatica vissuta con Liz non era riuscita a cancellare del tutto l'imbarazzo che Richard le aveva fatto provare quando aveva cercato di baciarlo. Adesso che erano rimasti nuovamente soli, quella sensazione tornò a farsi sentire.

Lui invece si comportava come se avesse scordato tutto. Era sereno. Non la guardava neppure negli occhi. In quel momento stava imbevendo il cotone di acqua ossigenata. Si voltò verso di lei e la prese per il mento, facendole sollevare la testa.

«Richard... no», protestò lei.

«Stai ferma e lasciati curare. Ti comporti come una bambina», la rimproverò.

Daniela non poté fare altro che ubbidire. Non aveva né la forza né la voglia per continuare a opporsi.

«Posso farti una domanda?» gli chiese.

Richard rimase in silenzio. Poteva fare tutte le domande che voleva, ma non era detto che lui le avrebbe risposto.

«Prima hai detto che Liz è immortale», proseguì lei.

«Esatto.»

«Puoi colpirla quanto vuoi, e non muore comunque? Non può succederle niente? Anche se la investe una macchina? Anche se cade con l'aereo? Anche se prende l'ebola?»

«Siamo già a cinque domande.»

Daniela sospirò sfinita.

«Va bene... va bene», si arrese lui, rendendosi conto che Daniela meritava una spiegazione. «Possono succederle cose brutte, questo sì, ma la sua capacità di recupero è molto maggiore rispetto al resto degli esseri umani. Sopravvivrebbe a qualsiasi incidente e le sue ferite guarirebbero in fretta. Può prendere una malattia mortale, ma avrebbe solo qualche sintomo e di sicuro non morirebbe.»

«Immortali si nasce o si diventa?»

«Altre domande?» ribatté lui, impregnando un altro batuffolo nella tintura di iodio. «Non ti muovere o ti macchio il golf.»

«Si nasce o si diventa?»

«Non ti arrendi, eh?» sospirò mentre apriva un cerotto. «Si diventa. Almeno, quelli che conosco io.» Fece una pausa. «Ecco qui! Sana e salva. Credo che per questa volta te la caverai», concluse.

Lei si voltò a guardarlo. Erano di nuovo troppo vicini e Richard deglutì involontariamente. Il polso gli si accelerò. Le sue dita erano ancora posate sul collo della ragazza. Si guardavano fisso, respiravano la stessa aria. Daniela si avvicinò ancora di più, incollandosi al suo corpo, sollevando la testa, offrendosi con una tale fiducia che Richard sentiva la sua corazza di ferro incrinarsi. Lo sguardo di Daniela oscillava tra i suoi occhi e la sua bocca, con un misto di tenerezza, paura e desiderio, avvicinandosi lentamente, come temendo che il più piccolo movimento spezzasse l'incantesimo in cui erano immersi. Voleva leggere nei suoi profondi occhi scuri se anche lui provava lo stesso. Un centimetro ancora e non ci sarebbe più stato ritorno.

«Mi mandi in confusione», le sussurrò Richard.

Il collo di Daniela era morbido, sottile. Emanava un delicato profumo di limone, miele e cannella che gli ricordava certi pasticcini italiani che l'avevano entusiasmato da bambino. Non aveva più assaggiato nulla di simile. Quella pelle bianca gli riportava un sospirato ricordo di romanticismo e tenerezza, la ragazzina dalle trecce dorate per cui il suo cuore aveva battuto tanto tempo prima. Il tifo se l'era portata via a soli tredici anni. Era curioso che la sua memoria ne avesse cancellato il nome, ma non l'emozione intensa di adorarla e rimpiangerla. Mosse appena le dita, sfiorando il collo di Daniela, lasciandosi inebriare dal suo calore. Rimase sorpreso che i ricordi riaffiorassero all'improvviso con la freschezza di un giardino dopo la pioggia. Tutta la sua vita, ogni emozione, ogni sentimento, ogni disagio, ogni turbamento... come se tra quelli e il presente non fossero passati secoli. Forse i sentimenti viaggiavano nel toro del tempo seguendo lo stesso modello delle particelle, e in quel preciso momento tornavano a lui spinti da chissà quale energia sconosciuta. Ecco cos'era la vita: apprezzare ogni sfumatura di un aroma intenso, contemplare estasiati il nettare di un'alba, accarezzare lentamente una pelle vellutata. Sentire, sentire... sentire. Lo capì in quel momento, sì, ecco cos'era stato a spingerlo a voler vivere per sempre, tanto tempo prima. Se n'era quasi dimenticato.

«Mi mandi in confusione», ripeté, continuando a guardarla.

«Ed è una cosa bella o brutta?»

«Per oggi basta con le domande, ne hai già fatte abbastanza», disse un attimo prima di distogliere lo sguardo dalla bocca della ragazza e allontanarsi.

Lasciarono la residenza di Alessandro in tutta fretta, avvolti dall'aria umida lasciata dall'acquazzone. Presero l'uscita per Folkestone, nella contea del Kent, la cittadina dove si imboccava l'Eurotunnel. Gli ultimi eventi avevano fatto sprofondare Daniela in un mutismo profondo che Richard non volle infrangere. La giovane aveva bisogno di tempo per assimilare tutto quello che le era capitato, e lui non aveva la forza di rispondere alla sfilza di domande che sicuramente gli avrebbe posto. La fissò nello specchietto retrovisore. Era accomodata sul sedile posteriore, con lo sguardo perso fuori dal finestrino, cullata dalle oscillazioni dell'auto. Forse pensava ancora alla possibilità di rimediare a quel disastro imbrogliando lo scorrere del tempo, oppure era semplicemente troppo confusa per aprire bocca. Non avrebbe dovuto avvicinarsi a lei, né con il fisico né con il cuore. Era tutto più semplice quando non ci si legava agli altri. Per sua fortuna, Alessandro ruppe quel silenzio imbarazzato.

«Cari miei, ecco qui la vostra nuova identità. Imparate i vostri nomi a memoria, nel caso ve li dovessero chiedere.»

Dalla tasca della giacca estrasse due passaporti e li lanciò a Richard. Lui li studiò con attenzione. Non potevano essere più perfetti.

«Incredibile», commentò porgendo a Daniela il suo. «Non smetterai mai di sorprendermi. Come hai fatto, in così poco tempo?»

«Gli strumenti cambiano, e questo mi permette di perfezionare la tecnica. In casa ho una stampante di passaporti falsi di prima qualità. L'ho comprata a un'asta della polizia. Mi stupisce sempre che mettano all'asta degli oggetti facendoli tornare a svolgere le funzioni per cui li hanno confiscati. In ogni caso... sono fatti loro.»

Alessandro era un imbroglione professionista sin dai tempi di Maria Antonietta, specializzato nelle falsificazioni più straordinarie. Possedeva quel tipo di talento controverso che poteva portarlo alla notorietà come sbatterlo in galera. E lui aveva sperimentato entrambe. Eppure continuava a credersi l'ombelico del mondo, anzi, il mondo in persona. Alessandro era il quinto figlio di una famiglia abbastanza umile da non prospettargli un destino di gloria. Ma ben presto gli era stato chiaro che non si accontentava di fare da comparsa e pretendeva tutti i piaceri e le ricchezze che il suo quartiere palermitano non poteva offrirgli. In un mondo così competitivo, non eri nessuno se non gridavi ai quattro venti che eri qualcuno, e non si poteva essere nessuno senza un po' di soldi. E fu così che, alla tenera età di sei anni, Alessandro aveva deciso che da grande sarebbe diventato ricco. Non aveva nessuna voglia di passare la vita nella puzza di pesce fritto, zafferano, chiodi di garofano, aglio e rifiuti marci del mercato che tutti i giovedì aleggiava sotto la sua finestra. Non voleva vivere in una casa con le pareti di mattoni, e neppure camminare con le scarpe di corda su quei ciottoli coperti di polvere in estate e di fango in inverno. Non voleva avere a che fare con mendicanti, ubriaconi, ladri, ambulanti e sgualdrine, e neppure sposarsi una donna con il monociglio e i baffi che puzzava di cipolla e avrebbe messo al mondo un figlio dopo l'altro fino a sformarsi. Era ben deciso ad abbandonare quel quartiere infetto al più presto. Con questa determinazione aveva iniziato la sua carriera di avventuriero. Aveva sparso la voce di aver trovato chissà come una mappa prodigiosa, sulla quale era segnato con precisione il luogo in cui si nascondeva un tesoro saraceno composto da un gallo in oro massiccio con gli occhi di rubino e le piume tempestate di diamanti. Il prezioso uccello riposava docile in cima a una montagna di monete d'oro sotto il monte Pellegrino. Come aveva previsto, nel giro di breve tempo un paio di gioiellieri della zona si erano interessati alla sua mappa. Alessandro aveva spiegato che era stato tentato di tenersi tutto il tesoro per sé, ma poi si era detto che da solo non sarebbe mai riuscito a tirar fuori dal monte tutte quelle ricchezze. Li aveva avvertiti che si trattava di una spedizione molto pericolosa, perché sul tesoro pendeva una maledizione musulmana. Per liberarsene, bisognava astenersi dal mangiare carne per diverse settimane e sacrificare nove galli – tre bianchi, tre neri e tre rossi – che rappresentavano le materie preziose che avrebbero trovato. In più, per quaranta giorni dovevano sottoporsi a ripetute abluzioni, santificare il nome di Dio proferendo grida acute e spalmarsi la pelle con balsami e unguenti consacrati che lui stesso era disposto a fornire alla modica cifra di sessanta monete d'argento. Una quantità irrisoria, considerato il valore di ciò che avrebbero ottenuto in cambio.

La sera della spedizione, Alessandro si era presentato ai gioiellieri vestito da prete per scongiurare la maledizione e si era messo ad aspergerli con acqua benedetta, bisbigliando una preghiera. Una volta giunti sul posto, aveva unto loro la fronte con olio benedetto, dando il via agli scavi. Appena la prima vanga era penetrata nel terreno, una fiammata fosforescente li aveva accecati, gettandoli a terra. Delle grida diaboliche li avevano costretti ad accovacciarsi con la testa tra le gambe, per proteggersi dall'attacco dei demoni che evidentemente non erano ancora riusciti a esorcizzare, nonostante il rituale. Dopo vari minuti di scintille e luminarie spettacolari, era calato il più assordante dei silenzi. Ristabilita la calma, i gioiellieri erano fuggiti terrorizzati, mentre di Alessandro non c'era più traccia. L'avevano perduto. Il mattino seguente, preoccupati, erano andati a cercarlo a casa sua, e quello che avevano scoperto li aveva fatti infuriare. Non solo il ragazzino era sparito, ma con lui erano scomparse anche le loro sessanta monete d'argento. L'unica cosa che avevano trovato erano le prove tangibili che Alessandro aveva usato la polvere da sparo per mettere in scena lo spettacolo di luci e suoni che avevano scambiato per aggressioni diaboliche, mentre la mappa del tesoro era solo un'elaborata opera di falsificazione con cui li aveva presi in giro tutti quanti.

Ovviamente, Alessandro era stato costretto ad abbandonare la sua città natale e da quel momento in poi aveva girato il mondo perfezionando le sue tecniche di contraffazione, di cui si vantava persino in pubblico. Come quella volta che aveva conosciuto Casanova a una cena di gala e gli aveva chiesto di scrivere una lettera che aveva imitato in un batter d'occhio con una tale precisione che i presenti non erano stati in grado di distinguere la copia dall'originale. Il famoso seduttore si era detto che Alessandro doveva essere un ciarlatano un po' matto, dotato di un inquietante talento.

Per questa ragione, ormai da molto tempo, Alessandro aveva l'incarico di fornire identità false in grado di far passare inosservati gli immortali. Ma stavolta, con quei passaporti, aveva superato sé stesso.

«Teniamo le dita incrociate», disse Richard.

Daniela si raddrizzò sul sedile e gli mostrò le mani.

«Le mie sono già incrociate!» esclamò.

Richard sorrise tra sé e sé, felice che la ragazza fosse tornata a parlare. Sorrideva ancora mentre imboccavano l'uscita 11A dell'autostrada M20 che li avrebbe portati all'Eurotunnel.

Liz si toccò la testa guardandosi allo specchio, e vide riflessa una smorfia di dolore. Sentì l'umido del sangue sulle dita e fu scossa da un fremito di rabbia che le tolse il respiro. Strinse i pugni e un latrato d'oltretomba le squarciò la gola. Gridò e gridò ingurgitando l'aria a fiotti, finché non riuscì a ritrovare la calma. Si girò e vide aggrovigliata a terra, come fosse un serpente morto, la corda con cui Richard l'aveva legata. Le aveva segnato la pelle dei polsi e se li sfregò rabbiosamente prima di uscire di casa. Non avrebbe mai permesso che giungessero a destinazione.

54.

Le zone nei dintorni dell'Eurotunnel somigliavano alle aree di servizio delle autostrade. C'erano numerose corsie d'ingresso, separate da muretti di cemento, che guidavano le auto in direzione dei caselli. Loro ne scelsero uno automatico per non dover parlare con nessuno e pagarono con la carta di credito di Alessandro. Il sistema li informò che il treno successivo sarebbe partito alle cinque del mattino ed emise un biglietto con tutte le indicazioni su orario e vagone, da appendere in maniera visibile allo specchietto retrovisore. Un istante dopo, la barriera metallica che avevano davanti si sollevò.

«Primo ostacolo, superato con successo», commentò Alessandro. «Adesso viene il peggio. Tieni ancora le dita incrociate, Daniela?»

Lei non rispose, di nuovo concentrata su un punto imprecisato fuori dal finestrino. Fuggire dal suo paese in direzione della Francia usciva dai limiti del ragionevole. Ormai non si tornava più indietro. Era lontana da casa, lontana da tutto ciò che conosceva. La realtà di quanto aveva vissuto nelle ultime ore le dimostrava in maniera feroce che in quel momento era sola al mondo. Le restava solo Richard, lui era la sua ultima speranza.

Ormai erano dentro, ma dovevano ancora superare i controlli di frontiera. Trincerati in una guardiola, due poliziotti britannici chiedevano i documenti ai passeggeri della vettura davanti a loro. Gli agenti sembravano sinceramente annoiati, ma sgranarono gli occhi appena videro avvicinarsi una Aston Martin DBS. Doveva essere l'auto più bella mai passata da quelle parti.

Alzarono la mano per fermarli.

«Lo sapevo che non era una buona idea prendere questa macchina», bisbigliò Richard.

«Sì, era molto più discreto prendere lo scarabeo verde acqua che mandano su tutti i telegiornali, vero?» gli rispose tra i denti Alessandro, un istante prima di sfoderare davanti ai poliziotti il migliore dei suoi sorrisi.

Uno di loro si affacciò all'interno dell'auto e guardò Daniela. Sorrise anche lei.

«Documenti, prego», ordinò senza tanti giri di parole.

«Buonasera, signori agenti», salutò Alessandro con il suo solito tono affettato, mentre porgeva i documenti. «Spero che stiate avendo un turno gradevole. Oggi è stata proprio una giornataccia! Quanto ha piovuto, che noia!»

I due non risposero neppure, si limitarono a controllare i documenti uno per uno. Guardavano le fotografie e verificavano che si trattasse della stessa persona. Il cuore di Daniela si fermò quando arrivò il suo turno. Senza altro indugio, il poliziotto di guardia restituì loro i documenti e i biglietti d'ingresso.

«Avanti!» ordinò senza badare più a loro.

Alessandro ripartì a passo d'uomo. Dovevano ancora oltrepassare la frontiera francese. Il gendarme si limitò a sfogliare i passaporti mentre squadrava avidamente la macchina.

«*Allez, allez*», disse agitando la mano.

La barriera metallica si alzò, facendoli passare.

«Potete ricominciare a respirare», annunciò Alessandro. «E anch'io.»

A duecento metri da loro si apriva l'area di servizio dell'Eurotunnel, un enorme parcheggio accanto a un terminal pieno di negozi, bar e distributori automatici pensato per alleggerire l'attesa dei numerosi viaggiatori che ogni anno passavano di lì, ma che a quell'ora del mattino era ancora deserto.

I cartelli luminosi informarono che mancavano quindici minuti alla partenza del treno, suggerendo di avvicinarsi alla zona d'imbarco. Le navette erano a due piani. Dalle corsie in cui erano parcheggiate le auto nel preimbarco si scendeva al livello dei binari per salire sulla navetta. C'erano diverse porte d'ingresso e i veicoli circolavano lenti, uno dietro l'altro, infilandosi nei vagoni sulla sinistra del conducente, seguendo le istruzioni dello staff. Era come se stessero imboccando un lungo corridoio, con dei pannelli che segnalavano in francese e in inglese di mettere in folle, spegnere il motore e azionare il freno a mano. Alessandro seguì le istruzioni alla lettera.

Un fischio li avvertì che il treno stava per partire.

L'ispettore Abberline sentì vibrare il cellulare nella tasca della giacca. Avevano perquisito l'appartamento di Brighton da cima a fondo nella speranza di individuare una pista, ma non avevano trovato niente di niente. Erano di nuovo al punto di partenza. Non poteva sopportare una sconfitta, non su questo punto. Aveva allertato i media, resi noti la targa, il modello e il colore dell'auto su cui viaggiavano. Un Maggiolino verde acqua non poteva passare inosservato, no? A meno che...

«Pronto», rispose brusco.

Gli agenti lo videro cambiare espressione.

«E non li hanno fermati? C'era anche la ragazza? Stava bene? Tranquilla? Arriviamo subito.»

Cinque minuti dopo, l'auto dell'ispettore Abberline partiva in quarta, lasciandosi alle spalle la casa al mare dei Green. Aveva appena saputo che gli agenti alla frontiera dell'Eurotunnel avevano notato delle persone sospette, due uomini e una ragazza. Sui passaporti comparivano nomi diversi, ma i visi di due di loro somigliavano a quelli mandati in onda al telegiornale. Viaggiavano su una macchina da urlo, una Aston Martin DBS color ciliegia guidata da un uomo di nome Alessandro Balsano, un multimilionario italiano con fama di playboy che viveva sulla costa.

55.

Quando il treno si mise in moto, furono finalmente liberi di rilassarsi. Sì, ce l'avevano fatta. Nel giro di mezz'ora avrebbero oltrepassato la Manica, come annunciavano gli altoparlanti. Dall'esterno, la navetta ferroviaria era identica a un treno, ma la differenza era tutta all'interno. Sembrava che avessero tolto i sedili per i passeggeri e avessero lasciato solo i posti per le macchine.

Si chiusero gli sportelli tra i vagoni per assicurare maggior comfort e sicurezza durante il tragitto, e nel loro vagone rimasero in cinque. Pochi minuti dopo, fu dato a tutti il permesso di scendere dalle auto per sgranchirsi le gambe e fare due passi.

«Lo so che ci hai pensato a lungo, Richard», attaccò all'improvviso Alessandro, «ma mi chiedo se sai di preciso cosa fare.»

«Sì, certo.»

«Lo sai, vero, che in questo ipotetico viaggio nel tempo si corrono rischi imprevedibili?»

«Adesso non ne parliamo più.»

«Va bene, va bene... vorrei solo che ricordassi cos'è successo nell'esperimento Filadelfia», aggiunse Alessandro.

«L'esperimento Filadelfia?» intervenne Daniela. Ne aveva sentito parlare. Non ricordava cosa fosse, ma sapeva che ne avevano tratto un film.

«Me lo ricordo benissimo, stai tranquillo», ribatté Richard.

Come poteva dimenticare l'ingegnere serbo Tesla, forse una delle menti più brillanti del mondo e uno dei personaggi più ignorati dai libri di storia? Sembrava che Dio avesse puntato il dito contro Tesla, non si sa se per indicarlo o per infilarglielo in un occhio. La sua intelligenza era insieme un dono e una condanna. Di indole eccentrica, il suo cervello poteva ideare quasi senza sforzo i principi del motore a induzione con la stessa abilità con cui elucubrava sogni premonitori. Il giorno in cui sognò che il padre era morto e si svegliò constatando che quell'incubo atroce si era trasformato in realtà, cadde ammalato. In preda al delirio della febbre, decise che da quel momento in poi avrebbe cercato di dormire il meno possibile, e così fece, moltiplicando il tempo dedicato allo studio. Conscio del suo talento e presuntuoso all'inverosimile, ben presto cominciò a pensare che il mondo in cui era nato gli andava stretto e decise di tentare la fortuna in America. Approdò a New York e si presentò agli uffici del famosissimo Thomas Alva Edison con una lettera di presentazione del suo capo che recitava: «Conosco due grandi uomini: uno siete voi, l'altro è questo giovane».

Edison lo assunse senza pensarci due volte. Gli offrì l'equivalente di un milione di dollari se fosse riuscito a riprogettare i suoi inefficaci generatori di corrente, cosa che Tesla eseguì quasi senza sforzo nel giro di una settimana. Quando si presentò nello studio del famoso inventore per esigere lo stipendio pattuito, Edison gli scoppiò a ridere in faccia, dicendogli che solo un idiota europeo poteva prendere sul serio l'umorismo americano.

Tesla rimase di sasso, come se una delle correnti elettriche con cui si divertiva tanto gli fosse entrata nella nuca e uscita dall'alluce del piede destro. Strinse le labbra per arginare la cascata di insulti che gli usciva dalla bocca, quasi fosse il vomito di un ubriaco. Afferrò un vaso di fiori da un tavolino e lo lasciò cadere a terra senza aggressività, bagnandosi i piedi. Edison lo guardò sornione, scrollando la testa, come a rimproverare la marachella di un ragazzino dispettoso. Ancora più infuriato perché quella manifestazione di rabbia non aveva scalfito il suo interlocutore, Tesla ritrovò la parola.

«Signor Edison», gli disse, «forse voi avete ragione e io sono solo un povero idiota europeo, ma di sicuro vi supero mille volte per intelligenza. Comunque non vi preoccupate: Dio è giusto, e a voi ha donato una capacità stupefacente nell'impostura, visto che il vostro nome figura in più di mille brevetti ideati da altri. Ma vi assicuro che, come ho acquisito le altre conoscenze, apprenderò anche l'astuzia, e prima o poi vi sconfiggerò sul vostro stesso terreno.»

«Nutro seri dubbi che questo possa accadere nel mondo reale», rispose Edison mettendosi a sfogliare il giornale con aria indifferente, come se fosse rimasto solo.

Nikola Tesla fu costretto a tenere a bada un altro accesso di rabbia, sentì che il sangue gli montava alla testa, facendolo avvampare fino alle orecchie. Una nuova scarica elettrica lo percorse da capo a piedi. Dovette respirare profondamente e contare fino a venti per tenere a freno la voglia di avventarsi su quell'uomo e assestargli un sonoro ceffone. Chiuse gli occhi e inspirò lentamente.

«Lo sa qual è la differenza tra voi e me, signor Edison?»

«Illuminatemi, vi prego», replicò l'altro in tono annoiato.

«Esattamente questo: che prima o poi non solo illuminerò voi, ma il mondo intero sarà illuminato grazie a me», annunciò con solennità. «Sarà rischiarato dai miei prodigi. In senso letterale, io lo illuminerò. *Io*, badate bene», sottolineò.

«Benissimo... benissimo», annuì Edison senza fare una piega.

«Manderò all'aria questa stupida corrente continua che vi sta procurando tanti benefici.»

«Stupendo», biascicò Edison senza sollevare lo sguardo dal giornale.

«Distruggerò il vostro impero!»

«Non vedo l'ora di scoprire come farete.» Aspirò una boccata del sigaro che teneva in bocca.

«Lo farò... sì, lo farò, anche se adesso voi mi prendete in giro», urlò Tesla, agitandogli l'indice sotto il naso. «Lo farò e dovrete ingoiarvi le vostre parole offensive. E se siete davvero un signore, cosa di cui a questo punto inizio a dubitare, mi consegnerete il denaro che mi dovete e mi chiederete scusa pubblicamente.»

Edison stava per scoppiare a ridere, ma rimase pietrificato dall'occhiata velenosa che l'altro gli rivolse indossando il cappello prima di lasciare il suo studio.

«Ricordate bene le mie parole: screditerò il vostro nome e

rovinerò il vostro impero. Buonasera, signore», lo salutò sbattendo la porta.

Edison rimase perplesso dinnanzi all'insolenza di quel serbo, ma ben presto dimenticò l'incidente. Finché un bel giorno lesse sui giornali la notizia che Tesla, il nuovo ingegnere assunto dalla Westinghouse, metteva in funzione la corrente alternata a lunga distanza, un miracolo che avrebbe fatto uscire l'umanità dalle tenebre a un costo molto più basso della corrente continua. Questa scoperta sarebbe stata messa alla prova all'Esposizione Universale di Chicago. Edison strinse i pugni con rabbia. Se le cose stavano davvero così, per i suoi affari era un disastro. Nossignore, non poteva permetterlo, e così decise di screditare il suo avversario con ogni mezzo. Ordinò addirittura di costruire una sedia elettrica a corrente alternata su cui folgorò un elefante per lo stupore generale. In questo modo voleva dimostrare che l'invenzione di Tesla era pericolosa.

A quei tempi i giornali non facevano che parlare della disputa tra i due scienziati, Richard se ne ricordava bene: con sfoggio di grande originalità, l'avevano battezzata «la guerra delle correnti». Ben presto si era sentito incuriosito dai successi di quell'ingegnere serbo che sempre più spesso occupava i titoli in prima pagina. Lo definivano un genio, fabbricante di meraviglie, prestigioso uomo di scienza e illustre ingegnere. Pubblicavano fotografie in cui appariva seduto tranquillo a leggere una rivista nel suo laboratorio di Colorado Springs, circondato da centinaia di lampi provocati da lui stesso. Non ne aveva timore perché era in grado di sottometterli, come un domatore del circo che tiene a bada le evoluzioni dei leoni. Si era sparsa la voce che fosse un eccentrico, capace di comunicare con gli extraterrestri e fabbricare raggi mortali. Il «raggio della morte», ecco come lo chiamavano. Ma era stato solo dopo la sua scomparsa improvvisa in un hotel da quattro soldi che Richard si era interessato realmente alle scoperte di Tesla.

Era così venuto a sapere che l'esercito degli Stati Uniti aveva richiesto i suoi servigi. Volevano che dirigesse una squadra di esperti nel progetto ultrasegreto riguardante una nave da guerra invisibile. L'avevano battezzato con l'enigmatico nome di Project Rainbow, e vi prendeva parte persino Einstein. L'idea era collocare dei generatori elettrici all'interno di una nave allo scopo di formare dei campi elettromagnetici abbastanza potenti da curvare le onde luce e radio attorno alla nave, riuscendo in questo modo a renderla invisibile, non solo al radar, ma anche alla vista. Tuttavia, con il passare del tempo, Tesla si era convinto che quel progetto era un'autentica follia e poteva mettere a rischio delle vite umane. Poiché nessuno gli dava ascolto, aveva deciso di dissociarsi dall'esperimento.

Nel 1943, nella base navale di Filadelfia, l'*USS Eldridge*, un cacciatorpediniere senza equipaggio, era rimasto avvolto in una strana luce verde che l'aveva reso sempre più sfocato fino a farlo scomparire del tutto. Il presunto successo aveva spinto la marina statunitense a progettare un nuovo esperimento volto a mantenere l'invisibilità per un periodo di tempo più lungo, rendendo possibile l'attraversamento delle linee nemiche in tutta sicurezza. Il secondo tentativo, stavolta con trentatré marinai volontari a bordo, si era rivelato un completo disastro, esattamente come aveva pronosticato Tesla. Quando attorno alla nave aveva cominciato a materializzarsi la famigerata nebbiolina verde, diversi marinai erano svenuti, altri avevano sofferto di combustioni spontanee e altri ancora erano caduti fulminati all'istante, prima ancora che l'*Eldridge* scomparisse alla vista. Eppure dai segni dello scafo sulla superficie dell'acqua era chiaro che la nave non si era mossa di lì. Poi c'era stata un'esplosione luminosa e i segni erano scomparsi. Testimoni oculari avevano assicurato che l'*Eldridge* era stato avvistato per quindici minuti a Norfolk, a seicento chilometri di distanza, dall'equipaggio di un mercantile. La nave da guerra si era teletrasportata con tutto il suo equipaggio in un altro punto del pianeta.

«Raccontale cos'è successo quando hai deciso di interessarti alla questione», intervenne Alessandro, «Raccontaglielo, ti prego.»

«Cos'è successo?» chiese Daniela.

Richard guardò a terra e cominciò a parlare.

«Quando sono venuto a sapere com'era andato a finire l'esperimento, ho capito all'istante che si trattava di un viaggio nel tempo.»

«Ma se la nave si era spostata di seicento chilometri...» gli fece notare lei, «era stato un viaggio nello spazio, non nel tempo.»

«Entrambe le cose», precisò lui. «Per percorrere quella distanza sarebbero servite sei ore all'andata e sei ore al ritorno. Era chiaro che si era spostata anche nel tempo.»

Richard si convinse pertanto che dovevano esistere cunicoli spaziotemporali sparsi in punti ancora da definire. La descrizione fornita dai testimoni era identica a quella dei sopravvissuti al triangolo delle Bermude: la nebbiolina verde, la sensazione di entrare in un tunnel a gravità zero.

«E così ho deciso di andare a cercare gli effetti personali di Tesla nell'hotel di New York in cui era morto nella miseria più assoluta», proseguì. «Non aveva parenti, doveva ancora saldare il debito con l'albergo e ho pensato che sicuramente me li avrebbero dati in cambio di una cifra generosa. Invece mi sbagliavo.»

All'hotel gli avevano detto che l'FBI l'aveva preceduto. Si erano presentati con due camion che avevano riempito di documenti, mobili e tutto il resto, e li avevano spediti a un indirizzo sconosciuto. In seguito era venuto a sapere che erano rimaste altre casse piene di documenti di Tesla negli alberghi dove aveva alloggiato in precedenza. Li aveva lasciati in pegno, essendo quasi sempre partito senza pagare il conto. Nel 1976 erano stati messi all'asta e Richard si era aggiudicato quattro casse per la somma di venticinque dollari. Aveva nascosto per anni quei fogli, studiandoli ossessivamente alla ricerca di una risposta che non riusciva a trovare, in attesa che comparisse la persona giusta che l'avrebbe aiutato a realizzare il suo piano. Finché non aveva saputo dell'esistenza del professor Leonard Green e si era messo in contatto con lui.

«I documenti trovati nelle casse di Tesla sono serviti come base per le nostre ricerche», spiegò Richard. «Ne avevo parlato al professore molto prima che ci conoscessimo di persona, e lui all'inizio non voleva darmi retta. Però, quando gli ho portato tutte quelle carte nel suo ufficio di Cambridge, ha cambiato espressione. Si è emozionato e ha accettato di lavorare con me, purché mantenessimo il segreto sullo scopo ultimo delle nostre ricerche.»

«Ecco perché diceva di essere il tuo relatore, quando erano anni che non seguiva più le tesi», disse Daniela quasi tra sé e sé.

«Esatto. Quello è stato un altro dei motivi per cui abbiamo deciso di battezzare la nostra ipotesi Trinity Theory», spiegò. «Per svilupparla sono serviti quei documenti, le conoscenze di tuo padre e la mia collaborazione. Eravamo tre persone distanti nel tempo, che lavoravano insieme a una stessa missione: era una specie di omaggio postumo a Tesla. E adesso anche a tuo padre.»

Nell'auto calò un silenzio di tomba. A Daniela mancò quasi il respiro. Era dentro un veicolo che a sua volta era dentro un treno che percorreva un tunnel sommerso sotto la Manica, a parlare di viaggi nello spazio, nel tempo, nello spaziotempo... Viaggi che finivano male, che avvolgevano gli esploratori in una nebbiolina verdastra e assassina. Viaggi per i quali certe persone erano disposte a togliere la vita ad altre. E, come se non bastasse, quella macchina extralusso senza sportelli posteriori la faceva sentire in trappola. Era troppo per lei.

«Devo uscire di qui», disse all'improvviso. «Vi prego, fatemi uscire!»

Richard aprì lo sportello e smontò dall'auto. Piegò il sedile e la fece passare. Lei inspirò agitatissima una boccata d'aria, e quando ritrovò la calma si mise a camminare.

56.

Richard la seguì lungo il corridoio. Non voleva rischiare di perderla di vista. Incrociarono altre persone che, come loro, erano scese dalle auto per sgranchirsi le gambe. Daniela premette un bottone e passò nel vagone successivo, con Richard dietro di lei.

«Stai bene?» le chiese quando le fu accanto.

«Sì... no», esitò. «No... in realtà non sto affatto bene.»

«Tranquilla, vedrai che...»

«Sì... sì, lo so», lo interruppe in tono stanco. «Tu risolverai tutto.»

«Che ti prende?» disse lui bloccandole la strada.

«Cosa prende a te, piuttosto!» Sembrava molto irritata. «Cosa cerchi di fare? Quella storia che hai raccontato su Tesla e l'esperimento Filadelfia... Santo cielo! La tua è una follia! E se l'unica cosa che ottieni è di morire fulminato da un raggio verde?»

Richard abbassò la testa e sospirò.

«Tuo padre e io abbiamo dedotto le variabili. Non sono un pazzo. Ho aspettato tanto per vivere tutto questo. Ho preso le mie precauzioni. Abbiamo modificato le formule e siamo convinti che non succederà niente di brutto.»

«Convinti?» grugnì Daniela. «Convinti, ma non sicuri. E se vi sbagliaste? E se il tempo non fosse a forma di toro? E se fosse la nostra percezione a essere distorta?»

Daniela ricordava la frase di Einstein per cui il tempo è qualcosa che accade in maniera simultanea: «La differenza tra presente, passato e futuro è solo un'illusione, per quanto persistente».

Tutto coesiste in un eterno adesso. Sarebbe solo la costruzione mentale che gli uomini fanno del tempo a spingerli a credere che si tratti di una successione lineare di eventi, quando in realtà accadono tutti contemporaneamente.

«Come se fosse una specie di libro già scritto», replicò Daniela. «L'autore crea una storia molto tempo prima che noi acquistiamo l'opera e la mettiamo sullo scaffale del soggiorno. Il romanzo è già scritto. Tutta la trama, l'insieme degli eventi che accadono ai personaggi, l'inizio, il nodo e il finale, tutto, assolutamente tutto, è già scritto. Però, quando cominciamo a leggerlo abbiamo l'impressione che la storia si sviluppi sotto i nostri occhi, mentre scorriamo le righe con lo sguardo. Pensiamo che alcuni episodi ne precedano altri. Se poi l'autore ha giocato con il tempo e ha cominciato dal mezzo, o se si tratta di un romanzo giallo in cui l'inizio è alla fine, il nostro cervello ordinerà la storia seguendo uno schema logico di passato, presente e futuro. Ma nel libro tutti i fatti accadono insieme, è tutto già scritto. Tutto è simultaneo, non importa da quale pagina cominciamo a leggere. Il presente è nel punto in cui noi stiamo guardando. In altre parole, nel punto in cui abbiamo focalizzato la nostra coscienza del tempo.»

«So di cosa parli, Daniela. Eppure, spero sinceramente che il passato possa essere modificato. E perciò anche il futuro. Anche se il libro è già stato scritto, contiene un'infinità di libri al suo interno. Un po' come nel *Gioco del mondo* di Cortázar. Le possibilità sono infinite, bisogna solo decidere il punto da dove vogliamo cominciare la storia e da lì in poi dare forma al libro che sarà la nostra vita.»

Lo sguardo di Daniela si posò sul finestrino alle spalle di Richard. Era così scuro che sembrava quasi uno specchio. Si vide riflessa e pensò che in quello stesso istante potevano persino stare viaggiando nel tempo. Magari, all'uscita dal tunnel, sulla sponda opposta della Manica, si sarebbero trovati in un altro posto e in un altro momento. Come sembrava essersi distrutta in soli otto mesi, forse in una realtà parallela la sua vita era perfetta. Se non fosse stato per l'intorpidimento che la invadeva, avrebbe detto che si sentiva benissimo. Nelle ultime ore il suo stato d'animo era oscillato fra l'ottimismo e lo sconforto, mentre si chiedeva se sarebbe mai stato possibile tornare a casa e ritrovare il padre, la madre e Jane vivi e vegeti ad aspettarla. Ma adesso si affacciava al buio pesto del finestrino, tra le oscillazioni del treno, convinta che in quello stesso istante loro tre fossero davvero in casa, insieme a lei. Perché scartare quella possibilità? Bisognava solo scegliere un altro inizio per il libro della sua vita e le cose sarebbero andate così.

Giungere a quella conclusione la fece pensare al futuro già scritto che non avrebbe mai vissuto per il fatto di aver stabilito un altro inizio per la sua storia. Magari c'erano cose che avrebbe voluto vivere. Un libro in cui lei e Richard si conoscevano in circostanze diverse. Un libro in cui loro due si innamoravano. Un futuro in cui andavano al cinema, mangiavano popcorn, si prendevano per mano e si baciavano. Continuò a guardare il suo riflesso, sorpresa che la vita che stava scartando in cambio della possibilità di ritrovare i suoi genitori e Jane le provocasse quel turbamento di nostalgia e desiderio.

Non ebbe il coraggio di guardare Richard negli occhi per porgli la domanda che aveva in mente da tanto.

«Non ti ho mai visto mangiare», disse di getto.

«No.»

«E neanche bere.»

«No.»

«Ti capita mai di farlo?»

«Sì... se proprio non posso farne a meno. Però non mi serve.»

«Non sembri stanco.»

«Infatti non lo sono.»

«Dormi mai?»

«Non mi serve.»

Calò il silenzio.

«Hai detto che conoscete cinque persone immortali», proseguì Daniela. «Liz è una di loro.» Lui annuì. «Anche Alessandro?»

Richard confermò con un cenno.

Calò di nuovo il silenzio.

«E anche tu...» Non si trattava di una domanda. Lo stava affermando.

«Daniela», sospirò lui, «è tutto così complicato...»

«Quanti anni hai?»

«Che importanza ha?»

«Quanti anni hai?» ripeté con la voce spezzata.

«Ho perso il conto... Non lo so. Molti. Troppi. Tutti...» sospirò, afferrandole le mani.

A Daniela si strinse il cuore. Sollevò la testa e sostenne il suo sguardo.

«Quanti anni hai?»

Richard si disse che ormai non aveva alcun senso cercare di eludere quelle domande.

«Trecentodiciassette. Ma secondo certe leggende ne ho molti di più.»

«Sei stato l'amante di Liz?»

«Tanto tempo fa.»

«Ma non l'hai baciata quando te l'ha chiesto.»

«No.»

Un nuovo silenzio.

«E baceresti me?»

«Sarebbe un terribile errore, Daniela. Non voglio rovinarti la vita. L'ho già rovinata a troppa gente.»

Senza aggiungere altro, si girò e se ne andò.

Lei lo seguì a testa bassa, mentre una lacrima le rigava la guancia.

Alessandro era appoggiato alla capote dell'auto quando vide tornare il suo amico. Lo guardò con aria interrogativa. Cercava di capire cosa lo stupisse di più, se la smorfia di dolore dipinta sul suo viso o la scoperta che nonostante tutto Richard era ancora capace di commuoversi, come un essere umano qualsiasi. Sembrava quasi che si stesse rimproverando di aver provato qualcosa, quando uno dei pilastri fondamentali del suo disinganno vitale era proprio sentire che non sentiva più nulla. Come se lo facesse infuriare accorgersi che poteva ancora essere felice. Richard sembrava infastidito dalla constatazione che la decisione più meditata che avesse mai preso in vita sua, quell'edificio che aveva progettato, cementato ed eretto con i materiali migliori, stava crollando come un fragile castello di carte.

«Lite tra innamorati?» gli chiese Alessandro con un sorriso ironico mentre Richard piegava il sedile davanti per far entrare Daniela.

«Ti prego...» lo supplicò.

Lei entrò e si sedette senza aprire bocca. Richard si accomodò e la guardò nello specchietto retrovisore, osservando con tristezza l'aria languida della ragazza. Non poteva fare a meno di sentirsi responsabile della sua sofferenza. Era tutta la vita che si sentiva responsabile del dolore altrui. Era come una maledizione.

«Daniela...» disse con un filo di voce.

«Mi sono appena reso conto che hai una dipendenza, Richard», lo interruppe Alessandro, dopo essersi seduto accanto a lui. «Hai una vera e propria dipendenza dal dramma. Ed è una noia, amico mio, lascia che te lo dica. Una vera noia. Non puoi limitarti a vivere, senza pensare ad altro? È l'unica cosa che abbiamo... il momento presente, questo istante, questo suono, questo odore, questo sentimento.»

Dal suo tono di voce, era chiaro che Alessandro ne aveva davvero abbastanza.

Ma la conversazione finì lì. Il treno stava rallentando e gli altoparlanti annunciarono che erano quasi arrivati in Francia.

57.

Appena arrivato alla cabina di controllo dell'Eurotunnel, Abberline vide il giovane poliziotto con cui aveva parlato al telefono poco prima. Lo aspettava sulla porta, con un'espressione indefinibile negli occhi, a metà fra la cordialità e il nervosismo. Esattamente come l'ispettore aveva ipotizzato dal suo mellifluo tono di voce, si trattava di un ragazzo molliccio, troppo pallido e magro, non ancora maturo. Abberline ne dedusse che non era fatto per un lavoro come il suo, in cui bisognava confrontarsi quotidianamente con furti, omicidi ed estorsioni. Nessun regista l'avrebbe mai scritturato come protagonista di un film poliziesco, se non per interpretare il ruolo della damigella in difficoltà. La guardiola di quella frontiera era perfetta per un pusillanime come lui, ma per sua sfortuna quella notte il destino gli aveva offerto una particina nel film che giravano da due giorni e il ragazzo non era stato all'altezza delle aspettative.

Nel preciso istante in cui vide Abberline, l'agente si mise sull'attenti e si portò la mano alla fronte per salutare il famoso ispettore di Scotland Yard.

«È un onore averla qui», disse. «Mi rincresce doverla conoscere in una simile circostanza. Ammiro molto il suo lavoro.»

A Abberline quella presentazione del tutto fuori luogo parve la conferma delle sue supposizioni: quell'agente era un perfetto idiota.

«Dove sono?» chiese a sua volta a mo' di saluto.

Forse fu solo in quel momento che l'agente capì la gravità della questione.

«Signore...? Ah... sì... Il loro treno è partito una ventina di minuti fa», balbettò.

«Idioti!» gridò. «Come avete fatto a lasciarli andare? Non vi sono arrivati i comunicati? Non guardate il telegiornale?»

L'agente cercò di difendersi.

«Signore, i passaporti con cui viaggiano sono perfettamente in regola. E infatti non siamo neanche sicuri che siano loro. È solo che somigliano alle foto che hanno mostrato in televisione e...»

«Spero che almeno abbiate delle telecamere di sicurezza nei vagoni in maniera che possiamo vederli», lo interruppe Abberline, mettendo bene in chiaro che le giustificazioni non contavano niente.

«Ma certo, signore.»

Il poliziotto si mise ad armeggiare con una tastiera e poco dopo comparvero le immagini di uno dei vagoni sul monitor della guardiola. Una telecamera mostrava due giovani in bianco e nero dall'alto. Richard camminava a passo tranquillo verso l'Aston Martin color ciliegia, e dietro si vedeva Daniela, a testa bassa e molto seria. Di sicuro non sembrava costretta a seguirlo contro la sua volontà, altrimenti avrebbe potuto avvicinarsi a un'altra macchina, gridare, mettersi a correre... Ma non succedeva niente di tutto ciò. Nessuno la teneva prigioniera. Lui non la guardava neppure. Con tutta la calma di questo mondo, Richard Chanfray aprì lo sportello del passeggero, la fece accomodare nel sedile posteriore e montò in macchina anche lui.

«Sono loro, non c'è dubbio!» esclamò l'ispettore Abberline. «Date ordine di fermarli all'arrivo!»

Il poliziotto imberbe lo guardò terrorizzato. Una sgradevole sensazione lo fece rabbrividire. Cercò freneticamente le parole più opportune per rivolgersi a quell'ispettore che cominciava ad assomigliare a un orso appena uscito dal letargo.

«Sa... vede...» balbettò ancora stropicciandosi le mani, temendo la reazione del superiore.

«Che c'è?»

«È una faccenda complicata...» proseguì. «Possiamo provarci, ma ormai saranno in Francia. È un altro paese.»

«Lo so bene che è un altro paese. Mi ha preso per scemo?»

«Ehm... no, certo che no. Ma per farli fermare in un altro paese bisogna ottenere un mandato d'arresto internazionale.»

«Merda!» esplose Abberline.

Richiedere un mandato internazionale non era cosa da poco, meno che mai a quell'ora del mattino. Di nuovo la maledetta burocrazia che complicava sempre tutto!

Abberline si precipitò a telefonare agli uffici centrali di Scotland Yard e gli impiegati gli spiegarono la procedura da seguire. Per prima cosa, doveva mettersi in contatto con il giudice distrettuale in Inghilterra, ma purtroppo era ancora troppo presto.

Alle sei del mattino, ogni giorno, il giudice Thonson correva a Hyde Park per un'ora. Al ritorno si faceva la doccia e durante la colazione leggeva le notizie del *Times* sull'iPad. Era tassativamente vietato interrompere quel rito giornaliero, e lo sapevano tutti. Eppure gli agenti di Scotland Yard decisero di raggiungerlo a casa sua nella speranza di fargli capire l'urgenza del caso e convincerlo a emettere il mandato d'arresto internazionale prima di uscire a correre. Lui invece si era infuriato, perché odiava che venissero a dirgli come, quando e dove fare il suo lavoro. Si rifiutò categoricamente. Secondo il suo punto di vista, i sospetti che ricadevano su Richard Chanfray erano legati a prove circostanziali, più che a fatti concreti. Non era dimostrato che fosse a Cambridge quando era stato commesso l'omicidio del professore e ancora meno si poteva dire con certezza che avesse sequestrato la ragazza, quando tutti i testimoni, comprese le immagini filmate all'interno del treno, mostravano che la ragazza stava con lui di propria volontà. Non erano neanche sicuri che le persone inquadrate dalla telecamera fossero davvero loro, figuriamoci! I passaporti dicevano che non era così, e delle immagini di scarsa qualità in bianco e nero a dieci metri di distanza non erano certo una prova sufficiente. E come se non bastasse, Richard Chanfray era cittadino francese, e il giudice non aveva la minima intenzione di entrare in conflitto con gli *enfants de la patrie* senza essere sicuro di quello che stava facendo.

Quando Abberline lo venne a sapere, perse le staffe. Decise di interpellare i suoi contatti in Francia, che a loro volta conoscevano qualcuno al ministero della Giustizia. Ma tutto questo procedimento gli stava facendo perdere del tempo prezioso, perciò decise di chiamare di persona il responsabile di turno sull'altra sponda del canale.

«Sul prossimo treno in arrivo nel vostro paese sta viaggiando un sospettato di omicidio», lo informò. «Il giudice mi ha appena inviato per posta elettronica l'ordine di arresto, ma ho qualche problema di connessione», mentì con le dita incrociate, pregando che l'altro non gli chiedesse ulteriori spiegazioni, «perciò, mentre cerco di inoltrarglielo, dovete fermare a tutti i costi l'Aston Martin color ciliegia su cui viaggia.»

Un istante dopo, senza neppure salutare, riagganciò il telefono.

«Dannati francesi», biascicò.

58.

Il treno prese a rallentare poco alla volta, fino a fermarsi. In quel preciso momento Étienne Durand, guardia di sicurezza responsabile del terminal di Calais fino alle sette del mattino, si sentiva le mani fredde e la gola secca. L'avevano appena avvisato dall'Inghilterra che sul treno in arrivo viaggiava un sospettato di omicidio e sequestro di persona. A quanto pareva, non potevano ancora fargli arrivare il mandato di arresto, perciò doveva trattenerlo il più a lungo possibile.

Sospirò.

Questa cosa lo mandava in crisi. Non era tenuto a ubbidire agli ordini di Scotland Yard, meno che mai alle direttive di quello sgradevole ispettore che gli aveva telefonato e che, senza seguire alcuna regola di gentilezza e diplomazia, gli aveva parlato con aria di superiorità, riagganciando il telefono senza neppure salutare.

«Dannati inglesi!» protestò.

Ma del resto non gli sembrava una buona idea neanche rimanere defilato e permettere che un delinquente entrasse liberamente nel suo paese. Avrebbe voluto chiedere consiglio a un superiore, ma a quell'ora del mattino il più alto in grado era lui.

Sospirò di nuovo.

Lui non voleva fare la guardia di sicurezza. Non aveva la stoffa dell'eroe. In realtà gli sarebbe piaciuto dedicarsi anima e corpo alla musica. Ritirarsi in una capanna in un bosco della Norvegia, installare uno studio di registrazione e comporre melodie ispirate agli alberi, alle montagne innevate e alla pesca del salmone. Ma, senza un diploma, quello era il lavoro migliore che fosse riuscito a trovare. Se non altro, era contento di prestare servizio in un posto in cui il delitto più grave da sventare era la mancata vaccinazione di un animale da compagnia.

Ma quella era un'altra storia... addirittura un criminale!

Il suo incubo peggiore stava diventando realtà. Senza un fisico allenato per affrontare un corpo a corpo, senza armi adatte con cui sostenere una sparatoria degna di questo nome, e soprattutto senza l'aggressività necessaria a fronteggiare una situazione del genere, Étienne Durand si sentiva perduto. Chiese al suo collega di scortarlo, armato dell'iPhone dove nel giro di un quarto d'ora sarebbe dovuto arrivare il mandato, a quanto gli aveva assicurato quell'antipatico dell'ispettore. Con un po' di abilità, poteva farcela.

Agganciò il manganello alla cintura, indossò il berretto e si diresse con passo deciso verso il treno appena arrivato, facendosi coraggio per non rischiare di svenire. Mentre percorreva il tratto che separava la sua tranquilla guardiola dai binari, soppesava le varie scuse a disposizione per trattenere un'auto senza ordine del giudice. Era meglio inventarsi una bugia credibile, anziché snocciolare la verità e rischiare un'aggressione.

Arrivò all'altezza del vagone insieme al suo collega e appena si aprirono le porte si affacciarono all'interno. L'Aston Martin DBS color ciliegia aveva acceso il motore e stava per partire. La vettura che la precedeva uscì e il cuore di Étienne cominciò a galoppare, tradito dall'agitazione. Impressionato da quell'auto, all'improvviso ebbe l'impressione di trovarsi nel bel mezzo di un film di James Bond. Fece un passo avanti e bloccò l'uscita, sollevando una mano per fermarli. La macchina continuò ad avanzare, come se il conducente non lo avesse visto. Per un attimo, la guardia ebbe il timore di finire investito. Per i ricercati sarebbe stato un passo falso perché li avrebbero arrestati all'istante, questo è vero, ma nel frattempo gli avrebbero spezzato le gambe. Per fortuna i suoi pronostici più nefasti non si realizzarono e la macchina si fermò a dieci centimetri dalle sue ginocchia. Étienne Durand ringraziò il cielo.

Il conducente abbassò il finestrino e si affacciò.

«Qualche problema, agente?»

Era un tipo elegante, con un sorriso bianchissimo da playboy. Non somigliava affatto a un delinquente. Il poliziotto lo salutò in tono gentile, portandosi la mano al berretto. Deglutendo per il nervoso, si accostò al finestrino.

«Buongiorno, *monsieur*, mi rincresce dovervi trattenere qui, ma mi hanno informato che poco oltre c'è un ingorgo. Dovrete attendere un momento che riprenda la circolazione», mentì.

Il conducente osservò il suo interlocutore con aria di finta serenità.

«Il fatto è che...» azzardò, «abbiamo molta fretta e...»

«Tutti hanno fretta, sa?» lo interruppe Étienne Durand. «Come capirà, queste cose non si programmano. Insomma... bisogna solo aspettare.»

Alessandro rimase a fissarlo in silenzio per alcuni secondi eterni in cui il suo elegante sorriso da pubblicità si sciolse come una zolletta di zucchero nel tè delle cinque. Alla fine, senza badare a nascondere la sua irritazione, schioccò la lingua e riprovò a convincerlo in tono più amichevole.

«In confidenza, deve sapere che la persona con cui viaggio», sussurrò indicando Richard con un cenno, è un importante cittadino di Parigi, in visita al primo ministro. Converrà con me che non è di buongusto tenerlo fermo qui come un topo in trappola.»

Durand lanciò uno sguardo al suo collega, che continuava a fissare lo schermo dell'iPhone nella speranza che arrivasse l'ordine del giudice. Questi gli ricambiò lo sguardo stringendosi nelle spalle e scrollando la testa. Étienne inspirò profondamente prima di riprendere a parlare.

«Al massimo una decina di minuti, *monsieur*...» Cercò di fermarlo. «No... non può uscire dall'auto.»

Alessandro si affacciò alla banchina, mentre gli autisti delle auto dietro cominciavano a spazientirsi e a suonare il clacson.

«Non c'è traccia di ingorgo, se non sbaglio», fece notare.

«*Monsieur*», esitò la guardia. «De... devo chiederle di montare di nuovo in macchina.»

«Ma lei sta scherzando!» urlò Alessandro guardandolo

dritto negli occhi. «L'uomo seduto in macchina in questo momento vuole finanziare un importante progetto nel suo paese. Gli basta schioccare le dita e lei perde il posto in un istante, mi capisce?»

Étienne Durand esitò. Un inferno di clacson e proteste esplose nel vagone. In fondo, non c'era alcun motivo per trattenere tutte quelle persone, e se fosse successo qualche incidente avrebbe dovuto spiegare ai suoi superiori come mai aveva deciso di ubbidire agli ordini di un inglese, per quanto fosse un ispettore di Scotland Yard. No, non poteva rischiare il posto.

«Mi faccia il favore di togliersi di mezzo», gli ordinò Alessandro, quasi fosse riuscito a leggergli nel pensiero.

La frase suonò così sicura e diretta che il povero Durand rimase sconcertato, incapace di disubbidire. Lentamente, si fece da parte per farli uscire dal vagone. Vide l'uomo rimontare su quell'auto spettacolare e mettere in moto con furia, passargli accanto e allontanarsi verso chissà dove. Lo seguì con lo sguardo finché non scomparve, e gli venne il dubbio di aver appena rilasciato un sospettato di omicidio. Ma poi si tranquillizzò, dicendosi che non aveva altra scelta. E adesso non erano più affari suoi. Non voleva pensarci più.

Proprio in quel momento arrivò una e-mail sull'iPhone: il mandato di arresto internazionale. Ma ormai era troppo tardi.

Richard si agitava sul sedile, incapace di credere alla scena che si era appena svolta sotto i suoi occhi.

«Sono impressionato!» esclamò. «Che grande attore si sta perdendo il mondo dello spettacolo!»

«Grazie, amico mio, lo sai che adoro i classici, e poi questa macchina mi ispira!»

Richard si girò verso il sedile posteriore. Daniela non aveva ancora aperto bocca.

«Finirà tutto molto presto, vedrai», la rassicurò.

«Così pare», farfugliò lei in tono quasi impercettibile, mentre vedeva sfrecciare i cartelli dell'autostrada A16.

59.

Il riflesso aranciato dell'alba costrinse Alessandro a socchiudere gli occhi. Aprì il cassettino del cruscotto e prese un paio di guanti di camoscio color senape e degli occhiali neri che la Moncler aveva lanciato sul mercato con l'idea di copiare l'immagine dei primi aviatori. Così conciato, emulava alla perfezione il pilota dello *Spirit of St Louis* un attimo prima di spiccare il volo per cui sarebbe passato alla storia.

«Non pensavo che avrei mai detto una cosa del genere, ma pare proprio che dovremo disfarci di quest'auto», disse con aria desolata.

«Sì», annuì Richard, «è un faro luminoso puntato contro di noi.»

Il problema era dove lasciarla. Una macchina del genere non si poteva parcheggiare dove capitava sperando che non attirasse l'attenzione

«Potremmo mollarla in un bosco, in un campo, non so...»

Alessandro si portò le mani al cuore con un gesto teatrale, come se quelle parole glielo stessero rompendo in mille pezzi.

«Si può sapere che dici? Non si *molla* una Aston Martin, a meno di non voler essere colpiti da un karma negativo per i secoli dei secoli. Questa macchina, caro amico mio, ha un'anima e una memoria. Se facciamo una cosa del genere, il suo spirito ci perseguiterà per il resto dell'eternità... e ce la farà pagare. E poi ci serve un'altra auto. O pretendi di arrivare a piedi alla frontiera con la Svizzera?»

«Tu cosa proponi?» chiese Richard rassegnato.

Gli seccava ammetterlo, ma Alessandro aveva ragione. Eppure, tutti quegli ostacoli legati alla logistica gli davano un enorme fastidio, soprattutto adesso che i grandi inconvenienti erano stati risolti. Doveva lasciare quella faccenda in mano all'amico, in fondo l'esperto di motori era lui. Alessandro lo guardava con una smorfia ironica.

«Cambia faccia, Richard, ti prego. Non vorrai che l'affascinante damigella che ci onora della sua presenza ti giudichi uno scorbutico, vero?» Spostò lo specchietto retrovisore e guardò Daniela. «Ti assicuro, cara, che tanto tempo fa il nostro Richard era un vero prezzemolino. Non c'era festa a cui non fosse invitato. Peccato che tu non lo abbia conosciuto a quei tempi.»

«Sicuramente sono molto più gioviale quando le forze dell'ordine non mi inseguono», commentò Richard con aria svogliata.

L'auto procedeva a tutta velocità lungo la A16. Il paesaggio della città portuale di Calais si confondeva alle loro spalle, i palazzi erano sempre più distanziati tra loro, segno che il centro ormai era lontano. Daniela si raddrizzò sul sedile e posò la mano sulla spalla di Richard.

«Mio padre ha fatto il possibile perché fossi tu a prenderti cura di me se fosse venuto a mancare. E di sicuro non voleva che mi facessi ridere, ma che mi salvassi la vita.» Fece una pausa. «Ho passato gli ultimi mesi odiandolo, incolpandolo di tutte le cose brutte che stavano accadendo, e adesso, per la prima volta da tanto tempo, grazie a te, mi sento unita più che mai a lui. Al mio fianco non ho bisogno di un simpaticone, ma di un uomo forte che mi protegga. E questo ruolo tu lo svolgi alla perfezione.»

Richard afferrò la mano di Daniela e le accarezzò il dorso con il pollice. Ebbe la certezza che non avrebbe avuto difficoltà a lasciarsi trascinare dall'emozione che sentiva accarezzandole la pelle. Purtroppo, in quello stesso istante, si rese anche conto che non aveva più il diritto di godersi un sentimento simile. Ormai il suo tempo era passato.

«Mi rincresce turbare questo momento lirico, ma il problema della macchina comincia a farsi urgente», si intromise Alessandro. «Daniela, lì dietro dovrebbe esserci il mio tablet. Se non ti è di troppo disturbo, accendilo e cerca la pagina web "Voitures-volées".»

«"Voitures-volées"?» ripeté lei stupita. «Sul serio esiste una pagina internet che si chiama "auto rubate"?»

«Cosa c'è di strano? I francesi sono fatti così, cara. In effetti, come potete immaginare, sono riportati i negozi di automobili in cui si possono trovare macchine rubate acquistabili a poco prezzo. Vi chiederete forse perché mai le autorità francesi, la gendarmeria o chi per essa non si facciano carico del problema. Ebbene, a quanto pare la pagina in questione si trova su un server di Panamá che non fornisce informazioni sui proprietari dell'attività, e così non c'è niente da fare.»

A quanto recitava la home page di www.voitures-volee.com, esistevano casi particolari in cui diventava assolutamente legale vendere auto rubate: se erano trascorsi tre anni o più dal furto dell'auto e il legittimo proprietario non aveva reclamato il veicolo; se i proprietari delle concessionarie avevano comprato una vettura che solo in un secondo tempo si rivelava rubata, oppure se il proprietario originale dell'auto rubata aveva già riscosso l'indennizzo dell'assicurazione.

«Eccolo qui!» esclamò Daniela. «A Calais c'è un concessionario, si chiama La voiture heureuse. Il logo è un'auto come quella di mia madre che sorride. Si presenta come un'attività destinata alla compravendita di macchine usate in cui si può acquistare l'ultimo modello di Mercedes a chilometro zero per un terzo del suo valore di mercato.»

«Perfetto!» si entusiasmò Alessandro. «Questo significa che il proprietario sarà un imbroglione senza scrupoli: non faremo fatica a concludere un affare con lui. Se ci riusciamo, siamo in salvo. L'Aston Martin non verrà mai messa in vendita subito. I poliziotti la cercheranno dappertutto, mentre noi guideremo un'auto nuova, francese, del tutto insospettabile. Non ho forse un'intelligenza al di sopra della media?»

Nessuno rispose.

La sede della Voiture heureuse si trovava in un gigantesco cubo interamente di vetro che consentiva di vedere le auto parcheggiate all'interno, perlopiù di alto livello. Sulla porta, un cartello scritto a lettere cubitali confermava quello che già avevano letto sul sito.

Parcheggiarono l'Aston Martin davanti all'ingresso e si fecero strada all'interno.

«Mi sento come un bambino in un negozio di caramelle», sospirò Alessandro, svolazzando tra le automobili con la grazia di Baryšnikov.

Si diressero subito all'ufficio amministrativo, situato al centro del locale. Anche qui le pareti erano trasparenti e videro un uomo in giacca e cravatta con la barba di due giorni che sembrava perdere la calma dietro una montagna di scartoffie. Alessandro bussò alla porta sfoderando il migliore dei suoi sorrisi. Il venditore lo ricambiò d'istinto, con poca convinzione.

«Buongiorno, signori, posso esservi di aiuto?» li salutò.

«Lo spero davvero, in realtà», rispose Alessandro. «Stiamo cercando un'auto.»

«Allora siete venuti nel posto giusto!»

«Però non abbiamo soldi.»

Il sorriso del venditore si dileguò in un decimo di secondo.

«Allora non siete venuti nel posto giusto!» rispose svogliato, rituffandosi nei suoi documenti.

Daniela lo guardò meglio. I pantaloni erano di tessuto sintetico, reso lucido dal ferro da stiro. La camicia aveva il collo liso e i suoi pelucchi rimanevano incastrati nella barba sfatta. Le scarpe erano economiche e la stanzetta che fungeva da ufficio puzzava di sudore. Dubitava fortemente che quell'uomo si facesse la doccia tutti i giorni.

«Vede», proseguì Alessandro in tono confidenziale, avvicinandosi alla sua scrivania, «vorremmo fare uno scambio.»

Il venditore lo guardò annoiato.

«Il mio mestiere è comprare e vendere. Compro e vendo auto. Non faccio scambi», scandì con disprezzo.

Alessandro indicò verso l'uscita.

«La vede quella meraviglia parcheggiata là fuori?»

Lui sollevò lo sguardo con aria rassegnata, e in quel preciso istante i suoi occhi incrociarono l'Aston Martin. Doveva essere la prima volta che vedeva l'auto di James Bond nel suo negozio.

«Vuole davvero disfarsi di quel veicolo?» chiese sorpreso.

«No, certo che no. Chi sarebbe così pazzo da volere una cosa simile?» rispose Alessandro in tono affettato. «Sinceramente, disfarmi di quell'auto è l'ultima cosa che vorrei al mondo, ma la vita ci mette a dura prova e alle volte ci vediamo costretti a fare cose che non vorremmo.»

«Non la seguo.»

«Mi spiegherò meglio», proseguì Alessandro. «Sto divorziano in questi giorni e mia moglie (lo sa come sono fatte le donne, no?)», commentò abbassando ancora la voce, «sta facendo di tutto per spennarmi come il tacchino di Natale. Non solo pretende degli alimenti sproporzionati (considerando il suo comportamento meschino degli ultimi tempi), ma vuole anche tenersi la casa, i bambini, il cane e gli oggetti più preziosi che possiedo, tra cui, come potrà immaginare, quel gioiellino dell'ingegneria automobilistica. Sono convinto che lo fa solo per mortificarmi. Perché lei di auto non capisce un bel niente.»

«Sì, immagino.»

«Insomma, so per certo che intende regalarla al suo amante, un povero diavolo di dieci anni più giovane che si è installato da tre mesi nella mia casa, nuota nella mia piscina, accarezza il mio levriero afgano e beve il mio whisky al malto invecchiato dodici anni mescolandolo alla Coca-Cola, cosa che senz'altro le darà la misura della sua mancanza di classe.»

«Terribile.»

«Adesso mi capisce, vero?»

«Sì», disse amareggiato il venditore. «Le donne sono tutte...»

Guardò con la coda dell'occhio Daniela e lasciò la frase a metà.

«Ecco perché non voglio darle soddisfazione», proseguì Alessandro, «né a lei né al disgraziato con cui si è messa.»

«Capisco.»

«Se il giudice decide di togliermi anche la macchina, preferisco che non sia questa.»

«Certo... certo...»

Il venditore aveva letteralmente l'acquolina in bocca. Era la prima volta che si trovava in una situazione del genere e moriva dalla voglia di mettere le mani su quell'auto. Per un attimo si rese conto che il suo entusiasmo stava diventando troppo evidente, e se c'era una cosa che aveva imparato nel corso degli anni era che per concludere buoni affari bisognava avere una faccia da poker.

«Ha il volante a destra», commentò. «Questo abbassa il prezzo in Francia.»

«Lo so», ribatté Alessandro. «Le dico subito che non ho intenzione di sostituire questa straordinaria automobile con una simile. Se non l'ho venduta a Londra al prezzo che potrei ottenere realmente, è solo per far arrabbiare mia moglie. Non voglio che si porti via un centesimo di più.»

«Certo.» Il venditore non riusciva ancora a credere a quel colpo di fortuna. «E quale auto vorrebbe in cambio?»

«Diciamo, una non troppo vistosa. Non saprei... anche questa qui andrebbe benissimo», rispose Alessandro indicando un SUV Toyota color champagne.

«Ottima scelta, è un'auto splendida!» esclamò sfregandosi le mani mentalmente. «Il Land Cruiser è elegante e insieme agile e robusto. Ha i fari anteriori a led con luci diurne, griglia anteriore imponente. I fendinebbia e la griglia inferiore gli conferiscono un fascino urbano e una forte presenza come fuoristrada. La trazione integrale rende la guida piacevole anche su terreni non asfaltati, per cui lei e i suoi amici potrete raggiungere i luoghi più inospitali che...»

«Stupendo, stupendo...» lo interruppe Alessandro, temendo di doversi sorbire dalla prima all'ultima riga la brochure del veicolo. «Mi ha convinto. Sbrighiamo le pratiche.»

«Ma certo», esclamò tutto soddisfatto il venditore.

Aveva appena concluso l'affare del mese.

Liz arrivò in Francia con il treno delle sette del mattino. I suoi occhi verdi sembravano stanchi, non tanto per la mancanza di sonno, ma per le lacrime che aveva versato lungo tutto il tragitto. Una donna forte come lei non poteva permettersi di soffrire tanto per una persona, ma non riusciva in nessun modo a voltare pagina. Il disprezzo di Richard era come una ferita purulenta che le intossicava il sangue. A tratti pareva cicatrizzarsi, ma si trattava solo di una semplice illusione. La ferita non si chiudeva mai del tutto, era calda al tatto e le avvelenava il cuore. Lei era destinata a sentirsi una fallita per il resto dell'eternità se non fosse riuscita a farlo tornare tra le sue braccia pentito, supplicandola di perdonarlo per tutto il dolore che le aveva causato. E lei l'avrebbe perdonato, sì, ma facendogliela pagare, giorno dopo giorno, con impercettibili dettagli che sarebbero durati per tutta l'eternità.

Prima di abbandonare la casa di Alessandro, Liz aveva chiamato Nicolas per informarlo dell'accaduto. Lui aveva sentito che le tremava la voce mentre gli descriveva il comportamento di Richard, il modo in cui l'aveva legata e si era disfatto di lei per l'ennesima volta, neanche fosse un cane rognoso. E quella ragazzina, quella ragazzina l'aveva colpita forte sulla testa. Chi si credeva di essere quella piccola svergognata?

Nicolas aveva avuto la certezza che Daniela sarebbe diventata il prossimo obiettivo di Liz, una volta chiusa quella faccenda. Sempre che si chiudesse in maniera soddisfacente per loro, beninteso.

Liz gli aveva comunicato che puntavano al CERN, dove Richard aveva intenzione di portare a compimento il suo piano attraverso l'acceleratore di particelle.

«Parto subito anch'io», gli aveva detto prima di riagganciare.

Liz abbassò tutti i finestrini dell'auto, nonostante il freddo del mattino. Il vagone chiuso e buio le aveva riportato alla memoria la cella squallida del suo castello in cui era rimasta rinchiusa per anni, perciò inalò l'aria con avidità, imboccando la A16. Il rancore era un incentivo molto più stimolante dell'amore. La vita, la sua vita eterna, sembrava una partita a carte in cui le capitava sempre la mano peggiore. Ma per una volta aveva l'impressione che finalmente tutto potesse cambiare.

«Presto potrò vendicarmi di lui», si ripeteva facendosi coraggio.

60.

La prima cosa che videro alle porte di Meyrin fu l'impressionante Globo della scienza e dell'innovazione che dava il benvenuto al CERN, l'Organizzazione europea per la ricerca nucleare. Con i suoi ventisette metri di altezza e quaranta di diametro, il globo si reggeva su diciotto archi di legno cilindrici, ricoperti da pannelli dello stesso materiale, che formavano una cupola degna di San Pietro. In realtà quella sfera voleva essere una metafora del globo terrestre.

Fondato nel 1954, il CERN si trova alla frontiera tra Francia e Svizzera, nei pressi di Ginevra. Ne fanno parte venti stati europei più Israele e scienziati di tutto il mondo vi si recano con regolarità per usufruire della sua strumentazione. Lo scopo è svelare il mistero che si cela dietro le particelle, quelle minuscole componenti della materia che sono ovunque ma si mantengono invisibili, inodori, insonori e insapori, al punto che per i profani credere nella loro esistenza è un po' come credere in Dio: un atto di fede. Per distogliere gli scettici dall'errore, al CERN usano acceleratori di particelle che servono a isolarle, ad aumentarne l'energia, a centrifugarle e a farle scontrare fra loro per osservarne e registrarne il comportamento. A quanto dicono gli scienziati, questo è il modo migliore per comprendere i meccanismi interni dell'universo.

A quell'ora l'attività ferveva nei dintorni del laboratorio. I giganteschi parcheggi che circondavano l'edificio erano strapieni di auto e pullman di turisti.

Furono costretti a parcheggiare piuttosto lontano dall'ingresso principale. Schivarono con una certa difficoltà le comitive di giapponesi che si soffermavano per scattare fotografie al globo di legno, i pensionati in fila dietro una guida con un enorme ombrello blu come fossero topi di Hamelin, i bambini che si inseguivano tirandosi i capelli, indifferenti ai richiami sempre più irritati dei loro maestri. I più entusiasti entravano nel negozio di souvenir per acquistare magliette che portavano stampate formule misteriose che potevano contenere il segreto della Coca-Cola come il mistero dell'origine del mondo. Somigliava a un immenso parco giochi, si disse Richard.

Ricordò che settant'anni prima le ricerche in materia di fisica nucleare realizzate in America, Gran Bretagna, Russia e Germania venivano considerate segreto di stato. Erano tempi convulsi in cui Roosevelt e Churchill si erano alleati allo scopo di sviluppare armi nucleari, nascondendo i loro piani a Stalin. Avevano radunato le loro forze sotto il progetto Manhattan e insediato la base a Los Alamos, nel New Mexico, all'interno di un ex istituto scolastico all'avanguardia che da quel momento in poi si era trasformato in un centro di ricerca ultrasegreto, sorvegliato dall'intelligence militare e dall'FBI. Qui avevano radunato i fisici più brillanti del XX secolo, tra cui più di una decina di premi Nobel.

Adesso era tutto cambiato.

Alessandro borbottava schifato contro quella mandria di pecoroni che non aveva la più pallida idea di dove si trovasse, ma Richard non gli dava retta e avanzava come un sonnambulo, concentrato sul fatto che cominciava il conto alla rovescia.

Entrarono nell'atrio diafano e luminoso dell'edificio con aria da turisti qualsiasi. Una hostess in uniforme, barricata dietro un vetro, li salutò gentilmente.

«*Bonjour, monsieurs,* come posso aiutarvi?» La receptionist mescolò le lingue in attesa di una risposta che la facesse decidere per una delle due.

«Buongiorno, sono un allievo del professor Leonard Green, di Cambridge. Qualche mese fa abbiamo richiesto una visita all'acceleratore, ma poi, per un motivo o per l'altro, l'abbiamo sempre rimandata.»

In quel preciso istante, un gruppetto di ragazzini chiassosi accompagnati dai professori stava invadendo l'androne. Dopo una breve esitazione, la signorina riprese a parlare.

«Lei è il professor Green?» chiese ad Alessandro.

«Oh... no, no...» intervenne Richard, vedendo che l'amico stava per aprire bocca. «In realtà il professor Green non è venuto. Noi siamo suoi allievi e siamo in vacanza studio per l'Europa. Passavamo di qui e vorremmo approfittarne per vedere l'LHC.»

«Non avete preso appuntamento?» chiese lei.

«Temo di no...»

Guardò alla sua destra. Un cartello sul bancone informava il pubblico che erano previste due giornate di porte aperte per la settimana successiva. Il CERN invitava gli interessati a prenotare le visite agli impianti sotterranei, che normalmente erano chiusi al pubblico. Informava anche che sarebbe rimasto aperto ai visitatori il grande collisore di adroni (LHC), fiore all'occhiello del laboratorio. Proprio dove voleva arrivare Richard.

«Vedo che tra una settimana avrete un bel po' di ospiti, eh?» disse Richard indicando il cartello.

«Esatto.»

«Ma noi non saremo più qui, purtroppo.»

La signorina lo guardò con un mezzo sorriso, e Daniela ebbe la sensazione che volesse flirtare con lui.

«Immagino si possa fare un'eccezione nel vostro caso. Un pass ricercatori, per esempio.»

«Gliene saremmo enormemente grati», esclamò Alessandro.

«Potete mostrarmi i documenti, prego?»

«Ma certo.»

Le porsero i passaporti falsi e la receptionist si mise a digitare al computer, facendo oscillare lo sguardo con civetteria tra lo schermo e Richard.

61.

L'ispettore Abberline e gli agenti Davis e Lewin frugavano nelle stanze della residenza di Alessandro alla ricerca di prove. Analizzati i video del treno, aveva trovato i dati dell'auto. Erano in pochi ad avere il privilegio di possedere un'Aston Martin DBS. Avevano scoperto così che il proprietario della macchina e della villa era Alessandro Balsano, nato in Italia, come recitava il suo documento. Non si sapeva altro della sua occupazione attuale e della sua carriera professionale. Facendo ulteriori ricerche, avevano scoperto che si trattava di un multimilionario spendaccione, frequentatore abituale delle feste in società, con fama di donnaiolo. Nessuno conosceva l'origine della sua fortuna. Per Abberline, seguace del detto «a pensar male si indovina», era evidente che gli affari di quell'uomo non potevano essere onesti.

Non trovarono alcuna informazione sulla natura del rapporto che legava un francese come Richard Chanfray a quel ricco italiano, e Abberline cominciò a temere una cospirazione su scala mondiale. La faccenda diventava sempre più complicata. Uno dei suoi fantasmi più temuti, chiudere la carriera con una macchia sul curriculum, esattamente com'era capitato al trisnonno, acquisiva sempre più forza.

«Merda!» biascicò.

Camminò a passo lento, percorrendo con lo sguardo lo studio di quel tale Alessandro Balsano, fece scivolare la mano sul legno dello scrittoio e senza volerlo sfiorò il mouse del computer. Lo schermo si accese all'istante e l'ispettore vide le immagini dei passaporti falsi che Daniela e Richard avevano utilizzato per attraversare la frontiera.

«Ecco di cosa si occupa...» mormorò. «È un falsario!»

Passò a esaminare la cronologia e nel giro di poco scoprì che Alessandro aveva stampato la pianta del CERN.

«Ma che diavolo...?»

«Signore», lo interruppe l'agente Davis, «signore... venga a vedere!»

Gli fece strada lungo le scale che portavano al garage. Qui, in mezzo a due macchine, c'erano dei fogli buttati a terra, evidentemente persi dai fuggitivi. Si trattava di vecchi documenti, ingialliti dal tempo. Abberline li studiò con grande attenzione.

Sembravano i progetti di uno strano marchingegno: si distinguevano un'antenna, dei numeri e delle lettere. Erano firmati con il nome di Nikola Tesla, il famoso scienziato caduto nell'oblio. Ma non era questa la cosa più preoccupante. Nella parte superiore di uno dei fogli si leggevano due parole:

DEATH RAY

«Raggio della morte?» mormorò.

Corse di nuovo al computer. Inserì nel motore di ricerca il nome di Tesla seguito dalle parole «raggio della morte», e subito comparvero centinaia di link sull'argomento. Stranamente, anche se tra le sue scoperte erano menzionate le invenzioni più importanti per lo sviluppo dell'umanità, come la radio, il controllo a distanza, i primi robot, le candele elettriche, le lampade fluorescenti, la telegrafia senza fili e la lampadina, Tesla non compariva nella lista dei più grandi inventori della storia. Troppo eccentrico per prenderlo sul serio.

Forse il suo progetto più inquietante fu quello che la stampa battezzò «raggio della morte», su cui prese a lavorare durante il primo conflitto mondiale. Grazie ai suoi studi, era possibile propagare attraverso l'aria un'onda elettrica in grado di far esplodere a grande distanza le armi del nemico. In un'intervista pubblicata su una rivista scientifica dell'epoca, Tesla garantiva che le guerre del futuro si sarebbero combattute con l'elettricità, giacché questa poteva provocare morte, fuoco ed esplosioni a grande distanza mediante macchine silenziose. A quanto aveva aggiunto lui stesso, quel giorno sarebbero anche finite le guerre, visto che nessuno avrebbe corso il rischio di essere annientato dal nemico senza preavviso. Nonostante le ansie e i timori suscitati dalle sue parole, il progetto non si fermò. Negli anni Venti, Tesla studiò un raggio di particelle ionizzate capace di disintegrare un aereo a più di trecento chilometri di distanza. Sosteneva persino che sarebbe riuscito a far scomparire in un istante un esercito di un milione di uomini, come fossero formiche.

La popolazione gridò allo scandalo e le riviste pubblicavano la fotografia spettacolare del suo parafulmine mortale circondato di fulmini. Eppure, Tesla continuava a difendere il valore pacifico della sua invenzione. Ai suoi occhi si trattava del più grande aiuto che la causa della pace internazionale avrebbe ricevuto, perché, impiegando la trasmissione di energia attraverso l'aria, ogni nazione sarebbe diventata inespugnabile. Se ogni paese avesse avuto a disposizione come arma di difesa un raggio della morte, le guerre sarebbero finite una volta per tutte. Una sorta di equilibrio basato sulla forza.

Ma la verità è che la sua teoria sulla pacificazione del mondo grazie allo sviluppo di una tecnologia mortale non si realizzò mai nella pratica. La maggior parte di quegli studi, ricerche, schemi e piani esisteva sono nella testa di Tesla, che finì per portarseli nella tomba. Nell'indecisione, l'FBI preferì comunque confiscare tutti i suoi documenti e metterli al sicuro. Certi autori di fantascienza sostenevano che il governo americano li custodisse sotto chiave insieme al rapporto dettagliato sullo schianto della nave spaziale a Roswell, alle immagini dell'autopsia dell'alieno sopravvissuto e ai documenti sulla cospirazione per uccidere Marilyn prima che le sfuggissero per distrazione i dati sulla sicurezza nazionale che Kennedy le aveva confidato durante i loro convegni amorosi.

L'ispettore Abberline si portò le mani sulla bocca, colpito da un'illuminazione improvvisa. Tutto quell'interesse scientifico, il suo rapporto con il professor Green, i documenti di Tesla, il raggio della morte, la pianta del CERN...

«Adesso so dove sono e cosa vogliono fare», esclamò di punto in bianco. «Vanno all'acceleratore di particelle. Avvisateli che Richard Chanfray è diretto da loro: devono ucciderlo appena lo vedono. Il suo obiettivo è distruggere il mondo!»

62.

Gli impianti del CERN di solito chiudevano alle sei del pomeriggio, ma quel giorno i gendarmi, allertati da Scotland Yard, si presentarono con un mandato di arresto internazionale per Richard Chanfray, spedendo a casa un'ora prima visitatori, scienziati e impiegati. L'ordine dei superiori era secco e preciso: bisognava prenderlo, vivo o morto. Era possibile che le sue intenzioni costituissero un serio pericolo per il mondo intero.

Abberline era stanco. Stando alla sua esperienza, se lo avessero catturato vivo si sarebbe appellato alla giurisdizione francese e, siccome il crimine era stato commesso a Londra, quasi di sicuro l'avrebbero rimesso in libertà nel giro di un paio d'anni, anche se giudicato colpevole. Non era disposto ad accettare una simile ingiustizia. Quel tipo era un vero pericolo, ne era sempre più sicuro: si trattava di un pazzo, un pazzo pericoloso. Attendeva notizie insieme ai suoi agenti, mentre i gendarmi erano arrivati all'acceleratore. Lo avevano accerchiato e ben presto l'avrebbero arrestato.

Nel frattempo, Richard, Alessandro e Daniela, ancora ignari di quel che stava accadendo, si inoltravano nei corridoi d'accesso dell'acceleratore, che in realtà consiste in un anello vuoto di ventisette chilometri di circonferenza, sepolto cento metri sotto terra. La sua missione è dare risposta alle domande più complesse che l'uomo si pone sulla natura dell'universo. Le collisioni tra protoni all'interno dell'LHC producono temperature centomila volte più alte di quelle del sole, ricreando per una frazione di secondo lo stato dell'universo alle origini, subito dopo il big bang. È come aprire una finestra e affacciarsi sul passato, esattamente tredicimilasettecento milioni di anni fa. All'inizio i più catastrofisti continuavano a ripetere che in questo modo si sarebbe scatenata addirittura la fine del mondo: le collisioni tra particelle potevano creare piccoli buchi neri che avrebbero assorbito nel giro di pochi minuti l'intero universo. Invece secondo gli scienziati questi sarebbero stati così effimeri e insignificanti che non avrebbero comportato alcun pericolo.

I cartelli segnalavano l'inizio dell'area riservata: da lì in poi cominciava la discesa al pozzo, dove si trovava l'LHC.

Alessandro guardò Richard con il muso lungo.

«Se andiamo avanti...» sussurrò, «...non si torna più indietro.»

«Lo so.»

Tutto il peso del mondo parve cadere in quello stesso istante sulle spalle di Daniela. Erano due giorni che non dormiva e non toccava quasi cibo. Essere la compagna di viaggio di due creature immortali che non dovevano soddisfare le necessità biologiche di base non era facile. Aveva molta sete e le girava un po' la testa.

«Devo andare in bagno», disse.

Aveva intravisto dei servizi nel corridoio prima dell'area riservata.

«Ti accompagno», si offrì Richard.

«No... ti prego. Posso andare da sola in bagno, grazie. Voi due rimanete qui, torno subito.»

Un segnale luminoso la guidò alla toilette delle signore. Qui si lanciò su un rubinetto e bevve avidamente, poi si sciacquò la faccia. L'acqua gelata attenuò il suo intorpidimento. Sollevò la testa e si guardò allo specchio. Era più pallida del solito e delle profonde ombre scure le cerchiavano gli occhi. Fu allora che la sentì. Un attimo prima di vederla, ebbe la certezza che qualcuno la stesse osservando. Immobile, Liz la fissava sorridente, riflettendosi nello specchio, alle sue spalle.

Per un attimo pensò di scappar via di corsa, ma Liz le bloccava la porta.

«Sei felice di rivedermi?» le chiese in tono ironico.

Le veniva incontro, a passi lenti, senza smettere di sorridere. Daniela si girò per seguire faccia a faccia i suoi movimenti.

«Povera bambina... Per colpa di Richard tutto il tuo mondo è andato all'aria, vero?» Il suo tono di voce era infinitamente dolce, quasi materno. «Prima di toglierti la vita, ci tengo a farti sapere che non ce l'ho affatto con te. Intendo dire che non ti considero una rivale, sai? Sei meno bella, meno intelligente, meno forte...» recitò come se volesse ricordarlo anche a sé stessa. Daniela la fissava senza aprire bocca. «E sai qual è la cosa più divertente in tutta questa storia?» Non attese che le rispondesse. «Sono più di cent'anni che il tuo caro Richard cerca di salvare donne, senza capire che in questo modo le condanna a morte certa. È come se accendesse su di loro un'insegna luminosa per attirare la mia attenzione. Non ti sembra buffo?»

«Salvare donne?»

Liz sorrideva, tra il magnanimo e l'ironico.

«Pensa un po': se non si fosse messo in contatto con il professor Green, tua madre, la domestica e tu stessa sareste felici e contente, a godervi la vostra bella vita!»

«Ma di cosa stai parlando, si può sapere?» esitò Daniela. «Che vuoi dire?»

Liz assaporò con gusto quegli istanti, dando tempo alla ragazza di assimilare le informazioni.

«La domestica l'ho fatta fuori perché mi annoiava a morte», proseguì, «ma tua madre...»

«Cosa?»

Le tornarono in mente quelle immagini orribili che l'avevano devastata.

Liz riprese: «Da quando Richard ci ha informato di aver trovato il modo di tornare indietro, abbiamo cominciato a seguirlo. E così siamo venuti a conoscenza del professore, dei suoi studi, della sua famiglia... Volevamo tenervi d'occhio. Se Richard aveva deciso di diventare nostro nemico, anche noi potevamo considerarlo tale. Non avevamo più motivo di essergli leali. In amore e in guerra non ci sono regole. Siamo venuti a sapere che il professor Green faceva esperimenti con i viaggi nel tempo, e così abbiamo deciso di toglierglì questa possibilità. Fosse stato per me, avrei agito a modo mio, ma Nicolas si era messo in testa di non far male a nessuno. Non so se Richard ti ha parlato di lui, ma Nicolas è un gran sentimentalone», spiegò. «Mi ha proposto di sedurre il professore per carpire le informazioni che ci interessavano. Per sapere se correvamo dei rischi...»

«No... no...» balbettò Daniela.

«Ma è venuto fuori che quello stupido di tuo padre era felicemente sposato», aggiunse con astio, «e non cedeva al mio fascino. E allora sono stata costretta a uccidere sua moglie per sgombrare il terreno.»

Lo stomaco di Daniela si contrasse. Una smorfia di dolore le si riflesse negli occhi. Come aveva fatto a non capirlo? Era lei. Era lei che aveva ucciso sua madre, suo padre, Jane. Chi altri? Richard le aveva rivelato che gli immortali non volevano che il tempo venisse controllato, che suo padre proseguisse le sue ricerche. Erano cinque... e Liz era una di loro. Come aveva fatto a non capirlo?

«Hai ucciso mia madre?» chiese, correggendosi all'istante e togliendo il punto di domanda. «Hai ucciso mia madre!»

Liz rideva soddisfatta.

«Non ho saputo resistere. Non sai con che disperazione mi ha supplicato di non toglierle la vita. E anche tuo padre.»

«No!»

Daniela sentì la rabbia infuocarle le vene. Strinse i denti e le si avventò contro, afferrandola per la vita. Le due donne caddero e cominciarono a rotolare sul pavimento. Liz si girò di scatto e sferrò all'altra una gomitata sulla mascella. Daniela gridò, si rialzò d'un balzo e le diede un calcio nello stomaco nel preciso istante in cui Liz cercava di rimettersi in piedi, facendola ricadere a terra. Sorpresa dalla forza imprevista di quella ragazzina, Liz mandò un latrato a metà fra la rabbia e il dolore. Daniela sapeva perfettamente che il suo colpo non l'aveva messa fuori combattimento, ma se non altro voleva darle del filo da torcere. Prima che Liz riuscisse a rialzarsi, Daniela le si lanciò addosso di nuovo e la colpì in faccia con il pugno chiuso, con tutte le sue forze. Liz si portò la mano sul naso e vide perplessa il suo sangue. Il suo sangue. Quella stupida ragazzina aveva versato il *suo* sangue. Con una furia cieca, la prese per il collo, facendola cadere su un fianco e sedendosi sopra di lei. Daniela si divincolava spasmodicamente, scalciava a più non posso, cercava di allentare la presa di Liz, ma faceva sempre più fatica a respirare. Era immobilizzata. Gli occhi della sua nemica erano pieni di disprezzo, la fissavano affannati, ansiosi... quasi lascivi.

Daniela pensò che sarebbe morta da un momento all'altro e abbassò le palpebre.

63.

Liz avrebbe potuto uccidere Daniela in quel preciso istante. Le era sempre piaciuto che le sue vittime fossero semistordite prima di dar loro il colpo di grazia, perciò si serviva di un'energica manovra di strangolamento che aveva lo scopo di facilitare la mossa decisiva: un taglio netto nella gola da destra verso sinistra. Si metteva alle loro spalle e recideva la giugulare con un coltello affilatissimo. In questo modo evitava di imbrattarsi di sangue quando sgorgava il fiotto. Invece adesso si divertiva a guardare Daniela di fronte, faccia a faccia, mentre perdeva i sensi tra le sue mani.

«Lasciala, Liz!»

Daniela sentì la voce di Richard come se sorgesse dal profondo di una caverna, incerta se fosse sogno o realtà.

Lui e Alessandro si erano preoccupati non vedendola tornare e avevano deciso di andare a cercarla. E quello che videro li lasciò di sasso. Liz afferrò il corpo svenuto di Daniela e lo girò quasi fosse una bambola di pezza. Si sedette a terra, coperta dalla ragazza, tenendosela stretta. Prese dalla tasca il coltello con il manico di madreperla e di nuovo glielo puntò alla gola. Daniela socchiuse appena gli occhi.

«Ma.. che...?» Alessandro esitò, come paralizzato. «Che ci fai qui? Come hai fatto a trovarci?»

«Anch'io ho le mie risorse, cosa credi?» Tenendo stretta Daniela in vita, guardò Richard negli occhi. «Dammi i documenti. Tutto quello che hai. Su, in fretta!» gli ordinò.

Un attimo dopo, Richard sollevò in aria la cartellina, senza alcuna intenzione di consegnargliela.

«Lascia andare via Alessandro e Daniela: risolviamo questa cosa tra noi. Come abbiamo sempre fatto.»

«Mi prendi forse per stupida?» gli gridò. «Noi due non abbiamo mai risolto un bel niente, anzi, l'esatto opposto. Tu hai fatto sempre il possibile per aggrovigliare tutto. Per nasconderti. Per fuggire da me.»

«Lasciala andare e ti darò quello che vuoi.»

Liz rise svogliata.

«Quello che voglio...» mormorò. «Mi darai quello che voglio. Quello che voglio?» La lama del coltello premeva sempre più sul collo di Daniela. «Lo sai cosa voglio? Lo sai cosa mi piacerebbe? Che la tua voglia di tornare nel passato significasse tornare al momento esatto in cui mi amavi. Così cancelleresti l'orribile ricordo del male che mi hai fatto!»

«Lasciala...»

«Non sei in condizione di dare ordini, mi pare. Sono io che comando adesso. Io. Io! Non esiterò a sgozzarla, se non farai esattamente quello che ti dico. E sai benissimo che sono capace di farlo.»

«Richard», sussurrò Daniela, il viso contratto per il dolore.

«Sentila, poverina!» la prese in giro Liz. «Non le hai spiegato chi sei in realtà, Richard?» gli chiese con il tono della maestra che rimprovera l'alunno. «Perché mi costringi a fare queste cose, amore mio? Avevamo tutto, noi due: giovinezza, bellezza, ricchezza... tutta la vita davanti. Tutta. Tutta! Cos'altro potevamo chiedere? Era così difficile amarmi?»

Richard non rispose, tanto non avrebbe avuto senso. E non solo perché si rifiutava di dare spiegazioni a una persona che gli ripugnava, ma perché era troppo concentrato a seguire i movimenti delle sue temibili mani. Accanto a lui c'era Alessandro, ma sembrava ancora scioccato dalla ricomparsa di Liz. Doveva fare qualcosa prima che fosse troppo tardi. Se non avesse trovato una soluzione al più presto, c'era il rischio che uccidesse Daniela sotto i suoi occhi, gli portasse via i documenti e con quelli la possibilità di tornare nel passato. L'ennesima giovane morta per mano di quella donna. Scotland Yard ne avrebbe dedotto che l'assassino era lui, perciò sarebbe stato costretto a continuare con il suo ciclo eterno di cambi di identità e fughe rocambolesche. Sarebbe rimasto tutto uguale. Tutto.

«Ti piace fare la parte del salvatore, dell'eroe, del santo, vero?» proseguì Liz. «Ti credi migliore, ma in fondo sei esattamente come noi, un egoista che vuole solo raggiungere i suoi scopi senza preoccuparsi degli altri.»

«La pensi davvero così?» rispose lui, cercando di guadagnare tempo per ideare una soluzione.

«Il silenzio ti rende complice. E tu hai taciuto per troppo tempo.»

Daniela guardò Richard senza capire.

«Sì, piccola, sì, il tuo dolce Richard è un bell'ipocrita!» le sussurrò Liz.

«Di che... di che parla, Richard?» balbettò.

Ma lui rimaneva impassibile.

«L'immortalità ha un prezzo, Daniela», intervenne Alessandro. «Viaggiare per la vita con un biglietto senza scadenza non può essere gratis. Bisogna pagare per averlo. Per esempio, Richard non si può godere la buona tavola, tanto per dire. E neanche il riposo. Rimane sempre sveglio. Nel caso di Liz, c'è dell'altro. La sua immortalità ha una caratteristica molto particolare. Può vivere per sempre, ma lei crede che il suo corpo avvizzisca lentamente nonostante tutto, vero, Liz?» Lei non rispose. «E per continuare a mantenere la sua bellezza è convinta che le servano il sangue e le viscere di altre giovani donne. Donne che non siano immortali, ovviamente», precisò. «Conosci la storia di Jack lo Squartatore, Daniela?»

Certo che la conosceva, figurarsi. Chi non la conosce?

«Hai mai sentito parlare dell'ipotesi che Jack lo Squartatore fosse una donna?»

Jack lo Squartatore una donna? Non aveva mai sentito niente di simile.

«È del tutto logico, se ci pensi», ironizzò Alessandro. «Liz, per come la vedi, nonostante la sua apparente freschezza, in realtà è un cadavere. Una morta in vita con un'anima secca, invidiosa e sterile. Desidera con tutte le sue forze quello che le altre donne hanno per natura, e siccome non può sopportare che gli altri abbiano qualcosa che lei desidera, allora mutila i loro organi sessuali.»

«Chiudi quella bocca, idiota!» lo interruppe Liz schiumando di rabbia.

«Non so se lo sai, cara Daniela», proseguì lui, poco disposto a ubbidire ai suoi ordini, «ma una caratteristica comune di tutte le vittime di Jack lo Squartatore era che nessuna presentava segni di violenza sessuale. Mary Ann Nichols, per esempio, fu trovata con tutti i suoi oggetti personali disposti in maniera molto femminile attorno ai piedi, stando alle cronache dell'epoca. La seconda vittima, Annie Chapman, presentava tre unghiate nel collo. Ah!...» esclamò all'improvviso, come se se ne fosse appena ricordato «...e sulla scena del crimine di Catherine Eddowes furono trovati tre bottoni macchiati di sangue appartenenti a uno stivale di donna. Quanto poi all'ultima vittima riconosciuta – si chiamava Mary Kelly –, per farla breve... l'assassino la sgozzò, la smembrò, le tagliò il naso, le orecchie e i seni in una maniera spietata, nel suo appartamentino di Miller's Court, e sparpagliò le sue viscere per tutta la stanza. Si dice anche che gli investigatori trovarono biancheria femminile raffinata accanto al camino, sicuramente troppo cara per appartenere a una volgare prostituta. Persino sir Arthur Conan Doyle, il creatore di Sherlock Holmes, pensava che l'assassino di Whitechapel fosse una donna, qualcuno di assolutamente insospettabile. E non bisogna dimenticare che le nuove tecniche scientifiche degli ultimi tempi hanno riscontrato DNA femminile sui sigilli delle lettere di Jack lo Squartatore arrivate ai giornali.» Scoppiò in una risata amara. «L'avevano considerato un ignorante perché scriveva facendo tanti errori di ortografia. In realtà, il problema era che si trattava di un'ungherese, non troppo avvezza alla grammatica inglese, ma questo loro non potevano saperlo.»

«Non mettetevi a fare i santarellini, adesso», sbottò Liz con disprezzo. «Non l'ho fatto mica da sola, no? Voi mi avete sempre aiutato. Ecco perché c'erano tanti sospettati, per questo le descrizioni dei testimoni erano così diverse.»

«Richard... tu... l'hai aiutata anche tu?» mormorò Daniela, guardandolo terrorizzata.

Richard ebbe la certezza che se c'era un momento per confessarle tutta la verità, di sicuro era quello.

«La notte del doppio evento», attaccò, «in cui morirono Elizabeth Stride e Catherine Eddowes... io ho assistito a tutto. Sono stato testimone dell'accaduto.»

«E non hai fatto niente per aiutarle?» gli chiese lei scandendo bene le parole.

Richard la guardava desolato. Come poteva spiegarle che era rimasto impigliato in quello stupido sentimento di lealtà, in quel falso spirito di unità e di famiglia che non aveva mai provato prima di allora, in tutte le parole con cui Nicolas e gli altri avevano cercato di convincerlo? Ma se n'era pentito ben presto. Aveva trascorso i giorni successivi pensando e ripensando a quella notte, a cosa significava vivere in eterno, se quello era il prezzo da pagare. Se molto tempo prima aveva deciso di essere immortale, era per fare di questo mondo, e di sé stesso, qualcosa di migliore, perciò non poteva permettere che lo scorrere del tempo lo corrompesse.

«All'inizio ho fatto una gran fatica ad accettare quello che era successo», proseguì, «ma pian piano sono passate le ore, una dopo l'altra», sospirò. «Ho sperato che quegli stessi minuti che mi tormentavano potessero tornare indietro per cancellare d'un colpo ciò che i miei occhi avevano immortalato per sempre nel mio cervello. Ma purtroppo le cose non andavano così. Nella penombra ramata della mia stanza sentivo i rintocchi del Big Ben, a ricordarmi ogni ora che il tempo continuava ad andare avanti, avanti, altri sessanta minuti.... Sempre avanti. E così sarebbe stato per tutta l'eternità. Scoprire che esistevano cose al di fuori del nostro controllo era inaccettabile per me. Non sono di quelli che si arrendono facilmente, che si lasciano sopraffare dalle circostanze senza opporsi. Non sono neanche di quelli che tradiscono le proprie promesse, e io avevo promesso di custodire quel terribile segreto. Escogitare un sotterfugio che mi permettesse di combinare tutti questi fattori mi ha procurato diversi giorni di mal di testa, finché alla fine non mi è apparso tutto chiaro, perfetto, sotto i miei occhi. È stato allora che ho capito con precisione cosa dovevo fare. E ho interrotto i miei rapporti con loro. Qualche tempo dopo ho ricevuto una lettera di Liz, in cui mi diceva che voleva parlarmi dell'accaduto. Si pentiva profondamente del suo gesto e mi giurava che sarebbe cambiata. Mi dava appuntamento a un indirizzo, il 13 di Miller's Court, alle nove del mattino.»

Liz sorrise al ricordo. Aveva dovuto aspettare più di centoventicinque anni per conoscere gli effetti della sua macabra vendetta.

«Sono andato all'appuntamento», proseguì Richard, «ma lei non c'era. Quello che ho trovato è stato lo spettacolo più raccapricciante che abbia mai visto in vita mia. Mi aveva dato appuntamento in una casa di Whitechapel, sì... ma non per parlare con me, bensì per farmi assistere a uno dei suoi omicidi più efferati. Liz mi aveva mentito. Non solo non era pentita, ma voleva che vedessi di cosa era capace, sperando che la polizia mi trovasse sul luogo del delitto e mi accusasse di tutti i crimini commessi da Jack lo Squartatore.»

«Richard...» sussurrò Daniela.

«Me ne sono andato all'istante. Quello che è successo da quel momento in poi non ha avuto più niente a che fare con me. Visto il clamore suscitato da tutti quegli omicidi, Nicolas ha deciso che dovevano trasferirsi in Francia, ma l'istinto assassino di Liz è venuto a galla anche all'Esposizione Universale di Parigi del 1889. Da allora, anche se non volevo, ho seguito la scia dei suoi crimini per il mondo. Il suo modo di uccidere è inconfondibile.»

«Mia madre... Tu sapevi che aveva ucciso mia madre e hai permesso che frequentasse mio padre!» lo accusò Daniela, che cominciava a riprendersi.

«No... lascia che ti spieghi.» Liz sorrideva soddisfatta vedendo che il seme piantato stava dando i suoi frutti. «Io sapevo solo che Liz aveva assassinato tua madre, perché conosco alla perfezione il suo modo di agire. Ma ignoravo che la donna con cui si vedeva tuo padre negli ultimi mesi fosse lei. Lui non me l'ha mai presentata, tuo padre era molto riservato su queste cose.»

Richard raccontò anche che, quando aveva capito che Liz era implicata nella morte della signora Green, aveva confessato al professore tutta la verità. Gli aveva parlato di loro, degli immortali, gli aveva spiegato il pericolo a cui si esponeva se avessero continuato a lavorare insieme. Al professore non era importato, l'aveva considerato uno dei tanti rischi che gli uomini di scienza avevano dovuto correre nei secoli, come era capitato a Michele Serveto, a Galileo e ai coniugi Curie. Però l'aveva pregato di provare in tutti i modi a rimediare, se fosse capitato qualcosa di irreparabile, e Richard gli aveva dato la sua parola d'onore.

«Quando gli agenti di Scotland Yard mi hanno mostrato le foto della scena del crimine di tuo padre, l'ho capito subito, ma ormai era troppo tardi. Volevo raccontarti tutto sin dal principio, ma le cose sono precipitate così in fretta che...»

Daniela lo ascoltava esterrefatta. Il suo sguardo sorpreso gli spezzava il cuore.

«Quanto sei stupido!» sussurrò annoiata Liz. «Ti guardo in faccia e mi viene voglia di sgozzarla qui per farla morire sotto i tuoi occhi. Se non lo faccio è solo perché voglio fare un patto con te, e lei è la mia offerta. Daniela Green in cambio dei documenti dentro quella cartellina.»

Afferrò la ragazza per la vita e la costrinse a rialzarsi, quindi le sollevò il mento con una tenerezza quasi commovente, accarezzandole il collo con la lama del coltello.

«Non è male come proposta, vero, Richard?» chiese ancora Liz. «Tanto lo sai benissimo che si tratta solo di una teoria ancora da confermare. Magari ti infili in quella specie di centrifuga di particelle per niente, e ti deframmenti in bilioni di molecole, per poi trascorrere l'eternità vagando senza meta e senza fine. O, peggio ancora, potrebbe anche non succedere nulla, e tutto resterebbe uguale. Vuoi rischiare la sua vita se esiste questa possibilità? Devi deciderti in fretta, il tempo scorre. *Tic... tac... tic... tac...* Tieni conto che sto facendo una gran fatica a trattenermi, mi conosci!»

Richard la osservava in silenzio, quasi avesse la certezza che in ogni caso prima o poi l'avrebbe sgozzata. Che ne sarebbe stato di Daniela se lui avesse ubbidito agli ordini di Liz e le avesse consegnato i documenti? Magari in un futuro lui stesso sarebbe riuscito a trovare il modo di tornare nel passato. In fin dei conti, erano anni che studiava l'argomento. In tal caso, avrebbe potuto risolvere tutto, come aveva promesso a Leonard... e anche a Daniela. Se la immaginò i giorni successivi, da quel momento in poi, costretta a vivere senza famiglia, nella più assoluta solitudine. Le restavano pochi mesi prima di diventare maggiorenne. Entro un anno avrebbe cominciato l'università, condiviso un appartamento con qualche collega, aspettato pazientemente che lui riuscisse a mantenere la parola. Avrebbe lasciato passare le ore, le settimane, vivendo una vita che non voleva vivere perché aspettava di recuperare quella che voleva vivere davvero, lasciandosi sfuggire tra le dita quella che stava vivendo sul serio. E cosa ne sarebbe stato di lei, se non ci fosse riuscito? Sarebbe stato orribile. Si sentiva responsabile di tutto il male che le era capitato, di quel destino ingiusto che le aveva imposto.

«Mi conosci bene, Liz. Forse sei l'unica persona che mi conosce davvero», rispose Richard stringendosi nelle spalle, come se si fosse dato per vinto. «Sai bene che il mio primo istinto sarebbe di salvarla consegnandoti i documenti. Però mi sono appena reso conto che questo non risolverebbe nulla, perché prima o poi tornerai a cercarla. Sono certo che lo farai, perché anche io ti conosco e so che adesso la desideri. Sei una malata, pazza sanguinaria che sarebbe dovuta morire cinque secoli fa per lasciare libere di godersi la vita le anime pure come Daniela. No, Liz, no. Non accetto il tuo patto. Qualsiasi cosa accada, qualsiasi cosa tu decida di fare, la salverò comunque, anche a costo della mia stessa eternità.»

L'espressione di Liz passò dalla soddisfazione alla rabbia più violenta, e per ultimo alla desolazione.

«Sei innamorato di lei...» sussurrò come se l'avesse appena capito, e quella certezza la distruggesse dentro. «Sei disposto a tutto per lei. Per me non l'hai mai fatto.»

Richard era sorpreso. Di cosa stava parlando? Era davvero possibile? Era da così tanto che non credeva più nella sua capacità di ospitare sentimenti, che aveva addirittura smesso di nutrirli. Si era detto che amare un'altra persona era sterile e frustrante come caricare un orologio a batteria o innaffiare una pianta di plastica. Non si era mai chiesto se si sarebbe potuto innamorare di Daniela perché non si considerava degno di godersi qualcosa di così bello. In fondo, come aveva detto a Liz, anche lui avrebbe dovuto morire tanto tempo prima. Non aveva più nulla da offrire. Il massimo che poteva desiderare era restituire alla ragazza la vita che le aveva ingiustamente strappato. Ma adesso riscopriva con stupore quel leggero formicolio, pungente e piacevolmente doloroso, quell'ansia di anteporre il bene dell'altro al proprio. Sì, questo poteva significare che era innamorato, come sosteneva Liz. Sì, la amava. Amava Daniela Green e l'aveva amata dal primo momento che Leonard gli aveva parlato di lei, mostrandogli la foto sul suo scrittoio. La amava perché era bella, coraggiosa, dolce e furba. La amava perché sapeva di limone e perché si fidava ciecamente di lui, mettendo nelle sue mani il proprio futuro. E questo era commovente. La amava perché gli restituiva il ricordo di un tempo in cui anche lui si amava, un tempo in cui l'aria era più pura. Un tempo, in definitiva, in cui aveva voglia di vivere. Sì, di sicuro era rimasto ancora qualcosa di vivo dentro di lui, perché era tornato a sentire il calore dell'amore. Quella sensazione unica e irripetibile che era capace di rimescolare i cuori, come stava facendo con il suo adesso. Gli sarebbe piaciuto essere davvero il padrone del tempo e amare Daniela come si meritava. Consegnarsi a lei anima e corpo, arricchirle ogni singolo minuto, riempirla di luce e di carezze, mettere al mondo figli con i suoi occhi di miele, invecchiare accanto a lei, finché l'inevitabile morte non fosse venuta a cercarlo e l'avesse trovato in attesa, calmo e sorridente, perché aveva vissuto una vita piena. In poche parole, gli sarebbe piaciuto farla felice. In quel momento, gli parve che fare felice la persona amata fosse il proposito migliore di una vita. Che importanza avevano il passato e il futuro, se lui l'amava adesso? Il presente era l'unica cosa che contava davvero.

64.

«Il ruolo del corteggiatore non fa proprio per te!» esclamò con disprezzo Liz, scandendo bene le parole.

Sentì gli occhi inondati di lacrime e in bocca uno sgradevole sapore salmastro. In quel momento era profondamente infelice, ma si conosceva abbastanza bene da sapere che quell'emozione sarebbe durata solo pochi minuti. Quei minuti, però, erano tremendi. Posò nuovamente gli occhi su Daniela e la guardò confusa. Si fece indietro per osservarla più da lontano e la squadrò dall'alto in basso. Aveva gli occhi gonfi di pianto, è vero, ma si vedeva benissimo che era bella. Molto bella, sì. Inclinò la testa e sospirò. La desiderò come non le era mai capitato di desiderare la carne di un'altra donna. Forse perché sapeva che anche lui la desiderava, perché poteva intuire che anche il cuore di Daniela batteva per Richard, come capitava a lei. In fondo, loro due si somigliavano, erano entrambe vittime dello stesso uomo. Deglutì con forza, conscia che la tristezza cominciava a sfumare, mentre la rabbia e il desiderio di vendetta recuperavano terreno. Strinse forte il coltello tra le dita, e in quel preciso istante sentì una fitta fortissima nel cuore. Guardò in basso e si vide un paio di forbici conficcate nel petto, strette da una mano che conosceva molto bene. Era la mano di Richard, il suo amato e odiato Richard. Aveva approfittato di quell'istante di turbamento per pugnalarla. Rimase pietrificata, come perplessa. Cercando di estrarre le forbici, sfiorò quella pelle bianchissima che tanto desiderava, e una lacrima le rigò la guancia.

«Mi spezzi sempre il cuore, amore mio», singhiozzò mentre cadeva a terra, aggrappandosi alle spalle di Richard, scivolando con il viso contro il suo petto.

Lui si divincolò senza fatica dal suo abbraccio. Liz non poteva morire, ma quella ferita l'avrebbe tenuta fuori combattimento per un bel po', e nel frattempo loro potevano procedere con il piano. Fu allora che l'altoparlante dell'LHC diffuse un messaggio che li riguardava personalmente. Chiamandoli per nome e cognome, i gendarmi li informavano che l'edificio era stato evacuato ed erano circondati. Se si fossero arresi senza opporre resistenza, sarebbe andato tutto bene.

«Stai bene?» chiese a Daniela.

«Sì... sì.»

«Su, dobbiamo sbrigarci.»

La prese per mano e imboccarono di corsa il corridoio che portava alla sala in cui si trovava il nucleo dell'acceleratore. Fu allora che sentirono lo scatto metallico e inconfondibile di un grilletto, e si girarono con grande lentezza. La canna scura della pistola sembrava guardarli dritto negli occhi. Quello che facevano fatica a credere era chi si trovava dietro la pistola e la teneva puntata alla testa di Daniela. Per un attimo Richard pensò a uno scherzo.

Dallo sguardo di Alessandro, si capiva che per lui era un vero strazio stringere in mano quella pistola e minacciare Daniela di morte.

«Caro amico mio», disse all'improvviso, «non sai quanto ho desiderato che questo momento non arrivasse mai. Ho cercato di convincerti in tutti i modi a rinunciare al tuo piano assurdo, ma la tua ostinazione non mi ha dato altra scelta...»

Richard capì la situazione all'istante. Avrebbe dovuto rendersene conto prima. Quella smania di accompagnarli, quella disponibilità ad aiutarlo in un progetto che non aveva mai condiviso, non poteva essere altro che un'impostura. Non aveva mai conosciuto uno che si sapesse godere la vita più di Alessandro, e di sicuro era la persona che si meritava più di chiunque altro di continuare a vivere in questo pazzo mondo, ma non aveva molta scelta. Qualcuno doveva pur perdere, in quella partita.

Quando Richard gli aveva concesso il dono dell'immortalità, nel momento in cui l'aveva salvato dall'infame destino che gli uomini del Sant'Uffizio gli avevano riservato, nel Settecento, avevano parlato di cosa sarebbe successo se avessero cambiato idea. Cosa sarebbe accaduto se un giorno si fossero pentiti di essere vivi e avessero voluto «scendere» dal mondo? Per Alessandro la morte non era accettabile, a meno che non fosse una scelta meditata e servisse a sottrarsi alla sofferenza, propria o altrui, perché se si presentava nel momento sbagliato poteva causare solo dolore. Nessuno avrebbe sofferto per la morte di un parente, di un amore o di un amico che aveva già vissuto tutto, che si sentiva soddisfatto e decideva di andarsene di sua spontanea volontà, con una specie di festa, quasi stesse partendo per una vacanza. La cosa peggiore della morte era che l'essere umano non aveva alcun potere su di lei. La maggior parte delle volte si presentava quando la persona sentiva che le restavano ancora tante cose da fare, nodi da sciogliere, emozioni da vivere. Se si trattasse di una scelta ragionata, la dipartita non sarebbe un giorno di lutto, ma di gioia, perché un essere umano ha concluso la missione che voleva compiere sulla Terra e decide di abbandonarla con lo stesso entusiasmo del cantante rock che presenta al pubblico i musicisti della sua band mentre interpreta l'ultima canzone. Ma evidentemente Alessandro non aveva ancora nessuna voglia di abbandonare la scena.

«L'ho chiesto a Nicolas... l'ho supplicato», si giustificò. Parlò in falsetto mentre si stringeva il petto ricordando la scena: «Non mi coinvolgere in questa storia, Nicolas, ti prego. Richard è mio amico... anzi di più, è mio fratello. Tutto quello che sono lo devo a lui». Poi riprese il tono normale e aggiunse: «E Nicolas mi ha dato ragione, ha detto che non dovevo occuparmene io. Avrebbe pensato a tutto Liz. A tutto. Ma chi poteva immaginare che saresti venuto a cercarmi a casa? Sei stato tu a venire da me. Tu, amico mio... Era destino».

«Magari il destino ci sta indicando la porta di uscita», suggerì Richard. «Forse il destino ci sta dando l'opportunità di varcarla insieme.»

Daniela guardò con orrore la pistola puntata contro la sua testa.

«Vuoi uccidermi?»

«Mia cara, se avessi voluto ucciderti l'avrei già fatto. Ho avuto mille opportunità di farlo, avrei persino potuto permettere che lo facesse Liz. Non avreste mai sospettato di me. Ma io non voglio. Non sono fatto così.»

Lanciò un sospiro tragico, deluso dalla fragilità stessa del sentimento di amicizia. Guardò Richard con rammarico e inclinò la testa stringendosi nelle spalle, quasi a declinare ogni responsabilità sulle sue azioni.

«Sei stato tu a informare Liz?» gli chiese Richard.

Alessandro guardava a terra, evitando di incrociare i suoi occhi, come un ragazzino scoperto a sfogliare «Playboy».

«Nicolas era molto preoccupato», cominciò a spiegare. «Liz aveva fallito la sua missione, vi avevano perso di vista ed erano disperati. Immagina la mia sorpresa quando ti sei presentato alla mia porta. Quando sono andato in cucina a preparare qualcosa da mangiare per Daniela, ne ho approfittato per chiamare Nicolas. Gli ho chiesto istruzioni. Gli ho detto che non avevo nessuna intenzione di farvi del male e lui mi ha rassicurato. Ha risposto che avrebbe mandato Liz. Io non volevo, Richard, amico mio... lo sai che non la sopporto. Non mi piacciono i suoi metodi e mi pare fuori di testa. Nicolas dovrebbe liberarsi di lei una volta per tutte, ma comunque... Liz è venuta a casa mia. Speravo che sarebbe riuscita a fermarvi, e invece ancora niente da fare. No. Non so come siate riusciti a fregarla, ma da quel momento in poi la situazione è precipitata. Non potevo restare impassibile, ma non sapevo cosa fare, perciò vi ho chiesto di farmi venire con voi. E tu hai accettato. Vi ho detto di aspettarmi in garage mentre stampavo i documenti falsi e ne ho approfittato per sciogliere Liz, lasciandole le indicazioni del posto in cui eravamo diretti, perché le leggesse una volta ripresi i sensi. Non avrei mai pensato che potessi spingerti così lontano, Richard.»

«E adesso cosa vuoi?»

«Vorrei che tornassi in te. Il tuo piano è un'autentica follia. Io sono d'accordo con te: Liz è un pericolo. Concentriamo i nostri sforzi contro di lei, troviamo una formula per farla smettere di essere immortale: sai come si dice, morto il cane, finita la rabbia! La mela marcia tra di noi è solo lei. Se vai avanti, rischi di distruggere gli esseri umani migliori che siano mai esistiti sul pianeta.»

«È da tanto che non siamo più esseri umani, caro Alessandro», lo contraddisse bruscamente Richard.

«Non ti credo, so che non lo pensi sul serio. Nicolas è una delle menti più brillanti di tutti i tempi. E tu... tu sei l'uomo con più talento che abbia mai conosciuto. Una persona come te non dovrebbe scomparire. Siamo rimasti vivi per secoli, rubando alla morte la possibilità di portarci via con lei. Siamo riusciti là dove nessuno aveva mai avuto successo prima. Non è forse una prova di intelligenza? Non è la dimostrazione che ci meritiamo di restare in questo mondo? Chissà dove potremmo arrivare... Se ti preoccupa tanto il destino dell'umanità, fai qualcosa di buono da adesso in poi, e lascia tranquillo il passato.»

«Dammi la pistola, Alessandro», gli disse Richard tendendo la mano verso di lui.

Con sua sorpresa, quel gesto risoluto lo disarmò prima ancora di aver lasciato l'arma. Cominciò a scuotere la testa a destra e sinistra, come se dentro di lui fosse scoppiata una tremenda battaglia.

«No... no... Richard... no», ripeteva. «Aspettiamo ancora un po', mi serve altro tempo, ci sono cose che mi restano ancora da fare, luoghi da conoscere, labbra nuove da baciare. Mi serve altro tempo.»

«Il tempo è finito, Alessandro.»

«No... non è vero.»

«Sì che lo è. Lo sai che non riuscirai mai a convincermi, vero? Dovresti fare qualcosa di realmente terribile per impedirmi di portare a termine il mio piano, e dopo che razza di persona saresti? A quale mondo vuoi fare ritorno? A un mondo in cui mi hai tradito per restare in vita? Quanto altro tempo vuoi rimanere in questo stato?»

«Richard...» lo supplicò, sfinito.

«È arrivata la nostra ora, non ti rendi conto? Il nostro tempo è terminato. Dammi la pistola.»

Gli si avvicinò a passi lenti e afferrò con delicatezza la canna dell'arma, puntandola verso il pavimento.

«Richard...»

«Questa non è la fine. Come hai sempre desiderato, sarai eterno. In realtà lo sei già, amico mio...»

«Sono stanco.»

«Lo so, lo so...»

Gli prese il polso con la mano e gli tolse la pistola, infilandosela in tasca. Poi si abbracciarono per un istante eterno che si vide interrotto nuovamente dalle voci degli altoparlanti. Se non uscivano all'istante con le mani in alto, le forze dell'ordine sarebbero entrate pronte a sparare.

«Correte!» ordinò Alessandro, allontanando il suo amico e abbassando lo sguardo per nascondere gli occhi gonfi di lacrime. «Io rimango qui a sorvegliare Liz. Addio, Richard!» lo salutò. «A mai più.»

65.

Richard e Daniela percorsero il labirinto di corridoi che portava all'area riservata, correndo a tutta velocità. L'accesso all'LHC era delimitato da una porta a vetri con un cartello di divieto di accesso ai visitatori.

Sul muro alla destra della porta c'era una cassettina di metallo simile a un vecchio distributore di caramelle. Ma sulla parte superiore c'era scritto, in inglese e francese:

IRIS RECOGNITION
IDENTIFICATION D'IRIS

«Riconoscimento dell'iride?» si stupì Daniela.

«Un sistema di sicurezza molto utile», le spiegò Richard. «In questo modo possono entrare solo le persone autorizzate. Adesso mi spiego tutto», sorrise, «tuo padre era davvero furbo!»

Prese dalla tasca dei pantaloni il contenitore per lenti a contatto che avevano trovato nella cassaforte di Brighton. Non aveva ancora capito a cosa potesse servire. Come immaginava, dentro c'era un'unica lente su cui si poteva intuire la geografia di un'iride.

«Dev'essere la copia dell'iride di tuo padre. Lui era già stato qui e aveva accesso a questa zona.»

Richard indossò la lente, appoggiò il mento sul sostegno e un istante dopo la serratura della porta scattò. Entrarono in una saletta con un computer.

«Devo azionare da qui i generatori per creare una cavità di radiofrequenza adiacente al tubo che si adatti alle mie dimensioni.»

Un messaggio sullo schermo confermò che era tutto pronto per l'inserimenti dei dati.

«Ho paura», mormorò lei.

«Non devi avere paura di nulla, nella maniera più assoluta. Ti garantisco che gli studi di Tesla, di tuo padre... anche i miei... sono sicuri al cento per cento. Non lo farei, se non fossi certo che funzionerà.»

«Ho paura della vita senza di te», precisò.

Calò il silenzio tra loro.

«Non ci sarà una *vita senza di me,* Daniela, perché non mi conoscerai mai. Non puoi sentire la mancanza di qualcuno che non hai mai conosciuto.»

«E tu, sentirai la mia mancanza?»

«Perché me lo chiedi proprio ora? Che senso ha?»

«Rispondimi!» urlò. «Che te ne importa? Se le cose andranno come devono, domani non ricorderò nulla di tutto questo, no? Perché non mi dici quello che provi adesso? Che importanza può avere, ormai?»

Richard ci pensò su, ancora immerso nell'inerzia di trattenere le emozioni. Ma a quel punto capì che quanto stava accadendo in quel preciso istante era l'unica cosa che non aveva vissuto. Non aveva ancora esplorato la vera essenza della vita.

«È da sempre che sento la tua mancanza... anche se non lo sapevo», rispose.

Gli occhi di Daniela si riempirono di lacrime. Si vergognò di farsi vedere in quello stato e si girò per dare il via alla procedura che le avrebbe portato via Richard per sempre. Allora lui l'afferrò per il polso e l'attirò a sé. La guardò intensamente, come uno che torna a casa dopo molto tempo, e affondò la sua bocca in quella di lei con una passione smisurata che si attenuò lentamente fino a terminare in un bacio dolcissimo.

«Ricorda che questo è successo, anche se non succederà mai», le disse, tenendo la bocca incollata alla sua.

«Ricordalo anche tu», rispose Daniela.

Si separarono a fatica, lentamente.

«Le istruzioni sono chiare», le spiegò Richard, posando

accanto alla tastiera uno dei documenti presi dalla cartellina. «Devi solo seguirle passo passo. Te la senti?»

«No», ribatté Daniela, «ma lo farò.»

Si abbracciarono.

«Se va tutto come deve», gli sussurrò all'orecchio, «non ti conoscerò mai.»

«Esatto», confermò lui.

«Invece tu mi conoscerai.»

«Sì.»

«Allora devi sapere che sarebbe stato un piacere conoscerti.»

Richard sorrise.

«Mi hai riconciliato con il mondo.» Le prese il mento e tornò a baciarla dolcemente, cercando di mostrare un'aria tranquilla, un sorriso fermo e sicuro dietro cui nascondere l'incomprensibile turbamento che provava in quell'istante. «Adesso devo andare.»

Daniela decise di non guardarlo più, si girò e cominciò ad armeggiare con la tastiera del computer.

Richard desiderò con tutto il cuore che quell'energia sterminata che stavano per scatenare funzionasse nel modo in cui avevano previsto e non finisse per distruggere l'universo. Chiuse gli occhi ed entrò nel tunnel, continuando a ripetersi la ragione per cui lo stava facendo. Doveva tornare nel passato, nel momento preciso in cui tutto aveva avuto inizio, quella sottilissima frontiera che separava l'istante in cui Nicolas aveva scoperto la pietra filosofale, l'istante che aveva determinato l'immortalità, sua e degli altri. Doveva tornare alla mattina del 25 ottobre 1407. Nicolas gli aveva raccontato che quella era la data precisa della sua scoperta.

Entrato nell'abitacolo, gli parve quasi impossibile che una procedura così semplice potesse trasportarlo nel passato. Si chiedeva se fosse il primo uomo a compiere un viaggio simile o se altri prima o dopo di lui lo avessero già fatto, come sostenevano Isaac Asimov e Stephen King nei loro romanzi. Sarebbe riuscito davvero a realizzare i suoi sogni e a rimediare agli errori cambiando semplicemente un secondo del passato? Un secondo decisivo, unico e irripetibile, il punto di partenza di migliaia di vite che avrebbero potuto essere felici o infelici, a seconda dell'esattezza dei suoi calcoli. Trasse un respiro profondo, sapendo che Daniela stava inserendo i dati che l'avrebbero trascinato lontano da lei. In quel momento gli venne un'idea assurda che fino ad allora non aveva mai preso in considerazione. Avrebbe fatto male lasciare il suo tempo? Trasportare ognuna delle particelle che formavano il suo corpo sarebbe stato come lacerarsi dall'interno per poi tornare a ricomporsi? O sarebbe stato solo una specie di sospiro indolore? Un battito di ciglia? Un'espirazione nel presente per inspirare subito dopo nel passato? Fino a quel momento aveva preferito pensare che se ne sarebbe andato senza rumore, elevandosi dolcemente come il Piccolo Principe aveva abbandonato il suo minuscolo pianeta, approfittando di una migrazione di uccelli selvatici. Pensò che sarebbe stato simile a morire, come se la sua anima abbandonasse il corpo librandosi senza paura in mezzo alle nuvole, come gli angeli paffuti e felici che abitavano le cupole delle chiese, sorvolando il tempo per scegliere il luogo esatto in cui posarsi. Ma pensarci non aveva molto senso.

«Sono pronto. Adesso, Daniela, adesso», bisbigliò tra sé.

E Daniela, quasi avesse potuto sentirlo, cominciò a digitare. Sullo schermo comparvero i primi segni che le sue istruzioni venivano eseguite.

Aree di intercomunicazione ristrette
Online per l'esperimento LHC
In connessione

Richard sentì un leggero brusio, poi un vento fortissimo gli scompigliò i capelli, ricordandogli *Wild Is The Wind* di David Bowie. Niente male, come colonna sonora per quel viaggio.

For we're like creatures of the wind, and wild is the wind

Corrente di ioni dell'LHC
Fase fonte di ioni in 4, 3, 2...
Inizio sequenza di collisione
Stabilità fasci corretta
Verifica ATLAS e CMS

Il brusio si trasformò in ruggito, come se un gigante titanico si fosse appena svegliato dal sonnellino e stesse sbadigliando.

Sincronizzazione di collisioni imminenti
Dieci alla tredici protoni per gruppo
Monitor di luminosità operativi

Daniela sentì dei rumori alle sue spalle e si girò. I gendarmi erano lì, al di là della porta a vetri, e le puntavano le pistole contro. Le loro labbra si muovevano, ma non riusciva a sentire cosa dicessero, perciò decise di ignorarli. Si voltò e ricominciò a inserire dati nel computer.

Linea di fascio senza restrizioni
Cattura del fascio
Accelerazione del fascio
Fase 1, pronta
Magneti del campo completo
Caricamento funzioni per ioni di separazione

A Daniela tremavano le mani: era il momento di digitare la data esatta in cui Richard sarebbe tornato a modificare il passato, e poi non avrebbe più potuto cambiare idea. L'avrebbe perduto per sempre, ma avrebbe recuperato la sua vita.

Luminosità dieci alla trentaquattro
Iniezione di fasci di particelle
Particelle in transizione
Collisioni in corso

Richard rimase abbagliato per un istante da un lampo luminosissimo, poi all'improvviso vide crescere la nebbiolina verde.

Iniezione di protoni, fascio 1
Taratura sistema di retroalimentazione
Particelle al 99% della velocità della luce

Collisione di fasci stabili
Attivazione Kicker di iniezione
Segnale sui monitor di luminosità
Spostamento di protoni

Gli parve che si sollevasse una tempesta di vento in pieno deserto e che ogni singolo granellino di sabbia lo colpisse ovunque. A un certo punto la frustata divenne così violenta che sembravano milioni di spilli conficcati nella pelle, e allora ebbe paura di tramutarsi lui stesso in sabbia.

Let the wind blow through your heart
For wild is the wind, wild is the wind

Daniela sentiva ancora ardere sulle labbra il bacio di Richard, quel bacio che non voleva dimenticare a nessun costo, anche se magari non l'avrebbe mai conosciuto.

Ancora rumori alle sue spalle.

Stavano sparando alla porta. Erano riusciti ad aprirla? Preferì non guardare e continuò a digitare.

«Mani in alto o sparo!»

All'improvviso si sentì esausta. Quei due giorni l'avevano stravolta nel corpo e nell'anima. Proprio come avevano riferito i sopravvissuti dell'esperimento Filadelfia, quella nebbiolina verdastra sembrava produrre una strana sonnolenza. Sentì i muscoli liquefarsi e le ossa diventare di gelatina. Sentì il rumore di una detonazione e una fitta acuta nella schiena, un istante prima di premere il tasto ENTER. Ma fece in tempo a leggere il messaggio sullo schermo:

ESPERIMENTO CONCLUSO

66.

Quel sabato di maggio Londra aprì gli occhi sotto un sole radioso. Daniela fu svegliata dalla luce che filtrava attraverso le tende, ad annunciare che l'estate era vicina. Quella era la stagione che preferiva. Le sarebbe piaciuto rimanere a letto a poltrire un altro po', avvolgersi nelle coperte e godersi il calore che il suo corpo aveva emanato durante la notte. Adorava quei momenti, la sensazione di non dover chiedere nient'altro alla vita, ma ben presto Newton arrivò a interrompere la magia. Le saltò sopra con il suo tipico miagolio seguito da fusa con cui chiedeva sempre la sua colazione.

«Buongiorno, gatto filosofo», lo salutò, dandogli una grattatina dietro le orecchie.

Guardò la sveglia sul comodino: Newton aveva ragione, doveva alzarsi, era ora di colazione. Si stiracchiò pigramente, prima di infilare i piedi nelle pantofole di spugna e stringersi nella vestaglia. Mentre scendeva le scale, sentì le risate che provenivano dalla cucina e che la fecero sorridere involontariamente. Si soffermò un istante sulla soglia. Da lì poteva vedere sua madre discutere con suo padre se fosse sano oppure no mangiare bacon al mattino presto. Ebbe la certezza tangibile che si trattava di un momento unico e irripetibile, come tutti i momenti unici e irripetibili che si sarebbero susseguiti, uno dopo l'altro, nel corso della sua vita. Avrebbe voluto tenerlo sempre presente, ma sapeva bene che era facile cadere nella tentazione di lasciar passare i secondi vuoti.

«Tu che ne pensi, Jane?» chiese Leonard Green alla donna di servizio.

Con la sua abituale espressione severa, lei rispose categorica che da che mondo era mondo la colazione tradizionale britannica era sempre stata a base di uova strapazzate, fagioli al sugo, patate al forno, salsicce, sanguinaccio, funghi fritti e bacon. Infatti, era ampiamente dimostrato che tutti quegli alimenti ingeriti di buon mattino avevano aiutato gli inglesi a diventare una razza di uomini e donne forti, come documentato da personaggi quali Francis Drake, il dottor Livingstone, Margaret Thatcher e re Artù.

«Artù e tutti i cavalieri della Tavola Rotonda sono notoriamente personaggi leggendari, non storici», ci tenne a precisare Leonard.

«E questo cosa significa?» ribatté Jane con aria perplessa.

«Che non si sa se siano esistiti o no.»

«Che stupidaggine! Ma certo che sono esistiti, e chi dice il contrario mente!» Si allontanò borbottando verso la sala. «Re Artù una leggenda? Questa è un'invenzione dei francesi che ci hanno sempre invidiato, lo sanno tutti!»

Le risate ripresero e Daniela si unì ai genitori. Si sedette al tavolo, si versò un bicchiere di succo d'arancia e cominciò a mordicchiare un biscotto ai cereali.

«Dopo colazione pensavo di andare al centro commerciale, che ne dici?» le chiese la madre.

Daniela ne aveva una gran voglia. Erano giorni che voleva andare a fare shopping, guardare le vetrine, comprarsi un vestito nuovo, una minigonna di jeans, e quel gloss che lasciava le labbra con il colore, il sapore e la consistenza delle ciliegie per più di otto ore, come dicevano in TV. Alla festa di fine anno, un paio di settimane dopo, voleva essere bellissima, ma doveva consegnare una ricerca il lunedì successivo ed era d'accordo con Lisa per studiare insieme a casa sua. Forse sarebbe anche rimasta a dormire da lei.

«Mi piacerebbe», rispose, «ma devo finire la ricerca di scienze con Lisa.»

«Prima il dovere, poi il piacere», sentenziò il padre. «A proposito, anch'io devo andare in università.»

«Torni per cena?» gli chiese la madre.

«No... non mi aspettare sveglia, magari resto a dormire a Cambridge. Lavoro fino a tardi con quel nuovo studente di cui ti ho parlato, Richard Chanfray. È un tipo strano, mi ha chiesto di fargli da relatore.»

«Avevi detto che non volevi più saperne di tesi...»

«Sì, ma lui è un ragazzo davvero brillante. Sono mesi che insiste e i suoi studi sono stati una vera sorpresa.»

«Di nuovo alle prese con il ponte di Einstein-Rosen?» gli chiese la moglie strizzandogli un occhio. «Ma alla fine riusciremo a viaggiare nel tempo?»

«Viaggiamo già nel tempo, tesoro. Viaggiamo verso il futuro.»

Daniela sentì un brivido, una convincente sensazione di familiarità, di timore, di esperienza già vissuta, un classico *déjà vu*.

«Se prima o poi qualcuno scoprirà il modo di viaggiare nel tempo, scommetto che sarai tu», concluse sua madre.

Leonard Green finì la tazza di caffè, si pulì con il tovagliolo, si alzò, baciò la moglie sulla bocca e Daniela sulla fronte.

«Buona giornata, ragazze!» le salutò in tono allegro, dirigendosi verso la porta.

Loro rimasero a tavola un altro po', quindi salirono al piano di sopra. La madre doveva finire di prepararsi e Daniela la accompagnò in bagno. Fin da quando era piccola, il rito del trucco aveva sempre esercitato su di lei un potere magnetico, quasi ipnotico. Percorrere il bordo degli occhi con il kohl, ripassare le ciglia con il mascara, dare un tocco di colore alle guance... Daniela non riusciva a smettere di fissarla. Allora si rese conto che era calato il silenzio. La madre la osservava incuriosita. Le sfiorò il naso con il pennello per farla tornare alla realtà.

«Ehi, stai ancora dormendo? Vuoi vedere che Jane ha ragione? Magari se non fai colazione come sir Francis Drake finisce che cadi a pezzi prima di cominciare la giornata!»

«Cosa?»

«Vieni per cena o mi lasci sola come ha fatto tuo padre?» le ripeté la domanda con un sorriso.

«No... no. Resto di sicuro a dormire da Lisa», rispose seria. Senza sapere di preciso il perché, si sentiva oppressa da una forte angoscia.

«D'accordo.» La madre la baciò sulla guancia. «Ma studiate, mi raccomando... lo so come vanno a finire i pigiama party...»

Daniela seguì il rumore dei suoi tacchi lungo la scala. Avrebbe riconosciuto il ritmo unico dei passi della madre tra mille milioni di passi.

«Mamma...» sussurrò prima che chiudesse la porta di casa, ma lei non riuscì a sentirla.

Andò alla finestra della sua stanza e aprì le tende. Il Maggiolino verde acqua imboccava la strada proprio in quel momento.

Il giornale di ieri giace sul tavolo sbilenco di questo sudicio appartamentino di Whitechapel. Non ricordo di averlo visto la volta scorsa. Magari l'ha rubato al Britannia o al Ten Bells, o forse l'ha preso dalla spazzatura. Di sicuro non l'ha comprato: non avrebbe mai speso un terzo dei suoi guadagni per un giornale. Forse Mary Kelly non sapeva neanche leggere e ha usato il giornale per metterlo sotto i vestiti e proteggersi dal freddo. Sì, dev'essere andata così.

LONDRA, 8 NOVEMBRE 1888

Il titolone sparato in prima pagina dà ulteriore risalto alla notizia. A quanto pare, hanno scarcerato il salumiere pazzo, l'uomo che la polizia aveva arrestato giorni fa perché sospettato di essere Jack lo Squartatore. I suoi vicini l'avevano denunciato per via della malsana abitudine di portare sempre con sé coltellacci lunghi e affilati con cui minacciava di squartare la moglie o qualsiasi altra donna gli capitasse di fronte. Sarebbe sicuramente finito appeso a una corda, se un giudice non avesse ordinato di tenerlo in carcere a tempo indeterminato. E siccome la notte del doppio evento, quando sono state uccise Elizabeth Stride e Kate Eddowes, lui era chiuso in prigione, è evidente che il salumiere non può essere l'assassino dell'East End.

Il passato non è esattamente come lo ricordo. Non sono uguali gli odori, i colori, le sensazioni che suscita. È come rileggere un libro anni dopo la prima volta: finisce per sembrare diverso, sebbene le parole siano ovviamente le stesse. Studio la scena del crimine di Mary Kelly con serenità, quasi con tenerezza, respirando profondamente e chiudendo gli occhi per rassegnarmi ad aspettare ancora.

Non ho altra scelta.

Scosto le tende di lino marrone, ruvide e sbrindellate, che somigliano alla sottoveste di una mendicante. Sembrano fatte con dei sacchi di patate. Ecco il vetro rotto della finestra, quello che serviva ad aprire da fuori la porta d'ingresso di questa stanzetta miserabile. Mi vedo riflesso nei pezzi di vetro rimasti ancora appesi alla cornice e scopro disperato di non essere cambiato. La mia immagine è sempre la stessa: i capelli scuri mi ricadono quasi sulle spalle, gli occhi neri e vuoti, la pelle delle guance fresca come quella di un ventenne. Non è servito a niente che stavolta impedissi a questa povera disgraziata di perdere le chiavi. Non è servito a niente, no, non è servito a niente... e questo mi sconcerta. Il buco nel vetro lascia entrare un filo d'aria e attenua l'odore di sangue.

La morte è impressionante, nel suo immenso miscuglio di fascino e angoscia. Osservo bene la scena. Sul letto giacciono i resti di quella che il giorno prima era una bella donna di venticinque anni. Quella camicia da notte di tela leggera era beige nei miei ricordi, ma adesso è di un sudicio color celeste. Non ha più il viso. Questo non è cambiato. E i suoi organi interni sono sparsi attorno al cadavere. Neanche questo è cambiato. Accanto al camino, posato accuratamente su una sedia, c'è il corpino di pizzo nero di Liz.

Liz... Liz... che lascia la sua traccia, che mi invia il suo messaggio: «Non mi puoi sfuggire, Richard, no, non ti lascerò mai scappare».

Per un istante ho la sensazione che potrei premere un interruttore, riaccenderlo e fare in modo che tutto questo scompaia, quasi fosse un trucco di magia. Ma mi accorgo che il tempo è tutto sottosopra nella mia mente: nelle case non c'è ancora l'elettricità. Devo seguire le regole... almeno qualcuna. Forse ne sto sovvertendo troppe e magari è proprio questo il problema.

La luce dell'alba ha già cominciato a scuotere le tenebre della notte e il sole scaccia le nubi a unghiate. Ho visto molte mattine nel corso della mia vita, ma ancora mi commuove questo impossibile colore aranciato che da secoli i pittori cercano di ricreare nelle loro tavolozze e che solo Monet è riuscito a sfiorare. Posso sentire il colore di quest'alba e assaporarne il suono. È come ascoltare l'*Adagio* di Albinoni mangiando marmellata di albicocche con le dita. Ma non posso trattenermi ancora, devo uscire di qui. Alle undici meno un quarto Thomas Bowyer verrà a riscuotere la sterlina e nove scellini che Mary Kelly deve di affitto. Busserà al numero 13 di Miller's Court, e non ottenendo risposta si affaccerà al vetro rotto della finestra. Gli ho facilitato il compito aprendo la tenda. Se non sbaglio, l'altra volta la tenda non c'era. Me lo devo appuntare.

Mi sono segnato tutto quello che ho fatto da quando sono tornato dal futuro. O forse sono tornato dal passato? La differenza tra passato, presente e futuro è una mera illusione, ma si tratta di una illusione molto persistente, diceva Einstein.

Esattamente come avevo calcolato, mi sono presentato a Parigi una mattina del 1407, sul retro del carro di un bottaio con un gran pancione. Rue de Montmorency a quei tempi era un sudicio vicolo fangoso. L'acqua della pioggia si mischiava alle urine che gli abitanti del quartiere avevano la cattiva abitudine di lanciare dalla finestra urlando «acqua!». Le pareti in pietra della casa a tre piani dei Flamel erano color ocra e il legno di porte e finestre era tutto scorticato, mentre i vetri fissati nei rombi di piombo erano opachi. Le intemperie non avevano ancora cominciato a mordere la facciata e la scritta incisa sulla cornice della porta era ancora perfettamente leggibile.

*Nous homes et femes laboureurs demourans ou porche de ceste maison qui fut faite en l'an de grâce mil quatre cens et sept somes tenus chascun en droit soy dire tous les jours une paternostre et un ave maria en priant Dieu que sa grâce face pardon aus povres pescheurs trespasses. Amen.**

* Noi, uomini e donne che lavoriamo, abitando in questa casa, costruita nell'anno di grazia 1407, siamo tenuti a recitare ogni giorno un Padrenostro e un'Ave Maria pregando Dio che nella sua grazia perdoni i poveri peccatori trapassati. Amen. [*n.d.t.*]

Con il passare degli anni le parole sarebbero sbiadite e le imposte avrebbero ceduto, ma adesso era ancora troppo presto.

Bussai alla porta e aspettai un momento. Sentii un rumore di ciabatte trascinate sul pavimento in pietra e riconobbi subito il passo cadenzato di Perenelle. Capii che era lei molto prima che aprisse la porta. Mi guardò senza riconoscermi, perché io non ero ancora nato, e percepii nel naso il meraviglioso aroma del suo stufato di gallina. Ero così emozionato che trattenni le lacrime a stento.

«Posso parlare con vostro marito?» chiesi, tentando di ricompormi.

Lei mi fece accomodare: era abituata al continuo viavai di gente dentro casa. Mi diressi a passo deciso verso la biblioteca, intuendo che l'avrei trovato come al solito immerso nei libri a caccia di risposte. Mi sorprese vederlo così anziano, minuscolo e rattrappito, e dovetti fare uno sforzo per ricordare che non era ancora immortale. Mi guardò come si guarda uno sconosciuto.

«Cosa desiderate?» mi chiese.

Avrei voluto essere sincero, confessargli che volevo togliergli per sempre la possibilità di passare alla storia, chiedergli scusa per quanto avrei fatto, spiegargli che era solo per il suo bene, per il mio e per il bene dell'intera umanità, giustificarmi dicendogli che non potevo infrangere una promessa che non avevo ancora pronunciato e che si sprecava la vita a essere sleali con sé stessi. Ma non dissi nulla di tutto ciò. Mi limitai a chiedergli un unguento per la pelle che di solito teneva al piano di sopra. E così, come avevo programmato, mi lasciò solo nella biblioteca. Al centro esatto della sala, quasi fosse il fiore all'occhiello di una bottega di pietre preziose, collocato su un leggio di ferro battuto, si trovava quel grimorio alchemico con la copertina in corteccia d'albero che Flamel aveva visto in sogno. Il libro era pieno di note, appunti, fogli di papiro inseriti tra le pagine. Senza quel volume, senza quelle informazioni indispensabili, Nicolas non avrebbe mai scoperto la pietra filosofale e di conseguenza non avrebbe mai ottenuto l'immortalità... e neanche noi. Sì, quella era l'origine di tutto. Senza la formula non avrebbe mai potuto salvare Liz dalla prigione e dalla morte imminente. Neppure io avrei potuto ottenere quel dono, perché mi ero basato sui suoi studi per riuscirci, e in tal caso anche Alessandro sarebbe rimasto un comune mortale. E così il mondo si sarebbe salvato da noi, dei mostri, in fin dei conti.

Nascosi il volume sotto il mantello e uscii di casa senza fare rumore e senza guardarmi alle spalle. Camminai più veloce che potei schivando i commercianti che con le loro bancarelle riempivano i vicoli attorno a Notre-Dame. Mi scapicollavo immerso nell'odore di pesce e di pane appena sfornato, tra le urla dei venditori e i bambini che correvano in mezzo alle gambe delle madri e mi ostacolavano il passaggio. Alla fine riconobbi il ponte di legno e mi precipitai in quella direzione con il cuore in gola. Una pioggerellina sottile mi pizzicava le guance, come se dal cielo stessero cadendo milioni di spilli sottilissimi. Mi affacciai alla balaustra e vidi la Senna scorrere sotto i miei piedi. Sollevai la mano in cui stringevo il libro e il vento mi sferzò il viso con violenza. Lo interpretai come un ultimo avvertimento. Se l'avessi fatto, non sarei più tornato indietro. Trassi le forze da chissà dove e gridai il suo nome. Lei era il coronamento di tutto quel percorso, la personificazione delle mie ragioni, la metafora della mia ricerca, l'ultimo incentivo che serviva alla mia poca umanità residua per comprendere che siamo noi a determinare le nostre circostanze, e non il contrario. Quel gesto era il più bello ed eroico che avessi mai compiuto.

«Daniela!» urlai a pieni polmoni, lo sguardo fisso nell'acqua.

Attesi un secondo, chiedendomi cosa sarebbe accaduto, cosa ne sarebbe stato di me. Fino a che punto stavo sovvertendo la trama del tempo? Sarei persino potuto scomparire in quel preciso istante, avvolto in una nebbiolina verde. O forse avrei cominciato a rinsecchire e mi si sarebbero sgretolate le viscere sotto la pelle, come avevo visto tante volte nei film, finché il mio corpo intero si sarebbe trasformato in un mucchietto di polvere che il vento avrebbe disperso d'un soffio senza tanti rimorsi. Non sarebbe stato poi così male. Disfarmi per sempre. Come se non fossi mai esistito. Sì, sarebbe stato perfetto.

Lanciai il libro nel fiume con tutte le mie forze e chiusi gli occhi.

Nei secondi successivi non accadde nulla. Tornai ad aprirli e lo rividi, con la sua copertina di corteccia d'albero, fluttuare tra le onde della Senna, diretto al mare. Lo seguii con lo sguardo finché non scomparve nel nulla.

Smise di piovere.

Non provai nulla di particolare. Non accadde nulla di particolare... né quel giorno né il giorno successivo.

Decisi che dovevo lasciare Parigi al più presto. Nicolas aveva amici influenti nelle alte sfere. Lo stesso re di Francia gli chiedeva spesso consiglio. Avrebbe potuto denunciarmi e farmi arrestare. In più, un forestiero strano come me non sarebbe passato inosservato a lungo. Mi avrebbero accusato di furto e impiccato senza tanti scrupoli. Non avevo paura della morte, ma del dolore. Fuggii il più lontano possibile e trascorsi gli anni che seguirono viaggiando per tutta l'Europa.

Senza alcuna ragione plausibile, perché non c'erano segnali che me lo indicassero, decisi che ormai ero tornato mortale e sarei morto vecchio, perciò scelsi di vivere come non avevo mai vissuto. Questo cambiò tutto. La vita era più bella, se doveva finire. Mi sforzai di mangiare e bere, anche se non avevo mai fame né sete. Ma siccome gli anni passavano e il mio aspetto rimaneva sempre lo stesso, cominciai a preoccuparmi. All'inizio era una preoccupazione piccola, grande come una ghianda, ma a poco a poco prese le dimensioni e la consistenza di un cocomero, di un elefante. Ero tormentato da un dubbio atroce, e cinquant'anni dopo tornai a Parigi. Chiesi di Nicolas e Perenelle e mi comunicarono che erano morti e i loro corpi riposavano nel cimitero di Saint-Jacques-de-la-Boucherie. Andai a vedere le tombe e lessi i loro nomi incisi sulla pietra delle lapidi. Eppure fui assalito da uno strano presentimento. Attesi che calasse la notte e mi arrampicai sul muro di cinta con una vanga, ansioso di conoscere la verità. Dovevo sembrare un profanatore di tombe. Alto, snello, con i capelli neri scompigliati da un vento gelido che lacerava la pelle, ma che io non riuscivo neppure a sentire perché ero divorato dal dubbio. C'era un solo modo per placarlo, ed era scoprire la verità. Scavai a lungo, con il cuore in gola, sperando di sbagliarmi, ma quando scoperchiai le bare, al posto delle ossa di Nicolas e Perenelle trovai solo dei sacchi di terra. Me ne andai sconcertato, sperando che qualcuno avesse profanato le loro tombe in cerca di oggetti di valore o testi alchemici e avesse trafugato le ossa. Ma ben presto venni a sapere che le cose non stavano così. Nicolas e Perenelle erano vivi e si aggiravano per il mondo sotto altri nomi.

Riconosco che sulle prime feci una gran fatica ad accettarlo, ma poi giunsi alla conclusione che i miei calcoli dovevano essere errati. Di sicuro avevo scelto la data sbagliata: sarei dovuto tornare un po' prima... prima che Nicolas potesse tradurre quel libro. La cosa brutta era che, per tornare ancora una volta nel passato, avrei dovuto aspettare che la tecnologia si sviluppasse abbastanza da consentirmi di effettuare il viaggio, magari di nuovo nell'acceleratore di particelle... o forse anche prima. Chi poteva sapere fino a che punto la mia presenza aveva sovvertito gli eventi?

Ci pensai su e mi resi conto che se fossi rimasto ad aspettare avrei finito per incontrare me stesso nel futuro. Non potevo permettere a me stesso di nascere, perché in quel caso saremmo stati in due a questo mondo. E così al momento giusto andai a cercare i miei genitori e feci in modo che non si conoscessero, ma qualcosa andò storto. Si incontrarono comunque, e mi misero al mondo. Fui costretto a ricordare ogni singolo passo che avevo mosso per il mondo, nel tentativo di evitarmi. Non so cosa potrebbe accadermi, se dovessi incontrarmi. Non posso rischiare che la trama del tempo si distrugga per colpa mia. Nonostante tutto, mi osservai da lontano, fui come un dio per me stesso. Sorvegliavo con affetto i miei progressi, le mie delusioni, le mie scoperte... Non cambiava nulla, era tutto uguale. Ne conclusi che dovevo annotare i luoghi e i ricordi più significativi, in maniera da tenerli sempre a mente. Incontri, date, nomi e cognomi di tutte le persone importanti della mia vita precedente e di quella futura.

Ci fu un tempo in cui il terrore si impossessò di me. E se la teoria del libro già scritto fosse stata vera? E se la vita... se la mia vita... la vita di tutti, fosse già scritta sin dal principio e non esistesse modo di cambiare neanche una virgola? Oddio, sarebbe stata una vera sciagura. Ero nato di nuovo nell'anno 1696 e ripetevo ognuno dei miei passi. Il crudele destino di mio padre lo costringeva a spedirmi in Italia e questo risvegliava il mio interesse per la conoscenza. E così incappavo negli studi di Flamel e nella pietra filosofale, ottenendo l'immortalità. Avrei conosciuto Alessandro e avrei aiutato anche lui a ottenerla. E lui mi avrebbe presentato Nicolas, Perenelle e Liz. E tutto sarebbe ricominciato da capo. Avrei cercato di cambiare il passato comprando i documenti di Tesla, conoscendo Leonard Green, entrando nella sua vita per distruggerla, e insieme distruggere anche quella di Daniela, viaggiando nell'acceleratore per tornare all'anno 1407 e rubare il libro di Nicolas. Ancora e ancora, all'infinito... come in una dannata giostra, girando in tondo per sempre.

Devo riconoscere che quell'idea rischiò di farmi perdere la ragione. Non potevo smettere di pensare alle infinite possibilità a cui sarei andato incontro. Quel tormento durò all'incirca quattro anni, durante i quali mi aggrappai all'oppio e al laudano per riuscire a sopportare quella maledetta esistenza. Durante la notte mi aggiravo per gli antri più disgustosi di Parigi e di giorno rimanevo nascosto a letto, con tutto il dolore del mondo chiuso nel petto. Una di quella notti in cui il laudano mi aveva portato alla soglia del delirio, ebbi una specie di rivelazione. Avevo toccato il fondo solo per prendere la spinta, per darmi un gran calcio e riaffiorare in superficie. La rabbia si sciolse, come una zolletta di zucchero in un cucchiaino di assenzio.

Capii, o meglio decisi, che c'era una soluzione. Sì, la soluzione esisteva. Io ero una semplice tessera di un puzzle gigantesco, e ogni pezzo che muovevo dava forma al mondo. Fino a quel momento avevo cercato di incastrare le tessere nei punti sbagliati. Erano fuori posto. Prima o poi sarei riuscito a combinarle tutte per bene. Prima o poi ogni tessera avrebbe trovato il suo posto e il risultato sarebbe stato un meraviglioso rompicapo perfetto. I pezzi andavano usati tutti, anche Liz.

Bisognava solo sapere dove inserirli. La questione era andare più indietro. Più indietro. Qualcosa in realtà era cambiato... sì... adesso c'ero io. Un nuovo io, consapevole che la soluzione si trovava più lontano. Avrei scoperto un nuovo modo di tornare, usando l'acceleratore oppure no, in un altro momento. Sarei tornato prima del 1407. O forse dopo?

La differenza tra passato, presente e futuro è un'illusione...

E avrei rubato il libro dalla copertina in corteccia d'albero prima che Nicolas potesse comprarlo.

Sì... ecco cos'avrei fatto.

Ho il sospetto che tutto l'accaduto non sia altro che un semplice trucco usato dal destino per tornare nel suo corso. Come quei fiumi ostinati che gli ingegneri cercano in tutti i modi di deviare a forza di dighe, ma che nonostante tutto appena possono riprendono la vecchia strada. Prima o poi, qualcuno riesce a domarli. Prima o poi, riuscirò a domare il mio destino. Il nostro destino. Ogni tanto ho la sensazione di aver già vissuto anche questo, di aver già preso nota di questi stessi pensieri, come se le osservazioni del mio taccuino fossero già scritte nelle pagine bianche con un inchiostro invisibile e io mi limitassi a ripassarle con la penna per renderle visibili.

Ora uscirò dal 13 di Miller's Court e mi dirigerò verso destra. So che tra poco mi vedrò sulla sinistra. Nonostante tutto, non posso evitarlo. Mi nascondo dietro l'angolo e aspetto, solo per guardarmi con la coda dell'occhio. Riconosco il mio sguardo pieno di orrore e so benissimo quello che sto provando perché, in questo preciso momento, quasi fosse un miracolo demenziale, due Richard si aggirano per questo stesso mondo. Chissà se lui può intuirmi, se posso comunicargli il soffio di speranza che non riesco a trovare perché mi tortura l'idea che, a un altro angolo, ci sia un terzo Richard che ci osserva entrambi, il che significherebbe che neanch'io sono riuscito nel mio intento e che un nuovo Richard sarà dovuto tornare ancora più indietro per realizzare un altro tentativo.

Un brivido mi percorre da capo a piedi al semplice pensiero. E se ci fosse un quarto Richard che osserva dalla terrazza dell'edificio il terzo Richard che controlla il primo Richard che è tornato nel passato? Il cuore mi batte all'impazzata. E se altri mille Richard vagassero per il toro del tempo sin dalle origini dell'umanità? E se fosse quella la ragione per cui si parlava dell'ubiquità del conte di Saint-Germain? In tal caso, potrei essere certo che sia stato uno di questi Richard a rivelare ad Akhenaton il culto del sole, un altro a progettare il tempio di re Salomone, un altro ancora a fondare il culto dei rosacroce, come giurava Alessandro. E un altro Richard potrebbe aver consegnato delle mappe segrete a un marinaio pazzo di nome Cristoforo Colombo. Un Richard testimone della nascita di Cristo...

No... no... non può essere. La mia missione è concludere ciò che ho iniziato. Deve esserci un principio e una fine. Il giorno in cui Nicolas ha trovato la formula dell'immortalità, ha aggiunto un anello alla catena di eventi che dovevano verificarsi affinché una persona come Daniela potesse venire al mondo. È un problema di calcolo combinatorio. Devo solo trovare la manovra perfetta perché le cose positive che dovevano succedere succedano davvero, e quelle negative scompaiano. Non so quante volte dovrò tornare, quanto indietro nel tempo dovrò andare, quanti «io» dovrò schivare. Sono io il primo? L'originale? Non importa che i secoli futuri si ritrovino coinvolti in una storia infinita di dolore, sangue e amore.

Io risolverò tutto.

Aspetterò che giunga il momento in cui le innovazioni tecnologiche mi permetteranno di manipolare il tempo, mentre partecipo al loro perfezionamento grazie alle conoscenze acquisite finora. Gli scienziati faranno molti progressi durante i prossimi anni e io ho già visto tutto, dispongo delle informazioni necessarie. So chi devo andare a cercare. La cosa fondamentale è tenere sempre a mente che sono nato il 26 maggio del 1696 in un castello sui Carpazi, che mio padre era il re Ferenc II Rákóczi e mia madre la principessa Carlotta, e che sono tornato nel passato per cambiare il futuro.

RINGRAZIAMENTI

Innanzitutto desidero ringraziare il mio editor, José López Jara, che sin da quando mi ha conosciuto ha voluto che la mia storia facesse parte della sua storia professionale. E non ha smesso di avere fiducia in me, nonostante il passare del tempo.

Grazie anche a Laura Falcó, che ha saputo coinvolgermi nel lavoro di squadra. La sua fiducia e franchezza nel parlarmi delle sue percezioni ha fatto sì che, tra le migliaia di tesi possibili sul destino e le sue conseguenze, io mi decidessi per quella che appare in questo romanzo.

Allo stesso modo desidero ringraziare di cuore Luis Álvarez-Gaumé, direttore del dipartimento di Fisica teorica del CERN con l'hobby del piano (tra le tante doti). Quando ha saputo che Richard Chanfray pretendeva di viaggiare nel tempo servendosi dell'acceleratore di particelle mi ha risposto che neanche «ubriachi fradici» si poteva immaginare una cosa simile, dimostrando che gli scienziati non sono i personaggi noiosi che spesso pensiamo. Fortunatamente, grazie alla sua disponibilità, dopo tante discussioni, ho trovato il modo di far realizzare a Richard i suoi piani. Se non altro, nel *Silenzio dell'alchimista.*

E per ultimo, ma non da meno, non ho parole per esprimere la mia gratitudine per la sua infinita generosità a Gabriel Trinidad Ruiz, ideologo della Trinity Theory, che ha accudito quest'opera come se fosse sua, rassicurandomi quando ero in difficoltà, ascoltandomi, consigliandomi, incoraggiandomi. Senza di lui, questo romanzo, e tante altre cose, non sarebbero quello che sono.

Nerea Riesco

LA RAGAZZA E L'INQUISITORE

Spagna, Logroño, 1610. Donne e uomini in fila avanzano tremanti verso il patibolo, tra una folla esaltata. Sono i condannati a morte per stregoneria. Da mesi tutto il Paese Basco è piegato dalla caccia alle streghe. Anche il ritrovamento del corpo di una donna nel fiume sembra indicare un crimine commesso dai seguaci del demonio, ma l'inquisitore Salazar, in missione per conto dell'arcivescovo di Toledo, ha i suoi dubbi. Ha imparato a diffidare di tutto e ha capito che è difficile, se non impossibile, discernere tra la verità e la follia collettiva indotta dalla paura. La sua strada è destinata a incrociarsi con quella di Mayo, sedicenne esperta di erbe e incantesimi. La giovane è alla ricerca di Ederra, la sua nutrice, splendida *curandera* che, dopo essere stata condannata a morte per stregoneria, è scomparsa nel nulla. Per trovarla dovrà lottare contro pregiudizi e tradimenti, ma soprattutto dovrà seguire Salazar passo dopo passo: perché il cammino dell'inquisitore è anche il suo.

Nerea Riesco

IL VENTO CHE SA DI MIELE E DI CANNELLA

Spagna, 1544. Mariana ha un animo ribelle. Figlia di un nobile castigliano, fin da bambina passa le sue giornate tra gli scaffali della vecchia biblioteca. Immersa nella lettura trova rifugio dalla rigidità della sua famiglia e immagina un futuro diverso. Quando poi entra al servizio del re, sembra aver conquistato la sua libertà. Ma l'indipendenza a lungo sognata non dura che un istante. Il suo destino è già scritto, suo fratello ha deciso per lei: andrà in sposa al viceré nel lontano Nuovo Mondo. Eppure, inaspettatamente, quella terra dal fascino antico le svela una strada per la felicità che passa per le pagine di un prezioso taccuino. Sotto cieli di straordinari colori, in valli sconfinate dai mille profumi, sopraffatta da una passione sconosciuta, scopre una nuova forma di libertà: l'amore. Miguel conquisterà il suo cuore, proprio lui che lei non può amare...
Una storia di desideri profondi e svolte inaspettate sullo sfondo del regno spagnolo nel Nuovo Mondo.
Un romanzo intenso sull'essere donna in un secolo di grandi cambiamenti, sull'incontro con culture lontane, sulla forza irrefrenabile dell'amore.

Dal catalogo
Garzanti

Nerea Riesco

ALL'OMBRA DELLA CATTEDRALE

Siviglia, 1755. Durante la messa del giorno di Ognissanti, l'antica cattedrale inizia a tremare. È uno dei terremoti più violenti che la città ricordi. Solo quando tutto si ferma Doña Julia, proprietaria della stamperia più importante di Siviglia, riapre gli occhi: è rimasta illesa. Tra le grida della gente, trova la via d'uscita e fugge nelle braccia di León de Montenegro, l'affascinante apprendista che viene da Malta. Julia non ha più dubbi: lo sposerà, nonostante l'opposizione della famiglia. Ma unirsi a lui è molto pericoloso. L'uomo, che fa parte dell'antico ordine cavalleresco degli Ospedalieri, è a Siviglia con una missione di vitale importanza: ritrovare un prezioso documento del XIII secolo che stabilisce le regole di una sfida a scacchi tra i sovrani cattolici e quelli musulmani, sfida dimenticata ma ancora valida. E molti sono disposti a versare sangue pur di ritrovare quelle carte. Perché, secoli dopo la presa cattolica di Siviglia, gli equilibri tra Oriente e Occidente sono ancora molto fragili. Gli indizi sono disseminati ovunque, dai minareti della Terra Santa ai monasteri di Malta, fino agli arabeschi della Giralda e alle misteriose pietre della cattedrale di Siviglia: e sarà qui che si giocherà l'ultima decisiva partita, una battaglia senza esclusione di colpi in cui ogni minima mossa potrà segnare il destino di un popolo.

Finito di stampare nel mese di luglio 2017
da Grafica Veneta s.p.a., Trebaseleghe (PD)